SARAH LARK es el seudónimo de una exitosa autora alemana que reside en Almería. Durante muchos años trabajó como guía turística, gracias a lo cual descubrió su amor por Nueva Zelanda, cuyos paisajes asombrosos han ejercido desde siempre una atracción casi mágica sobre ella. Ha escrito diversas sagas, como la Saga de la Nube Blanca, la Trilogía del Árbol Kauri o la Trilogía del Fuego, de las que ha vendido, en total, más de dos millones de ejemplares solo en lengua española. Sus últimas novelas, *Allí donde nace el día*, *La estrella de la Isla Norte* y la saga La Veterinaria, han recibido también el favor del público.

Saga de la Nube Blanca
En el país de la nube blanca
La canción de los maoríes
El grito de la tierra
Una promesa en el fin del mundo

Trilogía del Árbol Kauri
Hacia los mares de la libertad
A la sombra del árbol Kauri
Las lágrimas de la diosa maorí

Trilogía del Fuego
La estación de las flores en llamas
El rumor de la caracola
La leyenda de la montaña de fuego

Saga del Caribe
La isla de las mil fuentes
Las olas del destino

Saga La Veterinaria
La veterinaria. Grandes sueños
La veterinaria. Vientos de esperanza
La veterinaria. Tiempo de coraje

Otros títulos
Bajo cielos lejanos
La llamada del crepúsculo
El año de los delfines
Allí donde nace el día
El secreto de la casa del río

Papel certificado por el Forest Stewardship Council®

FSC
www.fsc.org
MIXTO
Papel | Apoyando la silvicultura responsable
FSC® C117695

Penguin Random House Grupo Editorial

Título original: *Die Tierärztin. Mutige Wege*

Primera edición en B de Bolsillo: febrero de 2026

Diseño de la cubierta: Penguin Random House Grupo Editorial
Imagen de la cubierta: Agustín Escudero a partir de fotografías de Depositphotos, Shutterstock y Freepik

Printed in Spain – Impreso en España

ISBN: 978-84-10381-90-2
Depósito legal: B-21.571-2025

Compuesto en Comptex&Ass., S. L.
Impreso en Black Print CPI Ibérica
Sant Andreu de la Barca (Barcelona)

BB 8 1 9 0 2

La veterinaria
Tiempo de coraje

SARAH LARK

Traducción de Susana Andrés

Padres e hijos

Nueva Zelanda – Epona Station, Ellerslie
Australia – Perth
Estados Unidos – Boston, Wisconsin

De 1955 a 1957

1

—«Hermosa como la primavera...».

Nellie canturreaba la melodía del musical de Hammerstein mientras salía de la carretera que llevaba a la pequeña ciudad de Onehunga, junto a Auckland, para girar en el acceso a Epona Station. Carecía totalmente de talento musical, pero a Jamie, el mestizo de perro lobo que tendido ocupaba por completo el asiento posterior del todoterreno, eso le resultaba indiferente. Lo principal era que su humana estuviera de buen humor y, en efecto, ese día de primavera Nellie estaba de buen humor. A ello contribuía el sol que, iluminando líquenes y helechos de un modo irreal, confería al bosquecillo por el que transcurría el camino el aspecto de un país de las maravillas.

Pero la alegría de Nellie todavía aumentó más al ver los caballos en los pastizales que seguían al bosquecillo. La hierba había crecido y las primeras yeguas habían parido. Con los cálidos rayos de sol, los Von Gerstorf, propietarios de la yeguada, las habían soltado y ahora los ejemplares purasangre y de sangre caliente comían voraces la hierba fresca, mientras que sus patilargas crías las miraban con curiosidad. Nellie intentó distinguir a las yeguas —prácticamente conocía a cada una de ellas en Epona Station— y adivinar de qué espléndido semental procedían los potros. No tenía que prestar especial atención al camino. Se lo conocía al dedillo, a fin de cuentas lo había recorrido cientos de veces después de haber vivido allí tras inmigrar a Nueva Zelanda y haberse encargado de un consultorio veterinario en New Lynn. En la actualidad residía en Ellerslie, una villa junto al hipódromo que dirigía Walter, su esposo. Siendo veterinaria, ella se ocupaba de los caballos de carreras y solo acudía a Epona Station de visita. Hacía unos años que April von Gerstorf se había casado con el joven veterinario Alex Rawlings, así que ya había un especialista local. No obstante, el día anterior Alex había llamado a Nellie para pedirle su opinión acerca de dos ejemplares del criadero y ella se alegraba ahora de volver a ver a sus amigos.

El primer lugar sobre el que se posó su mirada fue el picadero, donde en ese momento Julius von Gerstorf daba clases a una joven amazona y a un jinete. Julius ya no era joven, pero se mantenía erguido y firme como el oficial prusiano que había sido en el pasado. Había asistido al Instituto Militar de Hannover y transmitía a su nieto lo que había aprendido allí. Nellie reconoció sobre una elegante yegua negra a la hija adoptiva de April, Henny, una delicada adolescente de casi trece años que había recogido en una trenza su cabello largo y negro para cabalgar. En el picadero no eran bien recibidas las melenas al viento. Contempló con cariño a Henny, su nieta, cuya madre biológica era la hija de Nellie, Grit, quien nunca se había interesado ni por los caballos ni por montarlos.

Henny, con un asiento ejemplar, recta y relajada sobre la joven yegua Melora y manejando con finura las riendas, ofrecía una hermosa estampa. El jinete, de unos trece o catorce años, también atrajo la atención de Nellie. Hacía mucho que no lo veía, pero, aunque no hubiese sabido que se trataba de Noah, el nieto de Julius y Mia von Gerstorf, habría advertido su semejanza con Julius. El cabello de Noah también era rubio oscuro, aunque en el de su abuelo se entremezclaban muchas canas, y ambos tenían un rostro de rasgos bien definidos. Noah era alto y fuerte, y cabalgaba con una ligereza natural. De ese mismo modo habían montado en una época Julius y Walter von Prednitz, el esposo de Nellie. Walter también había sido oficial y servido en la Primera Guerra Mundial.

El padre de Noah era Jonathan, hijo de Julius y Mia; vivía en Australia y tenía muy poco en común con Noah. De niño, Jonathan había sido un soñador ratón de biblioteca; se parecía mucho más a su abuelo materno, un asesor comercial y banquero privado sumamente culto, que a sus padres, mucho más pragmáticos. Esto había afectado bastante a Julius, quien había deseado que lo sucediera en la dirección de la yeguada, pero Jonathan había evitado los caballos siempre que le había sido posible. Con la herencia de su abuelo se había marchado a Australia siendo todavía muy joven, había trabajado en el banco de su tío abuelo y era obvio que allí era feliz. De la unión con su prima segunda habían nacido dos varones, el mayor de los cuales, Ira, seguía la estela de su padre, mientras que Noah no tenía más que un único deseo: cabalgar. Después de muchas discusiones con sus progenitores, el benjamín se había marchado a Epona Station con el beneplácito de su familia. Asistía al instituto de secundaria de Auckland y estudiaba arte ecuestre en lugar de una carrera universitaria como sí hacía su hermano, algo mayor que él.

Nellie saludó con la mano a Julius y sus alumnos, que apenas se percataron de su presencia. No en vano, Julius era un profesor severo que exigía plena concentración en los caballos.

Así que Nellie siguió su camino y pasó de largo la casa para dirigirse a las cuadras, donde sospechaba que encontraría a April. En efecto, esta se hallaba junto a los amarraderos con un poni de las Shetland y su hijo pequeño. Nicholas acababa de cumplir seis años, pero ya cepillaba vigorosamente a su poni alazán y estaba a punto de levantarle el casco. El caballito —no mucho más alto que Jamie, el mestizo de perro lobo— se mantenía inmóvil como una estatua. April le iba acercando de vez en cuando una zanahoria a los belfos.

—¡Nellie! —April, una mujer menuda y delgada, con pantalones de montar y botas, resplandeció al ver a la recién llegada y la saludó con un abrazo. Jamie intentó abalanzarse sobre ella con un brinco, pero Nellie se lo prohibió. April se inclinó y lo acarició—. ¡Cuánto hacía que no nos veíamos! Pero ahora comienza la temporada de las carreras e iremos con más frecuencia a Ellerslie.

Nellie asintió y saludó a su vez a Nicholas. El pequeño había heredado el cabello rojo de April y con sus rizos parecía un travieso duendecillo. No obstante, los rasgos de su rostro recordaban más a los de su padre, Alex, y a los de la madre de este, Wilhelmina, una mujer bellísima. Un día llegaría a ser un hombre muy apuesto.

—¡Veo aquí a un jinete en ciernes! —observó Nellie, sonriendo con admiración al ver los esfuerzos de Nicholas por cepillar la gruesa cola de su poni.

April asintió orgullosa.

—Sí. Como dice mamá siempre, parece que se producen saltos entre una generación y otra. —Señaló con la barbilla en dirección al picadero—. Pero tenemos mucha suerte con nuestros hijos. Siempre que pueda llamarse suerte el hecho de que un ser humano solo tenga caballos ocupando su mente. Hay quien lo ve de un modo totalmente distinto... ¿Qué tal tus chicos? ¿Vienen a montar con frecuencia?

Antes de acabar los estudios escolares y empezar una carrera, Peter y Martin, los hijos de Nellie, habían presentado los caballos de Epona Station en las competiciones.

Nellie negó con la cabeza.

—Muy de vez en cuando. Peter se dedica totalmente a la ingeniería y Martin quiere marcharse a Europa el año que viene. Lo entiendo. Quien ha estudiado idiomas quiere conocer los países donde se hablan.

April sonrió.

—En Europa también hay caballos...

—Tampoco importa mucho. —Nellie se echó a reír—. Creo que está pensando más en chicas.

—Quiero ir a montar ahora... —lloriqueó Nicholas—. ¡Ahora hay clase!

April, que entretanto había ensillado su pequeño castrado, se encogió de hombros.

—Ya lo estás oyendo, quiere ir a la clase de equitación —dijo—. Para él es importantísimo, aunque todavía es demasiado pequeño para seguirla. De todos modos, nos vamos a la pista pequeña junto al cuadrilongo y a veces papá le da alguna indicación. Entonces se siente muy orgulloso.

Condujo el poni al cuadrilongo, junto al cual había una pequeña pista de arena para calentar a los caballos. Jamie los siguió y se tendió al borde del picadero. Nellie lo elogió y April le acarició la cabeza.

Mientras esta ayudaba a su hijo a subir al caballo, Nellie dirigió la vista a los otros jinetes. En ese momento, Julius criticaba el modo en que Henny había realizado un ejercicio y la muchacha se esforzaba por contenerse y no replicar ni echarse a llorar. A Nellie la sorprendió. No sabía que Henny fuera tan susceptible.

April también observó la escena.

—Henny está muy sensible últimamente —señaló—, y estalla a la menor ocasión. Mamá cree que es cosa de la edad...

—¿Y tú qué opinas? —preguntó Nellie.

—¡Siéntate derecho, los talones bajos, la cabeza alta! —indicó April a Nicholas, que se esforzaba por conseguir un asiento de manual. Luego respondió a la pregunta de Nellie—. Me parece que es por Noah. Cree que papá o prefiere a él.

Nellie frunció el ceño.

—¿Tú qué crees? No parece propio de tu padre. Con vosotros siempre fue severo, pero justo.

Había presenciado muchas clases de Julius a April, al medio hermano de esta, Jonathan, y a sus propios hijos.

—Yo tampoco advertí nada —le dio la razón April—. A lo mejor le presta más atención a él, al fin y al cabo solo lleva un par de semanas enseñándole. Todavía tiene que explicarle muchas cosas, mientras que le está dando la lata a Henny desde que ella tenía siete u ocho años. Si comete errores, aunque debería estar más adelantada, la riñe...

—Puede ser que... ¿tenga celos? —preguntó Nellie.

April suspiró.

—Henny comprende perfectamente que a partir de la llegada de Noah la situación ha cambiado; desde que era pequeña habla de heredar y dirigir la yeguada. Julius la ha llamado su sucesora muchas veces. En broma, claro: Nicholas también cuenta y primero estamos Alex y yo. Para cuando Henny llegara a ocupar un puesto directivo, podría cambiar un montón de veces de orientación. Pero Noah... es consanguíneo de Julius...

Aunque April era hija legítima de los Von Gerstorf, era fruto de la violación que había sufrido su madre a manos de un oficial inglés en la Primera Guerra Mundial. Durante mucho tiempo esto no había tenido ninguna relevancia, Jonathan más bien había decepcionado a Julius; pero Nellie comprendía que ahora estuviera eufórico con su nieto biológico, quien además se le parecía y con quien compartía los mismos intereses.

—¿Cómo es? —preguntó—. Me refiero a Noah...

April elogió a su hijito, que dirigía el poni con toda seguridad por la pista.

—Amable —respondió—. Bien educado, muy servicial, se siente muy feliz de poder estar aquí. No le da a Henny la menor razón para que le tenga manía, pero ella se comporta con él de forma tan hostil que raya en lo ofensivo. También está a malas con el resto del mundo. Mamá tiene razón cuando dice que se encuentra en una edad difícil.

—¿Puedo hablar con ella? —preguntó Nellie. Siempre era muy prudente, no quería que April pensara que deseaba inmiscuirse en la educación de Henny. Al principio, cuando todavía esperaba que su hija Grit terminara encariñándose con la pequeña, no siempre le había parecido correcto que April se ocupase tanto de ella. Pero Grit nunca había mostrado el menor interés por Henny y, cuando reinició sus actuaciones como concertista y volvió a emprender su exitosa carrera de pianista, aceptó aliviada que April y Alex adoptaran a la pequeña. Por supuesto, April había estado de acuerdo en que visitara cuando quisiera a Henny y que participara en su vida, pero Grit se limitaba a enviar alguna postal cuando se acordaba de que tenía una hija.

—Sí, por favor —respondió April—. A lo mejor a ti te escucha. Por el momento solo somos para ella una especie de bestia negra... No recuerdo haber sido tan complicada a su edad.

Nellie, que se acordaba bien de April cuando tenía trece años, no puedo evitar reírse.

—No lo tengo yo tan claro —dijo—. Pero tal vez sea mejor que le eche antes un vistazo a los caballos que Alex quería mostrarme. ¿Una posible preñez de gemelos? ¿Y una cojera poco corriente? —Tras unos minutos más en los que Nicholas tuvo permiso para ponerse al trote, April concluyó la hora de clase con su hijo pequeño y mostró a Nellie los dos pacientes. La exploración física de la bonita yegua tranquilizó a las dos mujeres: Nellie solo pudo palpar un potro, algo positivo pues, tratándose de caballos, los gemelos casi siempre representaban un problema. En cuanto a la cojera del joven semental Eagle, no pudo ayudar a Alex.

—Tendréis que llevarlo al hipódromo, allí podré hacerle una radiografía —les aconsejó.

Estaba muy orgullosa de su nueva adquisición para la consulta del hipódromo, un aparato de rayos X para caballos. Sin embargo, no era portátil.

Cuando hubo examinado a los dos pacientes, Julius acababa de terminar su clase de equitación. Habló algo más con Noah, mientras Henny llevaba su caballo a la cuadra.

«Voy a probar suerte —pensó Nellie, dejando su bolsa en el coche y yendo tras su nieta—. No me extrañaría que estuviera buscando un hombro sobre el que desahogarse».

En efecto, encontró a Henny sollozando en la cuadra. Abrazaba el cuello de su montura Melora y lloraba sobre sus crines. Todavía no había desensillado la yegua, por lo que debía de haber estallado en llanto nada más quedar fuera de la vista de Julius y Noah. Flokati, su viejísimo y desgreñado perro mestizo, que la había estado esperando pacientemente durante la clase, gemía con ella.

—Ay, Henny... —dijo Nellie acariciándole el cabello—. ¿Tan horrible es el mundo?

Henny se dio media vuelta y por su rostro lloroso se deslizó un asomo de cólera.

—¡El mundo no, pero sí el *opa* Julius! ¡Qué malo es! No hace más que hablarle a Noah, Noah, Noah. Para él ya no existe Nicholas y a mí no hace más que criticarme.

Nellie decidió no comentar nada, y se limitó a estrechar a la adolescente entre sus brazos. También ella se había dado cuenta de que el abuelo de la pequeña, Julius, no se había ocupado de Nicholas cuando estaba en la pista contigua al picadero, aunque sabía que el niño se alegraba de que lo corrigiese. Sin embargo, podían existir miles de razones, era probable que tan solo se hubiera concentrado mucho en su alumno.

—Y mami dice que no es verdad, pero yo no miento, yo... —Henny siguió sollozando sobre el hombro de Nellie—. ¿Me crees tú al menos? —preguntó esperanzada.

—No creo que mientas —aclaró Nellie—. Pero a veces uno entiende mal las cosas. Noah todavía es un principiante, el *opa* tiene que dedicarse más a él. Tal vez no debería enseñaros a los dos juntos.

—Además a Noah siempre le da los mejores caballos. Yo tampoco me equivocaría montando a Early Bird o...

Early Bird era un caballo magistralmente adiestrado; Melora, por el contrario, todavía era joven y necesitaba formación. Medio año antes, Henny se hubiera sentido orgullosa de que Julius se la confiara...

Posiblemente había pensado lo mismo, pues no siguió hablando al guardar Nellie silencio respecto a esa crítica, y cambió sin vacilar de tema.

—¿Cómo es ella en realidad, *grandma* Nellie? Bueno, me refiero a Grit. Mi madre de verdad...

—Tu madre biológica —la corrigió su abuela Nellie—. Es una persona maravillosa, con mucho talento, valor y belleza. Aunque tú no te pareces a ella, sino a tu padre. Vamos, ya has visto a Grit en fotos. Pero es totalmente distinta de ti y de mí. No creo que con ella fueras más feliz que aquí.

—¿Cómo lo sabes? —preguntó Henny, mientras por fin soltaba la cincha al caballo—. ¿Es porque no monta? A mí también se me están quitando poco a poco las ganas...

Nellie se echó a reír.

—Pero no te has convertido a cambio en alguien con sentido musical, Henny. Siempre gritabas cuando Grit tocaba el piano. ¿Has oído alguna vez los discos que te envía?

Henny se mordió el labio. En realidad, la música clásica no la atraía lo más mínimo.

—Grit se parece más a Philipp, su padre y mi primer marido —siguió hablando Nellie. Resultaba extraño sostener esa conversación con su nieta. En realidad, siempre había calculado que Henny preguntaría mucho antes por su madre—. La música ocupa para ambos el primer lugar. Él es violinista, ella pianista, y todo lo demás queda subordinado a la música…

—Como sucede entre nosotros con los caballos —observó Henny.

Nellie sonrió.

—Algo parecido. Los caballos también son una pasión, una pasión que la *oma* Mia, el *opa* Julius, April, Alex y yo compartimos. Y Noah y tú…

Henny se echó de nuevo a llorar.

—Y ahora Noah se quedará con todos, todos los caballos de Epona Station —dijo—. El *opa* Julius lo quiere más a él que a Nicholas y a mí. Porque es su auténtico nieto… Nicholas es al menos el nieto de la *oma* Mia. Solo yo… no soy nada…

Nellie abrazó a la desdichada muchacha hasta que esta se calmó. No podía hacer nada más por ella, la pequeña no aceptaría ningún consuelo que pudiera darle. Aun así, Nellie estaba convencida de que Mia y Julius la querían, y April y Alex la adoraban. Nunca habían hecho ninguna diferencia entre su hija adoptiva y su hijo. Pero en esa época, Henny lo veía todo negro.

Al final fue Melora la que consiguió hacerla sonreír de nuevo. La yegua resopló suavemente en su cabello, le cogió la trenza entre los belfos y tiró de ella como si quisiera recordarle su presencia. También Jamie le dio un empujoncito. Había seguido a Nellie. Henny lo acarició, desensilló a Melora y le dio, por fin, su bien merecida manzana tras la clase de equitación.

Nellie besó a su nieta en la frente.

—Los animales saben quién eres —dijo con dulzura—. Y yo también lo sé. Solo tú no lo sabes todavía con certeza. Pero esto cambiará, Henny. Necesita su tiempo.

2

Nellie no pudo dejar de pensar en la conversación que había sostenido con su nieta durante el resto del día y todavía mantenía su mente ocupada en ese tema por la noche, mientras intentaba relajarse en el sofá con una revista médica y una copa de vino tinto. Dejó a un lado la publicación cuando oyó llegar a Walter, su esposo. Este había celebrado una reunión con los entrenadores de los caballos de carreras y luego seguro que había echado un vistazo a las cuadras para confirmar que todo estaba en orden. Cuando por fin llegó a casa, era evidente que volvía a llover, pues llevaba su oscuro cabello mojado. Sus afables ojos azules brillaron al ver a Nellie.

—Ya estás aquí —dijo alegre—. ¿No querías ir a casa de los Von Gerstorf?

Nellie asintió y le habló de Henny.

Walter, que en el fondo no se tomaba en serio los problemas de la adolescencia (había trabajado el tiempo suficiente como profesor de equitación para conocerlos muy bien), se rio.

—Tal vez debería considerar la idea de casarse con Noah. Sería un enlace estupendo. Al menos en lo que respecta a la yeguada.

Nellie hizo una mueca.

—Si quieres ser testigo de una explosión, propónselo —señaló—. No lo aguanta. Y a lo mejor también él tendría algo que objetar.

Walter se sentó en una butaca y tomó un sorbo del vino de su esposa.

—¿Qué podría tener en contra? Es una chica guapísima e inteligente, aunque todavía algo inmadura. Creo que se parece más a ti que a su madre. A excepción de que es morena, claro. Cuando crezca será irresistible. —Le sonrió.

—¿Así que me encuentras irresistible? —preguntó Nellie, halagada—. ¡Ya tengo más de sesenta años! Y Henny se parece más bien a su padre, ¿no crees?

A diferencia de ella, Walter había conocido personalmente a Leonidas Fotakis.

Walter cambió su asiento por el sofá y le pasó el brazo alrededor de los hombros.

—Para mí tú sigues siendo la más bonita del mundo. Y Henny... Sí, no cabe duda de que crece como una diosa griega. Pero la naricilla —tocó suavemente la nariz pequeña y llena de pecas de Nellie— es tuya, sin la menor duda. De Grietje y Philipp solo tiene en realidad los rizos, aunque a mí me gusta mucho más el cabello liso y de un dorado rojizo. —Pasó la mano por el práctico peinado a lo paje de Nellie, que conservaba el tono rubio rojizo tiñéndose periódicamente el cabello.

Ella se echó a reír.

—¡Eres un seductor, Walter von Prednitz! Pero me gusta lo que dices... Volvamos a Henny. ¿Te he contado que me ha preguntado por Grietje? —Nellie y Walter eran los únicos que llamaban todavía Grietje a Grit, la hija fruto de la unión de Nellie con Philipp de Groot. La joven (bautizada con el nombre de Margarete por su abuela materna) quiso que la llamaran Grit desde que se marchó a Estados Unidos con su padre—. Nunca antes había preguntado por su madre. Y yo, tonta de mí, lo primero que he hecho ha sido reprocharle su falta de sentido musical. Justo en el momento en que ella misma piensa que no sirve para nada.

—Más vale eso que no que intente de repente aprender a tocar el piano —opinó Walter—. Al menos para los oídos de Julius y Mia. April tiene tan poco talento para la música como Henny, y Alex... ya tuvo suficiente para toda la vida con Grit aporreando el teclado.

Nellie lo miró con severidad.

—Grit es una pianista mundialmente famosa. Ella no aporrea el teclado...

Y sin embargo, durante los últimos meses que Grit había pasado en Nueva Zelanda, Nellie había sufrido igual que Walter a causa de los ejercicios de piano que duraban horas... En cuanto a Alex, el amor que una vez había sentido por Grit había muerto a causa de la ilimitada ambición de la joven. Luego, él se había entregado a April, para satisfacción de ambos. Walter no respondió, pero hizo una significativa mueca con la cara.

—Henny ya se tranquilizará —acabó diciendo—. Y Noah es un buen chico. No creo que la provoque de forma consciente, al contrario. Limítate a esperar. April y Alex a su edad también estaban como el perro y el gato. Todo se calmará. ¿Qué tal si cenamos? ¿O tengo que servirme una copa de vino y seguir diciéndote lo guapa que eres?

Nellie se acurrucó entre los brazos de su esposo, cuyos besos eclipsaron su preocupación por Henny. Ninguno de los dos era joven. Walter ya tenía el cabello gris y había engordado un par de kilos desde que no entrenaba él mismo los caballos. Pero, pese a los muchos y tormentosos años juntos, formaban un matrimonio feliz.

Nellie y Walter estaban profundamente dormidos cuando a eso de las tres de la madrugada sonó el teléfono. Todavía seguía habiendo un aparato telefónico sobre la mesilla de noche de Nellie, aunque en los últimos años pocas veces la llamaban para que atendiera a un animal enfermo. Si no se trataba de un caballo del hipódromo, Alex se encargaba de los casos de urgencia de los animales grandes y Justynka, que había sido compañera de Nellie y se había hecho cargo de la consulta de New Lynn, se ocupaba de los animales pequeños.

Confusa, Nellie buscó a tientas el teléfono y musitó de mala gana un «¿sí?» que respondió una voz despierta y profesional.

—Recibe una llamada de ultramar. Es posible que tenga costes adicionales. ¿Quiere aceptarla?

¿De ultramar? La sorpresa de Nellie dejó paso a la preocupación. Sus amigos Maria y Bernhard vivían en Australia, y Grit y su padre se encontraban de gira por Europa con la Sinfónica de Boston. Una llamada a esas horas no anunciaba nada bueno.

—Si, por supuesto, pásemela —respondió con impaciencia y al instante oyó un llanto.

—Mami... —Nellie se sentó cuando reconoció la voz de Grit entre los sollozos—. Mami... —Grit seguía llorando, parecía no poder pronunciar más palabras. Antes de que Nellie le preguntara, logró dar la noticia—. Mami... Papá... Papá ha muerto...

—¿Qué? —Nellie se estremeció. Philipp... Phipps, como ella siempre lo había llamado, solo era dos años mayor que ella. ¿Cómo era posible...?

—Teníamos..., teníamos ensayo... y él estaba tocando su solo... —Grit apenas podía pronunciar las palabras, interrumpida continuamente por un llanto desesperado—. Y entonces... —Gimió.

—¿Qué ha ocurrido, Grietje? —preguntó Nellie—. ¿Un accidente?

—No, no, él... —Grit se vino abajo.

—¿Señora De Groot? Le habla Vincent... —Nellie pasó a oír

la voz contenida de un hombre—. No sé si Philipp le ha hablado alguna vez de mí...

Sí que lo había hecho y Nellie incluso tenía en mente una imagen del joven. Grit le había estado enviando fotos de ella con otros músicos y amigos. Vincent Langdon era un hombre delgado, de expresión algo ausente y amable, cabello rubio y liso. Era chelista en la Sinfónica de Boston. Phipps lo tenía en gran estima y nunca había perdido la esperanza de que su hija algún día se enamorase de él. Pero Grit no se sentía preparada para empezar una nueva relación, todavía estaba demasiado traumatizada por su unión con Leonidas Fotakis durante la guerra y demasiado presionada por el temor a tener un hijo y quizá verse obligada a abandonar su carrera. A menudo, Phipps le había transmitido por carta a Nellie su preocupación con ese tema.

—Señora Von Prednitz —corrigió ella mecánicamente, y luego asintió—. Yo..., Grit..., a lo mejor usted puede...

Asimilaba lentamente la noticia de la muerte de Phipps. Notó que una sensación de frío la invadía, pero no podía terminar de creérselo si no la informaban de las circunstancias.

—¿Dónde..., dónde se encuentran ustedes en la actualidad? —La desgracia tenía que haber ocurrido en algún lugar de Europa.

—En París —respondió Vincent Langdon—. Teníamos que tocar esta noche en la Ópera, ensayábamos a las once. Y Philipp estaba tocando su solo cuando, de repente, dejó caer el violín, miró incrédulo a su alrededor y luego... simplemente se desplomó.

Grit sollozaba histérica.

—¿Se desplomó y murió? —preguntó Nellie, incrédula.

—Casi al instante. Intentamos reanimarlo. Enseguida llegó un médico... Pero no había nada que hacer. Un ataque cardiaco, dictaminó el médico, o se le reventó un a...

—Aneurisma —concluyó la frase Nellie sin pensar.

—Exacto —dijo Vincent—. No..., no ha sufrido, según el doctor. Estas cosas suceden muy..., muy deprisa.

Nellie asintió.

—Sí —dijo en voz baja—. Y no hay nada que hacer...

Tenía lágrimas en los ojos. Walter se incorporó e intentó averiguar por sus palabras de qué estaban hablando.

Grit no cesaba de llorar. La cuestión de cómo había reaccionado a la muerte repentina de Phipps no se había mencionado.

—¿Y ahora qué pasa? —preguntó Nellie en voz baja—. Grit...

Vincent carraspeó.

—La función de esta noche se ha suspendido. Pero la gira debe continuar, por supuesto... Philipp..., nos hemos puesto de acuerdo en trasladar a Philipp a Boston. Allí tenía amigos, seguidores... Se celebrará un gran funeral...

A Nellie le interesaba poco cómo iba a ser el entierro de Phipps. Lo importante era cómo se encontraba Grit. Tras la muerte de Leonidas se había sentido culpable y había reaccionado encerrándose en sí misma. Durante meses había dejado de ser ella, hasta que Phipps por fin había regresado de una gira y la había arrancado de la melancolía. Si eso volvía a suceder ahora...

—¿Qué pasa con Grit? —insistió—. Creo..., creo que tendría que venir conmigo. Tratar de calmarse durante un par de semanas, tomar distancia...

Grit interrumpió su llanto desesperado para proferir un obstinado «¡No!».

—Es lo que yo también le he sugerido, señora De Groot —explicó Vincent. Nellie renunció en esta ocasión a corregir el apellido—. Incluso intentaría quedarme libre para acompañarla a Nueva Zelanda. Pero ella no quiere, quiere...

—Papá no lo habría aprobado. —Sollozó Grit—. Que me marchara. Siempre decía que hay que cumplir con los compromisos y ahora... si yo también fallo...

—Grit, todo el mundo lo entenderá...

Nellie y Vincent pronunciaron las mismas palabras para tranquilizarla, pero Grit parecía estar recomponiéndose y repitió la decisión que había tomado.

—No abandonaré la gira hasta que acabe —la oyó decir Nellie—. Y luego volveré a Boston. Yo…, yo proseguiré la obra de papá, yo… —Volvió a echarse a llorar.

Nellie suspiró.

—Por favor, Vincent, páseme de nuevo a mi hija. Creo que ahora tengo que tranquilizarla. Mañana tal vez se vea todo de otro modo. ¿Dónde están? ¿Todavía en la Ópera?

Vincent contestó negativamente. Había acompañado a Grit al hotel y estaba con ella en la suite que había compartido con su padre.

—Bien —dijo Nellie—. ¿Puede quedarse con ella? Ahora no debería permanecer sola. ¿Y hay Valium en el botiquín de viaje de los dos? ¿O alguna caja de pastillas para dormir? Los cambios continuos de zonas horarias suelen provocar trastornos del sueño. Si las hay, pida que les lleven un té con mucho azúcar, disuelva una pastilla en él y cuídese de que lo beba. Para que se tranquilice.

Vincent le aseguró que se quedaría en la suite y que velaría por el sueño de Grit. Emprendió al momento la búsqueda de un somnífero y le comunicó a Nellie que lo había encontrado.

El sueño venció al llanto mientras Nellie susurraba a su hija por teléfono unas palabras sosegadoras.

Walter, que entretanto se había levantado, le llevó un té a Nellie. Ella le hizo un gesto de agradecimiento al terminar la conversación telefónica.

—Mañana volveremos a hablar, Vincent. ¡Muchas gracias por todo!

Walter la miró.

—¿Phipps? —preguntó.

Ella asintió.

—Lo siento —dijo él en voz baja.

—Yo también lo siento, lo siento mucho —susurró Nellie, secándose las lágrimas del rostro—. Yo..., yo nunca fui realmente su esposa, pero...

Walter la estrechó entre sus brazos.

—Nellie, no tienes que justificarte. Nunca me sentiría ofendido porque estés llorando su muerte... Era el padre de tu hija.

—Era, sobre todo, mi amigo —contestó Nellie llorando—. Mi mejor amigo desde que tengo uso de razón. Y le estoy agradecida por todo... Sin Phipps...

Ya de niña, Nellie estaba decidida a ser veterinaria, pero entonces no se permitía que las mujeres estudiasen una carrera. Gracias a que Phipps la dejó participar en sus estudios, adquirió ella los conocimientos necesarios para tratar animales. Hasta mucho más tarde no obtuvo el título de doctora en una universidad alemana.

—Lo sé —dijo Walter.

—Qué triste... —gimió Nellie.

Solo cuando Philipp y Nellie se separaron, comprendió él lo mucho que la había amado. Nunca había habido otra mujer en su vida. Salvo su hija Grit.

—¿Qué hará Grit sin él? —preguntó Walter.

No dirigía la pregunta a Nellie, pues sabía que ella también se la planteaba. Y vio que, inevitablemente, él y su familia iban a tener problemas en un futuro próximo.

Nellie volvió a hablar por teléfono con Vincent Langdon la noche siguiente. La diferencia horaria entre Nueva Zelanda y París era de doce horas, así que para él era la mañana después de la muerte repentina de Phipps. Grit, según le informó, había dormido profundamente y se estaba vistiendo. Volvía a llorar y no quería comer nada, pero había insistido en acompañarlos a la funeraria a él, el director y un traductor facilitado por la Ópera para discutir sobre el modo en que debían proceder. Estaba dispuesta a asistir luego al ensayo.

—¿Quiere tocar esta noche? —preguntó Nellie, atónita.

—A toda costa —respondió Vincent—. Yo también estoy preocupado, igual que los demás. Pero está firmemente decidida. Y, por supuesto, su presencia será lo que atraiga al público. Esta tragedia ha ocupado muchas páginas de los diarios. Si ahora Grit vuelve a pisar el escenario sin hacer ninguna pausa...

—¿Y si se viene abajo delante del público? —preguntó Nellie, enojada—. ¿Cómo van a permitírselo?

—Es una persona adulta —contestó Vincent. Parecía un niño al que habían regañado.

Nellie se disculpó. Seguro que el joven chelista no podía hacer nada, Grit no le habría escuchado. En cualquier caso, el director habría podido prohibirle que actuara, pero el día anterior ya había tenido que cancelar el concierto. Seguro que tenía mucho interés en complacer a los organizadores.

Nellie suspiró.

—Ya me contará cómo ha ido —pidió—. Nos mantenemos en contacto.

3

Vincent Langdon amaba a Grit de Groot desde hacía años. Ya cuando lo contrataron en Boston, se sintió fascinado por ella. Le encantaban su expresión, su total entrega a la música y, sentada al piano, su silueta delgada pero femenina, el cabello rubio y ligeramente ondulado con sus casi imperceptibles matices rojizos, y el hecho de que lo llevara largo, en contra de la moda, a veces con unos mechones recogidos detrás desde las sienes y en ocasiones trenzados. Sus rasgos eran suaves: con la raya en medio, su rostro recordaba al de una madona. Vincent habría podido pasar horas contemplándola.

Había necesitado algunos días antes de atreverse a hablarle, sobre todo debido a que ella ya era una estrella, al igual que su padre. Philipp de Groot era universalmente conocido. Pero se pusieron a conversar sobre su chelo, una obra maestra, como el violín de Philipp, de la famosa familia de lutieres Guarneri. Vincent no cupo en sí de alegría al comprobar que no se daban ínfulas, sino que se habían acercado a él de una manera franca y amable.

Al principio le había dado la impresión de que Grit correspondía a su interés. Había salido varias veces con él y el padre había apoyado la relación en ciernes. Había invitado a Vincent a tocar con ellos, la conversación había sido animada... Todo parecía muy prometedor hasta que una tarde Vincent intentó besar a Grit. Ella enseguida se había apartado de él, musitando una especie de disculpa, y a partir de ese momento la relación se había enfriado a todas luces. Philipp de Groot se había esforzado por mediar y le había hablado de la experiencia que había tenido su hija en Creta durante la guerra.

Grit se había incorporado a la sección de entretenimiento de las tropas como pianista y había entablado amistad con un músico griego, Leonidas Fotakis. El día en que los alemanes invadieron la isla, lo había acompañado a su pueblo, en el interior, y no había encontrado ninguna manera de volver con los aliados, que enseguida habían evacuado a sus compañeros de trabajo. Más tarde había comprendido que Leonidas la había retenido de forma consciente. Había justificado su proceder diciendo que en la aldea estaba más segura que en el cuartel general de los ingleses, pero lo que él había esperado sobre todo era ganarse su corazón. A pesar de eso, Grit no había iniciado una relación sentimental con él, sino que se había unido a la lucha de los partisanos cretenses. En una noche de debilidad, tras una peligrosa operación, había hecho el amor con Leonidas por pura sed de vida y había engendrado a su hija Helena, a la que llamaban Henny. El joven griego y su familia estaban convencidos de que Grit se casaría con él y se quedaría en la isla, pero, cuando se le ofreció la posibilidad de huir con una unidad inglesa, se marchó. Esa misma noche, mataron a Leonidas durante una misión. Grit, que se consideraba culpable, cayó en una depresión profunda.

«Simplemente necesita algo de tiempo para asimilarlo —había explicado Philipp—. No arroje la toalla, Vincent. Espere a que ella tome la iniciativa».

Desde entonces, el chelista se había reprimido adoptando el papel de amigo de la familia. De hecho, Grit parecía confiar cada vez más en él; ya no lo evitaba como durante los primeros días tras su intento de intimar con ella, sino que volvía a acompañarlo a las inauguraciones, conciertos o visitas guiadas de las ciudades a las que acudían de forma periódica. No obstante, seguía siendo una relación platónica. Vincent había esperado, a veces con la sensación de que ese vínculo extraordinario que existía entre Grit y su padre era un obstáculo más en su camino. La joven no podía separarse de su progenitor.

Lamentaba sinceramente la muerte de Philipp, pero también la veía como una oportunidad para ganarse por fin los favores de Grit. Por supuesto, convertirse en un amigo para ella sin tratar de sustituir al padre no era una tarea nada fácil. Vincent no quería dependencia, quería amor, así que continuaba esforzándose por ser paciente y comprensivo.

En los días que siguieron a la muerte de Philipp, siempre temía que Grit se derrumbase mientras se esforzaba con toda firmeza en cumplir sus compromisos musicales. Daba conciertos con las lágrimas resbalándole por las mejillas y, cuando al final saludaba, cogía el ramo de flores o la corona que la orquesta dejaba todas las noches en el lugar vacío del primer violín y lo sostenía delante de ella como un escudo. En lo cotidiano, se encontraba como en trance, se hacía de rogar cuando Vincent la animaba a beber o comer un bocado y parecía no darse cuenta de que cada noche, antes de irse a dormir, él disolvía en una bebida un somnífero de Philipp para que pasase la noche en calma.

Después de los conciertos de París estaban programadas dos paradas más en la gira: Roma y Atenas. Vincent creía que la estancia en Grecia la incitara a contarle algo sobre sus vivencias durante la guerra, pero ella no parecía percatarse de en dónde se encontraba. Cuando no ensayaba o actuaba, pasaba el tiempo en la habitación del hotel. Vincent esperaba que ella no se molestase por que conservara la reserva de la suite de ella y su padre y que él durmiera en la habitación prevista para Philipp. Todavía no se atrevía a dejarla sola.

La gira por fin terminó y la orquesta voló de vuelta a Boston. La urna de Philipp ya había hecho antes la travesía. La agencia que durante años había atendido a Philipp y Grit se encargó de organizar las exequias. Para sorpresa de Vincent, Grit participó de forma muy activa en la planificación, el programa musical y la selección de los invitados de honor. Era como si se tratara de poner en escena una última representación: la estrella de Philipp tenía que resplandecer una vez más.

—¿Vendrá usted? —preguntó Vincent a Nellie—. Yo..., bueno, yo creo que para Grit sería muy importante.

En realidad, no lo creía. Grit había hablado por teléfono en dos ocasiones con su madre, cuando estaba desesperada tras la muerte de Philipp; pero ya la segunda vez pareció haberse encerrado en su burbuja de dolor y solo había respondido con monosílabos a las preguntas de Nellie. Ahora ni siquiera mencionaba a su madre.

Nellie lo intuía.

—No me ha enviado ninguna invitación —dijo—. Ni a mí sola ni a mí y mi familia. Creo que seríamos..., seríamos solo unos intrusos... Ella quiere permanecer en su mundo cuando se despida...

—Pero tal vez habría sido importante para Philipp que estuvieras allí —señaló Wilhelmina Rawlings—. Te consideraba una persona muy valiosa en su vida.

La temporada de las carreras había empezado y Nellie encontró a la propietaria de la yeguada en el palco de los VIP dos semanas después de la muerte de Philipp. Wilhelmina había trabajado con Nellie durante la guerra, cuando Grit y Alex, el hijo de Wilhelmina, estaban desaparecidos en Creta. Reuniendo fuerzas, las dos habían organizado una operación de búsqueda y rescate. Wilhelmina había conocido entonces a Phipps y se había formado una idea de la difícil relación que existía entre él y Nellie.

Esta última suspiró.

—Ay, Willie, qué complicado es esto —musitó—. No quiero herir los sentimientos de Walter y no quiero que la prensa se lance sobre mí. La muerte de Phipps se ha dado a conocer en todo el mundo, han salido necrológicas en los periódicos más importantes. Si ahora aparezco yo como su viuda...

—Le quitarías protagonismo a Grit —observó Willie.

Con un eterno sexto sentido para las intrigas, manipulaciones e hipocresías, Wilhelmina se había ganado enemigos de por vida. Pero al menos su marido, Edward, permanecía a su lado. Tras años de un matrimonio en el que habían reinado las ansias de poder y el menosprecio, ambos habían llegado a una relación serena y armoniosa.

Nellie frunció el ceño.

—¿A qué te refieres? —preguntó algo molesta.

—Pues lo que oyes —respondió con franqueza Willie—. Tu hija sale a escena como la mujer que ha estado a su lado. Quiere apropiarse ella sola de la herencia de Philipp.

—No nos peleamos por su herencia —replicó Nellie—. Su fortuna va a una fundación para favorecer a niños especialmente dotados para la música. Grit solo hereda la casa de Boston y supongo que el violín, que vale unos millones de libras. Ella ya gana dinero suficiente por su cuenta.

—Hay una herencia artística —insistió Willie—. Una especie de soberanía interpretativa. Solo tu hija Grit determina lo que el mundo sabe sobre Philipp de Groot, qué recuerdo irá unido a él. Ella no aceptaría que tú estuvieras a su lado, junto a la tumba. Que tal vez contaras tu historia con él...

—No tengo nada malo que contar sobre él —protestó Nellie.

Wilhelmina se encogió de hombros.

—Entonces coge un avión y ve —indicó—. Pero te lo advierto: estarás con ese Vincent Langdon en la última fila de los asistentes al sepelio.

Nellie no tomó ningún avión a Boston, sino que se limitó a enviar un gran ramo de flores a los funerales. En el crespón se leía: «Con amistad, amor y agradecimiento, Cornelia».

La idea de que con esas palabras no despertaría el interés de la prensa fue acertada. En los artículos sobre el entierro dominaban las fotos de Grit, sola junto a la tumba, con el violín de Philipp en la mano. Tal como Willie había anunciado, ni siquiera se admitió a Vincent Langdon en la primera fila.

4

Daphne Lemberger estaba sentada en el tren que iba de Sídney a Perth y no se sentía nada bien. Tenía sin embargo todas las razones del mundo para estar de buen humor. Al fin y al cabo, pocos días antes había obtenido su título y ahora podía presentarse como doctora en Medicina veterinaria. Puesto que uno de sus directores de tesis daba clase en Sídney, había realizado allí el último paso de su doctorado: el examen oral. Estaba además con los dos hombres más importantes del mundo para ella, a excepción de su padre. Sin embargo, entre su hermano gemelo David y su amigo Stephen Pentecost había tal tensión que no sabía qué tema de conversación sacar. Y eso que acababa de contarle a David, exultante, sus planes de futuro. Viajaría con Stephen a Estados Unidos y allí trabajaría en el laboratorio del famoso investigador de primates Harry Harlow.

—El laboratorio de Wisconsin está especialmente acondicionado para los estudios de Harlow y estamos entusiasmados ante la idea de trabajar allí —le había contado emocionada.

—¿Has estudiado Veterinaria para envenenar a simios y luego diseccionarlos? —había preguntado David, consternado.

Daphne amaba a los animales y tenía una relación tan especial con ellos como su hermano y sus padres. También su padre

Bernhard y su madre Maria eran veterinarios. Dirigían juntos el zoo de Perth, donde Daphne había estudiado.

Ella se había reído.

—¡Claro que no! No se trata de experimentar con animales con el objeto de realizar una investigación médica. Se trata de psicología, de etología. Harlow trabaja con monos rhesus y hace pruebas para comprobar su capacidad cognitiva y su memoria. ¡Ya sabes que tengo debilidad por los primates!

Daphne había dudado un poco a la hora de elegir qué carrera estudiar. Por una parte, quería ser veterinaria y trabajar en un zoo como su madre; pero, por otra parte, estaba interesada en la evolución de los seres humanos, sobre todo en los puntos que tenían en común humanos y animales. Por esa razón, la había entusiasmado el campo de la antropología y había acabado combinando los dos estudios. Había escrito su tesis de doctorado sobre la estructura cerebral de distintos primates y sorprendido a sus profesores al incluir al ser humano en el estudio comparativo. En él había puesto todo su empeño en rebatir la perogrullada de que un cerebro mayor también tiene mayor capacidad cognitiva. Mientras trabajaba en el doctorado y se inscribía en cursos del ámbito de la antropología, había llamado la atención por su interés y su inteligencia, y al final le habían ofrecido un puesto como ayudante en prácticas de un conocido antropólogo que investigaba los cerebros de distintos hombres primitivos. En su trabajo había formulado algunas tesis notables sobre la importancia de diferentes áreas cerebrales y las había defendido con éxito ante profesores de veterinaria y de antropología. La habían premiado de modo unánime con un *summa cum laude*, lo que la enorgullecía enormemente.

—¿Y para qué necesita el profesor Harlow una veterinaria? —había preguntado David (no para provocar, sino solo por un sincero interés), y había percibido con sorpresa que Daphne se mordía el labio ante tal pregunta.

—Stephen hará su doctorado con él —contestó—, y yo... Bueno, yo quería estar a su lado. Me presenté y el profesor Harlow me ofreció un trabajo como asistente de laboratorio.

—¿Cómo dices? —El volumen de voz de David había subido. Era por naturaleza una persona relajada y tranquila, mucho menos vivaz y abierto que su hermana—. ¡Daphne, tú estás sobrecualificada para ese trabajo! ¡Un asistente dedicado a la investigación de primates será seguramente una mejor opción!

Daphne había jugueteado con el bolso.

—Bueno, pero me gustan los animales. Y quiero estar con Stephen.

—Daphne ha estado trabajando hasta ahora de asistente —había dicho Stephen, que hasta ese momento se había limitado a saludar—. En antropología. Ahí nos conocimos.

Daphne le sonrió.

—A Stephen le sucede lo mismo que a mí —había explicado—. Es biólogo de origen y eligió la antropología como estudio de posgrado. Y ahora quiere unir en el doctorado las dos especialidades.

David había asentido.

—Eso está muy bien. Para él. Y seguro que es interesante. Pero tú eres veterinaria, con el título de doctora. Encuentro increíble que ese Harlow se haya atrevido a ofrecerte un puesto secundario.

Daphne se había apartado hacia atrás el cabello oscuro.

—Vamos, David —había intentado calmar a su hermano—. Ya he aceptado ese trabajo. Me hacen gracia los macacos...

El brillo de los ojos de la joven al deslizar la mirada por Stephen enseguida desveló a David que lo que entusiasmaba a su hermana era trabajar con ese joven, y también, sin la menor duda, vivir con él. Por el momento no había expresado la intención de casarse, pero era obvio que llevaba a Stephen Pentecost a la fiesta de verano del zoo de Perth para presentárselo a su familia. David intentaba comprender la fascinación que ese muchacho ejercía sobre su hermana, pero no lo lograba. No cabía duda de que era apuesto. Con una figura de deportista y un rostro lo suficientemente anguloso para parecer muy masculino, aunque de rasgos elegantes, también era lo bastante sensible para atraer a las mujeres. Llevaba el cabello rubio cortado a la moda y vestía según el último grito: un traje de verano claro y el sombrero a juego que había dejado en la estantería del compartimento. Sus labios siempre esbozaban una sonrisa, como si no se tomara muy en serio el mundo ni, en especial, a su interlocutor.

—¿Cuál es en realidad su profesión? —preguntó desafiante en dirección a David.

Este cambió de mala gana de tema.

—Soy arquitecto paisajista —contestó—. He terminado la carrera. Pero quiero hacer algunas prácticas antes de establecerme como autónomo. Tengo el propósito de especializarme en el diseño de zoológicos. Amplios espacios abiertos en los que los animales se sientan a gusto y las personas perciban que pueden moverse libremente entre ellos.

—Por decirlo de algún modo, ¿que se encuentren con un tigre de frente? —se burló Stephen—. ¿Cómo se logra algo así?

David no se molestó en sonreír. Era un joven serio, más parecido a Maria, su madre, que su más vivaracha hermana Daphne. Por lo demás, los gemelos tenían muchas cosas en común. No solo el cabello oscuro, sino también los amables ojos azules y el rostro fino y con forma de corazón. Además, solían coincidir en su manera de pensar. Aunque de vez en cuando se peleasen en broma, escaseaban entre los Dadas, como los llamaban cariñosamente sus padres, serias diferencias de opinión.

En esa ocasión, Daphne no dejó la menor duda de que apreciaba el trabajo de su hermano.

—Por ejemplo, construyendo fosos con agua en lugar de vallas —explicó—. En general, los tigres no nadan, como tampoco los monos.

—A los monos se los puede retener sin problema en islas artificiales —añadió David—. Así no se sienten encerrados. En cambio, la visión de un chimpancé tras unas rejas me parece muy triste...

Stephen sonrió con desdén.

—Ya veo, es usted una víctima del antropomorfismo. Y eso que yo pensaba que es una debilidad más bien femenina. —Acarició a Daphne con una mirada tierna, condescendiente.

—A Stephen le han enseñado que los animales no piensan ni sienten —observó Daphne—. Conductismo... Thorndike y Watson defendieron la teoría, y últimamente Skinner. Todo comportamiento se explica solo con el estímulo y la respuesta. Los sentimientos no desempeñan ningún papel. Cree que los animales no los tienen. Pienso que Kali y Lakshmi lo convencerán enseguida de lo contrario... —Al pensar en las elefantas, los ojos de la muchacha brillaron casi tanto como al mirar a Stephen.

—También me gustará presentarle a mis tigres, si tiene interés —añadió David, siendo él esta vez el que se mostró burlón—. Y a mis gatos. A los tigres resulta difícil mantenerles la mirada.

—David adiestró gatos cuando todavía era un niño —contó Daphne—. Y yo preferí a las elefantas y fingí que era una princesa india. Nuestros padres trabajaron en un circo durante un tiempo antes de ocuparse de la dirección del zoo de Perth. Nuestra madre es especialista en animales exóticos y tiene mucho talento para ponerse en el lugar de los animales. Que los animales piensan y sienten es para nosotros lo normal.

Stephen volvió a sonreír ahora de forma más amable.

—No cabe duda de que se los puede adiestrar —reconoció—. Con comida o a base de golpes, estímulo y respuesta. Al final se llega a lo mismo. Pero será un placer ver a tus elefantas y a sus tigres, David, siempre que no estén hambrientos. Al estímulo «hambre» puede responderse con la reacción «saltar por encima de un foso con agua».

David buscó por un instante la mirada algo avergonzada de su hermana. Entonces cambió de tema. Stephen Pentecost no se había ganado sus simpatías y no creía que sus padres estuvieran entusiasmados con la elección de Daphne.

Bernhard Lemberger recogió a los tres viajeros en la estación. Llevaba tejanos y la camisa abierta, es decir, vestía de un modo informal; al fin y al cabo, había interrumpido por unos instantes el trabajo en el zoo y no había querido cambiarse. El día previo a la fiesta de verano había mucho que hacer y a él no se le caían los anillos por echar una mano. Bernhard era responsable de los asuntos comerciales, entre los cuales también se contaban los eventos promocionales, como la planificación de los días de puertas abiertas. Lo hacía de buen grado, era amable con personas y animales y los trabajadores lo tenían en gran estima.

Maria, su esposa, no era tan dada al trato con las personas. Era inteligentísima, pero tenía problemas para valorar el estado emocional de los demás, interpretar sus expresiones o leer entre líneas cuando se manifestaban. Las metáforas le resultaban ajenas, al igual que la ironía. A cambio, tenía una especie de sexto sentido para los animales. Tanto si se trataba de una serpiente venenosa como de un oso tibetano, Maria intentaba percibir lo que pensaban y sentían. Su amiga Nellie le había preguntado una vez en broma si lo había intentado con los hombres: a las mujeres les ahorraría mucho trabajo poder adivinar sus pensamientos y sentimientos. Pero «rozar», como ella lo llamaba, a seres humanos le resultaba demasiado agotador, una carga. «Las personas piensan demasiado fuerte», era la explicación que daba al hecho de que no se sintiera bien con mucha gente en una habitación y de que solo pudiera compartir el dormitorio con algunas pocas personas a quienes conocía. Tampoco le gustaba rozar físicamente a las personas. En eso Bernhard no tenía el más mínimo problema. Dio la bienvenida a los mellizos con un abrazo y una sonrisa de oreja a oreja. Sus cabellos rubios y ondulados habrían necesitado un corte, pero con todo el trabajo de los preparativos para la celebración no había logrado ir al barbero.

Stephen lo observó algo asombrado. Daphne contestó cariñosa al abrazo y David con cierta torpeza.

—Papá, ¿puedo presentarte a Stephen Pentecost? —preguntó formalmente Daphne después del saludo—. Es mi amigo. Trabajaremos juntos en Estados Unidos.

El rostro de Bernhard se ensombreció cuando Daphne habló de ir a trabajar a Estados Unidos.

—En ese laboratorio de investigación, ¿verdad? —contestó no obstante con amabilidad, tendiendo la mano a Stephen—. El profesor Harlow tiene una enorme reputación; sin embargo, mi esposa y yo no terminamos de entender para qué necesita a una veterinaria. Pero bueno, ya hablaremos de eso más tarde. Ahora acompáñeme, Stephen, tengo que volver al zoo. Todavía no hemos acabado con el programa. ¿Podrías tal vez convencer a Kali y Lakshmi de que lleven a un par de niños a dar un paseo por el zoo, Daphne? Su cuidador no está seguro del todo. Vuestra madre dice que no le toman en serio.

Daphne rio complacida.

—¡Pues claro, papá! Si me lo hubieras dicho antes habría conseguido un sari. Una princesa india...

—... no lleva el pelo tan corto —se burló Bernhard de ella, señalando el corte de cabello algo atrevido de su hija—. Pero te queda bien, cariño. No necesitas ningún disfraz para romper corazones.

Le guiñó el ojo a Stephen, que parecía extrañamente turbado. Se le notaba que la familia de Daphne le resultaba chocante.

Y más aún cuando vio el viejo todoterreno con el rótulo de ZOO DE PERTH en el que Bernhard había llegado. En la superficie de carga se amontonaban las jaulas de transporte, pero también guirnaldas que iban a servir de adornos en la fiesta. En el interior el olor era fuerte. El vehículo también servía para transportar animales.

—Por lo demás, ¿todo en orden? —preguntó David—. Sally...

—Sally vuelve a estar preñada y pronto dará a luz a un precioso bebé. —Bernhard sonrió—. O a dos. Maria ha castrado a tus gatos. Por muy simpáticos que sean, temíamos una explosión demográfica. Por cierto, se han pasado todo el día dando vueltas alrededor de la casa, como si sospecharan que vienes.

5

Los Lemberger vivían en una casa singular, no demasiado grande, en los terrenos del zoo. Había sido construida para el fundador del zoológico y poseía el encanto de los edificios victorianos. El acceso era generoso y Bernhard detuvo el coche delante de la puerta; en realidad quería dejar allí a sus pasajeros y marcharse de nuevo para cumplir con sus obligaciones.

Sin embargo, no había contado con Daphne. Mientras David bajaba solícito y era saludado al instante por un gato pelirrojo y otro negro, que parecían haber estado esperándolo realmente, Daphne estaba impaciente por ir al zoo.

Bernhard la observó.

—No sé, cariño. ¿Llevas la ropa adecuada?

Daphne llevaba un pantalón de lino claro y una blusa de verano estampada. Era evidente que se había arreglado para viajar con Stephen, mientras que David se había puesto un sencillo pantalón tejano y una camisa gastada. Justo la ropa adecuada para sentarse en los escalones delante de la entrada y disfrutar de las muestras de afecto de sus gatos. Habían aparecido otros dos con manchas blancas y negras y también ellos ronroneaban y maullaban ávidos por frotarse contra David.

—Son seis en total —confesó Daphne a su amigo y se volvió

despreocupada a su padre—. Seguro que en la casa de los elefantes hay un mono —contestó—. O dos... —Miró el traje claro de verano de Stephen—. Tienes ganas de venir, ¿no? —preguntó a Stephen.

—¡Decidíos! —los apremió Bernhard—. Mamá también está en el zoo. Si viene con nosotros, Stephen, conocerá enseguida a mi esposa.

Por supuesto, Stephen no podía negarse. Así que se quedó sentado al lado de Daphne y se dejó llevar a través de las instalaciones del zoo. Justo a principios de verano estaban estupendas y muy cuidadas; las áreas de los animales se intercalaban con terrenos que semejaban jardines botánicos.

—Hemos introducido grandes reformas—explicó Bernhard— siguiendo los consejos de David, que ya de niño devoraba libros sobre las estructuras de los zoos. Carl Hagenbeck sentó las bases con respecto a la tenencia de animales en Hamburgo. Mire, ¡ahí está nuestra isla de monos!

Señaló una isla rodeada por un foso con agua y dominada por un peñasco artificial por el que correteaban unos babuinos. Había cuevas donde los animales podían retirarse, lugares a los que trepar, matorrales y árboles.

—¿No ha trabajado Harlow también con babuinos en alguna ocasión? —preguntó Daphne a su amigo.

Stephen asintió.

—Sí, en su primer laboratorio, en los años treinta. Acogían a todos los monos que pillaban. Pero los babuinos no eran demasiado útiles. En parte porque estaban obsesionados con un cuidador y no querían tener nada que ver con los investigadores. Además, sus capacidades cognitivas parecen muy limitadas...

Bernhard frunció el ceño.

—¿Sí? A nosotros nos parecen de lo más listos. Continuamente se quedan con algo de los cuidadores y no lo devuelven si no les dan un plátano a cambio; además tienen una vida familiar realmente complicada. Aquí se pueden observar muy bien. Por otra parte, si se los molesta se vuelven agresivos. En África se los considera unos pelmas que irrumpen en las casas o asaltan a paseantes y los atacan para robarles comida. En cualquier caso, ¡de tontos no tienen nada!

Stephen sonrió con superioridad.

—Lo que el observador interpreta como capacidad cognitiva y lo que se demuestra en las condiciones del laboratorio suele, por desgracia, diferir. Se tiende a interpretar en el comportamiento de los animales algunos sentimientos y motivaciones propios...

—¿Y qué hacen los chimpancés? —lo interrumpió Daphne antes de que Bernhard pudiera dar su opinión—. ¿Ha mejorado la situación?

Bernhard negó con la cabeza.

—No realmente. Están un poco más abiertos, parece que les gusta su cuidador, no huyen enseguida, pero siguen teniendo miedo del público...

—Salvamos a Toby y Eddy del circo —explicó Daphne—. Estaban totalmente trastornados. Su domador los obligaba a actuar vestidos como humanos, hacer volteretas e ir en bicicleta... Ahora ya llevan mucho tiempo aquí, pero todavía no confían en los hombres. No podemos permitir que los visitantes se acerquen demasiado, de lo contrario se amontonan todos en un rincón y gimen. David se rompe la cabeza pensando en una instalación que posibilite a los visitantes observar a los animales sin que estos los vean. Podría ser algo muy emocionante, sobre todo para los niños. Que tuvieran que acercarse con sigilo y sin hablar para no molestar a los monos.

—Ustedes..., en fin..., tienen mucho en cuenta el supuesto estado de ánimo de los animales —señaló Stephen—. No me malinterprete. Sin duda siguen ustedes un interesante constructo, pero la hipótesis general es que el comportamiento de los animales viene determinado por el instinto, así como, naturalmente, por el hambre, la sed, el dolor, las necesidades sexuales...

Bernhard lo miró sin perder la calma.

—¿No ocurre lo mismo entre los humanos? —preguntó—. En la Constitución estadounidense, la búsqueda de la felicidad está recogida como uno de los derechos fundamentales. Nos impulsa esa búsqueda de la felicidad. Y eso significa que deseamos que se cubran nuestras necesidades básicas para sentirnos completamente satisfechos.

—¿La reacción natural a estímulos externos e internos es la búsqueda de la felicidad? —preguntó consternado Stephen—. Pero un animal puede... Los animales ni piensan ni sienten. Y tampoco tienen voluntad, ellos...

—¡Kali! ¡Lakshmi! —gritó Daphne. Bernhard se detuvo delante de una gran instalación rodeada por unos muros y Daphne saltó del coche. A su llamada se pusieron en marcha, desde el otro extremo del cercado, dos elefantas, como si fueran dos perros bien adiestrados. Con la delgada cola levantada, al igual que la trompa, se dirigieron trotando hacia Daphne. Una incluso lanzó un berrido ensordecedor. Se quedaron quietas delante del muro de separación, miraron primero a Daphne, luego se miraron la una a la otra y lanzaron un lastimoso gemido—. ¡Enseguida estoy con vosotras! —las consoló Daphne—. Solo tengo que cambiarme a toda prisa... —Corrió a lo largo del muro hacia la casa de los elefantes, seguida por los dos animales, que se dirigieron al mismo lugar. Un par de minutos después estaban de vuelta, Daphne vistiendo ahora un mono demasiado grande con los colores del zoo y las elefantas contoneándose y agitando las trompas. En cuanto hubieron dejado el edificio, una de ellas cogió a Daphne por la cintura y la colocó sobre su cuello. La joven se dejó llevar un poco, aunque marcó qué dirección seguir, pues la elefanta avanzó directamente hacia Stephen, Bernhard y el coche—. Esta es Kali —presentó Daphne—. Y esta es Lakshmi. —La segunda elefanta no estaba nada contenta de que su amiga se hubiera apoderado de Daphne. Rodeó a esta con la trompa y se detuvo como dándole un abrazo entrañable. Todo el rostro de la muchacha resplandecía mientras acariciaba y rascaba a los animales—. ¿Y bien? —preguntó desafiante a Stephen—. ¿Sienten alegría o no?

—No cabe duda de que reaccionan ante tu presencia —admitió Stephen—. Eso significa que representas un estímulo para ellas. Posiblemente hambre…

—¡No comen carne! —señaló divertido Bernhard.

Stephen hizo una mueca.

—Pero seguro que Daphne les ha dado muchas veces de comer. Como el cuidador al que huele el mono. Es lo que provoca esta reacción, ciertamente muy impresionante.

—¡Llevan medio año sin verme! —exclamó Daphne.

—Bien, una prueba de que la leyenda sobre la memoria del elefante tiene al menos un fondo de verdad —opinó Stephen—. Es un interesante proyecto de investigación. Harlow analiza en la actualidad la capacidad para recordar de los monos rhesus. Seguro que participaremos en los estudios. Observar a los elefantes tal vez sea más difícil…

—Kali y Lakshmi no son objetos de investigación adecuados —se oyó una voz de mujer tras ellos—. No son representativas de los elefantes, su completa interacción con humanos y las vivencias positivas y negativas seguro que han obrado un efecto en su desarrollo psíquico e intelectual. En este caso, podría publicarse como mucho un estudio que, dadas las corrientes actuales sobre el comportamiento, probablemente suscitaría más dudas que aceptación. La investigación del comportamiento de los elefantes debería comenzar con la observación de ejemplares que viven en libertad…

—¡Mamá! Déjame bajar, Kali, a ser posible sobre el muro…

Daphne saludó llena de alegría a su madre, que debía de haber oído los gritos de acogida de Kali y Lakshmi desde donde fuera que estuviese en ese momento y que ahora daba la bienvenida a su hija. Pero eso no significaba que renunciara a proseguir el discurso que acababa de iniciar.

—Lo que encuentro especialmente notable es la estructura matriarcal de sus relaciones, al igual que la notable capacidad de recordar también observada en África. Su rica vida emocional...

—¡Mamá! —Daphne había conseguido bajar desde el cuello de Kali al muro, y de allí, en una atrevida operación («¡Agárrame, Stephen!»), llegar a tierra.

Bernhard percibió cómo Stephen contemplaba sorprendido que Daphne no abrazaba a su madre, sino que solo le tendía la mano que ella estrechaba fervientemente.

—¡Doctora Daphne Lemberger! Qué orgullosa estoy de ti —dijo Maria.

No sonaba muy emocional y su expresión no era ni de lejos comparable con el resplandor que emitía Daphne, pero su hija supo apreciarlo.

—Este es Stephen —presentó a su amigo—. Stephen Pentecost. Vamos a investigar primates.

Maria tendió formalmente la mano a Stephen. Vestía un mono tan amorfo como el que se había puesto Daphne y era más baja que su hija. Sin embargo, el efecto que obraba era imponente. En su juventud había sido una mujer muy bella, sus grandes ojos azules en el rostro armonioso, aunque algo falto de expresividad, seguían seduciendo a quien los veía.

—Daphne siempre quiso tener un monito —dijo en ese momento—. Un deseo que se remonta a las historias que le contábamos, creo yo. Mi colega Nellie y yo tratamos en Berlín a un monito capuchino al que queríamos mucho. Su propietaria, una drogadicta, acabó ahogándolo mientras dormía. Una razón por la que los particulares, especialmente la gente inestable, no deberían tener primates.

Stephen respondió al saludo, pero en un principio no sabía qué decir ante tales declaraciones.

—Nosotros... trabajaremos con monos rhesus en un laboratorio —explicó—. Pienso investigar sus capacidades cognitivas y escribir la tesis doctoral sobre este tema.

Maria asintió.

—Es lo que he oído. Y también conozco las publicaciones del profesor Harlow. No obstante, tengo mis dudas con respecto al conductismo. Los animales no son máquinas, un organismo no es una caja negra.

Stephen estaba como si le hubiesen propinado un puñetazo en plena cara, lo que a Daphne no le extrañó. Que Maria fuera tan directa solía desorientar a la mayoría de la gente.

—Bueno..., esto..., pero... está usted bastante sola, doctora Lemberger —sentenció al final—. En general, la ciencia tiende a opinar que solo se confirma aquello que puede ser observado. Observado varias veces, un experimento tiene que poder repetirse. Si queremos tomar en serio la psicología como ciencia natural debemos presentar resultados válidos, y el modelo estímulo-reacción es sin duda el método más objetivo... Usted... ¿conoce las bases de la teoría de los test?

Ante tal explicación, Maria se lo quedó mirando como si le hubiese estado hablando a una niña pequeña. Era una mujer sumamente cultivada y su memoria fotográfica le facilitaba un inusual tesoro de conocimientos en todos los campos posibles. Aun así, nunca se le habría ocurrido jactarse de ello, pero siempre la desconcertaba que le negaran determinados conocimientos.

—Los conceptos «objetividad», «fiabilidad» y «validez» me resultan muy familiares —dijo con calma—. Y yo personalmente me sentiría muy feliz si el mundo pudiera explicarse de forma concluyente, me resultaría más fácil valorar los modos de comportamiento y los sentimientos, mejor dicho, los modos de comportamiento de mis semejantes influidos por los sentimientos. No obstante, en un momento dado llegué a la conclusión de que hay cosas que no se pueden medir y otras que no deberían medirse.

Stephen parecía irse animando poco a poco con esa conversación. En un principio había pensado que los miembros de la familia eran unos simples chiflados, pero las hipótesis de Maria reclamaban ahora una mente despierta.

—Entonces ¿qué escapa de la medida? —preguntó.

Fue Daphne la que contestó.

—El amor, por ejemplo... El cariño...

Bernhard vio que Stephen mostraba de nuevo esa sonrisa afectuosa, sí, pero con esa superioridad que solía dirigir a su amiga.

—¿Y de qué medidas habría que prescindir? —preguntó a Maria.

—De todas aquellas cuyos perjuicios no guardan una proporción razonable con los conocimientos adquiridos —contestó Maria—. Por ejemplo...

—Venga, mamá, no más lecciones científicas —intervino Daphne para proteger a Stephen de una nueva e impactante respuesta de su madre. A fin de cuentas, a menudo eran los experimentos de los conductistas los que provocaban una reflexión ética—. Vamos a ver a las fieras. ¿Qué tal anda el viejo león?

Bernhard respondió algo provocador, mirando a Stephen.

—Llora la pérdida de su compañera. Los dos llegaron con nosotros del circo —explicó—. Y estaban profundamente traumatizados, como los monos y los tigres. Además, eran muy viejos. Ahora solo tenemos un león y creo que no permanecerá mucho tiempo entre nosotros.

Maria asintió.

—Pero los tigres están bien —dijo—. Vamos a ver si Sally todavía te reconoce.

En tanto su marido volvía a subir al coche para seguir con sus tareas, Maria acompañó a Daphne y Stephen a la instalación de las fieras. Mientras, conversó con su hija sobre detalles de su trabajo de doctorado y sobre el examen oral que acababa de aprobar. Y entonces se percató sorprendida del terror con que reaccionó el amigo de su hija al ver a David en la jaula del tigre. Su hijo jugaba a pelearse con una fiera adulta y reía tan feliz como lo había hecho Daphne unos instantes antes con las elefantas.

—Lo siento, doctora Lemberger, no me dejó que lo detuviera —dijo un cuidador a Maria.

El hombre estaba armado con una escoba en la puerta, entre la casa de la fiera y la jaula externa, preparado para rescatar, ante un posible ataque, lo que hubiera que rescatar.

—David, ya hemos hablado de que no debes correr ningún riesgo —amonestó con severidad Maria a su hijo—. Un tigre domado sigue siendo una fiera capaz de tener reacciones incontrolables si algo la irrita. Por favor, acaricia a Sally desde fuera de la jaula.

—¡Pero entonces no es tan divertido! —David reía—. Y ya ves lo contenta que está. —La tigresa se frotaba ahora contra él y emitía una especie de ronroneo—. Mira, Sally, allí está Daphne.

Daphne hizo caso de las advertencias y acarició al animal a través de los barrotes de la jaula. La tigresa volvió a ronronear.

—La estuvimos cuidando cuando era como un gatito —explicó Daphne a Stephen—. Estaba muy enferma y no tuvimos más remedio que separarla pronto de su madre. Creo que todavía cree que David es su mamá... Y tú consideras que nuestra familia está totalmente chiflada, ¿verdad? —Daphne sonrió a su amigo—. También tenemos animales normales —explicó—. La mayoría son salvajes o medio salvajes, como en cualquier zoo. Si quieres podemos dar un paseo y te enseño las instalaciones. Deja que me quite el mono...

Maria y David, que había salido de la jaula, los siguieron con la mirada cuando se marcharon.

—¿Qué es lo que le encuentra Daphne? —preguntó abatido David—. ¿Ya te ha contado que ha aceptado un puesto con ese Harlow para el que está sobrecualificada? Y lo más probable es que también esté mal pagado.

Maria empezó a disertar.

—Según la teoría del conductismo, el comportamiento de los seres humanos viene determinado por cuatro motivaciones básicas: hambre, sed, evitar el dolor y satisfacer las necesidades sexuales. En el caso de tu hermana, supongo que por esta última. El individuo selecciona a su posible pareja reproductora según sus caracteres sexuales secundarios apunten al éxito y a la capacidad de imponerse. Atractivo físico…

David soltó una sonora carcajada.

—Lo he entendido. Mucha boca y buen aspecto. Esperemos que sea algo temporal. Sally seguro que está preñada, ¿no? ¿Ha reconocido al menos que el nuevo tigre no está intelectualmente a su altura?

6

La fiesta de verano del zoo fue todo un éxito. Bernhard mostró a los notables de Perth las instalaciones y Maria ofreció una visita especial al programa de reproducción del zoo, a la que también se apuntó Stephen. La madre de Daphne lo fascinaba. Y eso que ella volvió a meterse con él cuando subrayó que el éxito de la cría era prácticamente la recompensa obtenida por mantener a los animales en armonía con su especie.

—Al menos en las especies más evolucionadas se aprecia claramente que existe una relación entre la satisfacción del animal y su disponibilidad para reproducirse. Entre los primates, parece que solo está en celo una hembra feliz, e incluso entre las fieras… —También Stephen se enteró en ese momento de que Sally, la tigresa de David, estaba preñada—. Hemos adquirido un joven tigre —explicó Maria—, con la esperanza de que eso funcione. Nuestro Brahma ya nació en un zoo. Muchas de las especies animales en peligro de extinción se mantienen con vida a través de programas de reproducción como el nuestro.

Los niños montaron en las elefantas gracias a Daphne. También podían hacerlo en poni y en camello. David, por su lado, presentó su número con los gatos. Como ya no tenía otras tareas que cumplir, se dedicó a pasear por el zoo sin una meta definida. Hacía buen tiempo, la gente estaba contenta y la muchedumbre se dispersaba por entre las amplias instalaciones. Al igual que su madre, David no era amigo de las grandes aglomeraciones de gente. De ahí que conociera cada rincón solitario del parque, entre ellos un hueco a la sombra de unos árboles desde el que se divisaba bien la isla de los monos.

Para su sorpresa, encontró allí a una joven con un bloc de dibujo. Se había sentado en un banco y deslizaba con presteza el carboncillo por el papel. Cuando David llegó al escondrijo por el estrecho sendero, ella levantó la vista y le sonrió. Era francamente hermosa, tenía la tez oscura y unos ojos grandes que a la sombra casi parecían negros. También su cabello rizado, que llevaba recogido en una cola de caballo, era negro. Los ceñidos pantalones tres cuartos resaltaban sus largas y delgadas piernas. David quedó cautivado en cuanto la vio, lo que le ocurría muy raramente. En general decidía si le gustaba o no una mujer después de haber mantenido con ella una conversación, pero esta ya le había seducido con su sonrisa. Y no parecía ser tímida.

—¿Es usted el príncipe que busca a la Bella Durmiente detrás de unas zarzas? —preguntó. Hablaba perfectamente el inglés, aunque con un fuerte acento. Por lo visto no era su lengua materna.

—Si es usted una princesa escondida, se lo pone demasiado fácil a sus pretendientes —replicó David—. No necesito ni un corcel ni una espada, tan solo me he internado por un sendero no muy transitado.

Ella sonrió.

—Ni se imagina la cantidad de príncipes que se limitan a las calles principales —observó—. Pero está bien, veo que ha sido por azar...

David se sentó a su lado cuando ella le dejó amablemente sitio.

—No del todo —le confesó él—. Conocía el lugar, mi hermana y yo solíamos venir aquí cuando éramos niños. Yo he crecido en el zoo, mis padres son los directores.

La joven lo miró con interés.

—Qué emocionante. Mi padre... Bueno, a veces tengo la sensación de que él forma parte de un circo de monos... —De repente, guardó silencio.

David señaló el bloc.

—¿Puedo verlo? —preguntó.

Ella abrió solícita el cuaderno y le permitió que echara un vistazo al dibujo sin acabar. David contempló entre maravillado y divertido el retrato de una familia de babuinos tras cuyos miembros se entreveían seres humanos con un asombroso parecido a ellos.

—Mi tío abuelo Demetrios —hizo las presentaciones la joven, señalando una sombra tras un viejo y solemne varón babuino—. Y tía Casandra con el mimado de su hijo.

Una madre babuino despiojaba a su cría y, detrás, una mujer arreglaba el traje de un niño de aspecto despreocupado.

—Papá... —dijo, señalando al mono sentado en lo más alto de la roca, tras el cual se sospechaba la presencia de un hombre fuerte y distinguido—. Simplemente había que asignar a los monos un *alter ego*. —Se echó a reír.

David frunció el ceño.

—¿Y dónde está usted en este retrato de familia? —preguntó—. ¿No le dejaron posar?

—Yo no tengo una nariz tan griega —respondió la joven—. En eso no coincido con la especie... —En efecto, su nariz era pequeña, muy bonita, quizá algo puntiaguda.

—¿Es usted griega? —preguntó David.

Ella asintió.

—Evangelina Kallergis. Estudio arte.

—Tiene usted mucho talento —afirmó David con toda sinceridad. Al menos, con los babuinos, Evangelina había acertado, así que podía suponer que también lo había hecho con su familia—. David Lemberger —se presentó—. Arquitecto paisajista. Quiero empezar a construir zoos como este. Esas rocas las he diseñado yo.

—Tiene usted mucho talento. —Evangelina sonrió.

—¿Me permite que la invite a tomar un café? —preguntó decidido David—. ¿O incluso una copa de champán? Mis padres celebran una recepción en el restaurante del zoo.

Evangelina asintió rápidamente. Tras un breve paseo, ambos estaban bebiendo champán y comiendo unos canapés con Daphne y Stephen. Daphne engullía voraz los entrantes.

—Como mínimo he dado cinco veces la vuelta al zoo a pie —dijo justificando su poco femenina conducta.

Eso no parecía molestar a Evangelina, mientras que Stephen la miraba de forma reprobatoria. Él, por su parte, demostraba tener una educación fantástica. Solo tomaba el champán a sorbos y se esforzaba por dar conversación. Daphne contaba con toda naturalidad sus experiencias con las elefantas y los niños.

Evangelina también se desenvolvía bien en una conversación ligera y cordial. Todos hablaron con los notables de Perth. La mayoría conocía a David y Daphne desde que eran pequeños y felicitaron a Daphne por su título de doctora. Escucharon interesados a David, que les habló de sus planes acerca de la construcción de zoos. Se enteraron de que Evangelina provenía de Atenas, pero que su familia era originalmente de Creta. Sus estudios de arte la llenaban mucho, aunque no se veía como una futura pintora, sino más bien como miembro de un consorcio de museos o administradora de una colección particular.

David comunicó que en breve ocuparía un puesto de asistente en el zoo de Basilea, donde trabajaban el famoso zoólogo Heini Hediger y el paisajista Kurt Brägger.

—Están planeando construir lo que se llama un vivarium y yo colaboraré en ello —anunció con orgullo—. Como dice el nombre, queremos construir espacios donde vivan los animales, no jaulas. Los visitantes tendrán que buscarlos, no quedárselos mirando sin más. Humanos y animales compartirán un jardín.

—Qué bonito —opinó Evangelina—. Además, Basilea es una ciudad fascinante. Su Academia de Arte goza de una excelente reputación...

Después de la recepción, Evangelina se entretuvo con Stephen, David dio una nueva función con sus gatos y Daphne reanudó su trabajo con las elefantas. Evangelina no quedó impresionada por Stephen, David enseguida lo advirtió cuando volvieron a reunirse. En cambio, estaba encantada con el «número de las fieras salvajes» de los gatos.

—Aunque dicen que no se dejan domesticar —señaló sorprendida y sin escuchar el discurso de Stephen sobre condicionamiento. A David, por el contrario, le lanzó un guiño furtivo—. Te entran ganas de ronronear... —susurró.

David se echó a reír. Era obvio que esa muchacha le encantaba.

—Me encantaría oírla ronronear un día —respondió—. Y no tendrá que saltar antes a través de un neumático. Por desgracia, mañana me voy a Basilea. Y no es un viaje corto. Tendremos que dejar al azar nuestro reencuentro.

Evangelina le dirigió una sonrisa cómplice.

—El azar —puntualizó— es un buen amigo mío...

El barco de David partió al día siguiente rumbo a Europa. Daphne y Stephen pudieron pasar un día más en Perth. Él se habría marchado antes, pero Daphne insistió en presentarle los primates del zoo.

—Llevas años estudiando en Perth —explicó—. Ya deberías conocer la ciudad. Pero nunca has estado un día en una colonia de simios. —Junto a los babuinos, el zoo alojaba también a un grupo de gorilas cuya gran instalación abierta había sido diseñada por el fundador del zoo, siguiendo las directrices de Hagenbeck. Daphne invitó a su amigo a desayunar con los babuinos y más tarde a un pícnic con los gorilas; de hecho, el joven quedó fascinado por la interacción entre los monos, sus afables encuentros y sus peleas.

—La mayoría de las veces se reconcilian enseguida —señaló Daphne, mostrándole a dos babuinos varones que acababan de pelearse y de lanzarse ramas y que ahora estaban sentados juntos despiojándose.

—Harlow escribe que unos estudiantes observaron que los monos se atacaban entre sí con palos —recordó Stephen—. Esto podía catalogarse como «empleo de herramientas» y causó sensación en el ámbito científico. Por desgracia, no se documentó.

Daphne frunció el ceño.

—¿Lanzar un objeto no es también utilizar una herramienta? Aquí siempre tenemos que vigilar a los babuinos. Si no les gusta un visitante, le arrojan un tomate podrido a la cabeza. Por regla general, después de que los haya provocado…

Stephen se rio.

—¿Quieres decir que se vengan? Cuánta fantasía tienes, cariño…

Daphne reprimió el impulso de tirarle un tomate podrido.

La tensión entre Daphne y Stephen solo volvió a relajarse del todo después del largo viaje de varios días a San Francisco, pasando por China. Aunque ambos estaban deseando incorporarse a su nuevo empleo, disfrutaron de la travesía y de su vida en pareja. Daphne no era pacata, en Australia ya había decidido que amaba a Stephen y no veía ninguna razón para conservar su virginidad a la espera de otro hombre que quizá le conviniera más. Maria ya le había explicado, objetivamente y sin fingido pudor, cómo evitar un embarazo. Aconsejaba el uso de un condón combinado con la abstinencia durante los días que se calculaban fértiles. Por fortuna, estos no coincidieron con el periodo de la travesía, así que ella y Stephen pasaban medio día en la cama del camerino, riendo cuando el barco cabeceaba y les hacía perder el ritmo, y más tarde paseaban cogidos de la mano por la cubierta para contemplar delfines y ballenas.

Una breve estancia en Shanghái los llevó a un mundo nuevo marcado por el auge, pero también por la tristeza. Pocos años antes, el que fuera un estado feudal se había convertido en la República Popular China y el Partido Comunista organizaba una campaña tras otra para captar tanto a ciudadanos como a campesinos. No era del agrado de la compañía naviera que los pasajeros de la embarcación de vapor con destino a Estados Unidos bajaran a tierra. En la guerra de Corea, Estados Unidos y China se hallaban en bandos distintos y todos los extranjeros despertaban desconfianza, cuando no odio.

A pesar de ello, Stephen y Daphne salieron a echar un vistazo y comprobaron que las personas eran fundamentalmente amables y abiertas. Probaron la comida china de los restaurantes populares, y Daphne, que había crecido como vegetariana, disfrutó de los platos sin carne, mientras que Stephen, al que le divertía probar nuevos preparados, tuvo que hacer un esfuerzo cuando le llevaron una sopa con patas de pollo, una especialidad que el vendedor había ensalzado.

Después de otra travesía, que también vivieron como una luna de miel, pasaron un par de días en Nueva York. Estar en esa enorme ciudad fue, especialmente para Daphne, toda una aventura. En el Museo de Ciencias Naturales vio por vez primera esqueletos de dinosaurios y quedó fascinada por la fortaleza de los huesos y el tamaño de los animales. A través de distintas obras expuestas, se sumergió más en la historia de la evolución de los seres humanos, que allí le resultó más plástica que a través de todo lo aprendido en los libros.

—La arqueología también podría seducirme —le dijo a Stephen, que no podía compartir esa pasión.

—¿Excavar en los desiertos y desenterrar huesos? —preguntó él—. No sé..., es algo que depende mucho del azar. Con un poco de mala suerte, podrías estar excavando durante años para que un par de kilómetros más allá un lego en la materia realice un hallazgo espectacular. En el acto le pondrían al cráneo su nombre en lugar del tuyo.

Daphne soltó una risita.

—¿Te gustaría que le pusieran tu nombre a un cráneo? ¿O a una especie de mono?

Stephen se encogió de hombros.

—Quiero conseguir algo a toda costa —respondió—. Descubrir algo importante o participar en ello. Yo... —Le brillaban los ojos.

—Entonces no deberías haberte ofrecido como asistente de laboratorio solo para estar conmigo —dijo Daphne en un arrebato de lucidez.

Las duras palabras de su hermano y el disgusto que claramente habían mostrado sus padres todavía la apesadumbraban.

Stephen la abrazó.

—También tú tendrás tu participación en ello —prometió fervoroso—. A lo mejor juntos podemos lograr algo grande.

Daphne no respondió, solo disfrutó del abrazo. En realidad, no había pensado en lograr nada grande, su interés en la ciencia se debía puramente a la curiosidad. Pero no quería volver a discutir.

Al día siguiente empezó por fin la última etapa del viaje. Subieron a un autocar que los llevó a Wisconsin por Pennsylvania, a lo largo del lago Erie y pasando por Chicago. Fue un recorrido largo; estuvieron más de veinte horas en ese vehículo no muy confortable y además sin calefacción. (En Estados Unidos era principios de invierno, en lugar de principios de verano como en Australia). Pero Stephen ya no deseaba hacer ninguna parada más.

Estaba impaciente por llegar a la Universidad de Wisconsin y también Daphne estaba cansada de viajar. Se alegró de que Stephen buscase primero un hotel y que no se dirigiera inmediatamente al despacho de Harlow para informarse sobre la vivienda que habían alquilado a través de un agente inmobiliario. Durante el viaje, había comprendido que a su amigo no le faltaban medios económicos.

Stephen provenía de una familia de Sídney muy arraigada en Australia. Solía subrayar con orgullo que ninguno de sus antecesores había sido un criminal, con lo cual tampoco precisaba cómo habían ganado dinero sus antepasados. Basándose en la clase de historia de Perth, Daphne supuso que habían sido oficiales de guardia británicos que, tras su jubilación, habían contratado a delincuentes para trabajar las tierras que les habían entregado y así habían acumulado su riqueza. Por ello, Stephen podía permitirse trabajar como doctorando para Harlow sin recibir un sueldo. Daphne, por el contrario, estaba orgullosa de poder ganarse la vida tras haber terminado sus estudios. Naturalmente, su sueldo como asistente de laboratorio era reducido, pero aun así bastaba, porque Stephen pagaba el piso que compartían.

La mañana de su llegada disfrutaron temprano de un abundante desayuno en el hotel y enseguida se encaminaron al centro de observación de primates. Se encontraba a un par de calles del complejo universitario. Puesto que la universidad no podía poner a su disposición ningún laboratorio adecuado, Harlow había renovado con ayuda de sus estudiantes el edificio y lo había reequipado para sus investigaciones. Era fácil percibir el orgullo que sentían los jóvenes que cordialmente dieron la bienvenida a Stephen y Daphne. Ella estaba encantada de que la universidad se hallara en la pequeña ciudad de Whitewater, prácticamente en el campo.

Ya antes de entrar en el recinto del laboratorio, descubrió unas jaulas de exterior con monos rhesus. Le habría encantado dirigirse enseguida allí, pero Stephen prefirió esperar a una visita guiada oficial. El mismo profesor Harlow se la ofreció. Era un hombre no demasiado alto y algo grueso, con un rostro interesante, ojos oscuros tras unas gafas a la moda y cabello negro. A Daphne le pareció amable, jovial como mínimo, y era obvio que sus estudiantes lo adoraban. En cualquier caso, Stephen parecía dispuesto a besar el suelo que pisaba. Daphne se presentó —esforzándose por no parecer servil— y Harlow se sorprendió cuando mencionó su título de doctora.

—No sabía que fuera usted doctora en Veterinaria —observó—. En este caso debo disculparme por haberle ofrecido un puesto para el cual es evidente que está usted sobrecualificada. Pero ¿tal vez querrá ocuparse como médica de nuestros animales junto con su trabajo como asistente de laboratorio? Lamentablemente no podré aumentar la paga, pero tendrá una posición mejor frente a los estudiantes.

Daphne resplandeció.

—Estaré encantada, profesor Harlow —respondió.

El director del laboratorio sonrió.

—Entonces les doy mi más calurosa bienvenida, doctora Lemberger y... señor Pentecost.

Inició la visita guiada por el laboratorio... Daphne no quiso ver la sombra que se deslizó por el rostro de Stephen.

7

—La señorita Grit está practicando —anunció la señora Mason, una mujer resoluta y con sobrepeso que llevaba seis años de experiencia en el arte de mantener a distancia a los pesados admiradores de los De Groot—. No quiere que se la moleste. Solo puedo pedirle que conteste a su llamada, si lo desea.

—¿Qué es lo que está practicando todo el día?

Vincent Langdon estaba intentando contactar con Grit desde el funeral de Philipp. Solo la veía en los ensayos con la orquesta y en las funciones. En torno a las Navidades se habían celebrado muchos conciertos y Grit había participado con eficiencia en cada ocasión, además de conceder entrevistas a los periodistas acerca de la vida y la muerte de su padre. Sin embargo, no había intercambiado con Vincent nada más que un par de palabras amables y vacías. Ahora, tras el descanso de Navidad, él se había enterado a través de la dirección de la orquesta de que Grit de Groot no renovaba su contrato con la Sinfónica de Boston. «Lo decidió justo después de la muerte de Philipp —le había dicho el director—. Pensaba que usted ya lo sabía. Ha cumplido las obligaciones que le quedaban y ahora... Lo siento mucho, la echaremos de menos...».

En la retirada de Grit, Vincent veía sobre todo un motivo de preocupación. Además, no se hacía ilusiones con respecto a lograr sonsacar más información a la señora Mason.

—No puedo saberlo —replicó ahora la mujer—. No entiendo de música... Vuelva a llamar más tarde...

Vincent acabó enfadándose.

—No voy a llamar, pasaré por la casa —advirtió a esa arpía de los De Groot—. Y que me diga entonces ella misma por qué se niega a hablar conmigo.

Una hora más tarde, se hallaba en medio de una ventisca delante de la casa, esperando a que lo dejasen entrar. Hacía un frío gélido y ya estaba oscureciendo; el tiempo en ese mes de enero no mostraba en Boston su mejor faceta. Para alivio suyo, le abrió la puerta Grace, la doncella, que lo saludó afablemente.

—Qué alegría volver a verlo, señor Langdon. La señorita Grit no recibe hoy a nadie, salvo a su repe..., bueno, al profesor. Debe de sentirse sola... —A diferencia de la señora Mason, la joven Grace era dicharachera y empática.

—¿Qué profesor? —preguntó Vincent, tendiéndole el abrigo mojado—. ¿Se refiere al maestro repetidor? ¿Para qué lo necesita? Pero déjelo, Grace, ya se lo preguntaré yo mismo...

Siguió a la muchacha al salón, que no había cambiado gran cosa desde la muerte de Philipp. Los De Groot no habían tenido ninguna habitación especial para ensayar; el espléndido piano de cola se hallaba en la sala de estar, junto con un atril para el violín. Para sorpresa de Vincent, Grit no estaba sentada al piano. Oyó el violín tocando *Zardas*, de Vittorio Monti, y acto seguido vio a la joven con el violín de su padre.

—¡Grit!

Vincent la interrumpió consternado. Nunca la había visto tocar el violín y no parecía estar haciéndolo simplemente por placer. Al contrario, practicaba fragmentos concretos, obstinándose, como siempre, en alcanzar la perfección.

—¡Hola, Vincent! —Grit le sonrió—. Siento mucho no haberte atendido. Cada vez que la señora Mason me decía que habías telefoneado, quería llamarte, pero estoy tan ocupada... —Dejó el instrumento a un lado—. ¿Te apetece un té? ¿O un café?

Vincent asintió. Algo caliente le sentaría bien, pero acudía sobre todo en busca de respuestas.

—¿Qué haces? —preguntó—. Me han dicho que has dejado la orquesta. Y he preguntado en la agencia..., no has aceptado ningún contrato a través de ella.

Grit asintió.

—Practico. Con el profesor Belago; me acompaña y me corrige. —El maestro repetidor daba clases de violín en la Academia de Música.

—Pero tú eres pianista, Grit, ¡una de las mejores! ¿Por qué quieres cambiar de instrumento? —Vincent no entendía.

Grit bajó la vista al suelo.

—Por papá... —contestó—. Puedo darle vida de nuevo. Si toco el violín como él...

—Grit...

Vincent no sabía qué decir. Grit tocaba el violín muy bien; solo por las pocas notas que acababa de oír resultaba evidente que con un poco de práctica podría incorporarse a una orquesta mediana. Pero no era suficiente para la Sinfónica. Su interpretación no era ni de lejos similar al arte de Philipp de Groot al tocar el violín. Lo habían apodado el violinista diabólico, su talento era incomparable. Grit tenía un elevado sentido musical y no cabía duda de que con su propio instrumento iba camino de convertirse también en una de las mejores del mundo. Pero, por mucho que practicara, nunca dominaría tan bien el violín.

—Cuando toco el violín, estoy con él... —siguió diciendo Grit—. O él está conmigo... Y así también lo traigo de vuelta al mundo de los vivos. En un par de meses...

Vincent no fue capaz de decirle la verdad. En realidad, ella misma tenía que saber que lo que intentaba era imposible.

—Entonces..., entonces toca para mí —repuso reprimiéndose—. Me sentaré junto a la chimenea y beberé un té... —Sonrió a Grace, que acababa de entrar y le atendía—. Y de este modo pensaré en Philipp.

Grit sonrió casi dichosa.

—Pero me dices si hago algo mal...

Vincent asintió. Era un violinista y pianista mediano, pero dominaba el chelo como un auténtico virtuoso.

Bebió su té y descubrió agradecido que Grace no solo había dejado una jarrita con leche en la bandeja, sino también otra con ron. Vertió el alcohol en su taza y escuchó la melodía que interpretaba Grit. No le costó nada sonreír con reconocimiento, la amaba; también la habría amado si se le hubiese metido en la cabeza aprender a tocar el didyeridú australiano. Pero no percibía el espíritu de Philipp de Groot.

Ahora que Vincent ya conocía su ambicioso proyecto, Grit le permitió participar más en su vida. Podía presenciar sus horas de ejercicios, si lo deseaba —lo que él siempre hacía para complacerla—, y de vez en cuando permitía que él la invitara a comer o a asistir a una exposición. Cuando en esas ocasiones actuaba una orquesta de cámara o un violinista o un pianista, ella comentaba la música, pero no como antes, desde el punto de vista de la pianista, sino como pensaba que juzgaría su padre la calidad de la interpretación.

Vincent empezó a encontrar todo eso inquietante. Siempre se había dado una especie de simbiosis entre Philipp y Grit de Groot, pero ahora ella parecía estar intentando meterse en la piel de su padre. En un momento dado, Vincent volvió a ponerse en contacto con Nellie. Ella escuchó atentamente el relato de sus preocupaciones.

—Tras la muerte de Leonidas, intentó criar ovejas y hacer queso para emular a la madre de él —le comunicó abatida—.

Y todavía tenía mucho menos talento para eso que para el violín...

—¿Y dejó de hacerlo por sí misma en algún momento? —preguntó Vincent.

—No directamente por sí misma... —Nellie suspiró—. Fue cuando Philipp regresó.

Vincent reflexionó.

—¿Se refiere a que necesita una especie de señal? Yehudi Menuhin tocará en Boston en abril. Un concierto con la Sinfónica, también en memoria de Philipp. No sé si Grit querrá asistir.

—No estoy segura de estar dándole un buen consejo, pero creo que debería ir —opinó Nellie—. Si es en memoria de Philipp, no podrá ignorar el concierto. Ni tampoco querrá hacerlo. Vaya con ella, Vincent. ¡Pero no la deje sola después!

No fue necesario hacer un gran esfuerzo para convencer a Grit de que asistiera al concierto de Menuhin. Al contrario, ella misma invitó a Vincent después de que el director de la Sinfónica la llamara para transmitirle que el maestro quería reunirse con ella en el camerino a fin de darle personalmente el pésame.

Menuhin fue muy amable con ella, se refirió con dulzura a la pérdida y subrayó su admiración por los propios logros artísticos de Grit.

—Es una pena que haya dejado usted la orquesta, señorita De Groot. Habría sido para mí todo un honor que me acompañase al piano.

A continuación, condujeron a Grit y Vincent a sus sitios en el palco de honor y ambos escucharon en silencio y con devoción la interpretación del magnífico violinista.

—Lo toca de forma muy distinta a papá —susurró Grit a Vincent, cuando, al final de la primera parte, Menuhin interpretó una composición de Philipp de Groot. Una vez más insistió en lo mucho que estimaba a su compañero de profesión.

—Claro —contestó Vincent—. Es Yehudi Menuhin, no Philipp de Groot. Y no se trata de hacer una copia exacta de una ejecución, sino de una interpretación.

Grit no respondió, pero él vio que se mordisqueaba el labio. Vincent ya sabía que se esforzaba por que las piezas que tocaba sonaran lo más parecidas posible a como las tocaba su padre. Tal vez esto también fuera una razón de su inevitable fracaso.

Cuando terminó el concierto, Grit quiso retirarse enseguida. Rechazó la invitación de Vincent de ir a tomar algo.

—Podemos beber cualquier cosa en casa —dijo ella, lo que extrañó a Vincent. Cuando la acompañaba, ella nunca le pedía que entrara.

Ya en casa, le propuso que la siguiera a la sala de estar y llenó dos copas de coñac. Ella se bebió la mitad de una y luego cogió el violín de su padre. Tocó la pieza que había interpretado Menuhin. No hizo ninguna falta en su ejecución, pero no consiguió que la música resplandeciera. Ni como Philipp ni como Menuhin. Y ella misma se percató.

—Nunca lo conseguiré —musitó, echándose a llorar.

Sus lágrimas cayeron sobre la madera del valiosísimo instrumento. Vincent se acercó a ella y se lo cogió.

—Grit, tampoco es necesario que lo hagas —le dijo—. Y, aunque lo lograras, tampoco devolverías la vida a Philipp. Su música, por triste que esto sea, ha muerto con él. Por supuesto tenemos las grabaciones en discos, en cintas..., pero un hombre vivo, que respire, nunca tocará el violín como tu padre...

Grit sollozó. Vincent la condujo al sofá, la hizo sentarse y le puso la copa en la mano. También él tomó un sorbo de coñac.

—Si tuvieras familia... —reflexionó—, más hijos... Tal vez uno de ellos seguiría la estela de Philipp...

—Mi hija no tiene el menor sentido musical —dijo entristecida Grit—. Y, sin embargo, su padre tenía mucho talento...

—No es un legado que reciban todos los hijos —señaló Vincent—. Mi hermano es incapaz de retener una nota, no hablemos ya de diferenciar una escala mayor de una menor.

Grit vació la copa y pidió que le sirviera otra. Él dejó la botella sobre la mesa, se sentó a su lado y le pasó el brazo alrededor de los hombros.

—¿Crees que debería haber vuelto a intentarlo? —le preguntó ella arrastrando un poco las palabras. No solía beber alcohol y en el descanso del concierto ya había tomado dos copas de champán.

Vincent negó con la cabeza.

—¡Claro que no! El amor, la familia, los hijos…, no se trata de un experimento de procreación. Me refiero únicamente a que no ha habido del todo suerte. Seguro que Philipp habría querido transmitir su saber musical a un nieto. Y este habría asimilado una mayor parte de su estilo. A ti también te ha marcado, tu forma de tocar el piano recuerda mucho a sus interpretaciones de violín. Por otra parte, fue muy generoso con sus alumnos. Algo de él sigue todavía vivo, Grit. Pero no como copia. No a la perfección.

Grit no podía dejar de llorar y se estrechó contra él.

—¿Es verdad que le dijiste que me amabas? —preguntó.

Vincent se ruborizó. Había confesado a Philipp que amaba a su hija, pero no había pensado que él fuera a contárselo.

—Sí —confirmó—. Porque tú no querías oírlo. Te quiero mucho, Grit. Te quiero sinceramente. Más de lo que he amado nunca a ninguna mujer. Tienes que saberlo. Siempre me he preocupado por ti.

Grit asintió y le ofreció su boca para que la besara.

—A lo mejor lo hemos hecho todo mal —susurró.

Vincent no sabía si actuaba de manera correcta. Pero la estrechó contra él, la besó e intentó que se olvidara de sus problemas al menos por una noche.

8

Las semanas que siguieron fueron las más dichosas en la vida de Vincent Langdon. Grit ya no lo evitaba; al contrario, parecía alegrarse de que él fuera a visitarla, era evidente que sus encuentros la hacían muy feliz. No obstante, ella se obstinaba en practicar cada día muchas horas, proseguía su trabajo con el violín y volvía a tocar el piano. Eso exigía, por descontado, gran cantidad de tiempo, un tiempo que Vincent habría preferido invertir en lo que siempre había soñado. Deseaba pasear con Grit en la incipiente primavera, salir en barca por el lago del parque... y tontear enamorado con ella como veía que hacían otras parejas. Grit tan solo se dejaba invitar a comer a veces o lo acompañaba a conciertos. De vez en cuando tocaban juntos. Otras propuestas no parecían entusiasmarla.

Vincent la encontraba muy seria para ser una mujer felizmente enamorada, pero lo atribuía al dolor que todavía sentía por la muerte de su padre. Siempre estaba dispuesto a hacerlo todo por ella, su paciencia era infinita y se consolaba pensando que sus sentimientos por fin eran correspondidos. Grit nunca se oponía a hacer el amor con él. Era afectuosa, tal vez algo pasiva, pero a fin de cuentas apenas tenía experiencia. Por lo que Philipp había contado, se había limitado a pasar una sola noche con su amigo griego. Dos meses más tarde, Vincent empezó a hablar con cautela de matrimonio.

—Por supuesto, tenemos que esperar a que pase el año de luto. Pero me gustaría saber qué piensas al respecto. —Ella lo miró como si no lo hubiese entendido. Vincent lo intentó de nuevo—: Grit, esto no puede sorprenderte. Te amo. Y..., y si queremos tener hijos, debemos darnos prisa. Entiéndeme, eres preciosa..., pero..., pero ya no eres tan joven.

Grit se encogió de hombros. Tenía casi treinta y siete años, todavía no era lo bastante mayor para haber alcanzado el cénit de su carrera artística. No parecía haber pensado en que disponía de un tiempo limitado para ser madre.

—Reflexiona al menos al respecto —le suplicó Vincent—. Prométeme que pensarás en ello.

Grit asintió.

Al día siguiente desapareció.

—La señorita Grit está de viaje —anunció la señora Mason impertérrita cuando Vincent preguntó por ella, después de tres días sin saber nada de Grit—. Y no, no sé a dónde ha ido, no es asunto mío. De todos modos, le ha dejado una carta. —Se dirigió anadeando en dirección a la sala de estar para recoger el sobre. Vincent la siguió y se percató de que la funda del violín no estaba en su sitio. Abrió la carta al instante.

«Me lo he estado pensando —escribía Grit, renunciando a un encabezamiento. Esto a Vincent ya le dolió. Había esperado un "Querido Vincent" o algo similar, pero Grit acabó con todas sus esperanzas y sueños con un par de breves frases—. He llegado a la conclusión de que no quiero casarme contigo. Tengo todo lo que quiero, no necesito a ningún hombre. No obstante, te doy las gracias. Me has dado todo cuanto podías, en especial los ánimos para seguir viviendo. Ahora empieza para mí una nueva etapa. Por favor, no me guardes rencor; deséame, en cambio, que se cumplan mis expectativas. Grit».

Vincent dejó a un lado el escrito. Llorar no le avergonzó.

Eran las siete de la mañana cuando sonó el teléfono de Nellie. Walter ya se había levantado para preparar el café, y ella estaba disfrutando de un par de minutos más en la cama. Cuando se enderezó y oyó que quien contactaba con ella era Grit, de nuevo en un estado totalmente desolado, se asustó.

—Ma..., mami... —oyó titubear a su llorosa hija—. Mami..., he..., he hecho algo horrorosamente estúpido y ahora tengo mucho miedo... Mami, ¿puedo ir a tu casa?

Nellie tuvo que tragar primero saliva, estaba sumamente perpleja. Por mucho que Grit hubiese llorado la muerte de Philipp, trabajar en su carrera artística parecía haber sido más importante para ella que el consuelo de su madre. En los distintos artículos y entrevistas que se habían publicado sobre ella en los últimos meses, se la había visto entera y profesional. ¿Qué podía haber pasado ahora?

—Primero tranquilízate, Grietje. Espero que no se haya muerto nadie más —se interesó Nellie, preocupada.

Los gemidos de Grit dejaron paso a una risa triste.

—No. No, al... contrario.

Nellie frunció el ceño.

—A ver, cálmate y explícame desde el principio qué ha pasado, Grietje —dijo con determinación—. ¿Qué es lo que te está aturdiendo tanto?

Grit sorbió por la nariz y empezó a hablar y hablar, solo interrumpida por sus sollozos.

—Fuimos a ver a Yehudi Menuhin —empezó diciendo, y Nellie aguzó el oído. Así que Vincent se había animado a asistir al concierto con Grit—. Y allí... ¡No lo lograré jamás, mami! Ya puedo practicar, practicar y practicar que nunca conseguiré tocar el violín como papá... Vincent opina que hay que empezar de niño. Y ahora..., ahora estoy embarazada.

Nellie tragó saliva. Necesitaba digerirlo. ¿Qué tenía que ver una cosa con otra?

—Pero, Grietje, tú..., tú no querías tener más hijos... —dijo al cabo de unos instantes.

Walter, que acababa de entrar para anunciarle el desayuno, arqueó las cejas.

Grit seguía llorando.

—No..., sí... —respondió—. A este sí lo quiero. Porque yo... Has..., ¿has oído hablar alguna vez de que las personas pueden regresar? Bueno..., los muertos..., papá...

Nellie miró atónita a su marido.

—Grietje, ¿te has vuelto a quedar embarazada porque de repente crees en algo así como... la reencarnación? ¿Crees que Philipp podría reencarnarse en tu hijo?

Walter se llevó las manos a la cabeza.

—¿Y por qué no? —preguntó vehemente Grit—. ¿Acaso es esto menos probable que el que vayamos al cielo o al infierno?

Nellie inspiró hondo.

—Grit, creo sinceramente que lo mejor es que cojas el primer barco que haya para Nueva Zelanda. Tenemos que hablar. ¿Y qué ha ocurrido con Vincent? ¿Es él el padre?

Grit lo negó firmemente.

—No. No, el niño no tiene padre —afirmó—. Me..., me pertenecerá solo a mí. Y tocará el violín... Será...

—¡Ven inmediatamente! —dijo Nellie—. En barco o, si te lo puedes permitir, en avión. Cuanto antes mejor.

Walter le dejó un par de minutos de tiempo para recuperarse. Al final, el aroma del café la atrajo hacia la cocina.

—Entonces ¿quién es el padre? —preguntó él.

Nellie suspiró.

—Vincent Langdon, Yehudi Menuhin o el Espíritu Santo —respondió—. Y, como nazca una niña, ya la ha fastidiado...

9

Wisconsin, 16 de septiembre de 1956

Querida mamá, querido papá, querido David:

Ya llevamos varios meses aquí, pero hasta ahora no he encontrado el momento para contaros con todo detalle cómo es nuestra vida y nuestro trabajo con el profesor Harlow. Aun así, os informo ahora mismo de que vuestros recelos no se han confirmado. El profesor Harlow me toma muy en serio, trabajo también como veterinaria siempre que nuestros monitos rhesus necesitan un médico. Por suerte, no sucede a menudo; de hecho, esta es la causa por la que el profesor trabaja especialmente con estos primates. Otros monos han demostrado ser más propensos a enfermar y menos listos. Me ocupo, junto con un cuidador, de más de cien animales. La mayoría de ellos se acomodan en grupos de dos y sus jaulas de interior y de exterior son bastante amplias; pueden escoger entre permanecer dentro o fuera.

Sin embargo, las instalaciones están pobremente equipadas y a los monos les faltan estímulos; no tienen juguetes, nada por donde trepar o columpiarse. Me he propuesto firmemente poner remedio en un futuro próximo, pero ahora hace muy mal tiempo. Hace frío, llueve, así que nadie tiene ganas de ir al bosque y coger ramas o troncos que ofrecer a mis protegidos para que los mordisqueen o trepen por ellos. Ya lo haré en los próximos días, cuando de nuevo brille el sol. Normalmente, el otoño aquí es muy bonito, lo llaman el *Indian Summer*. Las hojas de los árboles se vuelven amarillas y rojas e irisan en colores sobrenaturales. Por desgracia, durante este primer periodo he estado muy ocupada integrándome en los procesos de trabajo del laboratorio y aprendiendo a llamar a todos los monos por su nombre. Encuentro muy bonito que tengan nombres y no los llamen por números, y me esfuerzo por recordar sus particularidades y sus rasgos faciales específicos. Todos son encantadores, pero me gusta especialmente la sección de crianza y desarrollo. Los hijos nacen y se crían aquí, los pequeños son superbonitos y las madres son entregadas y los tratan con delicadeza. Podría pasarme todo el día mirándolos.

Claro, que no tengo tiempo, a fin de cuentas no estoy aquí para pasar el rato. Como tú ya habías predicho, David, una gran parte de mis horas de trabajo están dedicadas a dar de comer a los animales y limpiar sus jaulas. Mientras las limpio, suelo dejar que los monitos anden sueltos por las salas de cura y me alegra ver cómo exploran su entorno y juegan con los instrumentos, que después, por supuesto, desinfecto. Les gusta subirse a mis hombros y mirar si encuentran piojos en mi cabello. He pensado alguna vez en dejar algún insecto para darles una alegría. (Naturalmente es broma, mamá, jamás me pondría bichos en el pelo).

Parte de mi trabajo también consiste en trasladar los objetos de prueba, tal como se llama a los macacos, desde el área de mantenimiento hasta el laboratorio de investigación. Ambos espacios están estrictamente separados por indicación del profesor Harlow, pues al animal de laboratorio le distrae oír gritar o ver jugar a otros monos. Así que hay que meter a los monitos en jaulas de transporte y llevarlos allí. Por desgracia, eso no les gusta nada. El estudiante que se encargaba de hacerlo antes que yo me enseñó un bastoncito con el cual aplicar descargas eléctricas a los animales para forzarlos a entrar en las jaulas. Evidentemente, esto me causó una gran indignación y le pregunté si a él le gustaría ir a trabajar cuando lo forzaran a subirse al autobús o al tranvía de ese modo. Me miró como si yo no estuviera en mis cabales. Los animales, opinaba él, no sabían por qué tenían que meterse en las jaulas y enseguida se olvidarían de esa medida coercitiva. ¿Os podéis imaginar tanta ignorancia? En especial porque los experimentos giran en torno a la memoria de los primates y su rendimiento. Por el momento, los estudiantes colocan golosinas bajo una taza roja, por ejemplo, y al día siguiente comprueban si los monos se acuerdan, y lo primero que hacen estos es levantar la taza roja.

De hecho, es tremendamente sencillo, no puedo ni imaginar que nuestros babuinos o gorilas duden ni por un segundo. Sin embargo, los monos no siempre colaboran. Según mi opinión, esto se debe a que no se sienten a gusto en el laboratorio y tampoco se llevan bien con los estudiantes con los que trabajan. Así que he empezado a atraerlos a las jaulas de transporte con una golosina, lo que al principio no funcionaba demasiado bien, porque los muy pillos evaluaban si valía la pena separarse de sus amigos y de una atmósfera familiar por un simple plátano. Si a pesar de todo un monito se atrevía, yo lo llevaba un ratito a dar una vuelta y luego volvía a soltarlo, y, como esos personajillos son realmente listos, al cabo de muy poco tiempo conseguí que se metieran en las jaulas por propia voluntad. Al llegar al laboratorio, juego un poco con ellos antes de dejárselos a los estudiantes. Por ejemplo, les doy objetos brillantes y se los cambio por una golosina. Les encanta, en especial cuando finjo que he perdido un pendiente o un collar y primero me lamento a gritos y empiezo a buscar a mi alrededor; después de descubrir el objeto en las jaulas, empiezo a «negociar» con ellos para saber por cuántos granos de uva me lo devolverían. Los pequeños están felices y después muy motivados para probar suerte. Los estudiantes suelen ser demasiado serios al tratarlos, pero sin tomárselos en serio. Dicho entre nosotros: se consideran retrasados unos a otros. (Otra vez lo digo en broma, mamá).

En cualquier caso, me lo paso muy bien en el trabajo, mientras que Stephen todavía no acaba de hacerse un sitio. Por el momento no ha encontrado tema para su tesis doctoral, así que se limita a ayudar al profesor y a los otros estudiantes. A veces esto lo desconcierta un poco, pero en general tampoco está descontento. Estamos, sobre todo, muy felices juntos. En verano hicimos muchas excursiones a los lagos de Wisconsin y disfrutaremos del *Indian Summer* en las montañas. No podéis imaginaros a qué mundo de colores se siente uno transportado ni cómo el sol hace brillar las cubiertas de hojas. Una vez pasamos un fin de semana en una cabaña de madera. Fue romántico de verdad, te sentías como los primeros colonos que llegaron hasta aquí para hacer la tierra cultivable. Todo el estado rebosa de pequeñas y bonitas ciudades marcadas por la inmigración alemana. Por todos sitios hay *bratwurst* y *sauerkraut*, y los estudiantes y empleados del laboratorio se ríen de mí porque no como carne. Pero eso no me preocupa, lo compenso saboreando de vez en cuando una cerveza con ellos. Hay aquí muchas fábricas de cerveza y estoy aprendiendo a distinguir los distintos tipos. Lástima que no te encuentres aquí, David. ¿Qué tal es Basilea? ¿Ha tenido Sally ya a su tigrecito? Espero que mamá y papá te envíen esta carta a Suiza.

Con cariño,

DAPHNE

David dejó a un lado la carta de su hermana con una sonrisa. Se alegraba sinceramente de que fuera feliz, aunque no lograba desembarazarse por completo de la mala sensación que le había producido al principio ese asunto de Harlow. Y, sin embargo, Daphne hablaba con alegría de su trabajo y del profesor, y a él tampoco le parecía un escándalo que ganara el sueldo de una asistenta de laboratorio y no el de una veterinaria. Él mismo recibía solo una pequeña remuneración por colaborar en la construcción del zoo de Basilea. Para él era más importante aprender que ganar dinero y un par de años de trabajo de investigación con Harlow seguramente serían beneficiosos para el currículo de Daphne. Quizá fuera la relación con Stephen lo que lo inquietaba. Que ese chico no le gustara tal vez fuera cuestión de celos. Durante toda su vida, Daphne había sido su única confidente. Ella tampoco había tenido ningún otro amigo íntimo; él y su hermana gemela se habían bastado el uno al otro. Quizá simplemente envidiaba la cercanía de Stephen con Daphne.

David decidió no preocuparse más por ella. Prefería salir de su concha de caracol y explorar Suiza en lugar de pasar noches leyendo libros sobre el comportamiento y las necesidades de los animales exóticos. Heini Hediger lo animaba a tener como referencia estos elementos para el mantenimiento de los animales del zoo; Kurt Brägger le transmitió las técnicas para ubicar armoniosamente los edificios en el paisaje ajardinado del zoológico.

Cuatro semanas antes de las Navidades, se obligó a dar un paseo por el zoo durante el descanso del mediodía, en lugar de quedarse en el despacho y dibujar. Todavía le resultaba extraño que en Suiza hiciera un frío de muerte en diciembre y no el calor estival de Australia. Al menos no había nubes y el cielo no estaba cubierto, así que el sol liberaba de la escarcha las hojas del parque. Pese a la estación del año, el zoo recibía muchas visitas y David escogió unos sinuosos senderos para llegar a los hábitats de los animales. Había allí unas amplias instalaciones exteriores y también espacios donde los animales podían retirarse.

Se dirigió a un rincón entre la vegetación desde el que podía observar a los tigres. Al llegar allí, se sobresaltó. Lo que surgió en un pequeño claro fue una especie de *déjà vu*, aunque esta vez la joven no estaba sentada en un banco del jardín dibujando, sino sobre un tocón. No llevaba una blusa fina y unos pantalones de algodón, como durante su primer encuentro, sino que iba vestida igual que si fuera a emprender una expedición al Polo Norte: pantalones de esquí, botas de abrigo y un voluminoso plumífero. Bajo el grueso gorro de lana asomaba el cabello negro. Los guantes parecían molestarla un poco para dibujar.

—¿Evangelina? —preguntó David sin dar crédito.

Ella se volvió hacia él y en su hermoso rostro enrojecido por el frío se dibujó una sonrisa.

—¡David! ¡Por fin! Ya pensaba que en el intento de darte una sorpresa acabaría transformándome en una estatua de hielo. En algún momento, cuando ya llevara tiempo congelada, me encontrarías y admirarías mi belleza inmóvil y llorarías desconsolado. Luego llegaría el verano... —Le hablaba con llaneza, con el cercano tuteo. Y él le siguió el juego.

—... y empezarías a oler —replicó sonriendo—. Los tigres estarían encantados. —De nuevo David quedó fascinado al instante, sin sentirse cohibido, como solía sucederle con otras jóvenes que no conocía. Ya en Perth le había resultado fácil bromear y meterse con ella—. ¿Qué haces aquí? ¿Y qué es lo que estás dibujando?

Evangelina le mostró su dibujo.

—Es para ti —dijo. Era como si se conocieran de siempre y su reencuentro no fuera cosa del azar. El dibujo conservaba un estilo similar al de Perth, el retrato de la familia que se fundía con las imágenes de los babuinos. Pero ahora los gatos de David protagonizaban la escena, y tras cada uno de ellos parecía planear el espíritu de un tigre. Evangelina había vuelto a captar la personalidad de los animales y uno creía ver cómo se mezclaba esa forma cariñosa de arrimarse de los gatos domésticos con la majestuosidad de sus grandes parientes—. ¿Y qué estoy haciendo aquí? Estudio arte, ¿ya no te acuerdas? Este sería un buen momento para invitarme a un café. Dada la temperatura que reina en la actualidad, lo prefiero a una copa de champán. Luego podemos brindar por nuestro reencuentro.

Mientras David, todavía aturdido, la guiaba hacia el restaurante del zoo, ella le contó con toda naturalidad que la Academia de Arte de Basilea ofrecía a sus estudiantes unas condiciones excelentes, especialmente en lo que se refería a las artes aplicadas. Evangelina nunca se había ocupado en diseñar objetos prácticos con pretensiones artísticas, pero le parecía una forma estupenda de redondear sus estudios.

—¿Y pudiste cambiar fácilmente? —preguntó David—. ¿Tuviste que hacer algún examen?

Evangelina se encogió de hombros.

—Una artista no mejora aprobando exámenes —afirmó—, sino con las experiencias vitales, a través de propósitos que se van modificando... y con el contacto con personas que la hacen volar. —Le sonrió.

—Has..., ¿has venido aquí por mí? —preguntó él, atónito.

—A lo mejor sí, a lo mejor no. Es posible que me estimule la arquitectura interior de las jaulas de tigres o la forma artística de los comederos... Ya he dicho que me gusta que me inspiren. ¿No te alegras de que esté aquí?

David todavía no había pensado en ello, pero ahora que lo hacía sintió un hormigueo en su interior. Volver a ver a Evangelina tenía algo de liberador; de repente le entraron ganas de reír, de bromear..., de ver el mundo a través de la mirada de ella.

El modo en que se iluminaron sus ojos fue suficiente respuesta.

10

Nellie saludó a su hija en el muelle de Auckland, algo atemorizada por el encuentro. Al fin y al cabo, ya en una ocasión había recibido en un muelle a una Grit embarazada que se derrumbó en sus brazos totalmente deshecha. Ese día, sin embargo, su aparición fue distinta a la de la joven muchacha marcada por los recuerdos de la guerra que había sido entonces. Grit iba vestida a la moda; llevaba un traje negro con la chaqueta algo holgada para esconder su cintura, ya no tan fina. A primera vista, todavía no se reconocía que estaba encinta, al igual que entonces. El segundo hijo de Grit llegaría al mundo en la misma estación del año que Henny.

Grit sonrió, pero, al descubrir que su madre no iba de luto, su rostro se ensombreció. Nellie no le hizo caso. Se percató consternada de que Grit llevaba en la mano el estuche del violín... Un instrumento tan valioso no podía colocarse entre las maletas y bolsas de viaje en la bodega de carga, por supuesto, pero sintió una punzada. De nuevo la asoló la tristeza por la muerte de Philipp. Era tan obvio que el Guarneri perecía... huérfano; Nellie comprendió en cierto modo que su hija hubiese querido adoptarlo.

Cuando la abrazó, los ojos de Grit volvieron a llenarse de lágrimas.

—Mami... —susurró—. Qué horrible es todo sin papá...

Nellie le apartó del rostro el cabello que asomaba bajo el moderno sombrero negro y luchó para contener sus propias lágrimas.

—Grit, me da tantísima pena... Nadie contaba con una muerte tan prematura, el padre de Phipps vivió muchos años. Pero estas cosas pasan. Los padres se mueren y nosotros tenemos que sostenernos sobre nuestras propias piernas si es que antes no podíamos hacerlo. Lo superarás. Tienes una existencia asegurada, una profesión que te hace económicamente autónoma. Por otra parte, Vincent Langdon estaría feliz si aceptaras su proposición...

Grit hizo un gesto de rechazo con la mano.

—Todo eso forma parte del pasado. En este momento, yo... considero que mi deber más importante es conservar con vida el legado de Philipp..., de papá, lo que él era y lo que es...

Nellie estaba decidida a no empezar a discutir con su hija tan pronto. Así que le dio la razón.

—Es, en esencia, una idea bonita. Todos seguimos con vida en nuestros hijos y nietos. Pero ellos tienen el derecho de desarrollar su propia personalidad. Debes prepararte para asumir que este hijo sea totalmente distinto a tu padre.

Grit asintió despreocupada.

—Es lo que todos dicen —respondió.

—También es lo correcto —puntualizó Nellie—. ¿Quién..., quién es el padre?

Grit volvió a hacer un gesto de rechazo.

—Es solo mi hijo —declaró—. Será única y exclusivamente hijo mío. Desde el principio... Aprenderá a ser como...

Nellie negó con la cabeza.

—No será como Phipps, Grit, poco importa cuáles sean tus expectativas. Pero ahora, ven. Vámonos a casa. Comeremos algo en el restaurante del hipódromo y luego descansas. Y mañana...

Ya tienes una hija, Grit. Una que tiene tanto de Philipp como el hijo que llevas en tu vientre. ¿Te apetecería volver a ver a Henny mañana? Ella está deseándolo. Está pasando por una fase difícil. Tu llegada le da… algo así como esperanzas.

April y Alex no estaban para nada entusiasmados con la visita de Grit. Naturalmente, ella no podía reclamar a Henny, la habían adoptado de forma legal con el consentimiento de Grit; pero, a pesar de todo, April temía que surgieran problemas. Henny seguía descontenta con su supuesto horrible destino, siendo rechazada por todos y sin realmente valer para nada. Todavía sentía que Noah era el preferido, incluso le parecía que iban en su contra los elogios que recibía Nicholas en sus intentos por montar a caballo. «Pero mi madre me querrá, aunque no sepa tocar el piano, ¿no?», había preguntado a Nellie el día anterior.

Nellie la había animado asegurándole que las madres quieren a sus hijos sean cuales sean las circunstancias. Ella misma no se lo creía del todo, pero dejó de creerlo por completo al ver la más bien fría reacción de Grit ante el planeado encuentro.

—Por supuesto —contestó Grit—. Veré a Helena, por supuesto. Tiene que haber crecido mucho… —Al mismo tiempo descubrió sus maletas, que acababan de descargar en ese momento. Viajaba ligera de equipaje, a fin de cuentas pronto necesitaría vestidos de embarazada y después del parto sus prendas ya estarían anticuadas—. ¿Se puede…, se puede alquilar un piano donde estáis? —preguntó cambiando de tema—. Debería practicar y…, y he oído decir que un niño adquiere sentido musical cuando se toca delante de él, incluso cuando todavía está en el vientre de su madre.

Nellie arqueó las cejas.

—A ti nadie te tocaba ningún instrumento, Grietje —señaló—. Pero entiendo lo de practicar. Nuestra casa es grande. Seguro que no molestas a nadie. —Walter tal vez lo viera de otro modo, pero ella encontraba justificado lo que le pedía su hija—. Aunque quizá deberíamos alquilar el piano aquí. En Onehunga no hay ninguna tienda de música y tampoco en Ellerslie. ¿Conoces alguna?

Después de que Grit regresase de Creta y diera a luz a Henny, Phipps y ella vivieron durante un tiempo en Auckland. Grit recordaba una tienda de pianos en Princes Street y fueron a verla. Nellie escuchó pacientemente a su hija hablando con el propietario sobre el instrumento de alquiler. El hombre estaba contento de poner un piano a disposición de la conocida pianista, pero antes de nada le dio el pésame por la pérdida de su padre.

—Incluso podría facilitarle un piano de cola —sugirió servicial.

Grit estaba interesadísima.

—Tal vez no deberíamos exagerar —señaló Nellie.

No se atrevía a preguntar con qué instrumento de teclado sería menos molesto el ruido. Se mirase por donde se mirase, el piano de cola ocupaba más espacio. Su paciencia fue puesta a prueba cuando Grit comprobó la idoneidad de todos los instrumentos y discutió detalladamente con el propietario del comercio sobre el sonido y la afinación de estos. Para cuando acabaron, el restaurante del hipódromo ya había cerrado, así que Nellie propuso picar algo en Auckland y encontraron un agradable restaurante. Grietje pidió un asado de cordero —de pequeña era vegetariana, como su madre, pero eso ya estaba olvidado— y habló de alimentación sana durante el embarazo. Era evidente que se había informado y que había comprado todos los libros que había podido sobre ese tema y también sobre la educación infantil. Nellie se percató de que siempre se refería al niño no nacido con el pronombre masculino. Grit evitaba todas las tentativas de Nellie por llevar la conversación hacia Henny y asumir el deseo urgente de la adolescente de que su madre biológica la aceptase.

Nellie estaba hecha polvo cuando por fin llegaron a casa y

Grit fue a descansar, como le sugirió, en la habitación de invitados. Llamó a su perro Jamie, a quien no se había llevado a Auckland para no asustar a Grit, y se marchó al establo. En ese momento, Walter conversaba con un entrenador que estaba pensando en cambiar la alimentación de su caballo y enseguida pidió la opinión médica de Nellie. Tras hablar sobre ese inofensivo tema, se sintió mejor, y aún más cuando Walter la abrazó una vez se hubo marchado el entrenador.

—¿Has averiguado quién es el padre? —preguntó.

Nellie se encogió de hombros.

—Menuhin seguro que no. Me habría dado cuenta de la maniobra que había utilizado para seducir a un violinista de talla mundial y engendrar a un nuevo violinista de talla mundial. Pero mañana se reúne por primera vez con Henny, he insistido en ello. Espero hacerle con ello un favor a la niña.

Henny apareció con un bonito vestido marrón dorado que acentuaba el castaño claro de sus ojos, en los que Nellie siempre creía reconocer la mirada soñadora de Phipps. Un cinturón amarillo ceñía su fina cintura. Llevaba el cabello suelto y sus bucles negros invitaban a pensar en Blancanieves. No obstante, su tez era más oscura que la de la protagonista del cuento y sus labios no eran rojos como la sangre, sino rosados como las frambuesas. Era posible que hubiese experimentado con un pintalabios barato de una tienda de Onehunga.

—Qué guapa estás —la elogió Nellie, esperando que también Grit se percatara de la leve semejanza con su padre.

Pero Grit solo veía a Leonidas en su hija.

—Es bonita —comentó sin dirigirse directamente a Henny—. Leonidas era un hombre guapo… y un buen músico. Aunque, por lo demás, difícil.

Henny tragó saliva.

—Mami cree que yo también soy difícil —musitó.

Y, al mismo tiempo, levantó la vista tímidamente hacia Grit. Esta llevaba su armonioso rostro maquillado y el cabello de un rubio cobrizo con un refinado corte. Henny había visto imágenes de esos peinados en revistas femeninas, pero el peluquero de Onehunga no era capaz de hacer algo así. Grit iba vestida de negro, informal con una blusa y unos anchos pantalones de lino. Sobre sus hombros descansaba un amplio chal que desviaba la mirada de su cintura, lo que en un principio tal vez era algo bueno, pues ni sus padres adoptivos ni sus abuelos habían informado todavía a Henny sobre el estado de Grit.

Grit miró a su hija algo perpleja, quizá desconcertada porque Henny había utilizado la palabra «mami» para referirse a April. Luego se recompuso.

—Eso no significa nada —respondió con calma—. Suelen decir que los artistas son difíciles. Una persona con carácter fuerte y que sabe expresarse no siempre se adapta.

Nellie vio crecer a su nieta tres centímetros como mínimo. No ser una persona difícil, sino tener personalidad le había insuflado ánimos.

—Pero yo no soy una artista —replicó—. ¿Puedo a pesar de...?

—Tampoco eres difícil —intervino Nellie—. April no se refiere a eso. Y claro que eres una persona con carácter fuerte y que sabe expresarse. Para serlo no es necesario tocar el piano.

—Entonces... Bueno..., ¿qué es lo que haces? —preguntó Grit en un intento de participar en la conversación—. ¿Vas a la escuela?

Henny asintió confusa.

—Sí..., claro...

Le habló de la escuela privada para niñas a la que asistía en Auckland. Se sentía a gusto, tenía amigas y se lo pasaba bien en el grupo de teatro.

—Ya ves, una artista —constató Grit.

Nellie esperaba que no se pusiera a examinar a su hija sobre los papeles en los que hasta ese momento había brillado. Henny no disponía de ningún talento especial para la dramaturgia, lo cual no era importante en el grupo de teatro. Se trataba sobre todo de divertirse y de que las niñas perdieran la timidez.

—Monto a caballo —explicó Henny. El trato con los caballos era, simplemente, lo más importante de su vida.

Grit le sonrió y se esforzó por mantener la conversación contándole sus intentos por aprender a montar cuando era pequeña. Nunca se había interesado especialmente por los ponis sobre los que Walter la sentaba de vez en cuando. El punto culminante había tenido lugar a lomos de una elefanta a la que Nellie y Maria estaban tratando.

—Henny es una amazona de alto nivel —intentó terciar Nellie de nuevo—. Ya está formando caballos jóvenes y, cuando hay competiciones en Auckland, gana muchas insignias. Quién sabe, a lo mejor un día representa a Nueva Zelanda en unas Olimpiadas.

Henny se sonrojó.

Grit asintió.

—Yo una vez gané un concurso de composición. También en unas Olimpiadas. Pero rechacé la medalla...

—La *oma* Mia dice que las medallas tampoco son importantes —advirtió Henny—. Lo importante es que los caballos sean felices.

—En eso seguro que tiene razón —coincidió Grit, aunque no muy eufórica.

Nellie tenía la sensación de que, aunque su hija y su nieta conversaban muy educadamente, en realidad apenas se estaban prestando atención.

—Por cierto, me da..., me da mucha pena que el abuelo Philipp haya muerto —dijo Henny.

Parecía aliviada al haberlo recordado, seguro que April había insistido en que diera el pésame de forma adecuada.

Grit frunció un momento el ceño. «Abuelo Philipp» no era una expresión con la que ella se habría referido a su idolatrado padre.

—¿Lo oíste tocar alguna vez? —preguntó ansiosa.

Una pregunta en sí carente de sentido, porque Henny todavía era muy pequeña cuando había visto por última vez a Philipp.

—En los discos —respondió la muchacha, sin mostrar entusiasmo por su parte—. La *oma* Mia siempre nos los ponía.

En la familia adoptiva de Henny, Alex era el único que disfrutaba de esas veladas melódicas. Le gustaba la música, aunque no hubiera desempeñado una gran función en su vida. A April y Henny solo las aburría.

—¿Quieres ver su violín? —preguntó interesada Grit.

Henny asintió cortésmente. Al menos al ver el instrumento mostró el debido respeto. Con mucho cuidado acarició la antigua madera de Guarneri y se sobresaltó cuando, al tocar una cuerda, esta hizo pling. Grit se llevó el violín al hombro e interpretó una pequeña melodía.

—Qué bien suena —la elogió cumplidora Henny—. ¿Te apetece venir conmigo a las cuadras y conocer nuestros caballos? Tenemos una Melody, pero ahora no se la puede montar, tiene un potro. También te puedo enseñar los potros. —Sus ojos resplandecían como poco antes los de su madre al sacar el violín.

Grit se mordió el labio.

—No tengo... mucho tiempo —dijo.

El resplandor en los ojos de Henny se apagó.

Nellie volvió a terciar.

—A Grit seguro que le gusta ver cómo montas —explicó—. A lo mejor no en la clase, sino solo cuando estés en la pista pasándotelo bien. Podríamos coger la radio para que cabalgues al ritmo de la música.

Sabía que Henny disfrutaba haciéndolo. También April ponía la radio a veces cuando trabajaba con un caballo.

Grit sonrió y parecía sincera. Nellie suspiró aliviada.

—¿Qué te parece mañana, Henny? —preguntó. Se alegró cuando madre e hija se pusieron de acuerdo.

—Ahora tengo que seguir practicando —concluyó Grit la conversación.

El piano de Auckland todavía no había llegado, pero ya había tocado el violín toda la mañana. Nellie había preparado para ella un cuarto en el primer piso de la casa, lo más alejado posible de las habitaciones de la familia y fuera del alcance de su oído.

Henny entendió la indirecta y mencionó que todavía tenía que hacer los deberes de la escuela. Se despidió educada y salió a buscar a April, que la había llevado hasta allí en coche y aguardaba fuera. Tal como esperaba, encontró a su madre en la pista. Estaba observando el entrenamiento de un par de yeguas de tres años.

—¿Es esa Gipsy Honeymoon de la *oma* Willie? —preguntó la adolescente señalando una yegua alazana muy rápida a la cabeza del pelotón.

April asintió.

—En la próxima carrera brillará —dijo—. Siempre que el jockey no se duerma otra vez cuando uno de sus rivales intente adelantarlo con su caballo…

Henny rio.

—Porque lamentablemente se pone a cocear al otro caballo y se entusiasma tanto que acaba quedándose atrás —recitó la adolescente, sabiendo de qué hablaba.

—Los caballos de Willie son a veces difíciles —observó April.

—Difíciles no —la corrigió Henny—. Solo tienen un carácter fuerte y capacidad para expresarse.

April hizo una mueca.

—Ni la misma Willie lo habría formulado de una forma más bonita —dijo—. ¿Qué tal te ha ido con… Grit? —preguntó cautelosa. Hasta entonces nunca habían hablado de cómo mencionar a la madre biológica de Henny.

La niña se frotó la frente. No sabía cuál era la respuesta correcta.

—Es amable —respondió al final—. Mañana vendrá a ver cómo monto a caballo. ¿Puedo coger a Early Bird?

April asintió, contenta de que su hija no estuviera esa tarde de morros y respondona, sino comunicativa.

—Tenemos que impresionarla —dijo, guiñándole un ojo.

Henny le devolvió el guiño. Entre madre e hija todo estaba, excepcionalmente, en orden.

—Helena es una niña bien educada —comentó Grit, complacida tras ese primer encuentro—. Y no carente del todo de sentido musical, como parecía en un principio. Ya he visto a gente montando al ritmo de la música. Es como un maravilloso ballet. Estoy realmente impaciente por que llegue mañana.

11

Henny se había puesto elegante para enseñar a Grit cómo manejaba la yegua Early Bird. Vestía pantalones de montar blancos y una chaqueta que solo lucía en los torneos, así como un sombrero de copa a juego sobre el cabello cuidadosamente recogido. Había elegido para Early Bird una mantilla blanca. Había hecho los ejercicios de precalentamiento y, cuando Nellie llegó a la granja con Grit, la yegua estaba preparada y dispuesta para seguir sus indicaciones.

—¡Tiene un aspecto estupendo! —exclamó al instante Nellie, admirada.

Estaba totalmente de acuerdo con la elección de la yegua, Early Bird era uno de los ejemplares mejor adiestrados de Epona Station. Henny solía deslumbrar con ella. Ahora lo único que faltaba era que en la radio emitiesen música y no un programa sobre los partidos de rugby.

Grit saludó a April y a su madre, Mia von Gerstorf, quien también asistía al evento, y recibió digna y amablemente sus condolencias por la pérdida de su padre. A continuación, April encendió la radio y, en efecto, resonó una melodía: *I'm Walking Behind You*, una canción lenta. Henny comenzó a realizar movimientos con su yegua. Lo hacía estupendamente: ejecutó pasos laterales, el giro sobre las manos y dio con fluidez unos pasos hacia atrás. Henny puso a Early Bird al trote cuando se oyó *Don't Let the Stars Get in Your Eyes*, una pieza alegre. La yegua obedecía de maravilla lo que se le indicaba con las riendas; el caballo y la amazona bailaban por el cuadrilongo en perfecta simbiosis, pero... no seguían el compás.

Grit se percató de ello, y también Mia, quien no le dio la menor importancia. Encontraba el acompañamiento musical bonito, pero le resultaba indiferente que los pasos se ajustaran al ritmo o no. Grit, por el contrario, no supo apreciar la dificultad de los ejercicios y su sumamente correcta ejecución. Sus ojos cada vez se abrían más al tomar conciencia de que su hija Helena no tenía ni una sola chispa de musicalidad. Cuando al final Henny y Early Bird se entretenían con *How Much is that Doggy in the Window*, Flokati creyó que tenía que cantar y se puso a ladrar, con lo que Jamie hizo honor a sus orígenes de lobo y empezó a aullar. En ese momento, Grit dio media vuelta y se marchó.

Finalmente, Early Bird se posicionó en el centro de la pista —también con una bella figura—, y Henny rio y buscó a su madre con la mirada. Al ver que Grit se había ido, su rostro se entristeció.

—Grit no entiende nada de equitación —consoló Nellie a su nieta después de que Henny hubiese recibido indiferente las felicitaciones de April y Mia por su excelente demostración—. Lo único que ha visto es que no siempre llevabais el compás y no lo ha podido soportar. Pero esto no significa que no le haya gustado el modo en que has montado a Early Bird.

La última frase no respondía a la verdad y Henny lo sabía, por supuesto. De hecho, el día solo se salvó cuando Julius von Gerstorf la recibió en la cuadra.

—He estado mirando desde aquí —dijo—. Y ha sido estupendo. ¡Esto se llama arte ecuestre, Henny! Hoy has demostrado ser una auténtica amazona. Estoy orgulloso de ti. Eres la mejor alumna que jamás he tenido.

—¿Mejor que mami, *opa* Julius? —preguntó incrédula Henny.

Julius sonrió.

—Mejor incluso que la *oma* Mia —contestó.

Henny resplandeció.

Pese a todos los fracasos, Nellie no se rindió en las siguientes semanas e insistió en tender un puente entre su hija y su nieta. Para ello no tuvo que enfrentarse a April, ya había quedado claro que Grit no representaba ninguna amenaza en su papel de madre. Al contrario. Cuanto más rechazaba Grit a Henny con su comportamiento, mejor se relacionaba la niña con April y Alex. Sentía que sus puntos en común eran mucho más numerosos. El elogio de Julius había logrado solucionar el bloqueo. En las horas de clase, Henny volvía a montar con tranquilidad y de ese modo no se perjudicaba a sí misma. Cada vez recibía más alabanzas y su relación con Noah se iba serenando.

En cuanto a Grit, Nellie organizaba actividades que hacer juntas, como ir de tiendas por Auckland —donde descubrieron que no había vestidos negros para embarazadas— o visitar museos y exposiciones. La visita al zoo fue la que transcurrió de manera más armoniosa; Grit guardaba unos fantásticos recuerdos de su infancia allí. Henny habló alegremente de una visita que había hecho el año anterior a los Lemberger en Perth y Grit contó que Maria había sido su primera profesora de piano cuando todavía vivía con Nellie en Berlín. No obstante, había criticado en diversas ocasiones a su padre, algo de lo que Grit no guardaba un buen recuerdo. Nellie prefirió dirigir la conversación hacia Australia. April y Alex habían viajado por allí con Henny y Nicholas, y Grit había hecho giras por el país. Solo se acordaba de las salas de concierto y de un par de ciudades. Philipp y ella no habían contemplado los grandes monumentos paisajísticos del país.

Henny no tardó en llegar a la conclusión de que su madre biológica le resultaba aburrida y a veces hasta rara. Grit no estaba acostumbrada a hacer algo sola. No sabía conducir un coche ni cocinar ni jugar al *Monopoly*, no conocía ni las canciones de moda más populares del último año ni los libros ni las películas más emocionantes. En el fondo, no había hecho otra cosa que tocar el piano, exceptuando los años de guerra en Grecia, pero de ellos no hablaba nadie, al menos no delante de Henny. Tampoco se enteró de nada preciso acerca del embarazo de Grit hasta que reunió valor y le planteó la pregunta.

La ocasión surgió un soleado día de noviembre. Grit hacía una pausa entre sus ejercicios de piano y violín y Henny había llegado al hipódromo con Alex, que había llevado dos caballos de Epona Station para entrenarlos y se estaba poniendo de acuerdo con Walter sobre cómo trabajar con ellos. Henny fue a visitar a su madre y se alegró de encontrarla en el jardín. Se había tendido en una hamaca y se le marcaba bien el vientre debajo de la blusa holgada. April había puesto la mano de Henny sobre su vientre cuando estaba esperando a Nicholas y ahora la niña quería notar también los movimientos del nuevo bebé. Pero antes debía hablar con Grit.

—¿Es cierto que voy a tener una hermanita? —preguntó con cautela—. ¿O un hermanito?

Grit frunció el ceño.

—Creo que voy a tener un niño —dijo—. Pero no será tu hermano…

Henny rio.

—Claro, porque me han adoptado. Mi hermano es Nicholas. Pero el bebé está unido en cierta manera a mí. ¿Dónde está su padre?

Grit se puso en pie con dificultad. Sus movimientos se hacían más torpes y, como había explicado la *grandma* Nellie, eso no era de su agrado.

—No tiene padre —contestó con frialdad—. Es solo mío.

Henny se quedó desconcertada cuando Grit se marchó. Seguro que jamás le dejaría sentir cómo se movía el bebé, casi sonaba como si nunca fuera a permitir que Henny lo tocara cuando llegara. Cuando él llegara. Se preguntó cómo podía saber Grit que iba a dar a luz a un hijo varón.

Exceptuando su poco cariñoso comportamiento con Henny, en esta visita Grit se adaptó mucho mejor a la familia de Nellie y a su círculo de amistades que la vez anterior, después de la guerra. Pasaba la mayor parte del tiempo en la habitación de la música, donde no molestaba a nadie tocando el piano y el violín. Durante las comidas con Nellie y Walter, hablaba con soltura de todos los temas habidos y por haber. Por acuerdo tácito, el matrimonio eludía los temas caballos y música, y Nellie tampoco se refería a los libros que su hija había traído con ella. Grit estaba interesada en el espiritismo y en las filosofías del Lejano Oriente, y había leído varias veces *La búsqueda de Bridey Murphy*, de Morey Bernstein. La sospecha que Nellie abrigaba desde hacía tiempo aumentó. Grit había planeado engendrar a un hijo para permitir que su padre se reencarnara en él, aunque nunca lo había expresado. Pero Nellie estaba inquieta. Solo la hacía sentir cierto optimismo el hecho de que su hija solía comportarse con normalidad, seguía vistiéndose con esmero y que más bien brillaba en lugar de causar una impresión negativa cuando acudía con los Von Prednitz a los eventos a los que eran invitados.

—A lo mejor la has entendido mal —opinó Walter—. Después de la guerra estaba hecha un lío, pero ahora me parece que está equilibrada. A lo mejor se hace ideas equivocadas de lo que significa tener un hijo —Grit hablaba de su futuro descendiente como si pudiese saltarse el periodo en que sería un bebé desvalido—, pero en conjunto se alegra de tener al pequeño. Y, si es cierto que ha puesto la mira en su procreación, ¿no podría ser que simplemente no quiere estar sola? ¿Que quiere una familia compuesta por madre e hijo, en lugar de padre e hija?

Nellie así lo esperaba, y debía admitir que el nuevo embarazo de Grit no tenía nada que ver con el anterior. Entonces nunca hablaba de su hija y evitaba mencionar siquiera la fecha del nacimiento. Ahora, por el contrario, ardía en deseos de dar a luz y hasta se habían hecho una idea bastante precisa de cómo transcurriría el parto.

—¡Quiero música, mami! ¿Podré oír música cuando empiecen las contracciones?

Nellie se encogió de hombros.

—Bueno, a mí me resultó indiferente, pero en principio no hay nada en contra, claro. Eso en caso de que te decidas por un parto en casa. Yo di a luz a los dos chicos en la clínica y allí me sentí más segura que cuando tú naciste. Entonces solo pude contar con la ayuda de Maria, que lo hizo estupendamente, pero no habría estado preparada de surgir complicaciones. Lo cierto es que pensaba que tú también tendrías al bebé en el hospital de Auckland.

Grit negó con la cabeza.

—No —respondió—. Si allí no puedo oír música, prefiero tenerlo en casa. Tú puedes ocuparte del parto. Puedes, ¿no?

Nellie la convenció para llamar a una comadrona. La joven procedía de Onehunga, había ido a la escuela con April y enseguida convenció a Nellie de que era cuidadosa y competente profesionalmente. Insistió en examinar a fondo a Grit antes del parto y estaba preparada cuando se aproximó la fecha del nacimiento. Grit no podía precisar la fecha del engendramiento, lo que tranquilizó a Nellie. Yehudi Menuhin solo debía de haber estado accesible una o dos noches.

A mediados de enero empezaron las contracciones. Nellie cuidó de su hija sirviéndole té y una sopa y la invitó a tomar un baño caliente antes de llamar a la comadrona. Pero era evidente que todo esto a Grit le resultaba en el fondo menos importante que el tocadiscos que había instalado en la habitación. Ya había preparado los discos que quería oír. A Nellie le recorrió un escalofrío por la espalda cuando confirmó que eran únicamente grabaciones de su padre.

—¿No quiere oír algo más alegre que este constante rasgueo? —quiso saber Mary, la comadrona, después de pasar dos horas con Grit.

El orificio uterino todavía no estaba lo suficientemente dilatado y la joven se deprimía solo de pensar que iba a pasar cuatro o cinco horas más oyendo música clásica. Grit negó decidida con la cabeza y entre contracción y contracción se puso a hablar a Mary del refinamiento de la ejecución y de qué forma tan especial su padre interpretaba las obras musicales.

Al menos eso la distraía, pensó Nellie, recordando el silencio gélido y desesperado que reinó durante el nacimiento de Henny. Entonces Grit había intentado no emitir ningún sonido y renunciar a toda ayuda y remedios para calmar el dolor.

En esta ocasión seguía al dedillo las indicaciones de Mary, bebía obediente las infusiones que le daba para las contracciones y, cuando Nellie le ofreció gas hilarante para atenuar un poco los dolores de la fase expulsiva, miró inquisitiva a Mary y, al ver que la joven comadrona hacía un gesto de asentimiento, respondió afirmativamente.

El bebé llegó al mundo cuando el sol acababa de salir y se preparaba para un reluciente día de verano. Philipp de Groot tocaba una romanza de Beethoven, melodía suave y llena de expectativas… Grit sonrió cuando la interrumpió el grito del recién nacido, así como la jocosa voz de Mary.

—¡Felicidades, Grit! Tiene usted una niña encantadora.

El rostro de Grit se ensombreció y Nellie contuvo el aliento. Solo Mary no notó nada extraño. Canturreaba de mala manera la melodía mientras cortaba el cordón umbilical, lavaba a la niña y la envolvía en un paño para dejarla en brazos de Grit. Justo en ese momento se percató del evidente desconcierto, cuando no rechazo, en la expresión de la madre.

—¿Qué ocurre? —preguntó divertida—. ¿Habría preferido un niño?

En los ojos de Grit había lágrimas de decepción.

—Creo que mi hija había deseado que su hijo fuera un gran violinista —intentó mediar Nellie con torpeza.

Mary se echó a reír.

—Entonces esta ratoncita se convertirá en una gran violinista —anunció—. Las niñas pueden hacer todo lo que hacen los niños, por eso no se preocupe.

Se volvió a acercar a Grit con la bebé. Y Nellie suspiró aliviada cuando su hija tomó a la pequeña en sus brazos.

La búsqueda de la felicidad

Estados Unidos – Wisconsin, Nueva York
Nueva Zelanda – Ellerslie, Wellington, Gisborne

De 1957 a 1959

1

Wisconsin, 17 de enero de 1957

Querido David:

Hoy te escribo solo a ti porque sé que me comprenderás, mientras que mamá y papá seguramente refunfuñarían. Tampoco les contábamos lo que hacíamos en el circo. Pienso con frecuencia en esos días, en nuestra secreta alegría cuando mimábamos a los animales a espaldas de los cuidadores y domadores o cuando los dejamos en libertad, pues aquí me siento a veces justo como entonces... Solo que la alegría cada vez deja más sitio a un desagradable sentimiento.

A estas alturas estoy muy familiarizada con los macacos del instituto, noto cuándo están aburridos y bajo presión. Los estudios sobre la capacidad cognitiva y de la memoria llegan a su fin. Los estudiantes escriben motivados sus tesis doctorales, ya tienen material que presentar. Los macacos han cumplido todos los deberes con brillantez, y yo he colaborado ayudándolos dentro de mis posibilidades. Meter a los animales solos en una jaula y obligarlos a realizar tareas no está bien, así de simple. Echan de menos a sus amigos, no se sienten a gusto con los estudiantes..., en fin, no se divierten y en sus tristes refugios se atontan entre una unidad de trabajo y otra. Así que me ocupo a escondidas de ellos, les dejo abrir cierres de rosca (¿te acuerdas todavía de cómo lo intentaban nuestros babuinos?) o escondo golosinas en cajitas que se abren de modos distintos. Los monitos rhesus se ponen muy contentos cuando lo consiguen y se lo muestran unos a otros. Les encanta el trile, pero por desgracia me han descubierto hace poco. Por suerte fue un estudiante que no comprendió realmente el rendimiento mental del que los animales hacen alarde en el juego, aunque sí me indicó con severidad que yo no debía imitar en ningún caso los experimentos de Harlow, porque no tenía ninguna cualificación para hacerlo. Casi me muero de risa.

Naturalmente, todo esto tiene su gracia, pero los nuevos experimentos que está planeando Harlow van más allá de poner a los animales frente a unas exigencias algo excesivas o insuficientes. Por lo que me ha contado Stephen, pretenden comprobar si existe el amor materno. Sí, lo has leído bien. Uno no puede simplemente alegrarse de la ternura con que las madres macaco tratan a sus hijos, hay que comprobar la presencia de sentimientos. Stephen está entusiasmado con esta idea. Harlow sostiene que una prueba clara de que los monos jóvenes necesitan apoyo para crecer sanos cambiaría por completo la opinión de la gente sobre los primates y, en última instancia, también sobre la educación de los niños humanos. En la actualidad, los consejeros educacionales defienden la línea dura. No hay que excederse en coger en brazos, acariciar, besar y llevar de un lado otro a los niños para no mimarlos. Los supuestos expertos reclaman incluso que se les deje llorar cuando están hambrientos para que aprendan a tiempo la naturaleza de la renuncia.

Por supuesto, todo esto jamás se le ocurriría a una mona que acaba de parir, así que Harlow ha empezado a separar a los pequeños de su madre justo después de su nacimiento para comenzar sus experimentos. Los estudiantes los alimentan con biberón. Para los monitos es soportable; los estudiantes se acurrucan con ellos y, además de estar alimentados, los pequeños no pasan frío y se sienten cómodos. Yo, claro está, también me ocupo de ellos, les hablo y los acaricio. Stephen y Harlow están muy orgullosos de que hasta ahora no se les haya muerto ningún bebé. Con las madres no ocurre lo mismo; después de que les han arrebatado a los hijos, pasan días llorando y gimiendo. Algunas se sientan entristecidas en un rincón, otras dejan de comer. Contemplar su pena me provoca dolor físico y eso que no soy tan empática como tú o mamá.

El estado de las madres no se contempla en los experimentos, lo que encuentro bastante raro en una serie de estudios sobre el tema del amor materno. Solo se observa a los bebés y, cuando le hablé a Harlow de las reacciones anímicas y físicas de las madres —sigo siendo su solícita veterinaria—, se limitó a decir que se debía a la subida de la leche y que les pusiera una inyección para impedirlo. Ya lo había hecho, claro, de lo contrario nos habríamos encontrado con montones de casos de mastitis. Pero es que no llego a entender, simplemente, cómo se puede tener tan poco corazón.

Harlow es una persona extraña. Muy trabajador, por las mañanas es el primero en llegar al instituto y por las noches el último en marcharse. Sin embargo, nunca se lo ve sin un cigarrillo, bebe litros de café y, como consecuencia, está después tan acelerado que tiene que tomar bebidas alcohólicas. Pasa con frecuencia media noche en una taberna vecina. No me parece bien, considero que la cafeína y el alcohol influyen en su discernimiento. No ve el daño que les está haciendo a los animales con sus experimentos. Stephen cree que esto es absurdo; como todos los demás estudiantes venera a Harlow. Me echa en cara que soy demasiado sensible. Dice que la ciencia exige algunas veces sacrificios y que estos experimentos son importantes. Los experimentos acaban de empezar y vendrán otras cosas que me gustarán tan poco como estas.

Tengo miedo, David. Estoy pensando en despedirme, aunque quiero a Stephen. Pero, si lo hago, temo que los dejaré en la estacada a él y a los monitos.

Sé que en este momento estás ocupado con otros asuntos y me alegro mucho de que seas feliz con Evangelina. Pese a ello tenía que abrirte mi corazón. Esto representa una carga para mí y me gustaría saber cuál es tu opinión. Te echo de menos.

Tuya,

Daphne

Daphne plegó la carta, la metió en un sobre y luego en su bolso para echarla en un buzón camino del trabajo. Stephen se había marchado al instituto una hora antes y ella sabía exactamente lo que estaba haciendo allí. Junto con Harlow y los otros estudiantes, tal vez ayudados también por un cuidador, separaba de su madre a los monitos que habían nacido por la noche. Un asunto feo, que le desagarraba el corazón y que era un acto violento, pues, cómo no, las madres se oponían con todas sus fuerzas. Seguro que algunos animales acabarían con heridas, y así acabarían también las personas, de no ser porque el parto había debilitado a las madres. Daphne había sugerido que les diesen al menos algún calmante para que los animales estuvieran ligeramente sedados, pero los investigadores se habían negado. A fin de cuentas, se trataba de presenciar la reacción natural de los pequeños y eso no era posible si a través de la leche materna ingerían un calmante. Siempre se les daba la primera leche, el llamado calostro, para proporcionarles anticuerpos, sin los cuales resultaría difícil que sobrevivieran. Naturalmente, la reacción de los monitos siempre era la misma: solos en una jaula, llamaban primero a gritos a su madre y luego lloraban hasta que Daphne, el cuidador o un par de estudiantes los cogían, les daban de comer y los metían en una acogedora camita con una botella de agua caliente y mantas mullidas, a la que se apegaban como si fuera el cuerpo materno.

A Daphne no le faltaba mucho para llegar al instituto. El camino transcurría por calles ajardinadas y por parques que ahora, durante el invierno americano, tenían un aspecto gris y desolador. El esplendor del *Indian Summer* se había esfumado. Pero en ese momento ella no contemplaba la naturaleza, sino que le daba vueltas en la cabeza al tema del trabajo y a su relación sentimental, que parecía haberse enfriado. Y, sin embargo, había sido muy bonita durante el verano. En las vacaciones habían visitado juntos parques nacionales y admirado maravillas de la naturaleza, como el Gran Cañón. Habían visto águilas de cabeza blanca planear en lo alto, y en el parque nacional de Yellowstone habían observado cómo un oso inspeccionaba un cubo de basura. Stephen había sido atento y generoso, se habían instalado en un buen hotel y una noche habían salido de excursión a Las Vegas para jugar en un casino. No era algo que a ella la entusiasmara demasiado, aunque había ganado en el *blackjack*. No tenía la memoria fotográfica de su madre, pero le había bastado con memorizar la sucesión de cartas.

En un principio, Stephen se había sentido orgulloso de ella. Pero cuando más adelante ella le contó el truco, se puso de mal humor. Le echó en cara dárselas de lista o incluso mentir, porque no creía que fuera posible memorizar las cartas. «Siempre tienes que dártelas de especial», había refunfuñado. A veces no reconocía al joven de quien se había enamorado y se preguntaba si el trabajo con Harlow lo había cambiado o si tal vez ella se había hecho una idea errónea de él. Era probable que David opinara esto último, Stephen no le había caído bien desde el primer momento.

Daphne también se sentía indecisa con respecto al profesor Harlow. Era un hombre jovial, que siempre tenía un chiste en los labios. Había recibido de forma positiva la propuesta de Daphne de poner en las jaulas algo que distrajera a los animales, árboles por los que trepar y columpios, y contaba unas anécdotas divertidas, como la de una mona que sabía encender y apagar la luz desde su jaula, con lo que había vuelto totalmente loco al guardia nocturno, que pensó que había ladrones. Harlow, en broma, incluso llamó inteligente a ese animal, aunque no admitía que los animales tuvieran alma y sentimientos. Máquina con latidos del corazón o «caja negra», así calificaba el científico Skinner su cerebro. También Stephen y los otros doctorandos simpatizaban con esa opinión. De modo que se explicaba el comportamiento animal señalando, o bien que reaccionaban como lerdos a los estímulos, o que se dejaban guiar por sus instintos.

Daphne echó el sobre en el buzón y pensó en David. Al menos él no le causaba preocupación; en la última carta que su hermano había enviado desde Basilea todo era positivo. Evangelina había cambiado totalmente al siempre serio y a menudo algo solitario David. Por lo visto, la temperamental joven lo monopolizaba cada minuto que él tenía libre. No lo presionaba, aceptaba que para él el trabajo ocupaba el primer lugar, pero una y otra vez le ofrecía la oportunidad, así lo había escrito él, de tomarse un descanso y acompañarla al cine, a salas de baile y a clubes. Daphne se preguntaba qué hacía ella cuando David no tenía tiempo que dedicarle y si esa mariposa hiperactiva le era realmente fiel, pero sabía que su hermano nunca planteaba preguntas. Al igual que su madre, su confianza no tenía límites, y a lo mejor tampoco quería saber qué hacía Evangelina las noches en que él se dedicaba a sus planos. La joven era miembro de un grupo de estudiantes de arte tan apasionados como ella, a los que también se unió David. Los jóvenes artistas, futuros diseñadores de objetos de uso cotidiano, eran menos arrogantes que muchos pintores o escultores que pensaban crear obras de arte con mayúsculas, y acogieron de buen grado al arquitecto paisajista. Corrían las invitaciones a fiestas y a inauguraciones siempre que uno de los amigos exponía sus obras. David contaba que las esculturas de los jóvenes lo habían inspirado para incluir en el paisaje del zoo elementos más atrevidos. Sus jefes habían aceptado gustosos la idea... Evangelina también se los había ganado al instante.

Daphne llegó por fin al instituto, un edificio luminoso, moderno, en el que enseguida la saludaron compañeros y compañeras de trabajo. Como siempre, Harlow se rodeaba de jóvenes entusiastas. En el vestíbulo se exhibía la medalla Howard Crosby

Warren, que le habían concedido al profesor por sus valiosas contribuciones en el campo de la psicología experimental. Nadie, salvo Daphne, parecía tener dudas sobre él. Suspiró y se encaminó hacia las jaulas pasando por la lavandería para recoger nuevas mantas y pañales para los bebés que habían nacido esa noche. Allí se encontró con Brenda, una estudiante.

—Hoy no los necesitas —le dijo la joven, abatida—. Van a hacer otro experimento con los recién nacidos y no quieren que acudamos ni tú ni yo. Estoy muy sorprendida. Pero el profesor dice que es investigación pura. Después se pueden desarrollar otras ideas basándose en ella...

Para Daphne era inimaginable que algo pudiera sorprender a Brenda. Se la consideraba la estudiante preferida de Harlow y nunca había cuestionado ninguna palabra del profesor. Si en ese momento estaba sorprendida, a Harlow tenía que habérsele ocurrido algo especialmente cruel. Al menos estaba advertida cuando llegó al área de los macacos, donde Rob, un cuidador, se encontraba limpiando una jaula. En los últimos días, a esa hora, él todavía estaba ocupado con el aprovisionamiento básico de los recién nacidos.

—¿Hoy no hay bebés, Rob? —preguntó extrañada Daphne después de saludarlo.

El cuidador asintió.

—Ha habido cinco, pero los han llevado enseguida al laboratorio. El profesor dice que no tenemos nada que hacer allí, los cogen para realizar nuevos experimentos.

No parecía entusiasmado. Había pocos estudiantes acostumbrados a manejar a los animales, por lo que no eran demasiado hábiles a la hora de dar de comer y poner los pañales a los diminutos bebés.

—¿Experimentos? —se asombró Daphne—. ¿Con recién nacidos? Voy a echar un vistazo.

Cogió un par de pañales y de mantas y se dirigió al laboratorio. En una habitación protegida en la que estaban preparadas diez jaulas individuales, Stephen y otro doctorando se ocupaban de cinco monitos. Intentaban que los pequeños se acostumbraran a mamar en un biberón colocado al borde de la jaula. Por lo demás, las jaulas no eran nada acogedoras.

—¿Se puede saber que estáis haciendo? —preguntó horrorizada Daphne—. ¡No podéis tener a los pequeños en estas cajas frías y vacías! ¡No sobrevivirán!

Mientras abría una jaula y estaba a punto de sacar al monito que gemía para consolarlo, entró el profesor Harlow. Dirigió a Daphne su seductora sonrisa.

—Es lo que también me temo, doctora Lemberger. Aunque no dejamos que los animales pasen frío. Las temperaturas de este espacio se ajustan por entero a sus necesidades. Además, el aislamiento debe tener repercusiones en el organismo de los primates. Parece ser que ya en el siglo XIII se realizó un experimento con bebés humanos a los que se dejó que crecieran sin hablarles ni comunicarles sentimientos para averiguar cuál era la lengua adánica de los seres humanos. Murieron siendo pequeños. Nuestros monitos…

—Pero, si usted ya sabe…, ¿cómo puede…? —Daphne estaba consternada.

El profesor la separó con suavidad de la jaula, que volvió a cerrar.

—Necesitamos resultados indiscutibles de evidencias empíricas —dijo con pesar—. Todo lo demás no son más que suposiciones… En el mejor de los casos, valores empíricos. No se preocupe, limitamos el número de los animales del experimento a un mínimo. Y nuestras empleadas sensibles tienen que protocolizarlos.

—¡Esto es tortura! —exclamó indignada Daphne.

El profesor negó con la cabeza.

—Es investigación —puntualizó—. Stephen, lleve por favor

a su novia fuera y bébase un café con ella... Tiene que tranquilizarse, Daphne. Solo son animales...

—Daphne, necesitamos hacerlo como estudio comparativo —intentó convencerla Stephen—. Los próximos monitos también tendrán su manta. Y estamos pensando en una madre sustituta a la que puedan apegarse los pequeños, un mono de alambre del que cuelgue el biberón. Entonces averiguaremos si existe una necesidad natural de..., bueno..., contacto físico...

—¿Y esto es lo que confirma el amor materno? —preguntó enfadada Daphne—. ¡Estáis chiflados! Yo me voy de este circo, yo...

—Daphne, tienes un contrato de trabajo —contestó Stephen, exasperado—. Y ¿has pensado si a mí me afectaría que renunciases al trabajo como protesta? Te he conseguido este empleo...

—¿Tú? —Daphne casi se echó a reír—. Soy veterinaria. ¡Podría haber encontrado trabajo en cualquier sitio y todavía puedo hacerlo!

—¡Pero quisiste venir aquí porque me amas! —La voz de Stephen se suavizó. Era casi tan dulce e íntima como entonces, en Australia, cuando le había robado el corazón—. Daphne, ¡quédate, por favor! ¡Por favor, no me dejes! Quieres a los monitos... Se han planeado otros experimentos en los que se vuelven a introducir en grupos aquellos animales que han sufrido aislamiento. Eso sería una bonita labor para ti. Por favor, ¡piénsatelo!

Daphne no sabía si todavía amaba a Stephen. Pero no podía olvidarse de los monitos. En los días que siguieron, volvió a deslizarse en la habitación donde estaban los animales gimiendo y agonizando. Cuando Daphne vio que uno de ellos estaba a punto de morir, lo sacó de la jaula y meció a ese diminuto ser en sus cálidas manos, le susurró palabras tiernas y esperó que al menos se llevara con él un poco de amor al que anhelaba fuese un mundo mejor. No pudo reprimir las lágrimas cuando, en el último momento, las manitas del animal se cerraron alrededor de sus dedos.

Stephen documentó impasible que solo uno de los monitos había sobrevivido más de cinco días. Daphne oía el continuo llanto y lamento de las madres, a las que ahora ya ni se les podía garantizar que sus hijos se encontraban bien.

2

Basilea, 6 de febrero de 1957

Querida Daphne...

Daphne recibió la carta de David después de una jornada de trabajo especialmente frustrante. Habían vuelto a perder un monito, esta vez en la nueva serie de pruebas que Stephen había empezado bajo la dirección del profesor. Ahora no se dejaba a los recién nacidos en una jaula totalmente vacía, sino que introducían un cilindro de alambre, más o menos del tamaño de la madre, al que podían apegarse. Lo hacían y sobrevivían mucho más tiempo. Sin embargo, el aislamiento y la falta de comunicación verbal y gestual todavía acababa con muchos pequeños, y Daphne poco podía hacer por ellos porque no era bien recibida en el área de experimentos. Lloraba la muerte de cada uno de los animales; ni siquiera ayudaba el que Lily la recibiera feliz y brincando cuando ella abría la puerta de su casa. «Tampoco soy justa con la perra», pensaba cansada. No era bueno dejar al cachorro tantas horas solo cada día, pero no se le ocurrió cuando Stephen le llevó al animalito como sorpresa de Navidad.

Después de que su relación se hubiera enfriado claramente a finales de año, él había hecho un esfuerzo especial en Navidades. Había vuelto a alquilar un refugio por un par de días, en esta ocasión en Granite Peak, la famosísima estación de esquí de Wisconsin. Formaba parte de una de las zonas más caras, y allí se podía disfrutar de la vida en pareja, pero también ir a la casa principal y deleitarse con una elegante comida. Stephen había pedido que colocasen un árbol de Navidad en la cabaña mientras los dos estaban dando un paseo por la nieve, y debajo de él la había saludado Lily, una caniche de diez semanas de edad.

—Pensé que necesitabas algo a lo que dar cariño —había dicho Stephen con un deje de disculpa en la voz—. Algo que no te arrebaten siempre, como los macacos del laboratorio. ¿A que parece un monito? He estado buscando una raza que se parezca un poco a ellos. El criador ha dicho que los caniches aprenden con facilidad. Y este cachorro es muy bonito. Tanto el padre como la madre son animales premiados.

Daphne no había sabido cómo contestar a esa explicación. Era evidente que Stephen quería lo mejor, sin comprender en absoluto en qué consistía. Ella nunca había tenido un perro propio, pero la mayoría de los perros de sus conocidos eran mestizos. Nunca se le habría ocurrido ir a un criadero para adquirir un animal que a su entender se parecía físicamente a otro de una especie totalmente distinta. A pesar de ello, Lily, un manojo de rizos de color beis y con unos ojos redondos y negros enormes, le había conquistado el corazón al instante. Había pasado las vacaciones jugando con el perrito y explorando el bosque mientras Stephen esquiaba. Naturalmente, él le ofreció un curso de esquí para principiantes, sorprendido de que ella no dominara ese deporte. En la familia de Stephen, pasar las vacaciones de invierno en los Alpes neozelandeses formaba parte de los programas anuales. Pero a ella le apetecía poco esquiar y habría preferido pasear a caballo por esa magnífica blancura. Sin embargo, como en el resort no tenían caballos, se había limitado a dar los primeros paseítos con la perra.

Hacer ese regalo y aceptarlo había carecido de visión de futuro y de eso Daphne se dio cuenta cuando volvieron al instituto. Harlow no le permitió llevarse a Lily al laboratorio. Los estímulos a los que iban a ser expuestos los monos tenían que estar exactamente definidos y un perrito dando vuelas por ahí no formaba parte de lo que tenían que ver, oír y oler. Así que, con el corazón hecho trizas, Daphne dejaba a la caniche en casa y en la pausa del mediodía iba y venía para jugar un poco con ella y sacarla a la calle. De ese modo, pasaba cada vez menos tiempo con Stephen... y no lo lamentaba. Los nuevos experimentos le parecían tan crueles como los anteriores y no reconocía ningún gran logro en el hecho de que a los monitos ahora se les permitiera al menos adoptar su postura natural, apegados a algo que les daba seguridad. La poca seguridad que les ofrecía ese objeto de alambre era evidente en la tasa de mortalidad cada vez más alta.

A Daphne le habría gustado leer la carta de David al momento, pero primero ató la perrita a la correa y se permitió dar un pequeño paseo. Con el tiempo, Lily necesitaría salir más rato y ella una jornada menos agotadora. Pero al menos el animalito se acurrucó contra ella cuando por fin se sentó en el sofá y empezó a leer.

> Recibí tu carta ayer y siento mucho que ya no encuentres tan satisfactorio tu trabajo con Harlow. Para mí es comprensible, siempre me ha resultado difícil soportar el maltrato a los animales, ya sea con fines científicos o para mostrarlos en espectáculos. Por suerte, en el zoológico de Basilea no tengo que ver cosas así, aquí se esfuerzan mucho por implementar los principios de Hagenbeck y ofrecer a los animales un entorno acorde con su especie. Nuestro nuevo vivarium estará adaptado arquitectónicamente a sus inquilinos; todavía no está acabado, pero ya se ve

que se convertirá en un lugar de paz y encuentro entre animales y seres humanos. Me habría gustado quedarme hasta verlo totalmente terminado, pero, gracias a la mediación del señor Brägger y del señor Hediger, me acaban de ofrecer colaborar con el señor William G. Conway en Nueva York. Este no tardará en asumir la dirección del zoo del Bronx y planea introducir reformas y hacer nuevos proyectos, como por ejemplo el Mundo de la Oscuridad, donde los visitantes tendrán acceso a la vida de los animales nocturnos. El trabajo promete ser muy emocionante. Creo que, en todo caso, tendré que despedirme de Basilea y comenzar un nuevo periodo de prácticas en Nueva York. Por supuesto ha contribuido en la toma de esta decisión el hecho de que estaré más cerca de ti...

Daphne apartó la vista de la carta y calculó mentalmente la distancia entre Nueva York y Whitewater. Eran más de mil quinientos kilómetros los que separaban ambas localidades. Pero, de acuerdo, Basilea estaba mucho más lejos.

Además, Evangelina ha descubierto que, con la School of Visual Arts, Nueva York disfruta de una de las mejores academias privadas de arte y diseño del mundo. Uno de los fundadores es Burne Hogarth, el dibujante de los cómics de Tarzán, y quiere explorar a toda costa ese terreno antes de obtener su título en algún lugar. A estas alturas no creo que su meta sea conseguir un diploma académico, simplemente está ávida de saber y tiene los medios para matricularse allí donde supone que puede aprender algo.

Daphne se echó a reír. Ella, personalmente, habría apostado a que Evangelina había descubierto su fascinación por los cómics cuando le habían ofrecido a David irse a Nueva York. Pero su hermano no parecía darse cuenta de ello.

Por cierto, Evangelina y yo hemos pasado las vacaciones de invierno en los Alpes suizos. Seguro que ella habría podido permitirse un hotel caro, pero parece haber disfrutado viviendo conmigo en un refugio barato. He constatado que le gusta más esquiar que cocinar. Como ama de casa no parece ser muy hábil; la limpieza doméstica también me la dejaba a mí, aunque daba muestras de gran admiración por mi trabajo. Cuando ella no estaba fuera con sus esquís (yo aprovechaba para iniciarme a través de distintas lecturas en la vida de los animales nocturnos y en las peculiaridades arquitectónicas del Bronx), hemos patinado y paseado juntos por la nieve. Por las noches hemos asistido a los espectáculos de la ciudad vecina. Ya sabes lo que le gusta bailar y estar con gente a Evangelina. Yo la he acompañado por darle el gusto, y debo decir que la *fondue* de queso, el aguardiente de fruta y el *glühwein* son realmente muy ricos. En cuanto a las corrientes de música como el jazz, me estoy introduciendo lentamente y a estas alturas ya empiezo a apreciar esos sonidos en un principio extraños.

Estoy muy contento de volver a verte pronto. Seguro que encontramos una oportunidad en cuanto hayamos llegado a Estados Unidos.

En lo que respecta a tu trabajo, me cuesta darte un consejo. Debes saber cuánto puedes resistir; decidir, sobre todo, si mantenerte en el opresivo trabajo del laboratorio realmente vale la pena. Lo mismo se puede aplicar a tu amor por Stephen. A veces pienso en lo que papá dice sobre los seres humanos y los animales: que son empujados por su búsqueda de la felicidad. Y a veces uno la busca en el lugar equivocado. Aunque yo, de hecho, no puedo decir nada, porque no he tenido que buscar a Evangelina. A lo mejor la suerte se cruza, simplemente, en tu camino.

Pienso mucho en ti y yo también te añoro.

Tuyo,

David

Daphne suspiró. En realidad, no parecía que su hermano añorase nada, en ese momento parecía encontrarse en el lado alegre de la vida. No cabía duda de que Evangelina le hacía bien y se sentía feliz. Inmersa en sus pensamientos, acarició a Lily. Stephen no tardaría en volver a casa. No sabía qué iba a decirle.

En las semanas que siguieron se realizaron más experimentos. Harlow había formulado la tesis de que «la agradable sensación del contacto» podría constituir una variable importante en el vínculo del hijo con la madre. Se proponía demostrarla colocando en la jaula de los monitos una sustituta artificial de la madre: un cubo calentado por dentro y forrado de felpa, con una cara que ni de lejos se parecía a la de un macaco y que Daphne encontraba horrible. No obstante, los animalitos respondieron bien a esa propuesta; estaba claro que se desarrollaban mejor y permanecían con vida cuando podían apegarse a las madres de felpa. Pese a ello, solo obtenían la leche en el «pecho» de la madre de alambre, y los estudiantes observaban divertidos las contorsiones que hacían los pequeños para no tener que alejarse de la madre de felpa y conseguir beber.

Daphne se esforzaba por aliviar la pena de los bebés sacándolos tantas veces como era posible de la jaula y acariciándolos. Desde que ya no se morían, los investigadores cedían la limpieza de las jaulas al personal. Así que había recuperado el acceso a los pequeños.

El asunto con Lily se arregló cuando el cachorro creció y demostró que era realmente tan listo como había afirmado el criador. Lily podía acompañar a Daphne al laboratorio. En los días que hacía buen tiempo se quedaba fuera, en la zona de las jaulas exteriores de los monos, y se metía en un abrir y cerrar de ojos en un escondite cuando aparecía alguien que no era su ama. Cuando llovía, Daphne la colaba a escondidas en el área del laboratorio. Lily aprovechaba la ocasión para hacer amistades entre los macacos. Los animales del laboratorio, ávidos de contacto, se interesaban muchísimo por la perra y Lily era muy cordial. Una vez, cuando Daphne sostenía a uno de los monitos e intentaba darle calor y cariño, la hembra caniche se acercó a ella y el monito se agarró con toda naturalidad al lomo lleno de rizos de Lily. Unos segundos más tarde dormía profundamente, acurrucado en el calor original de un ser vivo también peludo, y parecía feliz. Daphne sonrió, pero no tardó en sacar provecho de esta experiencia cuando otro monito caía enfermo, lo que ocurría con frecuencia. Había dispuesto una habitación donde guardar la cuarentena en la que no entraban ni estudiantes ni doctorandos. Los animalitos pasaban horas allí acurrucados contra Lily y se curaban mucho más deprisa que con solo los medicamentos que les administraba Daphne. De este modo, la pregunta de David acerca de si su presencia en el laboratorio era de utilidad para los animales se respondía con un sí.

No obstante, su búsqueda de la felicidad quedaba muy lejos de tener éxito. La relación con Stephen se enfriaba cada vez más. Vivían el uno con el otro como en un piso compartido, aunque él insistía en asegurarle lo mucho que la amaba. Pocas veces pasaban horas los dos solos en las que reían o conversaban sobre alguna cuestión profesional. Entonces, Daphne sentía la necesidad de hablarle de Lily y los monitos. Pero había algo que siempre la disuadía; no se atrevía a reconocer que, simplemente, no se fiaba de Stephen.

3

—¿De verdad piensas que la pequeña sabe apreciarlo? —refunfuñó Walter.

Desde que había nacido la niña, Grit había instalado la habitación de la música en la planta baja de la villa. Le resultaba demasiado incómodo estar subiendo y bajando con la pequeña Audrey si, además, siempre se despertaba cuando antes había estado dormida en su mullido cochecito. Nellie lo prefería. Cuando estaba en casa, podía controlar fácilmente si Grit se había olvidado de cambiar y dar de comer a su hija por estar inmersa en la música. Aunque pocas veces ocurría esto. Grit se dedicaba al cuidado de Audrey con la misma disciplina con que había practicado durante toda su vida. La niña no quedaba desatendida y pasaba casi todo el día con su madre... y también con su música.

—A lo mejor sí que tiene sentido musical y le gusta escucharla —defendió Nellie a su hija—. Como es bien sabido, los niños se acostumbran a cualquier cosa.

—Lo espero por Audrey —replicó Walter—. O bien se acostumbra, o bien está medio sorda. ¿Cuántas veces, una detrás de otra, ha tocado Grit este fragmento? ¿Veinte, treinta? No sé a ti, pero a mí el violín me pone de los nervios más que el piano. Por eso me largo ahora mismo a la cuadra. ¿Vienes conmigo?

Nellie se unió a él de buena gana. Le gustaba escuchar a Grit cuando tocaba una melodía, pero los ejercicios que hacía para los dedos también le provocaban dolor de cabeza. Más que la preocupación por la salud mental de Audrey, le inquietaban otras cosas. Nunca veía a Grit acariciando o besando a la pequeña, jugueteando u ocupándose de ella de algún modo que fuera más allá de la pura manutención. Por suerte, alguien la había sustituido: Henny estaba apoyando la bicicleta en el muro de la cuadra cuando Nellie y Walter salían de la casa. Estaba acalorada tras pedalear el largo trayecto —había al menos dieciséis kilómetros entre Epona Station y el hipódromo— y antes tenía que haber hecho los deberes. Sin embargo, aparecía casi cada tarde. Estaba enamorada de su hermanita.

Saludó contenta a Nellie y Walter. Le brillaban los ojos y alrededor de su rostro revoloteaban los mechones que se habían desprendido de la trenza durante el recorrido. Nellie se percató de nuevo de lo guapa que era esa niña. Ya de bebé, Henny había sido fascinante.

—Qué buen tiempo hace, ¿verdad? ¿Podré sacar a pasear a Audrey? Seguro que todavía no ha salido. —Henny sonrió a sus abuelos.

En efecto, tras un largo periodo de lluvias, había vuelto a brillar por primera vez el sol. Era septiembre y el invierno neozelandés se iba despidiendo con lentitud.

—Está con Grit en la habitación de la música —le explicó Nellie—. Y tus sospechas son acertadas, hoy todavía no ha salido al aire libre. Seguro que Grit no tiene nada en contra de que te la lleves.

Grit nunca se oponía a eso. Se desprendía de la niña de buen grado y nunca se preguntaba si podía confiar en que Henny cuidara bien de ella. Nellie había estado vigilando a la adolescente los primeros días y a esas alturas estaba convencida de que siempre se ocupaba bien de su hermanita.

Henny entró en la casa y, pocos minutos después, estaba fuera con la bebé en brazos. Dejó a la pequeña en el cochecito que estaba preparado en el exterior. Hacía poco que Audrey ya podía sentarse y en ese momento balbuceaba complacida. Henny hablaba mucho con ella y la pequeña parecía comprenderla y contestarle. Por el contrario, mientras Grit practicaba solía callar la mayor parte del tiempo, incluso cuando estaba despierta.

—Está escuchando —decía entonces Grit llena de alegría. Nellie ya encontraba alentador que no llorase.

—¿Quién se ocupará de ella cuando Grit vaya a tocar la semana que viene a Auckland? —preguntó Henny, mientras daba a Audrey un caballito de madera que ella misma había tallado. Por primera vez desde el parto, Grit pisaría un escenario; iba a tocar un concierto para piano en el auditorio de Auckland, con la orquesta local. Esta se encontraba sin duda por debajo de su nivel, como ella ya había observado, pero era una buena ocasión para volver a empezar sin exponerse a la crítica de todo el ámbito musical—. Dormirá allí, ¿no?

Nellie negó con la cabeza.

—No, está a dos pasos. La llevamos un día antes para el ensayo y luego para la función. Audrey vendrá con nosotros. Yo esperaré con ella detrás del escenario y escucharé, siempre que no grite. Pero, al parecer, Grit ha asegurado a los organizadores que se portará bien. Creo que quiere que se acostumbre a la atmósfera del escenario...

Henny frunció el ceño.

—Tiene ocho meses —replicó.

Nellie se encogió de hombros.

—Daño no le hará. Pero el mes que viene, cuando Grit vaya a Wellington, dejará a Audrey aquí. Entonces yo me ocuparé de ella. —Wellington se encontraba en el extremo sur de la Isla Norte de Nueva Zelanda; Auckland, en el norte.

Henny sonrió esperanzada.

—¿Podré venir a dormir aquí?

Nellie asintió, estaba segura de que April y Alex se lo permitirían. Pues no era solo que Henny le hiciera bien a Audrey: el cuidado de su hermana pequeña también había causado un extraordinario efecto positivo sobre ella. Su nieta de catorce años se concentraba ahora menos en la equitación y en Noah, su supuesto competidor. Cada vez se entendía mejor con April, a fin de cuentas tenía miles de preguntas sobre cómo manejar correctamente a un bebé. Nellie suponía que Henny se sentía más estrechamente unida a su madre adoptiva, pues ahora hacía por Audrey lo que antes April había hecho por ella. Sin embargo, Nellie y April pensaban que era preferible que no reparara en ello. Al fin y al cabo, la relación entre la adolescente y Grit no debía salir mal parada; a esas alturas ambas mantenían un trato cordial.

Henny empujaba ahora el cochecito con su hermana por las instalaciones del hipódromo y mostraba a Audrey los caballos a los que estaban cepillando o entrenando. En un pastizal, donde los cuidadores de los ejemplares de carreras los dejaban pacer sujetándolos con un ronzal, se detuvo y permitió que una joven y curiosa yegua olisqueara a Audrey. La pequeña rio complacida, Nellie observaba con una sonrisa.

—A lo mejor puede visitarnos en Epona Station cuando Grit actúe en algún sitio —dijo Henny—. ¡Entonces la sentaré en el poni de Nicholas!

El hermano de Henny ya era ahora casi demasiado alto para el poni de las Shetland, pero April había decidido conservar el caballito para Audrey.

Tal como se esperaba, la actuación de Grit en Auckland fue todo un éxito. Deslumbró al piano y sorprendió al público con un solo de violín en memoria de su padre. A los violinistas de la orquesta les satisfizo que no alcanzara su virtuosismo, pero el público celebró a la intérprete con una ovación en pie, y también los músicos aplaudieron en recuerdo del gran violinista.

Audrey estuvo durmiendo durante todo el concierto detrás del escenario, en el cochecito, al cuidado de Nellie. Grit estaba entusiasmada por el hecho de que no hubiese llorado ni molestado de algún modo y la presentó a sus compañeros como la nieta de Philipp.

—Espero que siga la tradición —declaró.

A Henny ni siquiera la mencionó. Su hija mayor tampoco había asistido para oír cómo tocaba su madre. Además, no tenía ningún interés ni en Grit ni en su arte.

Inmediatamente después del concierto, llovieron las invitaciones procedentes de toda Nueva Zelanda. Todas las ciudades deseaban acoger al menos una vez a la famosa pianista en su sala de conciertos; incluso llegaron solicitudes desde Australia. Nellie se preguntaba cuánto tardaría Grit en volver a Europa o a Estados Unidos y qué haría entonces con Audrey. Pero poco después ocurrió algo con lo que nadie había contado.

Tal como estaba planeado, Grit se marchó sola a Wellington para dar el concierto y permaneció cuatro días allí. Cuando regresó estaba animada y feliz como Nellie nunca la había visto, o, al menos, desde que había desaparecido en Creta durante la guerra.

—¡Ha sido tan precioso, mami! Una orquesta fabulosa, en especial el primer violín. Hemos tocado juntos y ha sido casi como si estuviera otra vez tocando con papá. Tengo que repetirlo a toda costa. Me han ofrecido hacer una gira y he aceptado, mami. Dos semanas por la Isla Sur. Tú te ocuparás de Audrey, ¿verdad?

A Nellie la cogió por sorpresa.

—¿No has tocado el violín? —preguntó.

Grit asintió.

—Sí, pero cuando ya estaba al piano me ha llamado la atención Paul. Y luego se me ha acercado y me ha dado las gracias por haber recordado a papá. Fue su gran modelo. Y se nota al escucharlo...

—¿Así que ese joven te ha gustado? —preguntó Nellie con prudencia—. ¿O... tiene la edad de tu padre?

Grit negó con la cabeza tan vivamente como cuando era niña, según recordaba Nellie. Al hacerlo, su cabello corto y rizado revoloteó alrededor de su rostro. La Grit adulta siempre se había comportado de forma contenida y gesticulando poco, al menos en el estado de depresión que ahora parecía estar superando.

—No, todavía es joven, incluso más joven que yo. Su apellido es Rossberg y estaba muy contento de poder hablar en alemán conmigo. —Grit resplandecía.

—Entonces es un... ¿estudiante de intercambio? —insistió Nellie.

Grit hizo un vehemente gesto negativo.

—Qué va, está haciendo un máster en arte, es becario. Y ahora va a tocar un par de meses como primer violín en Wellington. Es positivo para su carrera...

—Pero a la larga ¿volverá a Alemania? —quiso saber Nellie.

Grit se encogió de hombros.

—Yo qué sé. En cualquier caso, nunca había oído a un violinista que se pareciera tanto a papá en la interpretación de obras complicadas. Tocar con él es..., es como volver a casa, ¿entiendes?

Nellie no lo entendía del todo, pero ya había visto en otras mujeres y jóvenes la euforia y esa expresión resplandeciente de Grit.

—Diría que se ha enamorado —le comunicó más tarde a Walter, quien había observado lo mismo.

—En cualquier caso, ya no practica con el violín —repuso él—. El rasgueo ha terminado desde que ha vuelto de Wellington. ¿Cuándo regresa allí?

—Parece como si estuvieras impaciente por que vuelva a marcharse —le reprochó Nellie a su marido, que no se tomó la molestia de negarlo—. Y eso que ahora tengo la sensación de reencontrarme con mi Grietje. En los últimos años, solo la he visto abatida y desdichada, ahora parece que puede volver a estar contenta. ¡Incluso se ha sentado en el regazo a Audrey y le ha tocado una canción infantil en el piano! Y se ha reído cuando la niña ha golpeado las teclas. Bueno, veo una evolución positiva. Ese muchacho ejerce, al parecer, una buena influencia sobre ella.

—De todos modos, estaría bien averiguar algo más sobre él —opinó Walter, y Nellie observó satisfecha un cambio en su marido. Cuando Grit era pequeña, Walter se había sentido como su padre y ahora parecía querer protegerla—. Creo que me voy a la ciudad para tratar de encontrar un periódico de Wellington. Seguro que han publicado alguna crítica sobre el concierto. A lo mejor, incluso hay foto del niño prodigio.

Nellie tenía que ir a Epona Station para realizar varias revisiones con Alex Rawlings; debían examinar unos caballos antes de que los compraran. Los caballos de carreras que quería adquirir un promotor de Auckland eran sumamente caros y el hombre deseaba saber antes lo que opinaban varios veterinarios sobre su salud. Durante el viaje hablaron de Henny y Audrey. Nellie mencionó la gira que Grit planeaba emprender.

—La historia vuelve a empezar —dijo Alex—. Lo subordina todo a su carrera, y Audrey se queda en segundo lugar como antes Henny. Por favor, no me preguntes si también vamos a adoptarla nosotros. De hecho, tengo suficiente con dos niños.

—Creo que Henny ya la ha adoptado... —Nellie se echó a reír—. Se le romperá el corazón si Grit se lleva consigo a la niña a Europa. Parece que se está empezando a cocer algo con Alemania. Con un primer violín... —Le informó acerca de Paul Rossberg.

Alex se encogió de hombros.

—No le vendría mal. Siempre me ha dado pena, aunque fue ella en el pasado quien me hizo daño. Pero creo que ni se dio cuenta. Si ahora ha encontrado a un hombre que ve la vida exactamente como ella y para quien la música está por encima de todo lo demás... estaría bien. Lo que es cuestionable es que haya espacio para una niña.

—Si tiene tanto talento como los padres, quizá sí —reflexionó Nellie—. Grietje fue feliz con Philipp. Y opino que él no se equivocó mucho en su educación. Pero, claro, antes tuvo, durante diez años, una infancia del todo normal.

Alex asintió.

—Cuando más tarde la conocí en Creta, era encantadora. Entusiasmada con su música, pero no era una fanática. Era divertida, inteligente, alegre. La guerra la cambió. Algo se destruyó en ella.

—A lo mejor Paul Rossberg lo reconstruye ahora —repuso Nellie suspirando—. ¿Cómo se llama esa gente que quiere comprar a Morgan Le Fey? ¿Y a Senator? Siempre me acuerdo más del nombre de los caballos que del de los propietarios...

Cuando Nellie regresó a casa por la noche, Grit tocaba el piano. Tenía a Audrey con ella; Walter se había atrincherado con Jamie en el sofá del salón. Al perro le hacía tan poca gracia la música de Grit como a él. Walter se consolaba con una copa de vino, Jamie royendo un hueso. Sobre la mesa yacía el *Evening Post*, un diario de Wellington. Estaba abierto por la sección de cultura.

«Las estrellas del concierto sinfónico de ayer —rezaba un pie de foto—. Grit de Groot, la pianista de fama internacional, y Paul Rossberg, primer violín, sin duda al inicio de una gran carrera».

La foto en blanco y negro mostraba a un hombre alto, con cabello seguramente negro y liso. Era muy delgado, un rostro casi de asceta, muy expresivo.

—No se parece en nada a Phipps —observó Nellie, después de estudiar a fondo la imagen.

—Ni tampoco a Alex —añadió Walter—. Es más bien del mismo tipo que Leonidas, el padre de Henny. A lo mejor es eso lo que atrae a Grit.

—Pensaba que no se había enamorado de él… —Nellie suspiró—. No, gracias, ahora no me apetece una copa de vino, acabo de tomar champán con los compradores de los caballos. Los dos ejemplares estaban totalmente sanos y ambos generan grandes expectativas. ¿Hay más información sobre Paul Rossberg?

—La edad. Es nueve años más joven que Grit. Pero eso no significa nada, al contrario, desde mi punto de vista ella todavía no ha madurado del todo. El violinista estudió en Berlín y en Viena, donde también tocó en la orquesta, pero aspira a realizar una carrera de solista a largo plazo.

—¿No dice nada sobre su… estado civil? —preguntó Nellie.

Walter negó con la cabeza.

—Al final de la veintena todavía puede estar soltero. Especialmente si ha dado muchas vueltas debido a la música.

—Esperemos lo mejor —añadió Nellie.

4

Paul Rossberg se había casado tres días antes de su partida a Nueva Zelanda. Había pasado semanas luchando consigo mismo para discernir qué era más importante para él: la carrera o la boda y la convivencia con la mujer que durante tanto tiempo había sido su novia. Al final, Elke le había tendido generosamente un puente: que él viajara, ella lo esperaría. Pero quería saber si él iba en serio con ella, no le bastaba con un compromiso antes del viaje. Paul, tan enamorado como aliviado, había aceptado, y todo se arregló antes de que zarpara el barco. La joven pareja celebró un magnífico casamiento y se mudó a un apartamento en Hamburgo, que Elke guardaría hasta que Paul regresara. Ella trabajaba de telefonista y tenía muchos amigos. Seguro que no iba a aburrirse, decía optimista. Lo único que él tenía que hacer era escribirle y, si era posible, enviarle fotos o recortes de periódicos. «Los colgaré en todas las paredes y será como tenerte a mi lado», había dicho Elke.

Paul la había hecho partícipe de buen grado de todos sus logros durante los primeros días en Wellington. A partir de su encuentro con Grit, hacerlo se había convertido en una pesada obligación, y en una tortura a medida que se iba enamorando más y más de la pianista. Al principio no le desveló la presencia de otra mujer a Grit, y ella se lo ponía fácil porque no preguntaba nada.

Por primera vez en su vida, Grit estaba felizmente enamorada. Hasta el momento, solo había vivido un breve flirteo con un joven deportista cuando tenía diecisiete años y luego había iniciado una relación con Alex Rawlings en Creta, que la guerra había interrumpido antes de que fuese seria. Más tarde, el intento de recuperarla y proseguirla tras la contienda había fracasado. En el fondo, con Alex había sucedido lo mismo que luego con Vincent: Grit había sentido miedo ante la proximidad física, la invadía el pánico al pensar en engendrar un nuevo hijo. Ahora, con Paul, eso había cambiado. Percibía instintivamente que estaba predestinada a ese hombre. Aunque no entraba en sus planes tener un hijo con él, tampoco rechazaba la idea. A fin de cuentas, ambos se complementaban estupendamente, y él incluso había reaccionado de forma positiva cuando ella le habló de Audrey.

Durante la gira con la orquesta, fueron intimando cada día más y la tercera noche se acostaron juntos. Paul insistió en ponerse condón y a Grit le pareció bien. Más tarde ya pensarían en la descendencia. Al principio ella se sintió ebria de música y amor. El director de la orquesta enseguida se percató de la situación e incluyó un par de obras para violín y piano en cuya ejecución brillaron los dos.

—El año que viene haremos la gira con un programa propio —anunció Grit, cuando leyó por encima las nuevas críticas positivas—. Mi padre compuso distintas obras para piano y violín...

No mencionó que por regla general también participaba un chelo —ya hacía tiempo que no pensaba en Vincent— y se extrañó de que Paul no se entusiasmara con la idea, sino que se la quedara mirando con seriedad...

—Escucha, Grit —contestó él bajando la voz—. Tengo que decirte algo. Mi mala conciencia no me permite estar más tiempo callado. Yo..., antes del viaje...

Grit escuchó lo que le decía impávida.

—No es posible que la quieras.

Paul se encogió de hombros.

—Creía que la quería —respondió—. Hasta que te conocí.

Grit asintió.

—Son cosas que ocurren —dijo—. Yo también creí estar enamorada en una ocasión. Pero ahora... ¿No se puede... anular el matrimonio?

Paul rio con tristeza.

—A lo mejor si eres miembro de una casa real —reflexionó—. Pero así... Un matrimonio es un matrimonio, Grit, incluso si se consumó solo durante tres días...

Grit no quería oír nada más.

—Entonces tendrás que divorciarte —sentenció—. Porque si no... Queremos vivir juntos, ¿no es así, Paul? Y trabajar juntos... En realidad no deseas volver a Alemania, ¿verdad?

Paul tuvo que reconocer que así era. Él quería a Grit, también era para él la mujer con quien se complementaba, la que terminaba cada frase que empezaba y, sobre todo, la que completaba cada melodía de sus composiciones.

—Paul, ¿qué ocurriría si por una vez nos dedicásemos a nosotros y a nada más? Un par de meses sin obligaciones, un concierto aquí o allá como mucho... Vayamos a un sitio bonito donde disfrutar del amor y formar una familia. Tú, yo y Audrey. Tú le enseñarás a tocar el violín cuando ella sea lo bastante mayor, hasta que toque como tú... y mi padre. —Grit se estrechó contra él.

—Tendré que escribir a Elke —dijo Paul de mala gana—. Aunque me sabe mal decepcionarla. Es..., es una buena persona, ella...

Grit hizo un gesto de rechazo.

—Entonces no le costará encontrar enseguida a otro hombre —replicó despreocupada. Estaba impaciente por instalarse con Paul en un lugar de ensueño que solo les perteneciera a ellos y él tenía que admitir que le ocurría lo mismo.

—¡Gisborne! —Paul se sorprendió cuando Grit propuso esa ciudad algo aburrida de la Isla Norte de Nueva Zelanda como el lugar ideal donde construir su nido de amor.

—He visto una casa allí —explicó ella—. Cuando visité a Diane.

Paul se acordó entonces. Habían actuado con la orquesta en la ciudad y, después del concierto, una mujer de la edad de Grit había llamado presentándose como una antigua compañera de clase de Boston. La pianista enseguida se acordó de ella y habían quedado para desayunar juntas al día siguiente. Parecía que las dos se habían entendido bien. Diane se había casado hacía unos años con un neozelandés y en esos momentos vivía en Gisborne. Había seguido siempre la carrera de Grit y ahora que actuaba allí se había animado a visitarla. La concertista había regresado de muy buen humor y un poco eufórica del encuentro. Después de su etapa en la escuela para chicas de Boston, nunca había vuelto a tener amigas de verdad. Ahora había podido charlar con Diane con toda franqueza.

Por supuesto, conservaba su dirección y número de teléfono, y la preciosa casa de un piso con la romántica terraza y un jardín algo asilvestrado todavía estaba en alquiler.

Antes de que Paul se diera cuenta, ya le había planificado toda la vida. Lo único que Grit todavía esperaba de él era que escribiera a Elke y le pidiera el divorcio.

—Puedes hacerlo tranquilamente mientras yo estoy en Ellerslie —indicó Grit, cuando la gira terminó en Christchurch con un concierto final—. Tú sigues camino de Gisborne cuando lleguemos a la Isla Norte y yo voy a recoger a Audrey.

Nellie y Walter se quedaron de una pieza cuando Grit, entusiasmada, les contó sus planes. Había llegado un domingo por la tarde, justo en un día de carreras. Al principio, Nellie y Walter no habían tenido tiempo para ella y Grit se había dedicado a hacer apuestas. Además, se había encontrado con Henny y había hablado con ella. Desde lejos, Nellie observó cómo Henny, que cuidaba de su hermanita durante las carreras, se había dirigido corriendo a Grit. Un momento después, advirtió sorprendida que su nieta se marchaba llorando a lágrima viva. Había dejado a Audrey con Grit, algo impropio de ella. Nellie se tranquilizó cuando vio a Henny con Mia, que la estaba consolando.

Por la noche, la novedad de Grit le aclaró las causas de lo ocurrido. Grit había cogido desprevenida a Henny con la noticia de que se iba a llevar a Audrey a Gisborne. Pensaba coger el tren nocturno para reunirse con Paul lo antes posible.

Ahora hablaba entusiasmada con su madre y Walter sobre sus intenciones.

—¡Seremos una auténtica familia! ¡Audrey crecerá con amor y música! ¿No es maravilloso? ¿No es un sueño? Ay, mami, no sé qué hacer con tanta felicidad.

Grit parecía querer abrazar al mundo entero, aunque todavía no se había dado cuenta de que Audrey lloraba en su cochecito. Tampoco iba equipada, con su elegante vestido azul cielo, para coger a la niña, cambiarle los pañales y darle de comer.

—Si realmente te da igual dónde os vais instalar, ¿tenéis que hacerlo en el extremo más alejado de la isla? ¿A unos quinientos kilómetros de aquí? —preguntó Walter poco entusiasmado—. ¿Qué tiene Gisborne que no tenga Auckland?

Esa noche no estaba él para diplomacias, ya había tenido suficiente con lo que le exigía un día de carreras en mediaciones entre propietarios de caballos y jockeys, totalizadores de apuestas y veterinarios.

Nellie también se enervó más deprisa de lo usual. Se había preocupado por Henny, los propietarios de Morgan Le Fey la habían acaparado totalmente y al final había tomado dos copas de champán por el triunfo de la yegua frente a un caballo de Wilhelmina Rawlings al que se consideraba ampliamente el favorito. Wilhelmina la había mirado como si fuera una traidora a su patria.

—¿Pretendes comenzar a vivir con un hombre casado al que solo conoces desde hace un par de semanas y además separar a tu hija del entorno al que está acostumbrada? —preguntó—. Grit, esto es una locura. Nunca te has ocupado tú sola de Audrey. Y ahora tiene que compartirte con tu amante y tu música, ¿y a eso lo llamas tú familia?

—Es justo lo que Audrey necesita para desarrollar de forma adecuada su talento —sostuvo Grit—. Y soy yo quien puede evaluarlo, su madre.

Decidida, sacó a la niña, que ahora lloraba a voz en grito. Parecía como si fuese a escapar al instante con la pequeña.

—Eso nadie lo duda —dijo Nellie, agotada—. Pero vas a necesitar ayuda… Y ahora no salgas corriendo, por Dios, deja al menos que le cambie el pañal y le dé de comer. O hazlo tú misma, yo voy a empaquetar sus cosas. —La Grit gruñona pasó a ser la Grit desvalida—. También puedes quedarte aquí y pensártelo todo bien durante la noche. Deberías volver a ver a Henny. Seguro que quiere despedirse de su hermana. —Nellie se puso en pie.

—Antes se ha comportado muy mal —respondió Grit—. En cuanto a mí… Paul me espera en Gisborne. Tengo que reunirme con él lo antes posible. ¡Tenemos que reunirnos con él! —Estrechó firmemente contra ella a Audrey.

—¿Temes que tal vez cambie de idea? —preguntó Walter—.

Se ha casado muy joven... El matrimonio todavía no debe de estar destrozado.

Nellie se frotó la frente. Compartía la opinión de Walter, pero, si trataba a Grit de ese modo, Audrey emprendería el viaje a su nuevo hogar con el estómago vacío y los pañales sucios.

—Vamos a tranquilizarnos todos y a ocuparnos en primer lugar de la niña —dijo—. Dámela y la arreglaré para el viaje.

Cogió a la bebé con determinación y desapareció en dirección a la habitación de los niños. Cuando Grit no la siguió, se le pasó por la cabeza salir corriendo con Audrey por la puerta posterior. ¡Ya podía reclamar que le devolviera a la pequeña! Pero venció su amor por Grit, a quien no quería perder, por muy obcecada que se mostrase ahora.

Una hora más tarde, Nellie en persona las llevó a la estación y ayudó a cargar el voluminoso equipaje del cochecito y la cuna de Audrey.

—¡Mucha suerte! —le deseó antes de que partiera el tren, y, al quedarse sola en el andén, se echó a llorar.

5

Las acciones de Daphne para boicotear los inhumanos experimentos con los primates de Stephen y el profesor Harlow eran cada vez más osadas. A causa de las supuestas enfermedades infecciosas que ella descubría, los monitos debían permanecer en cuarentena. Naturalmente, se concentraba en los animales más débiles e infelices, pues los bebés reaccionaban con mayor o menor intensidad ante la temprana separación. Asimismo, advirtió que también sus madres sufrían con especial intensidad por esa razón. Una de ellas murió en brazos de Daphne, que estuvo tentada de escribir en el informe que había muerto porque se le había roto el corazón. A partir de sus observaciones, concluyó que la resiliencia, es decir, la capacidad para resistir cargas psíquicas, era hereditaria.

Le habría gustado conversar sobre este tema con Stephen, pero siguió guardándose el secreto. Ahora siempre se llevaba a Lily al laboratorio; le puso una manta en el armario dentro de la casa de los macacos y le enseñó a cerrar la puerta después de entrar. También le preparó una vía de escape en la habitación de la cuarentena para los animales sujetos de investigación que estaban enfermos. De modo que, cuando alguien llegaba, la perra huía a toda prisa. Naturalmente, los cuidadores estaban al corriente, pero no desvelaban nada. A ninguno le gustaban ni los estudiantes ni los doctorandos, casi todos demasiado arrogantes hasta para saludarlos.

—Para ellos, no estamos muy por encima del nivel de los macacos —señaló enfadado uno de los hombres.

Era de piel oscura, un descendiente de los esclavos que en el siglo XIX habían llegado a Estados Unidos procedentes de África. Aunque ya hacía tiempo que eran hombres libres y que oficialmente tenían los mismos derechos ciudadanos, siempre los trataban con desprecio y les pagaban peor que a los compañeros de trabajo blancos.

Daphne no concebía ese tipo de comportamiento y, aunque como veterinaria disfrutaba de un estatus algo más elevado, no se le caían los anillos por limpiar las jaulas y preparar la comida con los cuidadores. Estos sabían apreciarlo y se vengaban, entre otras cosas, haciendo la vista gorda con Lily. Además, la perra también les resultaba muy útil. Se percataba mucho antes que Daphne y los cuidadores de que un estudiante se aproximaba al laboratorio, así que tenían tiempo para dejar de charlar, apagar un cigarrillo o esconder un sándwich del que disfrutaban en horario de trabajo antes de que alguien entrase en la habitación y fuera con el chivatazo al profesor.

Para entonces, David y Evangelina habían llegado a Nueva York y, durante las vacaciones, Stephen y Daphne fueron a visitarlos. Puesto que Stephen quería a toda costa volver a ver Nueva York, aprovecharon la oportunidad de hacerlo antes de que David visitase Wisconsin. Este enseñó entusiasmado el zoo a su hermana, y Evangelina, por su parte, se ofreció para acompañar a Stephen a ver exposiciones de arte y museos. De ahí que Daphne señalara con cierto humor ácido que ni ella ni su hermano tenían celos. David confiaba en su amiga y a Daphne le daba bastante igual lo que Stephen hiciera. Ya no había pasión entre ellos, no tardaría en separarse de él.

—A lo mejor me quedo hasta que hayan terminado con esos horribles experimentos —comentó meditativa a David—. No creo que tarden mucho en querer publicar los resultados. En realidad, solo tienen pendiente un experimento importante: ofrecer a un joven macaco la posibilidad de escoger entre una madre sustituta de madera o una mamá de felpa. La respuesta es obvia, pero seguro que provocan al menos dos docenas de dramas familiares para que Harlow dé por confirmada la existencia del amor materno. A estas alturas, el método probatorio no me convence en absoluto. ¿Qué mamífero, joven o viejo, incluido el ser humano, no prefiere dormir en un colchón mullido y caliente que en una rejilla de alambre?

—A saber qué más se le puede ocurrir a ese profesor —señaló David—. A lo mejor los próximos experimentos son todavía más crueles. ¡Debes marcharte de ahí, Daphne! Lo mejor es que te quedes aquí y te busques otro empleo. Puedo preguntar si necesitan veterinarios en nuestro zoo.

Mientras hablaba, acarició a Lily, que se frotó contra él.

«Y yo que pensaba que eras un hombre-gato», había bromeado Stephen al darse cuenta de que la caniche no se apartaba del lado de David.

Este se había encogido de hombros.

«Los animales que han vivido con seres humanos desde pequeños notan si alguien les va a hacer daño o no —había dicho—. Da igual si se trata de un perro, un gato o un macaco rhesus. Como tú mismo has comprobado en los experimentos, no son para nada tontos».

—A tu hermano David no le caigo bien —se quejó Stephen en el camino de vuelta a Wisconsin—. Y tengo la impresión de que cada vez menos. ¿Te has desahogado con él hablándole de los animales con los que experimentamos?

Daphne no respondió. Todavía se sentía insegura por haber

tomado la decisión de rechazar la oferta de David y quedarse con Stephen y Harlow. A ello había contribuido el hecho de que Stephen estaba totalmente cambiado en Nueva York. Volvía a ser solícito con ella y había estado jugando alegremente con Lily en Central Park. Naturalmente, esto lo había catapultado claramente hacia arriba en la escala de afecto de la perra y no menos en la de Daphne.

—Aún lo quieres —había constatado resignadamente David—. Te dejas guiar por el deseo sexual.

Daphne se había reído de ese frío análisis, pero ahora se preguntaba si no habría algo de cierto en él.

Irónicamente, fue justo el recién surgido afecto de Lily por Stephen el que dejó al descubierto las maniobras de Daphne en los estudios que él realizaba. Daphne confió demasiado en que la perra la avisaría de que se aproximaba una visita cuando estuviera en la habitación de la cuarentena con ella. Pero no había contado nunca con que Stephen fuera a verla, así que apenas levantó la vista cuando Lily movió la cola. Solo cuando se abrió la puerta reconoció a Stephen, que contemplaba atónito la pacífica escena que se desplegaba ante sus ojos. Daphne estaba sentada en el suelo con las piernas cruzadas, dando de comer a un bebé macaco que se apretujaba contra su pecho. Otros dos bebés colgaban de Lily y chupaban sus tetillas. Aunque de ahí no salía leche, la perra era bondadosa y se lo permitía, y el chupar producía un efecto consolador en los monitos. Sobre la mesa había tres jaulas vacías.

—¡Daphne! —Stephen parecía haber enmudecido al principio, pero luego la cubrió de reproches—. ¿Cómo puedes hacer esto? ¡Saboteas mis investigaciones, nuestras investigaciones! ¡Tendremos que volver a repetirlas con un nuevo grupo de animales! ¿Sabes la de tiempo que esto lleva? ¿Y cómo has podido adiestrar a la perra para que te ayude? Es increíble..., no es natural... Voy a...

Se acercó a Lily, que lo miró buscando su aprobación. Hasta el momento siempre la habían elogiado por tener tanta paciencia con los monitos.

—No he necesitado adiestrar a la perra —replicó Daphne—. Se ha puesto libremente a disposición. A diferencia de vosotros, no le falta empatía hacia estas criaturitas...

—Vuelves a humanizarlos —le recriminó Stephen—. Por esto no eres apta para nuestros experimentos. Humanizas a los animales...

—Y Harlow los deshumaniza —contestó Daphne—. Al igual que todos sus admiradores. ¡Los convertís en monstruos sin sentimientos! ¿Qué es lo que te trae por aquí? ¿Has venido a controlarme?

Stephen negó con la cabeza.

—No. ¡Nunca te habría creído capaz de algo así! Pero el profesor se ha dado cuenta de que había tres animales a la vez en cuarentena y me ha pedido que confirmara si también aquí estaban aislados de forma fiable, es decir, si las jaulas de cuarentena están bien insonorizadas y son opacas. Imaginaba que serías algo descuidada. ¡Pero algo así! ¿Cuánto tiempo hace que te traes esto entre manos? —Daphne no respondió. Apartó con suavidad al bebé macaco de su regazo y lo colocó en la jaula. Este lloró un poco y luego se agarró a la madre de felpa—. Tampoco da la impresión de que esté enfermo —observó Stephen—. Así que era mentira. Has evitado que experimentemos con animales sanos para manipularlos.

—A lo mejor no están enfermos, pero sí se ha dañado su desarrollo —explicó Daphne—. Es probable que superen el trauma, pero serán más pequeños y débiles que los demás.

—¡Lo que incluiríamos en nuestro estudio! —exclamó Stephen—. Estamos trabajando para comprobar los efectos de la carencia del amor materno. ¡Es que no lo entiendes!

Daphne sacudió la cabeza.

—No. No lo entiendo. Lo dejo, Stephen. ¡No puedo participar más en esto!

Stephen la miró fríamente.

—No será necesario que lo dejes tú —sentenció—. Ahora devuelve los monos a su sitio. Veremos si todavía podemos seguir utilizándolos. Voy a hablar con Harlow.

Daphne era demasiado orgullosa para pedirle que no la delatara. Lo habría hecho por los animales: Harlow era capaz de matarlos si ya no servían para sus experimentos, pero se dio cuenta de que era absurdo. Cuando Stephen se marchó, dejó los monitos con Lily hasta que un cuidador llamó a la puerta. Los hombres se habían acostumbrado a hacerlo, estaban al corriente de que Daphne se saltaba las normas.

—El ambiente está caldeado, doctora. El profesor está fuera de sí. Tiene que ir a verlo inmediatamente. Nosotros nos cuidaremos de la perra. Si se entera de que tenemos a Lily aquí, todavía se enojará más.

Daphne esbozó una leve sonrisa.

—No creo que pueda enojarse todavía más. Pero Lily debería realmente quedarse aquí. Lo mejor es que esté en el escondite del armario por si vienen un par de estudiantes para confirmar que sus objetos de estudio no están demasiado bien tratados.

—Pase lo que pase, ¡la echaremos de menos, doctora! —dijo el cuidador—. La van a despedir, ¿no?

Daphne asintió.

—De todos modos, iba a irme —respondió.

Media hora más tarde, abandonaba el edificio del laboratorio abatida y con el rostro enrojecido. Harlow había vuelto a restregarle todas sus atrocidades y además le había reprochado que como mujer no tenía ni afán de investigación ni una inteligencia que le permitiera comprender lo importantes que eran sus experimentos para entender a los seres humanos y sus relaciones y cómo el descubrimiento del amor materno cambiaría el mundo. Daphne lo había escuchado sin pronunciar palabra. Podría haberle lanzado los mismos reproches que a Stephen, pero ¿de qué iba a servir? Así que afirmó que los tres monitos que Stephen había puesto a buen recaudo eran los únicos con los que había saboteado el estudio. De ese modo pretendía evitar que se repitieran los experimentos con otros animales.

De todas formas, Harlow no había creído ninguna de sus palabras.

—Stephen ha dicho que hasta ha incluido a su perra en estos apaños —había señalado—. No da la impresión de que empezara usted ayer. ¿No le había prohibido que viniera a las instalaciones universitarias con ella? Solo por eso, ya estarían contaminados los experimentos. En cualquier caso, no quiero verla más por aquí. Queda usted despedida sin indemnización, doctora Lemberger. Le enviaremos los documentos. ¡Que tenga un buen día!

Daphne había respondido al saludo, recogido a Lily y ahora estaba en la calle. Literalmente: por nada del mundo habría vuelto al apartamento que compartía con Stephen. No le importaba que la hubiesen echado del laboratorio; al contrario, se lo tomaba incluso como un honor. Había hecho lo que había podido por los animales, era previsible que acabara de ese modo. Lo que le dolía era la traición de Stephen. Por supuesto que no estaban de acuerdo acerca de los experimentos de Harlow, pero ella no lo había abandonado por eso. Al contrario, la mayor parte del tiempo había trabajado con él, hasta donde se lo permitía su conciencia y con frecuencia excediéndose. Ahora estaba enfadada consigo misma. Ya había cometido un error aceptando el puesto con Harlow. Sus padres y David habían tenido toda la razón. El amor la había cegado.

El frío y la tristeza se fueron adueñando de ella. Buscó un

banco en el parque y se sentó, incapaz de tomar una decisión. Pero a algún sitio debía marcharse con Lily. El cielo volvía a cubrirse, no podía quedarse fuera si llovía. La perra se subió al banco, a su lado, y se estrechó contra ella. De vez en cuando le lamía la mano para consolarla. Y tiritaba, volvía a hacer frío.

—Creo que estarías mejor en Australia —dijo con un suspiro Daphne—. Venga, vámonos. A la estación de trenes o a la de autobuses. Y, en primer lugar, a Nueva York.

Lily emprendió el camino hacia su casa, pero Daphne no quería volver. Era posible que Stephen hubiese salido antes del laboratorio y ella no habría soportado volver a verlo. Así que renunció a coger lo más imprescindible. A lo mejor Stephen le enviaba un día sus cosas. Ahora solo quería marcharse de ahí. Lo antes y lo más lejos posible.

El autobús de la empresa Greyhound no admitía perros y para viajar en tren tuvo que comprar una bolsa para transportar a la perra. También compró comida.

—No puedo hacerte pasar por una perra lazarillo —advirtió, mientras Lily comía voraz, y pensó en Nellie, la amiga de su madre, que había llevado a su perro mestizo desde Bélgica hasta Berlín haciéndolo pasar por un perro guía.

Nadie se creería que una pequeña caniche como Lily desempeñara esa función. Recordó nostálgica su último viaje a Nueva York. Stephen había alquilado un coche y habían dormido en un buen hotel. Ahora solo haría dos transbordos durante el viaje; simplemente carecía de energía para planear un viaje complicado. Dinero no le faltaba y por suerte tenía el carnet de identidad. Ingresaban su sueldo en una cuenta propia que canceló en ese momento. Nunca más volvería a Wisconsin.

6

Daphne se instaló por fin en el tren que iba a Chicago, luego seguiría rumbo a Nueva York pasando por Cleveland. El viaje duraba más de veinticuatro horas. Daphne solo esperaba que Lily aguantara sin hacer sus necesidades hasta el transbordo y luego hasta la estación final.

—Las perras consiguen aguantarse hasta dieciséis horas, lo aprendí en la carrera —explicó a la caniche—. Espero que alguien te lo haya dicho...

Lily la miró con candidez y movió la cola. Al menos no le molestaba viajar en esa bolsa oscura, se había acostumbrado a permanecer en un armario. Eso a Daphne le recordó a su madre, entre cuyas peculiaridades se hallaba la de buscar refugio en un armario cuando se sentía excedida por las circunstancias. Ese día, por primera vez, Daphne lo notó en su propia piel. Se sentía herida y sola, engañada y perdida..., y avergonzada. Debería haberlo sabido.

Daphne estaba hecha polvo cuando por fin llegó a la Grand Central Station. Lily corrió contenta a la columna más cercana para aliviarse, lo que a su ama le resultó lamentable. A Daphne no le quedó otro remedio que fingir que no había visto nada, mientras miraba a su alrededor. Había llamado a David desde

Cleveland y le había dado un susto de muerte, pues, claro está, él no había contado con que lo llamaran en medio de la noche. Luego se había mostrado comprensivo y le había prometido que iría a recogerla a la estación. Pero ahí no la esperaba nadie; solo al cabo de un buen rato Evangelina salió corriendo de una boca del metro, enseguida descubrió a Daphne y la miró resplandeciente.

—David ha tenido que asistir a una reunión en el zoo. ¡Pero le he dicho que yo te levantaría la moral! Ven, vamos a comer algo primero. ¿Te gustan las hamburguesas? ¡A mí me encantan! De eso no había ni en Grecia ni en Basilea. Y en Australia había que asegurarse de que no pusieran carne de canguro. Ay, es verdad, tú eres vegetariana, ¿no? ¿Qué hacemos entonces? —Cuando se dio cuenta de lo deprimida que parecía Daphne, la abrazó—. ¿No has traído ningún equipaje? Ah, sí, David me dijo que te habías ido directa del instituto... Lo entiendo. Pero podemos mandar que recojan tus cosas, no es problema. Y lo primero que haremos será comprarte algo nuevo. ¡Es divertido!

Daphne habría preferido en ese momento acostarse en una cama y en una habitación a oscuras, pero era imposible con la mariposa de David, que revoloteaba de flor en flor. Evangelina tenía un aspecto magnífico, llevaba un abrigo holgado hasta media pierna con el cuello redondo de un color que Daphne habría definido al principio de naranja oscuro, y debajo un vestido de lana largo hasta la rodilla con un estampado de cuadros escoceses. Un gorro a juego con el abrigo, también de lana, le mantenía las orejas calientes. En Nueva York hacía frío.

—Esto es lo tonto de Nueva York, hasta entrada la primavera hace bastante frío —siguió la joven hablando, al tiempo que miraba el sencillo abrigo de Daphne, quien se levantó el cuello tiritando de frío.

—No voy vestida para salir de viaje —se disculpó Daphne—.

Del trabajo he ido directa a la estación, y los monitos... Bueno, es mejor no llevar ropa buena cuando hay que limpiarles las jaulas.

Evangelina hizo un gesto de despreocupación.

—Ya te encontraremos algo —dijo—. Ahora vamos a comer. Ha sido un viaje largo, necesitas desayunar si durante todo este viaje no has comido nada como es debido.

Ya era por la tarde, pero en Nueva York no importaba. Había locales donde desayunar que estaban abiertos todo el día. Poco después, Daphne y Evangelina estaban sentadas en una habitación caldeada, bebiendo el café que una amable joven les iba sirviendo sin cesar, y delante de Daphne había una tortilla y un montón de crepes de arándanos. Se percató entonces de lo hambrienta que estaba. Sintiéndose culpable, miró a Lily, pacientemente tendida a su lado y lanzando miradas ávidas a la comida. Evangelina también interpretó bien la actitud de la perra y no dudó en pedir una porción de carne picada asada. Tal vez la camarera lo encontró raro, pero poco después había un plato con carne para Lily.

—¿Café o té para la señorita? —preguntó la camarera con una sonrisa pícara—. ¿O un chocolate caliente?

—Solo agua, por favor —pidió Daphne para no pasarse de la raya. Sin duda Lily habría lameteado tan feliz un plato de chocolate.

—¡Y ahora cuenta! —la animó Evangelina, cuando Daphne hubo reunido fuerzas—. ¿Qué es lo que te ha movido a dejar de una vez a ese inepto que se da tantos aires con el que has estado cargando casi tres años?

Daphne se sorprendió a sí misma, pero no pudo evitar echarse a reír.

—Últimamente los aires estaban bastante fríos —confesó y le contó lo decepcionada que se había sentido al verse traicionada por Stephen—. Y yo que pensaba que un día nos casaríamos... —concluyó—. ¿Cómo puede una equivocarse tanto?

Evangelina dejó caer la mano.

—Bah, ese nunca se habría casado. Es posible que ya haga mucho tiempo que lo espera en Sídney una rubia de casa bien elegida por sus padres. De buena familia, con una fortuna similar y sin ninguna necesidad de competir con él profesionalmente. Cuando él obtenga el doctorado, volverá a casa y se casará con ella. Y seguirá complicándoles la vida a los macacos en un laboratorio australiano. Estas familias funcionan así, hazme caso. Y tampoco es que sea algo malo. Los padres suelen conocer muy bien a sus hijos, saben quiénes encajan con ellos y, si son inteligentes, les dejan que adquieran experiencia en la cama antes de que se convierta en algo serio. Ya puedes estar contenta de haberte librado de Stephen. ¿Qué quieres hacer ahora?

Daphne se encogió de hombros.

—No sé. Por lo pronto estoy cansada. A lo mejor vuelvo a Australia...

—¿Al fin del mundo? —Evangelina puso mala cara—. Ahora que ya estás aquí, yo de ti probaría algo nuevo. Europa, por ejemplo. ¿Has estado alguna vez? Podrías hacer un viaje...

Daphne sonrió.

—A Europa con una caniche y sin dinero. ¿Hasta dónde crees que llegaría?

Evangelina encontró la pregunta extraña. Al parecer, no estaba acostumbrada a que la detuviera ningún tipo de obstáculo.

—Ahora vamos a comprar —decidió. Pagó y emprendió decidida el camino hacia Times Square.

Daphne la siguió, aunque estaba agotada; pero se despertó de golpe en cuanto vio las tiendas y comercios exclusivos a los que la llevaba la amiga de David.

—Evangelina, yo no puedo permitirme esto —dijo cuando, en una tienda de lencería, lujosamente decorada, la joven eligió para ella dos conjuntos, cada uno de los cuales costaba tanto como un vestido.

Evangelina hizo un gesto de rechazo.

—Te los regalo —contestó alegremente—. Para que te animes un poco. —Parecía tan sincera y tan incondicionalmente generosa y contenta que Daphne no pudo negarse. Aun así, después buscó en una tienda de ropa de mujer más barata unos pantalones largos, una falda, dos blusas, dos jerséis y un abrigo de lana—. Y ahora nos vamos a ver a David —decidió Evangelina después de que hubieron comprado comida para la perra. Daphne suspiró aliviada. Su hermano entendería que necesitaba tranquilidad.

David vivía en un pequeño apartamento cerca del zoo. Se encontraba en un edificio de viviendas algo venido a menos.

—No es la mejor zona residencial —señaló Evangelina arrugando la nariz—. Pero David opina que no tiene nada que valga la pena robar y le gusta vivir con toda esa gente diferente a su alrededor.

En efecto, las calles eran bulliciosas y se veía a personas de todos los colores de piel; muchos hablaban español o una mezcla de inglés y español. Daphne no podía creerse que su hermano entablara muchas amistades en ese barrio. Más bien le habría convencido la proximidad con su puesto de trabajo y la esperanza de que ahí cada uno se ocupaba de sus asuntos y no buscaba compañía entre sus vecinos.

Cuando Evangelina abrió la puerta, David se encontraba construyendo la maqueta de una isla de monos en una sala de estar austeramente amueblada, pero lo dejó todo para saludar a Daphne y Lily, que brincó hacia él entusiasmada. Daphne se sintió a salvo y aliviada entre sus brazos. Como sucedía siempre cuando estaba con su hermano gemelo, se sentía como en su hogar, como si dos partes de una unidad por fin volvieran a juntarse.

—Debes de estar cansada, Daphne —advirtió David, y ella sabía que no se refería a su falta de sueño—. ¿O quieres que hablemos?

—Más tarde… —contestó Daphne, y poco después estaba en una cama en la que todavía percibía a David, aunque él había cambiado las sábanas. Se sentía próxima a él, comprendida, llena de una esperanza que empezaba a germinar. Por la mañana haría planes.

Cuando se despertó al día siguiente eran las nueve, había dormido doce horas seguidas. David estaba poniendo en ese momento la mesa para el desayuno. Alguien había ido a buscar panecillos y *bagels* recién hechos, había miel y queso griego.

—¿Café o té? —preguntó alegre Evangelina, al tiempo que mostraba una moderna cafetera.

Daphne se preguntó si la habría comprado David o si era una contribución de Evangelina al presupuesto doméstico común. Lily estaba debajo de la mesa royendo un hueso.

—Café —contestaron al mismo tiempo los dos hermanos.

En ese momento se dio cuenta de que había dormido con el pantalón largo y una blusa que había adquirido el día anterior.

—Me olvidé de comprar un pijama —observó.

—No importa —respondió Evangelina—. Stephen te enviará tus cosas. He llamado al instituto y he pedido que se pusiera al teléfono. Estaba un poco enfadado. ¿Cómo se te ha ocurrido la idea de abandonarlo? Habríais podido hablarlo una vez más. —Se rio.

Daphne y David se llevaron las manos a la cabeza al mismo tiempo.

—¿Has pensado en qué quieres hacer ahora? —preguntó David—. ¿Quieres que pregunte en el zoo si necesitan otra veterinaria?

—¿Por qué no sigues estudiando? —sugirió Evangelina—. ¿Tenías otra especialidad además de veterinaria? La Universidad de Nueva York es una de las mejores del mundo.

—Antropología… —contestó pensativa Daphne—. Ahí fue donde conocí a Stephen.

—Bien, mejor no repetirlo —señaló Evangelina con una sonrisa.

—No es tan mala idea —apuntó David—. Sobre todo si quieres continuar con el estudio de los primates. En el fondo te ha gustado.

Daphne volvió a sorprenderse de lo mucho que la conocía su hermano. A fin de cuentas, en los últimos tiempos no había dicho nada bueno de Harlow ni de su instituto, y no había tenido tantas ganas de ir a trabajar. Pero seguía estando sumamente interesada por los primates y su relación con los seres humanos. Le gustaba la investigación si se permitía que los animales conservaran su dignidad.

—No voy a pasarme media vida estudiando —protestó a pesar de todo—. También he de ganar dinero, yo...

—Si encontramos un trabajo para ti en el zoo, puedes hacerlo —dijo David—. Y tú no gastas mucho. Puedes vivir conmigo.

Daphne deslizó incrédula la vista a su alrededor. David era su segundo yo y Evangelina le caía bien. Pero ¿tres personas en ese pequeño apartamento, en el que, salvo la sala de estar con un sofá cama, solo había un diminuto dormitorio?

—O conmigo —sugirió Evangelina con toda naturalidad.

Daphne la miró extrañada.

—¿Tú no vives aquí? —preguntó.

Evangelina rio.

—Sería demasiado para mi *daddy* —contestó—. ¿Su princesa viviendo en pecado? ¡Por todos los cielos! Y a mí este barrio me resulta un poco inseguro. Al ser mujer, si llegas tarde por la noche... No, tengo mi propio apartamento. Mucho más grande y más cerca de la universidad. Allí siempre serás bien recibida. Por supuesto, David está allí con frecuencia, cuando no construye maquetas por las tardes. —Señaló la isla de los monos sobre la mesa de la sala de estar—. ¿Sabes? Te llevo conmigo —anunció—. Tú te informas en la universidad y David que pregunte si hay trabajo para ti en el zoo.

—Y luego tienes que echar un vistazo al zoológico —la animó David—, y te piensas si de verdad te gustaría trabajar en él...

No parecía que abrigara ninguna duda.

Daphne quería lavarse y cambiarse de ropa para causar una buena impresión en caso de que fuera a la facultad de Antropología, pero Evangelina la detuvo.

—En mi casa puedes tomar un baño como es debido —le prometió—. Aquí solo hay agua corriente.

Así que Daphne se dirigió al reino de Evangelina. El apartamento formaba parte de un moderno complejo residencial en el barrio de la universidad. Ahí casi vivían solo estudiantes, extraordinariamente adinerados. Evangelina explicó que lo normal era que dos mujeres o dos hombres compartieran un apartamento; además del baño y la cocina, había una sala de estar y dos dormitorios.

—Yo no puedo reunir ni la mitad del alquiler —señaló Daphne, a lo que Evangelina hizo otro gesto de rechazo.

—Lo paga mi padre, no tienes que preocuparte...

Daphne se propuso preguntar a David cuál era la profesión del progenitor de Evangelina. Luego disfrutó de las comodidades del apartamento, a las que el de David no alcanzaba realmente en ningún aspecto. Al final, escogió entre su ropa recién comprada una falda cruzada granate y una blusa azul. Pensó que tenía aspecto agradable y a la vez serio.

Evangelina se separó de ella camino de la universidad, pues la Academia de Arte no estaba directamente en el campus.

—Ahora mismo tengo una clase —explicó alegremente.

Ya eran las once, así que Evangelina no comenzaba demasiado temprano sus estudios.

Daphne se tomó su tiempo para contemplar el campus de la universidad, visitó la facultad de Antropología y de Ciencias Aplicadas y cogió un par de folletos. Sorprendida, tomó nota de la cantidad de paleontólogos, zoólogos y etnólogos famosos que habían estudiado en Nueva York, entre otros la investigadora Margaret Mead y el etnólogo Franz Boas. Constantemente emergía el Museo de Historia Natural como centro de investigación. El doctor William A. Ritchie acababa de publicar un estudio sobre las huellas de los hombres primitivos en el nordeste de Estados Unidos y en la actualidad estaba investigando las culturas prehistóricas en el estado de Nueva York.

Daphne pasó el resto del día en el museo y quedó fascinada por las posibilidades que se le brindaban allí.

Por la noche, David regresó con la noticia de que el veterinario del zoo del Bronx se alegraba de la llegada de una joven colega de trabajo con experiencia con primates y ningún miedo a los animales grandes. Podía dar trabajo a Daphne unas cuantas horas a la semana, lo que sería compatible con los estudios.

—Queda por resolver una cuestión: ¿quién se encarga de Lily si yo estoy todo el día fuera? —se planteó Daphne acariciando a la perra, que ya estaba dejando claro que se había sentido abandonada esa mañana.

—Llévatela —aconsejó Evangelina—. Dices que es una perra buscadora de huesos primitivos, imbatible en las excavaciones.

Daphne no pudo evitar echarse a reír y se percató de que hacía tiempo que no se sentía tan despreocupada y libre como ese día.

—En cualquier caso, he decidido quedarme —anunció—. Al menos un par de meses. Quiero conocer al doctor Ritchie, aprender algo más en el campo de la paleontología e investigar. Mañana voy contigo al zoo.

El siguiente año, que Daphne pasó estudiando en Nueva York, junto a David y Evangelina, fue uno de los más emocionantes y felices de su vida. Realizaba un buen trabajo en el zoo y admiraba los espacios verdes exteriores que se estaban reformando con ayuda de David. En el museo pronto ascendió a asistente científica y ayudó a registrar los artefactos con los que el doctor Ritchie y otros investigadores contribuían a las colecciones. Mediante los restos, los investigadores intentaban averiguar más sobre la vida y la cultura de los primeros habitantes de la región. A veces, todavía daban palos de ciego, pero era emocionante plantear hipótesis y tratar de verificarlas. Fuera del trabajo, la vida de Daphne también estaba llena de agitación. Evangelina se la llevaba a exposiciones y conciertos, a fiestas e incluso a desfiles de moda.

—No puedes perderte la Fashion Week, Daphne —dijo. Cuando Daphne puso reparos porque no podía permitirse ninguno de los vestidos que se mostraban, Evangelina lo minimizó con una risa—. La *haute couture* forma parte de la cultura. Tú estudias antropología, el estudio de los seres humanos. Considéralo una excursión.

No llegaba a comprender a Evangelina, pero la alegría, la generosidad y la ligereza con que esta se tomaba la vida la hacían irresistible. A veces Daphne se preguntaba si no estaría jugando con fuego. David opinaba que gozaba sin límites de su riqueza y libertad y se tomaba su amor como el regalo que sin duda era. En un principio, ninguno de los tres pensaba en un futuro lejano.

7

Gisborne, 8 de febrero de 1958

Mami querida:

Muchos saludos desde Gisborne, a donde llegué bien. Como ya sabes, Paul me esperaba y enseguida se quedó prendado de Audrey. Lo mismo le ocurre a Diane, que me evita mucho trabajo en el cuidado de la bebé. Incluso Paul da de comer y cambia los pañales a Audrey y además le toca piezas para violín. Todos piensan que es el padre y parece que a ella le gusta mucho. La niña escucha felicísima las melodías que él ejecuta (domina el instrumento muchísimo mejor que yo y parece como si ella ya se diera cuenta). Paul me sorprendió con la noticia de que por ahora ya no quiere ir a las clases magistrales de Wellington. En lugar de ello, solo quiere dedicarse conmigo a la música. Así que trabajamos en un programa que queremos después interpretar en público. Paul no solo es un gran violinista, sino también un compositor de talento. ¡Seguro que oiréis hablar mucho de nosotros!

Muchos saludos también a Helena. La perdono por lo insolente que fue en nuestro último encuentro. Quiere mucho a Audrey y la idea de la separación le sentó muy mal. Espero que April sepa transmitirle que hay momentos difíciles en la vida durante los cuales debemos mantener la serenidad.

Desde el séptimo cielo, te saluda tu siempre feliz

GRIT

—No irás a pedir a April que lo haga, ¿verdad? —preguntó Walter cuando Nellie hubo acabado de leer la carta en voz alta.

Nellie negó con la cabeza.

—Claro que no, ni tampoco voy a darle a leer la carta a Henny. Todavía la pondría más en contra de Grit. Como mucho, le diré que Grit ha encontrado una niñera y que la niña está bien cuidada.

Henny seguía estando preocupada por su hermanita. Sin embargo, tanto Mia como April, al igual que Nellie, le habían asegurado que Grit no desatendería a la niña. En Ellerslie ya le había dado de comer y cambiado los pañales como es debido. «Pero no la quiere bien», había replicado Henny, y nadie había conseguido que cambiase de opinión, pese a que siempre se le había asegurado lo contrario.

—¿Una niñera? —preguntó Walter—. En fin, si quieres saber mi opinión, ha vuelto a encontrar a una tonta que la libera de ocuparse de la niña. Henny tiene toda la razón, el amor materno es distinto. No necesito experimentar con monos para verlo. ¿Qué cuenta Maria en la carta? ¿Por fin se ha sacado Daphne a ese cuestionable investigador de encima?

A través de las cartas de Maria y Bernhard, Nellie y Walter compartían a fondo el destino de los Dadas, y Nellie, por su parte, informaba con el mismo detalle a su amiga de lo que les ocurría a sus hijos. Solía mencionar la conducta con frecuencia inexplicable de Grit. Esperaba que Maria arrojase algo de luz sobre ella, dado que Maria misma encontraba a menudo difícil ponerse en el lugar de los otros y llamaba la atención con su extraña forma de comportarse.

«Grit no es como yo —escribió Maria—. Ya lo advertimos en Berlín. Y allí era una niña pequeña como todas las demás. Ha cambiado, le ha sucedido algo. Últimamente se habla mucho de psicología en las revistas científicas. ¿Has leído a Sigmund

Freud? Según la psicología, los traumas pueden cambiar a las personas y es algo que puede tratarse. Tenlo en cuenta en caso de que Grit vuelva a venirse abajo».

Aunque Nellie nunca había contemplado a Grit bajo ese prisma, conocía los trabajos de los psicoanalistas y psicólogos más importantes. Se interesaba por ese campo desde que siendo joven había estado un tiempo enterrada bajo los escombros causados por un terremoto y durante años había sufrido pesadillas y estados de ansiedad. En especial, una reflexión de su médico de cabecera la había hecho pensar que incluso el hijo del que estaba embarazada cuando ocurrió podría haber sufrido la influencia de ese incidente y por ello era difícil de trato. En esa época no había todavía en Hawke's Bay, donde ella vivía, ni tampoco en Auckland, ningún psicólogo o psicoanalista en ejercicio, pero con el tiempo eso podría haber cambiado.

—A lo mejor esta vez le va bien —le dijo a Walter, después de que en su siguiente carta Grit pusiera por las nubes a Paul y hablase de lo feliz que era con él.

«Prosiguen los preparativos de nuestro programa, ya tenemos los primeros compromisos con salas de conciertos. Y también Audrey progresa de forma espectacular. Cuando demos conciertos, Diane viajará con nosotros para cuidar de ella. Al principio no emprenderemos ningún viaje largo; primero actuaremos en Bay of Islands, una región vacacional en la que seguramente muchos turistas reforzarán nuestro público. No estaremos más de dos días en camino. Ya lo veis: todos vuestros temores eran infundados, ¡nuestra pequeña familia es perfecta!».

—Con el inconveniente de que en algún lugar hay una mujer que espera a ese Paul —señaló Walter—. No dice nada de ese divorcio que él iba a pedir de inmediato. ¿Lo considera simplemente poco importante o es que se ha olvidado?

En efecto, Grit ya ni pensaba en que Paul se había casado con otra mujer antes de descubrir a su gran amor. Al fin y al cabo, él no la mencionaba y ella estaba tan ebria de felicidad y de música que no preguntaba nada. Se preparó llena de energía para los primeros conciertos que dieron juntos y que, tal como se esperaba, gozaron de un gran éxito. La imagen de la pareja sobre el escenario era maravillosa y siempre se lo confirmaban: tocaban con fervor y armonía. El punto culminante siempre lo alcanzaban con una composición de Paul titulada *Grits Lied*, que plasmaba su amor de una forma tan conmovedora que el público primero se quedaba en silencio y luego los premiaba con una ovación en pie. Grit no dejaba de enviar a Nellie y Henny recortes de periódicos, como antes, cuando triunfaba con Philipp. Pero April les dijo que Henny ya no los guardaba como en el pasado, sino que les echaba un vistazo y luego los tiraba. Le habría gustado más saber de Audrey, pero, salvo que se encontraba bien, Grit no contaba nada más del día a día con su hija.

En realidad, era más bien Paul quien daba importancia a cierta vida en familia e incluía a Audrey en ella. Cuando los artistas no estaban de gira, insistía en hacer excursiones con Grit y su hija, entretenía a Audrey con canciones infantiles e imitaba el sonido de animales para hacerla reír. Grit se alegraba más contemplándolos a los dos que jugando ella misma con Audrey, pero también se volvió más relajada y accesible conviviendo con Paul y su hija. La disciplina que había adoptado como pianista y que la había ayudado a sobrevivir durante la guerra se iba resquebrajando; ahora se permitía ir los domingos a la playa o incluso quedarse en la cama, y también se dejó crecer el cabello adquiriendo así un aspecto más femenino. Por primera vez desde que había estado en Creta, bailaba y bebía más de una copa de champán o de vino e intentaba, algo achispada, moverse al ritmo de bailes modernos como el twist. Grit iba camino de volver a ser la joven que había emprendido una aventura en Creta y que se había enamorado perdidamente del joven soldado Alex Rawlings. Ya hacía tiempo que no iba vestida de luto. Todavía añoraba a su padre, pero en lugar de un amor infantil había surgido ahora una unión madura con un hombre. Grit estaba firmemente convencida de que su amor por Paul duraría toda la vida, pero, tras medio año de pura felicidad, una carta lo echó todo a perder.

Fue Grit quien la encontró en el correo, dirigida a Paul y con el director de la Sinfónica de Wellington como remitente. Era un sobre grueso y supuso que contenía recortes de periódicos. Probablemente alguien había tenido ahora tiempo de revisar todos los artículos que habían aparecido durante la última gira, de copiarlos y de enviarlos a los músicos. Lo dejó sobre la mesa de la cocina y atendió a Audrey, con quien había ido al pediatra: la pequeña tenía una leve gripe. Cuando ya había acostado a la niña, Paul todavía no había llegado. Le había prometido buscar un afinador, pues el instrumento que tenían en casa ya no bastaba para lo que Grit pedía al teclado. Habían encontrado a alguien, pero no tenía teléfono y Paul quería hablar personalmente con él.

Grit se preparó un sándwich y un té y se sentó en una de las sillas de la cocina. No tuvo reparos en abrir la carta de Paul. Pensaba que ninguno de los dos tenía secretos para el otro.

Para su sorpresa, el sobre no contenía la copia de ningún periódico, sino varios sobres más pequeños y un breve escrito.

> Querido Paul:
>
> Después del ensayo de ayer en el teatro apareció una mujer que se presentó como Esmé Winter; alquilaste una habitación en su pensión cuando estuviste viviendo en Wellington. Ahora llevas mucho tiempo fuera, pero ella sigue recibiendo cartas dirigi-

das a ti. Elke Rossberg en especial —probablemente tu madre o tu hermana— te escribe cada dos días. La señora Winter me pidió que le diera tu nueva dirección para poder enviarte el correo. Lo hice, pero como de todos modos quería escribirte para felicitaros a ti y a Grit por vuestra actuación en Rotorua, a la que asistí con motivo de la visita de mis suegros, prometí hacerte llegar directamente las cartas que ha reunido hasta el momento. Recibirás las próximas en Gisborne.

Por favor, saluda de mi parte y transmítele mis mejores deseos a la magnífica Grit de Groot. Tenéis juntos lo necesario para hacer una carrera a nivel mundial que no irá a la zaga de la de Philipp de Groot. Os deseo que sigáis siendo felices y disfrutando de muchos éxitos.

MORRIS LINDSAY

Grit dejó el sándwich a un lado. Elke Rossberg..., la esposa de Paul. ¿Por qué seguía escribiéndole? ¿Quería recuperarlo? Ya hacía tiempo que debía de habérsele notificado el divorcio, ¿por qué no tenía la nueva dirección de Paul? Los papeles del divorcio se enviaban a los dos miembros de la pareja, había que hablar con los abogados, negociar...

De repente se dio cuenta de que Paul nunca mencionaba esos asuntos, nunca había recibido cartas de abogados o jueces. Con dedos temblorosos, cogió el primer sobre que encontró entre los muchos que había en el más grande. Era uno relativamente actual, el matasellos estaba fechado el 2 de abril de 1958.

Queridísimo Paul:

Era una letra muy delicada y femenina escrita con tinta, que en algunos lugares estaba borrosa, como si quien escribiera estuviese llorando.

En realidad, ya hace tiempo que he perdido la esperanza de que te lleguen mis cartas después de que hayas desaparecido sin dejar huella hace más de medio año. Sin embargo, estoy tan sola, tan desesperada y desanimada que tengo que escribir y tengo que intentar no volverme loca. El niño crece y se desarrolla bien en mi vientre. Pronto nacerá, crecerá y aprenderá a hablar... Y a preguntar por su papá. ¿Qué le digo entonces? Si al menos supiese lo que ha ocurrido, si tuviese conocimiento de que te he perdido, entonces podría asumirlo, podría llorar tu muerte, poner punto final. Pero sigo teniendo la esperanza y la sensación de que continúas con vida... No puede ser simplemente lo que mi padre sospecha: que te has limitado a abandonarnos a mí y a nuestro hijo todavía nonato y no quieres saber qué va a ser de nosotros. Mi padre ha escrito a la agencia que te envió a Wellington y recibido la respuesta de que abandonaste las clases magistrales por voluntad propia. No sabían nada más. Y tengo miedo de seguir investigando. Quiero saber qué te ha pasado... y no quiero saberlo... Estoy fuera de mí y debo dominarme para poder llegar a ser una buena madre para nuestro hijo.

Si recibes esta carta, Paul, te suplico que me respondas. No me dejes en la incertidumbre. Los dos nos hemos querido mucho... Todavía sueño contigo y todavía te oigo tocar el violín solo para mí. Pongo toda mi esperanza y mi añoranza en estas líneas.

Tu Elke, que te amará eternamente.

Grit se sintió como si le hubieran dado una paliza. En ese momento notó que Paul estaba detrás de ella. Debía de haber llegado y leído el escrito mientras ella estaba inmersa en la misiva.

—Dios mío... —susurró él—. ¡Oh, Dios mío!

Grit se frotó la frente.

—¿Qué hacemos ahora? —preguntó en voz baja y abriendo otra carta.

Paul hizo lo mismo y leyeron en silencio. Todavía no habían encontrado palabras para la tragedia que se presentaba ante ellos.

Las primeras cartas de Elke tenían un tono alegre y optimista. Informaba a Paul de que estaba encinta: tres noches habían bastado para bendecir su amor con un hijo, escribía. Al principio, al no recibir respuesta, no se había preocupado demasiado, a fin de cuentas entre Hamburgo y Wellington había un largo camino. Pero después las cartas empezaron a ser cada vez más apremiantes y Elke comenzó a asustarse. Iba describiendo el avance del embarazo, las reacciones de la familia de ambos y el asombro ante su falta de respuesta. El padre de Elke había hecho pesquisas, pero solo había llegado hasta la salida de Paul de las clases magistrales, después de haber destacado en una gira con la orquesta. Elke escribía que no podía explicarse lo que estaba ocurriendo y que tenía miedo del futuro parto, al que debería enfrentarse ella sola.

Grit se volvió hacia Paul llena de reproches.

—¿Te has quedado de brazos cruzados? ¿No le has contado nada de nosotros?

Paul asintió consciente de su culpabilidad.

—No podía sospechar... lo del embarazo... Pensé que, si no decía nada..., ella terminaría olvidándome...

Grit se llevó las manos a la cabeza.

—¿Cómo iba a hacerlo, Paul? ¡Eras su marido! Ella creía que la amabas. Ahora mismo tienes que decirle la verdad por muy dolorosa que sea. Ya lo has leído, ¡quiere certezas! ¡Dáselas! Escríbele que lo sientes, pero que te equivocaste al pensar que la querías. Como yo me equivoqué en el pasado con Alex. Pídele el divorcio.

Paul se horrorizó.

—No es tan sencillo —dijo—. Estamos a punto de tener un hijo.

—¿Y eso qué cambia? —preguntó Grit—. ¿Nos amamos menos por eso? Tienes a Audrey.

Le cogió la mano.

Paul la soltó.

—Audrey es tu hija —advirtió—. Y tú puedes criarla sin mí. Pero Elke...

—Elke lo conseguirá. Tal vez podemos enviarle dinero, nosotros... —Grit buscaba desesperada una solución.

—Grit, yo..., yo no soy así... —Paul se tapó el rostro con las manos—. Yo..., yo no soy un hombre que deja a una mujer con un hijo... Ya me he sentido lo bastante mal por haberla engañado y abandonado; por eso..., por eso no he conseguido escribirle. Pero ahora...

—¿Quieres regresar? —preguntó Grit, atónita—. ¿Quieres dejarlo todo..., dejar nuestra relación?

Paul levantó la vista.

—No se trata de querer. Grit, tú..., tú eres el amor de mi vida. Dejarte a ti será como..., como... arrancarme el corazón...

—Entonces te morirías —señaló Grit—. No sería de gran ayuda para tu esposa. Tienes que contarle lo nuestro, explicarle que no puedes dar marcha atrás..., que yo no puedo vivir sin ti...

—Eso le interesará poco —respondió Paul—. Grit... Grit, no puede ser. Soy responsable ante ella y nuestro hijo. Mi hijo... Quiero verlo crecer...

Grit reflexionó febril.

—¡Pues ve a buscarlo! —exclamó—. Solicitas la custodia y lo criamos aquí. Esta sería una buena solución. También para Elke. Podría empezar desde cero, ella...

—¡Grit! —Paul se la quedó mirando—. ¿Arrebatarle el hijo a una madre! ¡Cómo voy a hacer algo así! ¿Y qué juez otorgaría la custodia del hijo a un padre que dos días después de la boda ha engañado a su esposa y la ha abandonado?

Los ojos de Grit relampagueaban exasperados de cólera.

—¡A mí eso no me importa nada! ¡Róbalo, si es necesario! ¡Secuéstralo! Pero no destroces lo que tenemos. Nuestra maravillosa vida... Ella lo entenderá, ella...

Se interrumpió. Elke Rossberg no lo entendería. Nadie podía evaluar lo que ese amor significaba para ella... y para Paul.

—A lo mejor debería escribirle yo —pensó—. De mujer a mujer... Intentar explicarle...

Paul hizo un gesto de negación con la cabeza.

—Eso solo lo aplazaría todo. Y ella nunca se separaría de su hijo. Sé que dejaste a Helena. Pero esto es distinto. Nuestro hijo... Es un hijo del amor... Al menos desde el punto de vista de Elke —añadió cuando Grit iba a protestar—. No puedo dejarla sola con él, no debe crecer como si no tuviera padre. Pues eso es lo que pensará la gente...

—¡Lo que la gente piense me resulta totalmente indiferente! —insistió Grit—. Y ese niño también me es indiferente y esa mujer y...

—Grit, no sabes lo que dices...

Grit y Paul hablaron, discutieron y lloraron durante tres días. Diane se llevó a Audrey cuando Grit ya no pudo soportar que ella también gritase y llorase continuamente. Grit chilló a Paul, le reprochó no haber acabado antes con el matrimonio; quizá entonces Elke se habría decidido por no tener al niño. Paul le recriminó que quisiera que su esposa abortara el hijo que habían engendrado juntos; ella se disculpó, sollozó, buscó las soluciones más absurdas. De vez en cuando dormían, uno en brazos del otro, después de haber llorado juntos..., y cuando se despertaban seguían peleándose. Paul empezaba a empaquetar sus cosas, Grit deshacía la maleta, hasta que los dos estuvieron tan agotados que ya no sabían ni qué decir ni sobre qué discutir.

Paul le dio un beso de despedida y ella se agarró a él, luego se dejó caer al suelo. Saber que no podía retenerlo le dolía más que la muerte de su padre, la separación de su madre cuando era niña y la muerte de Leonidas, de la que se había sentido culpable. Se quedó gimiendo hasta conseguir levantarse y arrastrarse hasta el teléfono. Como siempre que su mundo se hacía añicos, necesitaba a su madre.

8

Nellie acabó viajando a Gisborne para recoger a su hija y su nieta. Entretanto, Diane se había ocupado de las dos; había necesitado todo su poder de convicción para que Grit se levantara y la acompañara a su casa. Ahí estaba, en la cama para invitados, mirando fijamente la pared. Diane había leído las cartas de Elke y se había imaginado la tragedia. En ese momento, estaba poniendo a Nellie al corriente.

—Se querían mucho, formaban una pareja tan bonita, no puedo creerme que la haya dejado.

—Me parece que tenía razones muy comprensibles —observó Nellie—. Ha actuado responsablemente, lo erróneo fue empezar una nueva relación estando casado. Ahora los dos deberán vivir con eso. Me temo que a Paul le será más fácil que a Grit. Ahora me la llevaré a Ellerslie y espero que vuelva a tranquilizarse...

Y que esta vez no compre cabras ni toque el violín, estuvo a punto de añadir. Algo parecido había comentado Walter sobre las consecuencias de esa nueva catástrofe en la vida de Grit. No estaba nada contento de volver a acogerla en su hogar. Henny, por el contrario, no cabía en sí de alegría ante el regreso de Audrey. Le habría gustado ir con Nellie para recoger a su hermanita, pero ni sus padres ni su abuela se lo permitieron. Por nada del mundo debía ver a Grit en ese estado de desolación. Y, sin embargo, habría sido para Nellie de una ayuda incalculable en el viaje de vuelta. No fue fácil meter en el vagón a Grit, que estaba como en trance, y el cochecito con Audrey. El viaje en tren duraba más de diez horas, y Audrey, que no entendía qué estaba pasado, gritaba y lloraba y no quería que Nellie le diese de comer. Esta se hallaba al límite de sus fuerzas y de sus nervios cuando por fin llegaron a la estación de Ellerslie. Walter y Henny estaban esperando.

—No, yo no la he traído —le susurró Walter a su esposa mientras cogía la maleta de Grit y la dejaba en el andén. Eran las cinco de la mañana y todavía no se veía a ningún mozo de equipajes—. Ha venido en bicicleta. Se ha enterado de algún modo de cuándo veníais. Se ha hecho mayor...

Henny ya tenía quince años. Llevaba el uniforme de la escuela y se había recogido el cabello rizado en una primorosa trenza. Normalmente, salía dos horas después de Epona Station hacia Onehunga, y de allí cogía el tren a Auckland, donde asistía al instituto. Ese día había planeado dar la bienvenida a Audrey y luego marcharse de Ellerslie a la escuela en tren; la estación estaba justo al lado del hipódromo.

Nellie saludó a su nieta y dejó que la ayudase a sacar el cochecito con Audrey del tren. Se percató en ese momento de lo distintas que eran esas medio hermanas de aspecto. Henny era exótica, con la tez olivácea; ni la ropa poco favorecedora ni el severo peinado podían arrebatarle su belleza. Audrey tenía una cara redonda y la piel más bien clara; había heredado de Phipps el cabello castaño. Grit posiblemente también se dio cuenta de la presencia de Henny, pero madre e hija no se prestaron ninguna atención. Henny solo tenía ojos para su hermanita, a la que no había visto en medio año.

—Cuánto has crecido, Audrey —la elogió—. ¡Qué niña más

grande te has vuelto! —Y al mismo tiempo sacó del bolsillo el caballito de madera que le había tallado. Para su alegría, la pequeña enseguida lo cogió—. ¿Ya camina? —preguntó a su abuela.

Nellie asintió.

—Pero no te lo enseñará antes de esta noche —le explicó—. Necesita a toda costa dormir, ninguna de nosotras ha pegado ojo durante el viaje. —Solo Grit, que lloraba de vez en cuando, en algún momento se había adormecido—. ¡Y tú la meterás hoy en la cama! —se dirigió a Grit—. Recomponte, es tu hija y todavía no se ha acostumbrado a mí. La bañaremos, le daremos de comer y la acostaremos… —La cuestión era dónde. No habían podido llevarse la cuna.

A ese respecto, las esperaba una sorpresa. En la habitación en la que Audrey había dormido antes del viaje de Grit, había una camita, una cómoda para cambiar a la niña y una mecedora; un móvil construido con crines de caballo colgaba del techo y en un cesto descansaban varios muñecos de trapo.

—Alex vino aquí ayer por la noche e instaló los muebles, Nicholas ya no los necesita —explicó Walter—. Sin duda por sugerencia de una señorita que se ha desprendido de todos sus animales de peluche. —Señaló a Henny.

Nellie habría abrazado a su nieta mayor, aunque sentía cierta preocupación por lo mucho que Henny volvía a concentrarse en su hermana pequeña: estaba pensando más en las necesidades de Audrey que en las suyas…

Entretanto, Grit se había quitado la chaqueta y sacaba de forma mecánica del cochecito a Audrey, que volvía a lloriquear. La meció, pero parecía estar pensando en otra cosa. Seguida por la preocupada Henny, llevó a la niña al baño.

Nellie decidió dejar a las tres solas.

—Tienes aspecto de necesitar tú también un baño caliente —opinó Walter—. ¿Ha sido muy pesado el viaje en tren?

Nellie suspiró.

—Un infierno. Y ahora tengo que acostarme y luego telefonear. Maria tiene razón. Grit necesita ayuda profesional. Soy veterinaria, no psicoanalista. Todo esto me supera.

En contra de lo que Nellie esperaba, enseguida localizó a dos psicoanalistas en el área de Auckland: el doctor William Lord y una mujer, la doctora Magda Huber. Naturalmente, esta última despertó de un modo especial su curiosidad, pero decidió ir a ver a los dos en persona antes de aconsejarle uno a Grit. Pidió a Mia von Gerstorf si podía pasar un día con Grit, sin confesarse a sí misma que, en realidad, no buscaba compañía para su hija, sino a alguien que la vigilara. Diane había expresado el temor de que Grit se suicidara y Nellie no subestimó esa advertencia, aunque su intuición le decía que su hija no se animaría a dar el paso de hacerse daño. Grit pasaba la mayor parte del día en la cama, con la vista clavada al frente. Se ocupaba de Audrey con desapego, deprisa y sin cariño, pero Henny intervenía llena de entusiasmo. Todas las tardes iba a ver a Audrey, jugaba con ella y la llevaba a ver los animales. Se extrañó de que la niña tuviera al principio miedo de los perros. No dejaba de insistir a sus padres en que la dejasen llevársela un fin de semana a Epona Station, pero tanto April como Nellie no estaban seguras de poder consentirlo. Grit no se pronunciaba al respecto. Su propia pena se hallaba en el centro de sus intereses, de modo que le resultaba imposible tomar decisiones por los demás.

—Intentaré hablar con ella de música —dijo Mia, la única persona en el círculo de amistades de Nellie que realmente se interesaba por Grit y sus problemas. Siempre se había entendido bien con ella, incluso si en un momento dado había acabado harta de oírla tocar el piano en su sala de estar. Hasta ella se vio superada por la continua repetición de los mismos fragmentos.

Mia también se ocuparía de Audrey, de modo que Nellie pudo salir tranquilamente a informarse. El doctor Lord la decepcionó. Ese médico obeso, vestido formalmente con un terno, le pareció arrogante y autoritario. Cuando Nellie le contó que se interesaba por los distintos métodos del psicoanálisis, se presentó como un defensor acérrimo de la teoría de la relación de objeto que ponía en un primer plano el desarrollo durante la infancia más temprana y remitía todos los problemas anímicos posteriores a la relación con los padres. No dio ningún valor a los argumentos que Nellie le presentó acerca de que habían sido las experiencias de Grit durante la guerra las que habían provocado los síntomas. Al final de la conversación se preguntó si ese hombre escuchaba a sus pacientes en algún momento.

La doctora Huber, a quien visitó por la tarde, le causó mucha mejor impresión y no solo porque en su despacho descansaba una gata delante de la ventana. La médica ya no era tan joven, pero sus ojos brillaban tanto y con tanto interés como los de una muchacha. También su figura era juvenil, muy delicada, y su rostro era tan pálido que parecía de porcelana. Tenía una sonrisa agradable y escuchó pacientemente cuando Nellie le contó la historia de Grit. En cuanto a su orientación, se definió como freudiana, pero estaba abierta a otras ramas de la psicoterapia. Incluso al conductismo, pues Nellie y la psicoanalista tocaron el tema cuando, en el marco cada vez más personal de la conversación, hablaron de los estudios de Harlow con los macacos.

—Está claro que los seres humanos y los animales reaccionan a los estímulos, pero no todos del mismo modo. No somos una caja negra, nuestra mente está llena de predisposiciones y experiencias…

—¿Son los golpes del destino también estímulos? —preguntó Nellie—. Se dice que los estímulos básicos son el hambre, la sed, el sexo, el miedo…

—Los cuales desempeñan todos una función en los golpes del destino, ¿cierto? —respondió la doctora Huber sonriendo—. Como ya he mencionado, lo interpreto todo de una forma más amplia. Estímulos e impulsos básicos desempeñan, en efecto, una función, pero cada persona llega con una serie de capacidades y predisposiciones que determinan su conducta sin que ella sea consciente y que tal vez solo se despliegan cuando el sistema de preceptos y prohibiciones, de valores y normas creado por la sociedad o construido por los padres respaldan a esa persona. Tomando el ejemplo de su hija: sin la disciplina y el autocontrol a los que daban tanta importancia usted y su difunto marido, nadie llega a ser un músico sobresaliente, pero el exceso de disciplina y autocontrol oprimen la capacidad de expresión artística. Para que la persona sea feliz tiene que haber un equilibrio que a veces solo se consigue con esfuerzo y que debido a un golpe del destino puede desbaratarse rápidamente. En cualquier caso, me gustaría conversar con su hija. Siempre que la señorita De Groot esté lista para dejarse ayudar.

Nellie había disfrutado conversando con la médica y al llegar a casa enseguida describió con todo detalle el encuentro en una carta para Maria. Mia le comunicó que había logrado conversar con Grit. Le había preguntado por el programa del concierto con Paul y desencadenado con ello un torrente de palabras. Grit le había hablado entre lágrimas de su música y de su amor, que para ella eran inseparables.

—Dice que no quiere volver a tocar —explicó Mia—. Espero que se lo piense, con el talento que tiene... Pero es sensible, claro, como suelen serlo los artistas.

—Walter la define más bien como mimada y egoísta... —Nellie suspiró—. Y a mí..., a mí me gustaría recuperar a mi dulce e inteligente hija... No la conociste antes de la guerra... Era otra persona.

Mia se encogió de hombros.

—Todos cambiamos, aunque seguro que el núcleo sigue siendo el mismo...

Nellie asintió.

—Y precisamente es el que debe sacar a la luz la buena doctora Huber —deseó—. Que, por cierto, nos costará una fortuna. Al menos al comienzo, le gustaría reunirse con Grit cada dos días.

Pero en un principio el plan fracasó porque Grit estaba indignada.

—¿Al psicólogo? Yo no estoy chiflada —le reprochó a su madre.

Nellie negó con un gesto.

—A una psicoanalista, que te ayudará a averiguar...

—¡Yo no estoy enferma! Estoy triste... —la interrumpió enfadada Grit.

—Estás demasiado triste —dijo Nellie—. Al igual que amas demasiado. No pones límites a tus sentimientos, Grit, te abandonas a ellos... Pierdes de vista todo lo demás y te extravías en unos intentos por aliviar tus penas o conservar tu amor que, dicho suavemente, no son muy... convencionales.

—¡Te refieres a delirantes! —insistió Grit.

Nellie inspiró aire profundamente.

—En fin, no se puede calificar de demencia el que alguien prefiera de repente ponerse a hacer queso en lugar de tocar el piano, o que de golpe y porrazo solo quiera tocar el violín porque no puede aceptar que el violín de su padre ha enmudecido para siempre. Pero sí que es algo peculiar, Grit. Y no te hace ningún bien.

—¿Paul no me hacía ningún bien? —preguntó Grit, provocadora.

—No te hacía ningún bien depender de él. No quiero decir

que no te haya hecho feliz, pero la felicidad es quebradiza cuando no consigues conservarla tú sola. ¡Habla con la doctora Huber, por favor! —Nellie pasó el brazo alrededor de su reticente hija—. Hazlo por mí, Grietje, y por Henny y Audrey. Quieren tener una madre, no una veleta. A Henny ya la has perdido, pero Audrey todavía te necesitará durante mucho tiempo... —Nellie tuvo que obligarse a sí misma a añadir una última frase—. Precisamente cuando se supone que ha heredado el talento de tu padre...

El rostro de Grit se iluminó un poco.

—¿Tú también lo crees? Paul pensaba..., bueno, la quería mucho, pero pensaba que no se podía confirmar que tuviera un extraordinario sentido musical.

Nellie tragó saliva.

—No puedo juzgarlo —respondió—. Pero ella debería disfrutar de todas las oportunidades que le puedas ofrecer. Tal como te las ofreció a ti Philipp...

Se sentía como una intrigante que de forma consciente utilizaba medias verdades para manipular a su hija. De hecho, hasta ella, que tenía poco sentido artístico, había percibido el interés de Grietje por la música cuando era una niña más o menos de la edad de Audrey. Había bastantes probabilidades de que Paul estuviera en lo cierto en su valoración.

Grit reflexionó.

—Bien, iré —dijo al final—. Pero si no me gusta...

—En caso de que no te guste hay también un doctor Lord en Auckland —señaló Nellie—. Estará encantado de afirmar que tu padre y yo somos culpables de todo.

Para gran alivio de Nellie, Grit estaba de relativo buen humor al volver de su primera cita con la doctora Huber. La psicoanalista había accedido a ella a través de la música y Nellie supuso que Grit le había explicado la historia con Paul Rossberg tan detalladamente como un par de días antes a Mia. Fuera como fuese, quería seguir asistiendo y Nellie esperaba que a largo plazo todo saliera bien. Consecuencia directa de su propia conversación con Grit fue, en todo caso, que su hija se ocupara más de Audrey. Imitaba a Paul e intentaba familiarizar a la niña con la música mediante juegos. Audrey participaba de buen grado y se alegraba de que su madre le prestara atención. Por lo demás, se apegaba firmemente a Henny.

April no estaba contenta.

—No me importaría nada mandar a Henny también al analista —le confesó a Nellie durante una competición en Auckland. Nellie asistía como veterinaria y April y Alex habían llegado para ver montar a Henny. Tanto ella como Noah tenían que presentar caballos de Epona Station en las pruebas de doma y salto, y en ese momento Julius los estaba entrenando en la pista de preparación antes de la carrera. Al menos Nellie no reconoció prácticamente ningún error. El arte ecuestre de Noah había mejorado mucho en los últimos dos años y ahora ya no le iba a la zaga a Henny en ese ámbito. A Nellie no le extrañaba. El muchacho poseía mucho talento y se entregaba, y además recibía unas clases de primera categoría. Seguía siendo feliz en Epona Station, y Henny seguía viéndolo como un rival que amenazaba con arrebatarle su futuro como directora de la yeguada. También ese día, Henny luchaba tenazmente en la pista cuadrangular; estaba tan concentrada que ya llamaba la atención en el entrenamiento—. A veces se muere de celos con Noah —siguió diciendo April—. Y eso que el chico es realmente de buen trato. Últimamente me ayuda mucho con el maldito trabajo de despacho. Se desenvuelve sorprendentemente bien con la contabilidad, aunque solo tiene dieciséis años. Es algo que los hijos de Jonathan han mamado. Eso me alegra porque así tengo más tiempo para montar, pero Henny está furiosa. Me reprocha que le esté cediendo voluntariamente la dirección de la yeguada y que no es raro que él cada vez se encuentre más a gusto aquí. Sin embargo, tengo la sensación de que Noah no está pensando en instalarse en Epona Station. Siempre habla de las escuelas de equitación tradicionales de Europa, Viena, Lisboa, Saumur... Julius no está del todo entusiasmado con la idea, opina que el arte ecuestre clásico y el deporte se irán distanciando más en el futuro y Epona Station solo cría caballos deportivos.

April cogió la chaqueta de montar de Henny para dársela a su hija antes de entrar al cuadrilongo y presentarse ante los jueces de doma. Era un soleado día de finales de otoño, pero hacía fresco. Nellie estaba contenta de haberse abrigado; Henny y Noah, por el contrario, montaban con blusa y camisa. Entrarían en calor a lomos de los caballos.

—Entonces ¿Julius quiere que Noah se quede aquí? —preguntó Nellie.

April asintió.

—Es su nieto y con talento natural como preparador, y eso no tiene precio. Henny monta igual de bien, por supuesto, pero, para ser sincera, tengo en mente algo más para ella. Quiere ir a la universidad. La cuestión radica en qué va a estudiar. Ella dice que ciencias empresariales, estudios para dirigir la yeguada, al igual que yo antes. Con la diferencia de que eso a mí me interesaba de verdad. Henny saca buenas notas, también en matemáticas, pero tiene que esforzarse mucho. Si quieres saber mi opinión, ella destaca más en el trato con los niños y los animales. Lo que me lleva de nuevo al tema de Audrey, por quien compite con Grit, al igual que con Noah, por una causa perdida...

Se interrumpió cuando se oyó el nombre de Henny. La nieta de Nellie se acercó a ellas con el caballo y April le tendió la chaqueta. Mientras ella se la ponía, le sacudió deprisa la arena de las lustradas botas. Henny sonrió cuando Nellie y April le desearon suerte con un gesto.

—¡Gracias! —dijo, poniendo en movimiento su elegante y joven castrado.

—¡Mucha suerte! —gritó Noah desde la pista de preparación.

Henny no se dignó ni a dirigirle una mirada.

9

—Tengo que volver a Atenas.

La noticia de Evangelina apagó de golpe el ánimo festivo de los gemelos. Habían asistido a una recepción para celebrar el final de las obras y la inauguración de una moderna instalación para animales en cuyo diseño había colaborado David. Después de saludar a los invitados y de que concluyeran todos los discursos, se repartieron refrescos. David resplandecía de orgullo porque su mentor lo haba mencionado y elogiado expresamente. En ese momento, la sonrisa desapareció de su rostro.

—Pero...

Como ya era frecuente, David y Daphne hablaron al mismo tiempo, pero no acabaron la frase porque Evangelina apenas les dejó pronunciar palabra.

—Lo siento, mi padre opina que ya basta de estudiar en el extranjero. Que ya puedo examinarme en Atenas —prosiguió.

Ese día estaba extraordinariamente hermosa; llevaba un vestido rojo muy entallado con la falda amplia y se había pintado los labios a juego. Adornaba el pelo recogido en lo alto con el color rojo de un sombrerito.

Daphne no quedó menos afectada que David, aunque ya hacía tiempo que esperaba una decisión de ese tipo. A esas alturas sabía que el padre de Evangelina era propietario de una compañía naviera en Grecia, no tan grande como la de Onassis o la de Niarchos, pero lo suficientemente rentable para que la familia fuera muy rica. En ese sentido, su hija podía permitirse el lujo de estudiar eternamente, pero él esperaba que terminase un día su carrera. Puesto que hasta el momento Evangelina no había hecho ningún gesto de concluirla, había decidido apretarle las tuercas.

A pesar de todo, Evangelina no parecía enfadada o infeliz. Al contrario, sonrió a David.

—Pero ya se me ha ocurrido algo —dijo—. Esta vez tienes que venir tú conmigo, David.

Él negó, infeliz, con la cabeza.

—Yo no puedo viajar por el mundo con tanta facilidad. Tengo que trabajar.

Evangelina asintió.

—Ya lo sé —dijo comprensiva—. Y ya se me ha ocurrido una idea. ¿Has oído hablar alguna vez de los Jardines Reales de Atenas? —David hizo un gesto de negación—. En fin, no es el zoo más famoso del mundo, aunque seguramente es el único en el que una vez un mono mató de un mordisco a un rey... —Se echó a reír.

—¿Un mono? —preguntó Daphne sin dar crédito.

El anuncio de Evangelina también le había cambiado el humor. A fin de cuentas, esa decisión significaba para ella el final de su cómoda vida en Nueva York. No solo no lograría permitirse ese apartamento. Su trabajo seguía siendo extraordinario, pero no rentable. Ni como auxiliar veterinaria ni como asesora científica en el museo ganaba demasiado. Hasta el momento había podido gastar el dinero exclusivamente en sí misma. Si en el futuro tenía que pagar un alquiler, ya no podría disfrutar de caprichos como el vestido tubo azul que llevaba ese día y el sombrerito a juego que lucía en su cabello, peinado con un perfecto corte bob.

—En serio, fue en 1920. El rey Alejandro lo tenía como mascota, pero al parecer se produjo una divergencia de opiniones. El mono le mordió y el rey murió a causa de una septicemia —explicó Evangelina—. Ya veis, el parque tiene historia. Ya en la antigüedad era un jardín y, en un momento del siglo XIX, la reina Amalia mandó renovarlo y que plantaran en él...

David recordó algo.

—Carl Fraas... —dijo—. Y Friedrich Schmidt, botánicos y agrónomos... Trabajó con ellos.

Evangelina se encogió de hombros.

—Es posible —respondió—. Pero de eso hace ya mucho tiempo y los jardines necesitan urgentemente una modernización. Sobre todo el parque zoológico, las instalaciones son demasiado pequeñas. Papá hace tiempo que habla de que hay que hacer algo y...

—¿Qué tiene que ver tu padre con eso? —preguntó Daphne.

—Papá es el curador —explicó Evangelina—. Y el presidente de la sociedad que lo patrocina o como se llame. Lo que él dice se hace. ¿Y si le propongo que tú te encargues de la renovación, David? —Sonaba como si en casa de los Kallergis se hiciera la mayoría de las veces lo que Evangelina decía.

—Nunca he hecho solo algo así.

Evangelina movió la mano en un gesto de indiferencia.

—¡Pues ya es hora de que empieces! También es un encargo más bien pequeño, para ti supondrá un ejercicio estupendo. Y en el fondo aquí ya has terminado. Si he entendido bien, los planos para el siguiente proyecto ya están hechos. En realidad, no te necesitarán para que supervises la obra.

David reflexionó. Esa tarea debería entusiasmarle, aunque no resultara agradable obtenerla a través de su amiga en lugar de ganar un honesto concurso.

Al parecer, Evangelina le leyó el pensamiento.

—Si papá no es capaz de presentar a ningún arquitecto, el

parque nunca se remodelará —explicó—. Siempre tiene otras cosas que hacer. Vamos, deja que al menos se lo proponga. Y cuando tú te vengas a Atenas, Daphne podrá quedarse con tu apartamento.

No era la solución con la que Daphne soñaba —el apartamento no estaba en un lugar céntrico ni tampoco en un barrio seguro—, pero el alquiler era asequible y no tendría que perder tiempo buscándose una vivienda.

—¿Me he ganado ahora una copa de champán? —preguntó Evangelina a David, mirando el bufet—. Y también puedes traer un par de esos pequeños y ricos *bagels*. Es absurdo que en Grecia no podamos conseguirlos...

Mientras Evangelina se iba marchando lentamente —todavía tenía que acabar varios trabajos y quería celebrar la despedida con sus amigos—, David se iba recluyendo en todas las bibliotecas accesibles para informarse acerca de los Jardines Reales de Atenas, su historia, sus instalaciones, el momento en que se construyeron. Pensaba en una restauración lo más cercana posible al estilo de su creador original. No encontró ninguna noticia sobre el pequeño parque zoológico anexo, pero eso ya lo aclararía *in situ*. A petición suya, Evangelina había enviado a su padre distintas cartas de recomendación y ejemplos de trabajos para documentar la actividad profesional de David hasta ese momento. Él estaba impaciente por conocer la respuesta.

A lo largo de esas semanas, Daphne recibió otra noticia poco alentadora. Su profesor favorito, el doctor Ritchie, planeaba volver al lago Lamoka para proseguir con las excavaciones. Ya había estudiado anteriormente unos asentamientos humanos de la prehistoria allí, en el área occidental del estado de Nueva York. Ahora ella tenía que decidir si se quedaba en la universidad o si se marchaba con él y lo ayudaba en las excavaciones. Una práctica de ese tipo era lo que deseaban la mayoría de los estudiantes de antropología y de arqueología, pero Daphne tendría que dejar su trabajo en el zoo y el apartamento de David. Además, su interés por las condiciones de vida de los humanos en el 2500 antes de Cristo era limitado. Prefería investigar la evolución de los hombres, así como su parentesco con los primates.

Mientras se debatía entre las dos opciones —David no le era de gran ayuda para tomar una decisión, pues estaba demasiado ocupado con su propio proyecto—, seguía asistiendo a las clases del doctor Ritchie, hasta que un día, en una celebración, él se dirigió a ella en un aparte.

—¿Señorita Daphne? —Desde que le había ayudado a archivar sus hallazgos, la llamaba por el nombre de pila. Durante ese tiempo habían congeniado más. Daphne levantó la vista—. Si tiene tiempo, me gustaría hablar con usted de un asunto. ¿Viene a mi despacho?

Daphne lo siguió complaciente y se sintió halagada cuando la secretaria le ofreció un café.

—¿Ha pensado ya si quiere dedicar uno o dos semestres a prácticas arqueológicas? —preguntó el doctor Ritchie. Daphne negó con la cabeza y le explicó sus dudas—. Ya me lo figuraba —dijo él con una sonrisa—. Mis antiguos neoyorquinos no le atraen demasiado. Pero, en principio, ¿podría imaginarse participando en unas excavaciones?

Daphne asintió.

—Sí, incluso muy bien. Imagino que es muy interesante… y lleno de emoción. Si así pudiera descubrirse realmente el vínculo entre humanos y monos…

El doctor Ritchie sonrió de nuevo.

—¿Conoce usted a los Leakey? —preguntó.

Daphne pensó unos segundos. Recordó entonces a quién se refería.

—¿Louis y Mary Leakey? ¿Los paleoantropólogos? Mary

Leakey descubrió en 1948 el *Proconsul africanus*, la primera especie de prehomínidos encontrada...

El doctor Ritchie asintió.

—Actualmente están investigando en la garganta de Olduvai, en Tanzania. Es posible que este concepto...

—¡Claro! —Daphne habría podido enumerar los hallazgos de esos yacimientos al noroeste del cráter de Ngorongoro, así como a los investigadores involucrados, pero se contuvo—. Uno de los sitios arqueológicos más interesantes del mundo.

El arqueólogo volvió a asentir y pareció satisfecho.

—Bien, conozco personalmente a los Leakey —explicó—. Gente muy afable y siempre dispuesta a acoger a estudiantes en prácticas.

Daphne se frotó la frente.

—Seguro que allí las plazas están muy solicitadas —reflexionó—. Y la mayoría de los arqueólogos prefieren hombres.

El doctor Ritchie sonrió.

—Los Leakey, no —dijo—. A Louis, en especial, le gusta más trabajar con muchachas estudiantes. No, no vaya a creer que se trata de un mujeriego. Considera que las mujeres son más empáticas, más pacientes y más abiertas a las novedades. Creo que usted le caería bien. Si se ve capaz de hacer el viaje y puede permitírselo, yo apostaría con mucho gusto por usted... Durante las excavaciones no tendrá gastos, los estudiantes solo tienen que pagarse el viaje.

Daphne pensó unos segundos.

—Tendría que llevarme a la perra —dijo. El arqueólogo conocía a Lily. Daphne la había metido a escondidas en el laboratorio de la universidad y del museo con la misma habilidad que en las dependencias del profesor Harlow. En un momento dado, el doctor Ritchie la había descubierto, pero no había dicho nada. Ella sonrió—. Mi amiga Evangelina opinaba que Lily podría con toda seguridad resultar útil en este tipo de empresas. Desenterrar huesos es una de sus competencias clave.

—Tenga usted cuidado con que no se coma los hallazgos —observó el doctor Ritchie—. Louis y Mary son personas muy amables, pero si su caniche atrapara entre los dientes el cráneo de un *Homo erectus*, hasta ellos podrían perder la calma...

Un par de semanas más tarde —Daphne ya llevaba casi año y medio en Nueva York—, tanto ella como su hermano podían sentirse satisfechos por las buenas noticias. El padre de Evangelina quería conocer al joven arquitecto, y el profesor Leakey admitió a Daphne para hacer prácticas. También daba la bienvenida a Lily. En el campamento había otros perros y la caniche pasaría desapercibida.

En cuanto al viaje, considerablemente caro —Daphne se decidió por la travesía en barco alrededor del cabo de Buena Esperanza en lugar de un viaje a través de todo el continente africano—, sus padres prometieron cargar con los costes. Maria y Bernhard celebraban el deseo de viajar de sus hijos. Bernhard hasta envidiaba la aventura que emprendía su hija, aunque los Lemberger se interesaban más por los animales vivos del continente negro.

«Seguro que ves elefantes, jirafas y cebras en libertad —escribió Maria—. Cuánto me gustaría estar contigo y rozarlos. ¿Sentirán y pensarán de forma distinta a nuestros animales del zoo?».

Daphne le contestó a su vez, animándola para que se fuera con ella. Pero sabía que le daría miedo el viaje. Cualquier cambio en su rutina diaria le resultaba desagradable, incluso le provocaba miedo. Había disfrutado tan poco del largo viaje de Hamburgo a Nueva Zelanda como de la travesía a Australia, más breve, que había realizado por deseo de Bernhard. Ella había odiado la vida en el circo, vinculada a una incesante itinerancia. Daphne solo le pudo prometer que intentaría establecer contacto con los animales en su lugar, pero no era tan empática como su madre.

Para la travesía de Nueva York a Hamburgo, Evangelina reservó dos camarotes en un transatlántico que ofrecía todas las comodidades de un crucero. A partir de allí partirían en tren a Marsella y, con otra embarcación no menos noble, a Atenas. Dejó a un lado todas las dudas de David. Al final su padre lo había invitado explícitamente a que se presentara en Atenas y diera a conocer sus ideas sobre el proyecto de los jardines.

—¡Él no espera que viajes en clase económica! Solo tenemos que ser un poco cautelosos cuando vayamos a vernos en las cabinas —detalló—. Podría haber conocidos de mis padres a bordo y no deben saber que somos pareja.

Así pues, los tres se despidieron en el río Hudson sin hacerse ilusiones de que fueran a volver a verse pronto. Evangelina abrazó a Daphne como a una hermana.

—No nos perderemos de vista, prométemelo. Incluso si te quedas en África. ¡A lo mejor te enamoras de un rey zulú! Entonces te iré a visitar. ¡Sería fantástico ir de safari en unas vacaciones!

David y Daphne permanecieron un rato juntos, con las frentes pegadas y las manos entrelazadas.

—¡Cuídate! —dijo Daphne, lo que hizo reír a David.

—Eh, eres tú quien viaja a un país en que los leones corren en libertad —se burló—. Soy yo quien tiene razones para aconsejarte que seas prudente.

Daphne se quedó seria.

—Tampoco el rey tenía miedo de su monito. No te sientas demasiado seguro, David. Sabes que me gusta Evangelina. Pero, desde lo ocurrido con Stephen, lo tenemos claro: no todo amor nos conviene. Así pues, ¡cuídate!

10

Nellie se quedó sorprendida del efecto tan positivo que la psicoanalista ejercía sobre su hija. Ya a las pocas semanas de estar con Magda Huber, Grit empezó a abrirse. Volvía a tocar el piano, no horas y horas al día como en el pasado, sino solo lo suficiente para no perder destreza. Como antes, se ocupaba de dar a Audrey una educación musical temprana, pero cada vez conversaba más con Henny. Si bien Magda Huber había hablado con Nellie de todas las teorías posibles de su ciencia, en el trato demostró ser práctica. Animó a Grit a hablar con su hija mayor sobre su pasado en Creta y le dejó claro que no haría balance mientras no aceptase como hija suya a la adolescente, a la que veía casi cada día.

Al principio, Grit encontró difícil comunicarse con Henny, pero al final la ayudó la curiosidad de su hija mayor. Esta quería saber cómo había sido su padre biológico y escuchaba con atención lo que Grit contaba sobre la guerra y la lucha de los partisanos. Nellie, que a veces la oía, se alegraba de que renaciera la vivaz narradora que había sido su hija de joven. Era un poco como ver reaparecer a su Grietje y por ello le estaba profundamente agradecida a la doctora Huber.

La psicóloga animaba a Grit a dejar su cascarón y enfrentarse a la vida. Desde que se había ido con su padre a Estados Unidos, solo había vivido para la música. La habían desprovisto de casi todos los quehaceres cotidianos normales. Naturalmente, Grit había participado en la vida de las mujeres de la aldea de Imbros, el hogar de Leonidas, y se había tenido que ocupar a la fuerza de la cocina y la elaboración de queso. Pero ese había sido otro mundo, con la realidad del siglo xx solo había entrado en contacto con Paul. Con él había compartido una casa, en la que había que limpiar, cocinar y cuidar de una niña. En el delirio de felicidad en que se encontraba durante ese periodo apenas se había percatado de que eran Paul y Diane quienes se encargaban de casi todo lo que en realidad le incumbía a ella. La doctora Huber le hacía ver ahora que no disponía de una serie de capacidades que en otras mujeres modernas se daban por descontado.

Un día sorprendió a Nellie con el deseo de aprender a conducir.

—Para ti es una carga tener que llevarme tres veces a la semana a Auckland —señaló—. Si tuviera mi propio coche y supiera conducir, sería más autónoma.

Además, se planteó por primera vez la pregunta sobre el estado de su economía. Sabía extender cheques y lo había hecho con frecuencia en los meses que pasó con Paul. Pero nunca le había interesado cuánto dinero tenía realmente y cuánto había heredado de su padre. Por supuesto, había leído por encima y sin prestar demasiada atención la carta del albacea antes de firmarla. Ahora la doctora Huber le sugirió que se pusiera en contacto con los bancos estadounidenses. Para su sorpresa, poseía una fortuna considerable. Orgullosa, mostró a su madre los extractos de su cuenta.

Nellie se alegró y le sugirió que ella misma podía pagarse el tratamiento con la doctora Huber. Grit se extrañó de que las consultas costasen dinero.

Nellie meneó la cabeza atónita ante tanta ingenuidad cuando más tarde habló de ello con Walter. Este no se asombró tanto como ella.

—Ya te lo dije: es una niña mimada y ajena al mundo —señaló—. Con lo que no quiero decir que Philipp no le pusiera límites. Pero él tampoco vivía en el mundo tal como nosotros lo conocemos. ¿Le ha dejado al menos algo que esté bien?

Nellie se mordisqueó el labio.

—Bueno, tiene mucho dinero, ella misma siempre se ha ganado bien la vida. Pero, si te soy sincera, yo había pensado que sería más. Supongo que Phipps no era un gran hombre de negocios.

Walter asintió.

—Es probable —convino—. Y los dos siempre han vivido a lo grande. Ya solo por lo que contó Alex del hotel de Wellington... Siempre pedían la suite principal o el ático. Para pagarlos deben de haber ganado mucho... ¿Y tú crees que ella y la niña pueden vivir de la herencia? ¿Incluso si deja de actuar?

Nellie se encogió de hombros.

—Depende de cuáles sean sus pretensiones. Pero creo que volverá a tocar el piano. Siempre fue su pasión y ahora la doctora Huber la está ayudando a apañárselas mejor con la vida. Soy muy optimista en cuanto a esto. Ya se encontrará a sí misma.

Walter no dijo nada al respecto. Personalmente, encontraba que el poder que su esposa atribuía al análisis era casi inquietante. Todos cambiamos, aunque seguro que el núcleo es constante... Nellie le había hablado de las sabias palabras de Mia, así como de que su gran esperanza era que la doctora Huber volviera a sacar a la luz el núcleo de Grit. ¿Pero alguien sabía cuál era el núcleo de Margarete de Groot? Nellie quería que volviera su Grietje, Phipps había recuperado a la intérprete Grit después de su primer derrumbe. ¿Qué o a quién descubriría ahora la psicoanalista?

—Ambos se han clasificado para el campeonato —anunció April entre el orgullo y la preocupación, cuando Nellie fue a echar de nuevo un vistazo en Epona Station.

Estaban al borde de la pista en que Julius enseñaba ejercicios a Noah y Henny. Los dos montaban unos caballos extraordinariamente bonitos y capacitados: Henny un castrado con capa de color chocolate llamado Mokka, y Noah, una yegua negra, Epona Daydream. Según Julius, eran quizá los mejores caballos deportivos que Epona Station había criado. Noah y Henny los presentaban en competiciones en cuyo programa figuraba que estaban a la venta. Hasta el momento habían encontrado pocos interesados; los caballos no solo eran sumamente buenos, sino también considerablemente caros. Además, con cuatro años, eran jóvenes, necesitaban buenos jinetes y amazonas que siguieran formándolos. Julius estaba convencido de que, a más tardar, encontrarían compradores tras el DRESSAGE CHAMPIONSHIPS FOR YOUNG HORSES que se había convocado en todo el país. Se celebraría el último fin de semana de marzo del próximo año y Noah y Henny estaban impacientes por participar. April compartió sus preocupaciones con Nellie.

—Henny es tan fanática... Si quedara segunda, el mundo se le derrumbaría. Y, sin embargo, el azar es muy importante en la doma. El caballo puede tener un mal día, o a un juez se le puede haber caído un weta en el café...

Nellie rio. La imagen del gigantesco insecto de Nueva Zelanda distrayendo la atención de un juez antes de una buena demostración o poniéndolo de mal humor era, simplemente, demasiado cómica.

—En este sentido, también puede ganar otra persona totalmente distinta —señaló—. No se puede prever.

—A Henny parece darle bastante igual quién gane, siempre que ella no quede detrás de Noah. Y, en cuanto a la justicia, también compiten en salto, y allí la clasificación no depende del azar. Gana el que va más rápido y comete menos errores. En Taupo lucharán todos contra todos.

Ese año los campeonatos se celebraban en la localidad próxima al lago Taupo.

—¿Iréis con ellos? —preguntó Nellie.

April asintió.

—Claro. Para Henny es un honor competir con un caballo que ella misma ha adiestrado. Seguro que es la participante más joven. Y, en realidad, con ello ya ha ganado. Pero, naturalmente, ella no lo ve así. ¿Qué tal va el talento musical de Audrey?

April, Alex y Walter se reían de los esfuerzos de Grit por iniciar en la música lo antes posible a su hija pequeña. Henny explicaba de forma muy gráfica cómo sentaba a la pequeña cada día delante del xilófono o la dejaba aporrear las teclas del piano sentada en su regazo. Con ello, Grit se alegraba de cada golpe que se aproximaba vagamente a una nota más limpia.

—Duerme. Pese a todos los intentos por despertarlo. —Nellie suspiró—. Pero al menos Grit se ocupa de la niña. Debemos estar agradecidas por las cosas pequeñas. ¿Es vuestro el teléfono que está sonando? Si vas corriendo a casa a lo mejor todavía coges la llamada.

April se había concentrado tanto en su hija que no había oído nada. De todos modos, ahora había enmudecido y Nicholas salía de la casa.

—¡El teléfono, *mommy*! Señor Simms o algo así.

Nicholas era un niño espabilado y por el momento solo daba alegrías a sus padres. El hijo de April y Alex montaba bien para su edad y era una persona de carácter alegre. Nada podía conmocionar a Nicholas Rawlings. Para indignación de Henny, sentía una sincera amistad por Noah.

April atendió la llamada y regresó diez minutos después. Parecía muy satisfecha.

—Era Roger Simmons —explicó—. Ese industrial de Hamilton.

Nellie rio.

—Vaya, qué amistades tan ilustres. ¿Qué quería el caballero?

Simmons estaba considerado uno de los hombres más ricos de Nueva Zelanda. Dominaba la industria lanera de las dos islas.

—Gastar dinero —contestó complacida April—. Busca un caballo de carreras para su hija Rebecca. De uso inmediato, la flor y nata de la yeguada. Enseguida he pensado en Mokka.

—O en Daydream —opinó Nellie, señalando la yegua negra de Noah—. ¿Qué prefiere, un castrado o una yegua?

April se encogió de hombros.

—A Becky seguro que le da igual. Podría también montar un semental. La conozco, ha coincidido a menudo con Henny en las mismas competiciones. Una rival dura. Pero a Henny le gusta, las dos se han entendido siempre bien.

—¿Así que no se pondrá triste si ella se queda con su caballo? —preguntó Nellie.

April negó con la cabeza.

—No, sabe que hay que vender a Mokka. En el fondo, ya está compitiendo con Noah para ver cuál de los caballos se venderá más caro. Y está claro que los dos deben caer en buenas manos. Con Becky, ese sería el caso. Simmons tiene sus propias instalaciones, pastos, cuidadores..., y su hija ha podido conservar todos los ponis que montó de pequeña. Como tú bien sabes, no es algo que pueda darse por descontado. —La mayoría de los ponis de competición se solían vender a los padres de otros niños cuando su amazona o su jinete se habían hecho demasiado mayores—. Becky es una chica simpática —prosiguió April—. Y ahora está profundamente abatida. Su caballo de competición ha muerto, de repente, de un cólico, torsión del intestino ciego.

Llegó al corral y lo vio agonizar. Por supuesto está inconsolable, y el señor Simmons quiere que su hija piense en otra cosa.

—En una yegua —señaló Nellie—. Daydream tiene más posibilidades. Entonces ve a dar la buena noticia a Julius. Yo me marcho si Henny ya está lista. ¿No tienes nada en contra de que me la lleve para que pueda jugar con Audrey? Cargaré su bicicleta en la camioneta.

April suspiró.

—¿Y luego volverá en la bicicleta? Esta niña se excede. Montar a caballo, Audrey, la escuela... Los exámenes finales están al caer. Tiene que estudiar. Pero si tú ya se lo has prometido, no quiero prohibírselo. Además, el fin de semana vienen los Simmons. No podrá marcharse. Al menos después tendrá un par de días de vacaciones.

—Le pediré a Walter que la traiga —la tranquilizó Nellie—. Yo misma lo haría, pero todavía me quedan unas cuantas visitas a propietarios de caballos en Ellerslie. En el futuro, Grit podrá venir a recogerla y traerla de vuelta. ¡Se está sacando el carnet de conducir!

A Nellie le habría encantado ir a Epona Station para ver cómo Rebecca Simmons probaba los caballos, pero no se le ocurrió ninguna excusa. Julius había escogido otros dos caballos un poco mayores para presentárselos al señor Simmons. También ellos estaban muy bien tasados, más como caballos de salto que de doma. Así pues, Rebecca podía elegir.

Después del fin de semana, Nellie esperaba impaciente la llegada de Henny y que le contara cómo había ido todo. En efecto, apareció a primeras horas de la tarde y no iba sola. Detrás de ella pedaleaba en una bicicleta prestada una chica bonita, de cabello corto y castaño, y unos amables ojos también castaños.

—Esta es Rebecca —la presentó Henny—. Becky. Se quedará un par de días con nosotros para conocer mejor a los caballos.

La chica le tendió la mano y Nellie le sonrió.

—¿No has podido decidirte al momento? —preguntó.

Becky asintió.

—Al principio pensé que Daydream me convenía más. Pero en realidad no quiero una yegua. No después de Cassandra... —Nellie vio que se le llenaban los ojos de lágrimas—. Quería montarla una temporada más y luego iba a tener un potro... Me hacía tanta ilusión... Era tan cariñosa, ahora no puedo sustituirla como si no hubiese pasado nada... —Sorbió por la nariz.

Nellie le dio un pañuelo.

—No lo haces —dijo para consolarla—. Cada caballo es distinto. A otra yegua, la querrás de un modo totalmente distinto.

—Pero Daydream se parece tanto a Cassandra...

Así que Becky había perdido a una yegua de capa negra. Nellie entendía que no quisiera tener una copia de su querido caballo.

—Esta mañana he vuelto a montar a Mokka. Y él también es fantástico...

Los otros caballos no habían sido tomados en consideración. Respondiendo a las preguntas de Nellie, Becky explicó que quería especializarse más en doma. A la larga quería participar en las categorías superiores y ahí le daban miedo los obstáculos tan grandes.

—Y tampoco es bueno para las patas de los caballos —señaló—. No quiero que mi caballo sufra una podotroclosis o algo similar, solo porque yo quería ganar.

Nellie la encontró muy simpática. Mokka sería el caballo ideal para las cuadras de Simmons.

—¡Pero ahora voy a enseñarte a mi hermanita! —exclamó Henny—. ¡Es la más bonita de todas las niñas!

Becky soltó una risita.

—Pero no está a la venta, ¿verdad?

Henny también rio.

Henny volvió a aparecer otra vez con Rebecca; luego llegó sola, en esa ocasión por la mañana temprano.

—Anda, ¿hoy vienes sin compañía? —preguntó Walter.

Nellie ya se había marchado a hacer la ronda de visitas diarias.

—Becky ha salido de paseo con los caballos —respondió—. Y con Noah...

—Y ha puesto una cara..., como si su amiga no estuviera bien de la cabeza —contó divertido Walter a Nellie—. La he picado un poco preguntándole si es que está germinando algo entre Becky y Noah, y al parecer he dado en el blanco. La pequeña hija del millonario no parece que vaya a enamorarse solo de un caballo. Henny está rabiando.

—¿Porque entonces comprará a Daydream? —preguntó Nellie.

Walter se encogió de hombros.

—Ni idea. Es probable que se trate solo de celos. Acaba de encontrar a una amiga y esta ya se pasa con las banderas desplegadas al enemigo. Y sin embargo no tiene por qué esconderse nada detrás. A lo mejor a Becky no le gusta tanto visitar a niñas pequeñas. Ya tiene suficiente con haber jugado dos veces con Audrey.

Nellie rio.

—Noah es sin duda más atractivo. Mañana tengo que reunirme con Alex: otra vez examen de ejemplares a la venta. Entonces veré qué tal está el ambiente.

A primera vista, en Epona Station había buen ambiente. Por el elegante vehículo que había en el patio, Nellie supuso que había llegado el señor Simmons para recoger a su hija. De hecho, estaba bebiendo una copa de champán con Julius y Mia. Becky estaba resplandeciente a lomos de Mokka y ya lo había reunido muy bien. Noah estaba en la pista y le daba indicaciones que ella probablemente no necesitaba. April tenía razón, era una estupenda amazona. De todos modos, absorbía cada palabra de Noah como si se tratase de una revelación y también los ojos del joven brillaban. Era posible que realmente estuviera germinando ahí algo más que la venta de un caballo.

Nellie no vio a Henny por ningún sitio. En realidad, debería estar contenta de que Becky hubiese escogido a Mokka y tendría que celebrarlo con los demás. Nellie la buscó y la encontró en la cuadra, de nuevo junto a la yegua Melora. Estaba sentada en el heno, abrazando a su perrito, y lloraba. Flokati se apretaba contra ella para consolarla. Jamie se acercó y ella le puso el otro brazo alrededor.

—Aquí estás, Henny —dijo Nellie—. ¿Qué sucede? ¿Estás ahora triste porque Mokka se va?

Henny negó con la cabeza.

—No. Pero lo que ha hecho Becky es tan feo, tan asqueroso... Seguro que lo ha tramado con Noah. ¡A él le pega! ¡Pues no va a ganar ella, sino yo! ¡Le habría dado un puñetazo!

—¿Qué ha ocurrido? —preguntó dulcemente Nellie, sentándose a su lado.

Melora le dio un empujoncito con sus suaves ollares y Nellie le acarició la nariz antes de rodear con el brazo a Henny y los perros.

—El campeonato. No puedo montar a Mokka. Lo hará la misma Becky y hasta entonces entrenará con el *opa* Julius todos los fines de semana... con Noah. ¡Tendré que dormir en la misma habitación que esa víbora! ¿Puedo ir a vuestra casa? ¡Por favor! —Henny volvió a llorar.

Nellie la meció dulcemente. Entendía a Becky Simmons.

¿Por qué iba a permitir que otra chica montase su caballo en una de las competiciones más importantes del país? Claro que podría haber dado prioridad a Henny, porque ella había formado al caballo. Pero al parecer Becky no era tan amable y las chicas tampoco eran tan amigas como para que Henny se lo pidiera. Habían competido en otros campeonatos y ninguna había dejado que la otra ganase.

—Habrá otros caballos, Henny —musitó Nellie—. Y otras competiciones. Ya sabes que el *opa* Julius y la *oma* Mia, y también tu madre, por supuesto, crían caballos para ganar dinero. Seguro que los Simmons han pagado una elevada cantidad por Mokka y le darán una buena vida. Has de transigir en eso. Seguro que al *opa* Julius también le da pena. Le habría gustado más verte correr a ti.

Henny se tapó el rostro con las manos.

—¡Qué va! —exclamó—. Él solo quiere ver montar a Noah. ¡Y que gane! Ahora todos tienen lo que deseaban. ¡Quiero irme de aquí!

Henny trataba a su familia con frialdad y se negó rotundamente a montar a Mokka durante la semana para que se mantuviera en forma hasta la llegada de Rebecca. Provocó así que su abuelo se enfadara. Julius no podía entender el comportamiento de la adolescente y la reprendió con severidad.

—Tú querías tomar en el futuro posesión de la yeguada, Henny —dijo sin la menor diplomacia—. Pero para ello tendrías que entender que las cosas no siempre pasan como deseas. El interés comercial va a veces por delante, así de sencillo. Tampoco fue fácil para Mia enviar al hipódromo a los potros de solo dos años, pero tuvo que resignarse. Y por Mokka no has de ponerte triste, tendrá un empleo vitalicio junto a la pequeña Simmons...

—¿Y quizá también Noah? —replicó con tono de insolencia

Henny—. ¿Lo comprará a él también el distinguido señor Simmons para su hija?

Julius se la quedó mirando atónito. La tragedia le había pasado totalmente inadvertida.

Mia se lo explicó por la noche, cuando él le contó la desagradable conversación.

—Esperemos que no se lleven a Noah —observó al final—. Seguro que Simmons también da empleo a preparadores. Y si le ha caído bien el chico...

Mia suspiró.

—Todavía recuerdo vagamente al joven teniente que, durante su formación en Hannover, preparaba el caballo de una señorita —mencionó con expresión traviesa—. ¿Habría aceptado una oferta de trabajo de mi padre?

Julius se percató en ese momento de que se refería a la relación de ambos. El padre de Mia había adquirido una joven yegua en el criadero del padre de él y Julius había ayudado a Mia a concluir la formación de Medea. Al final, terminaron enamorándose.

—La historia no se repite —afirmó él.

Mia sonrió.

11

Pese a todas las peleas, Henny obtuvo unos resultados estupendos en los exámenes finales. La peor nota la sacó en matemáticas, lo que no prometía demasiado para una posterior carrera de ciencias empresariales. Pero en un principio no le dio importancia. Unos años antes se había saltado un curso y ahora, con apenas dieciséis años, había acabado los estudios escolares. Henny se alegró de que Grit fuera a recogerla a la escuela el último día de los exámenes. Estaba sentada en un pequeño vehículo deportivo de color plata.

—Un Porsche 356 —comentó a su hija—. Mi profesor de conducción creyó que encajaba bien conmigo.

Henny no había ido nunca en un coche tan pequeño y bajo. La gente que se dedicaba a los caballos solía llevar camionetas o todoterrenos. Se subió emocionada y enseguida constató que había un inconveniente.

—¿Dónde se sentará Audrey después? —preguntó—. Ahora a lo mejor todavía cabe en ese asiento trasero tan raro, ¡pero irá creciendo!

La expresión de Grit confirmó que ni había pensado en ello.

—Pues sí, cuando viajemos juntas a algún sitio, necesitaremos un coche más grande —dijo condescendiente—. Además, ¿a dónde voy a llevar a Audrey?

A Henny se le habrían ocurrido algunas ideas, pero no contestó para no enturbiar el buen ambiente. A fin de cuentas, era fantástico. Había aprobado los exámenes, Grit tenía un coche y además le contó un proyecto que la dejó sin habla.

—¿Que quieres qué? —No era fácil sacar de sus casillas a Alex Rawlings. Era un hombre pacífico y por regla general dejaba que su esposa se encargara de las discusiones con Henny o Nicholas. Sin embargo, el deseo que su hija adoptiva había comunicado a sus padres, justo la noche de la fiesta de fin de curso, lo hizo estallar—. ¿Viajar a Grecia con tu «auténtica madre»? ¿Sabes el daño que le haces a tu madre cuando hablas de Grit de Groot como de tu «auténtica madre»?

—A mí también me hacen daño todos continuamente —replicó con un gruñido Henny—. ¿Y a quién le molesta eso? Grit quiere viajar a Creta con Audrey y conmigo y enseñarnos la isla..., las ciudades en las que actuó..., el pueblo en que creció mi padre...

—¡Tu «padre» —interrumpió encolerizado Alex— está pensando por primera vez en la vida en darte unos buenos azotes en el trasero! Hasta ahora nada de eso te había interesado, ¿y de golpe emprendes la búsqueda de tus raíces?

—Aquí estoy de más. Me lo demostráis todos continuamente. Así que es normal... —Henny miraba a Alex tan iracunda como él a ella.

—¿... que te busques otra familia? —preguntó Alex—. ¡Qué suerte que puedas permitirte este lujo! Cuando yo me sentí así no pude cambiar simplemente de madre.

Henny sabía que Alex había tenido grandes problemas con su madre cuando tenía su edad. Willie no había podido aceptarlo ni de adulto. Solo cuando se casó con April y las diferencias entre ambas familias se mitigaron, la situación mejoró.

—Tú no tienes ni idea de cómo me siento yo —replicó la adolescente.

April intentó abrazarla para calmarla.

—Cariño, todo el mundo se siente alguna vez así. Forma parte del proceso de crecimiento. Pero por eso no tienes que marcharte…

—¿Y qué voy a hacer si no? —preguntó provocadora Henny—. Ya he acabado la escuela, son vacaciones, es verano… ¿Tengo que quedarme aquí a entrenar el caballo de Becky Simmons? ¿A lo mejor debo ir con ella a Taupo… como su moza de cuadra? ¿A precalentar a Mokka? ¿A sacar brillo a las botas de Becky?

April se frotó la frente.

—Henny, nadie te está proponiendo eso…

—¡Sí! ¡El *opa* Julius! Me ha dicho que tengo que seguir montando a Mokka y el fin de semana puedo contemplar cómo Noah tontea con Becky. Sería estupendo que se casara con ella, ¿no? Con el dinero que tiene…

—¡Ahora ya basta! —exclamó indignado Alex—. ¿Qué edad tienen los dos? ¿Diecisiete?

—¡Tú siempre dices que a los quince años ya te habías enamorado de mamá! —le echó en cara.

A April se le escapó la risa.

—Entonces todavía era un amor no correspondido —explicó—. Bueno, Henny, vamos a ver qué opina la *grandma* Nellie de este asunto. A saber si Grit lo dice en serio. Cuando se concrete algo más, volveremos a hablar de ello.

—La *grandma* Nellie no puede prohibir nada —indicó Henny con un tono triunfal—. Grit es adulta.

April y Alex se miraron.

—Ojalá lo fuera —musitó Alex.

—A ver, empecemos de nuevo… —Nellie se esforzaba por no perder la calma—. ¿La doctora Huber te ha dicho que tienes que viajar a Creta para recordar las experiencias que tuviste allí? ¿Por qué? Te acuerdas pero que muy bien.

—No tan bien —la contradijo Grit—. Solo me acuerdo de fragmentos y en general son bastante agobiantes. Y, sin embargo, hubo también momentos bonitos: la música..., el olor de las hierbas en las montañas...

—Parece que todavía retienes algunas cosas —constató Nellie—. Antes mandabas unas cartas tan llenas de vida. Tal vez podrías escribir tus experiencias. De ese modo podrías trabajarlas igual de bien.

—Pero eso no me acerca a las personas y las vivencias —insistió Grit.

Nellie negó con la cabeza.

—Ahora no me digas que piensas en serio regresar a ese horrible pueblo y hablar con esa mamá Eleni o como se llame de tu relación con su hijo. Grit, te escapaste de allí, ¡con buenas razones para hacerlo! ¿Y ahora quieres llevarte allí a tus hijas?

—La doctora Huber cree que será muy positivo para mi relación con las chicas —se justificó Grit—. En cierto modo es también su historia...

—En cualquier caso, será la de Henny —aclaró Nellie—. Y a saber si no la pones en peligro presentándola como la hija de Leonidas. Es posible que intenten casarla al instante con uno de sus primos.

Grit rio burlona.

—¡Tú no sabes nada en absoluto sobre la gente de Sfakiá y sus tradiciones! Y por supuesto es también la historia de Audrey, porque mi historia influye sobre mis hijas. Es inevitable, dice la doctora Huber...

Nellie suspiró.

—Está bien, Grietje, no puedo prohibírtelo. Y solo tú puedes decidir lo que hay que hacer con Audrey. En cuanto a Henny... Ya veremos qué dicen April y Alex al respecto.

Nellie se reunió con April y Alex el domingo siguiente, un día de carreras. Alex había ido como veterinario del hipódromo y April lo había acompañado para recoger a Henny, que había dormido en Ellerslie. En Epona Station, Julius entrenaba ese fin de semana a Rebecca y Mokka, y April entendía en cierto modo que su hija se hubiese marchado ese fin de semana. Nellie y April se encontraron delante del box de una de las yeguas de Baroness Stud, el criadero de Wilhelmina. Antes de empezar la conversación confidencial, las dos miraron a su alrededor por si estaba la propietaria. No tenían mucho interés en conocer la opinión de esa resoluta mujer sobre los planes de Grit y Henny.

—¿Qué te parece lo de Creta? —no tardó April en preguntar—. Grit te lo habrá contado, ¿no?

Nellie asintió.

—Y, naturalmente, Henny también. Por lo visto tiene sentimientos encontrados. Por una parte, la atrae la aventura; pero por otra... Sus raíces aquí son profundas, April. Sabe que os hace daño partiendo con Grit en busca de su familia. Pero también está preocupada por Audrey. Aunque ha mejorado su relación con Grit, no confía del todo en ella. Siente miedo por la niña.

April acarició el caballo, que asomó, curioso, la nariz entre los barrotes.

—No lo había considerado desde esa perspectiva. ¿Crees que debemos permitírselo?

Nellie asintió.

—Henny tiene dieciséis años, madurará. Y, dejando a un lado alguna que otra equivocación, es una niña sensata. A lo mejor no debemos hacer una montaña de un grano de arena, al menos eso piensa Walter. Es un viaje, nada más. Creta no está fuera del mundo, y ya no hay allí ninguna guerra. Henny y Grit pueden escribirnos y hay teléfonos. Es posible que incluso la aldea de Leonidas haya evolucionado mucho. Sea como fuere, Henny no debería tener la sensación de que ha de decidir entre vosotros y Grit. Así solo se haría mala sangre. Haz como si solo se tratase de un viaje de vacaciones de lo más normal. Cómprale unos vestidos de verano y un biquini, como si no pasara nada...

—En Creta es invierno —señaló April, recordándole que en Europa las estaciones se sucedían a la inversa—. La enviamos al otro extremo del mundo. Y, sinceramente, que Grit sea quien la vigile no me da mucha confianza.

Nellie esbozó una sonrisa torcida.

—Tal vez deberíamos considerar a Henny como la que vigila. Lo sé, ahora su comportamiento es algo infantil, pero confío en ella. Es posible que en este viaje madure. Y es probable que Grit también.

Los orígenes de la vida

Grecia – Atenas, Creta
África – Tanzania, el Congo
Nueva Zelanda – Ellerslie

De 1959 a 1960

1

A David le emocionaba visitar los lugares históricos que hasta el momento solo conocía a través de los libros: el puerto de El Pireo, la Acrópolis que dominaba Atenas y las numerosas reliquias de tiempos remotos que convivían con toda naturalidad con edificios modernos y mantenían viva la historia del país. Si realmente iba a quedarse allí más tiempo, se alegraba de conocerlo todo junto a Evangelina. Pero primero tenía que concentrarse en su trabajo, sobre todo en convencer al padre de la joven de sus capacidades.

Evangelina cogió en el puerto un taxi que primero llevó a David a su hotel. Se lo habían asignado junto con una invitación formal a la entrevista de trabajo, y resultó ser una casa sencilla pero cuidada cerca de los Jardines Reales. Evangelina arrugó la nariz. Habría preferido que su amigo se alojara en el hotel Grande Bretagne, un lugar señorial justo al lado de su casa, dijo. Pero su padre —o más bien uno de los empleados— se había ocupado de hacer la reserva y a David el lugar le pareció adecuado. Evangelina estaba segura de que obtendría el encargo de remodelar los jardines, pero él, por el contrario, tenía sus dudas. Un empresario de éxito como Yanis Kallergis, por mucho que adorase a su hija, no dejaría que sus decisiones comerciales dependieran de los caprichos de esta.

Así que David ordenó nervioso sus bocetos y rechazó con determinación la invitación de Evangelina a encontrarse por la tarde con sus padres y enseñarle así un poco más la ciudad.

—Mejor vamos a los jardines y así echaré un vistazo —pidió él.

Evangelina hizo una mueca.

—Ya lo harás mañana. Antes de la entrevista oficial seguro que tienes un montón de tiempo. Esta noche estamos invitados a la cena. No hablaremos allí del trabajo.

David estaba convencido de que su padre lo veía de otro modo. Pese a que en un principio se tenía que presentar ante un consorcio de hombres que financiaban juntos los jardines, Yanis Kallergis querría hacerse una idea de cómo era él por la noche, no fuera a hacer el ridículo delante de los otros inversores. Salvo por eso, no había en realidad ninguna otra razón para invitarlo a una reunión familiar. Los señores Kallergis no habían visto desde hacía años a su hija, seguro que habrían preferido hablar a solas con ella. ¿O acaso había planeado Evangelina no solo presentarlo como un aspirante a un trabajo, sino como su novio? Nunca habían hablado del tema, y en su contra se presentaba el hecho de que Evangelina se había mostrado mucho más reservada de lo que era normal durante el viaje a Grecia. Por lo visto, no quería hacer pública su relación.

—¡Venga, Evangelina! —dijo—. Estoy impaciente por ver los jardines. No pegaré ojo en toda la noche.

Evangelina rio.

—En realidad, yo soy la responsable de tu insomnio —observó con coquetería—. Aunque esta noche, naturalmente, no lo tendrás, pues vuelvo a vivir en casa de mis padres. Bueno, de acuerdo, vamos allá. Nos pillan más o menos de camino. Quien se lo puede permitir vive en los alrededores de los jardines: en verano, el verde absorbe un poco el calor.

En esa estación todavía no era necesario. Ese año, abril era en Atenas más bien frío. David no sudó en el traje de ejecutivo gris oscuro que había comprado para la recepción del zoo del Bronx y que había escogido para la invitación de esa noche. Evangelina todavía llevaba el vestido de viaje de color pastel con el que había llegado. Habían transportado su equipaje directamente a la residencia de sus padres.

De hecho, los Jardines Reales estaban a la vuelta de la esquina del hotel y a David enseguida le llamó la atención ese parque recargado, a esas alturas muy descuidado. Los senderos entrelazados y abandonados conducían a estanques, fuentes y superficies verdes. Unos árboles vetustos y majestuosos se erigían entre macizos de flores plantados sin cariño, los paseos estaban llenos de maleza, las ruinas —seguramente vestigios de templos que se habían levantado allí— estaban cubiertas de hierbas silvestres. Un jardín botánico cuidado tenía otro aspecto; sin embargo, todavía quedaban con vida muchas plantas exóticas de los profesionales de la reina Amalia, como un grupo de palmeras de troncos altos. Solo había que conseguir que resaltaran más. David explicó fascinado las posibilidades que veía en ese lugar, tomó apuntes e hizo un par de bocetos en su cuaderno. El parque zoológico les causó menos entusiasmo.

—Esto es deprimente —dijo Evangelina cuando vieron a un oso solitario en una triste jaula y a unos lobos que parecían perros sarnosos. Los patos, gansos y cisnes que ocupaban las superficies de agua parecían, por el contrario, felices, al igual que las tortugas de agua que descansaban sobre una roca disfrutando del sol. Evangelina también encontró a una tortuga de tierra en el camino. Las cabras se aburrían en un cercado lleno de arena; todavía más desdichados parecían un tigre, un león y dos monitos que subsistían en jaulas demasiado pequeñas e inhóspitas.

—Esto tiene que cambiar —declaró David—. Lo mejor sería limitarse a unos cuantos animales autóctonos. Tortugas, cabras, a lo mejor burritos. El terreno es demasiado reducido para mantener a félidos, al igual que para un aceptable mantenimiento de los monos. Y por lo visto no hay cuidadores cualificados, no parece que se haya desparasitado a los animales desde hace años. ¿Crees que el consorcio estará abierto a una remodelación radical?

Evangelina lo ignoraba, pero había llegado la hora de dirigirse a la residencia de sus padres.

—Si quiero cambiarme para la cena, hemos de pensar en marcharnos. Mi *mitéra* y mi abuela dan mucha importancia al aspecto.

David esperaba satisfacer todavía tal exigencia después de haber recorrido el parque y haber abandonado con frecuencia los senderos.

La calle residencial por la que Evangelina lo conducía estaba realmente a un paso de los jardines. Todo parecía orientado a subrayar la importancia de las familias allí instaladas, pese a que muchos constructores ya no vivían ahí. Algunas casas habían pasado a ser embajadas, y una especialmente impresionante albergaba un museo.

—Heinrich Schliemann vivió en ella —señaló Evangelina—. Es el arqueólogo que descubrió Troya. Su esposa vendió la casa después de que él falleciera.

La vivienda de la familia Kallergis, de estilo renacentista con elementos clasicistas, no iba a la zaga de la anterior morada de los Schliemann. La fachada se caracterizaba por un conjunto de columnas sobre las que descansaba un friso griego, artísticamente decorado. Una galería abierta rodeaba totalmente el primer y el segundo piso de la casa, una posibilidad tanto para los residentes como para los invitados de tomarse un respiro fuera de las habitaciones o del salón de baile.

—Es un palacio —observó David.

Evangelina rio.

—Una vieja caja demasiado ostentosa. Muchas familias se van ahora de aquí y se mudan a edificios de apartamentos modernos. Pero mi abuela jamás se separaría de este monstruo. Ahora ven, el interior seguirá sorprendiéndote. Es igual de pomposo...

No había exagerado. Después de que un criado les abriese la puerta y diese una efusiva bienvenida a la niña de la casa, entraron en un vestíbulo que habría podido alojar un museo. También ahí había columnas, cuadros enormes, más bien lúgubres en opinión de David, y una escalinata de mármol que conducía al primer piso.

—Vivimos arriba —explicó Evangelina—. Aquí solo están la cocina y otras dependencias de servicio. Y claro, los alojamientos del personal.

David entregó el sombrero a una criada que le hizo una reverencia y siguió a su amiga escaleras arriba. Una especie de corredor daba paso a varias habitaciones. Otro criado, que los esperaba allí, les dio la bienvenida y abrió una puerta de dos hojas que conducía a los aposentos de la familia. Por fin un espacio acogedor, aunque los pesados y oscuros muebles no eran precisamente del gusto de David. El criado anunció a los visitantes y Evangelina se lanzó al cuello de un hombre grueso, cuyo rostro estaba dominado por una nariz demasiado grande y unas cejas pobladas sobre unos ojos castaños y despiertos. Al ver a su hija, Yanis Kallergis resplandeció. A David lo saludó con cierto escepticismo.

La madre de Evangelina también se había levantado para abrazar a su hija. Valeria Kallergis era extraordinariamente atractiva; su aspecto permitía anticipar cómo sería Evangelina al cabo de veinte años, ya no con esa belleza desenfadada y juvenil, sino con una hermosura madura y serena. Llevaba el cabello negro recogido en lo alto y realzaba la nobleza de sus rasgos con un discreto maquillaje. Era algo más alta que su marido y David se preguntó si había sido el amor el que la había llevado a casarse con ese hombre, no especialmente seductor, o si los intereses económicos habían desempeñado cierta función. Por otra parte, la señora mayor que, como el matrimonio, había estado sentada en un sofá enorme delante de una chimenea también sobredimensionada y ahora se ponía en pie con cierta dificultad era casi con toda seguridad la madre de Valeria, la mujer que se negaba a separarse de la mansión señorial. ¿Habría aportado Valeria esa casa al matrimonio? La abuela de Evangelina examinó a David con la vista. También ella se parecía a su nieta y también ella envejecía con dignidad. Su cabello blanco estaba peinado con esmero; el ligero maquillaje no la hacía más joven, sino que solo subrayaba esa antigua belleza que todavía asomaba.

Yanis Kallergis se dirigió a David, mientras Evangelina saludaba a su madre y a su abuela. Las tres conversaban en griego, idioma del que el joven no entendía ni una sola palabra, aunque había estudiado griego clásico. No obstante, el padre de Evangelina hablaba un inglés impecable, como su hija.

—¿Así que es usted David Lemberger? —preguntó cortésmente—. Le doy la bienvenida. Su nombre parece alemán. Sin embargo, es usted... ¿americano?

—Neozelandés —respondió David—. Pero mis padres emigraron de Alemania.

Kallergis lo estudió con sus inteligentes ojos.

—¿Para dejar de ser unos pobretones y convertirse en millonarios? —preguntó.

David decidió tomárselo como una broma.

—No del todo. Mis padres son veterinarios. Al principio tenían consulta en Nueva Zelanda y ahora dirigen el zoo de Perth, en Australia. Mi hermana y yo hemos crecido allí. Con muchos animales... —Esbozó una sonrisa forzada—. Y esto es lo que me trae a su parque zoológico en los Jardines Reales, señor

Kallergis. Me gustaría rediseñarlo partiendo de cero. Mientras que el jardín botánico, según mi opinión, solo tendría que restaurarse. He traído un par de bocetos… —David se dispuso a sacar sus esbozos de la cartera.

Kallergis se rio.

—¡No tan deprisa, joven! Me alegro de que esté usted deseando realmente ocuparse de nuestros jardines, pero hoy la reunión es informal.

David se sorprendió de que utilizara la palabra «realmente». ¿Había dudado Kallergis de sus conocimientos en jardinería? Si no fuera así, ¿por qué iba a estar en Atenas?

—Seguro que antes querrá usted hablar sobre mi experiencia en el ámbito de la arquitectura paisajista —dijo—. Bien, estudié en Sídney y realicé mis prácticas en…

Kallergis volvió a interrumpirlo, pero el tono de su voz seguía siendo benévolo.

—Ya veo que está usted cualificado —explicó—. Evangelina nos envió sus cartas de recomendación. Yo solo estaba preocupado porque… Pero dejemos esto de momento y bebamos una copa. El aperitivo clásico griego es el ouzo, un aguardiente de anís. Pero, como viejo cretense, prefiero el raki. En principio es lo mismo, pero solo lo comento así, en la intimidad.

—No emborraches al joven —advirtió Valeria Kallergis, también en un inglés fluido—. Tenga cuidado, señor Lemberger, es una bebida fuerte. Y mañana querrá presentarse ante el consorcio sin resaca. Espero de verdad que pueda convencer a los hombres. Los jardines precisan de una modernización urgente.

David cogió la copa de raki dando las gracias, pero solo probó un sorbo de esa fuerte bebida.

—Estoy pensando en una remodelación, estimada señora. En la actualidad al parque le falta el carácter que sin duda poseía en la época de la reina Amalia. Restauraría la mayor parte de los jardines según los planos antiguos; a fin de cuentas, los jardines botánicos son siempre bonitos. Solo habría que pensar algo nuevo en lo que se refiere al parque zoológico: en cuanto al mantenimiento de los animales todo ha variado mucho en los últimos decenios...

—Voy a cambiarme —anunció Evangelina—. Y, cuando vuelva, no quiero saber nada más de esos estúpidos jardines. David me ha estado dando discursos toda la tarde. ¡En la cena hablaremos de Sídney, Basilea y Nueva York!

Kallergis llenó la copa de David cuando ella se hubo retirado.

—Es muy práctico que lo tenga unos minutos solo para mí —advirtió—. Si las damas son tan amables de disculparnos...

Su esposa y su suegra asintieron con un gesto y, con un mal presentimiento, David siguió a la contigua sala de caballeros a quien esperaba que fuera su futuro patrón. Kallergis echó un trago al raki y esperó a que él lo imitara. David bebió haciendo de tripas corazón.

—Ahora, joven —empezó el griego con fingida alegría—. Tal como he dicho, estoy muy contento de que le interesen tantos nuestros Jardines Reales. Para ser sincero, mi esposa y yo nos temíamos que fuera nuestra hija lo que lo había traído a Atenas.

David se ruborizó.

—Yo... Yo, por supuesto, estoy muy agradecido a Evangelina por haberme facilitado este contacto... Y yo..., yo estoy muy bien en su compañía...

Kallergis levantó la mano.

—Cuidado, no siga hablando. Ya me imagino que disfruta usted de la compañía de mi hija, es una muchacha maravillosa. Pero... no debería usted esperar más de esta relación. Esto no tiene nada que ver con usted personalmente, señor Lemberger. Parece ser un joven extremadamente serio y simpático. Pero tiene que saber que Evangelina Kallergis no es una muchacha cualquiera. Pertenecemos a una antigua familia noble, durante mucho tiempo gobernamos Creta y somos gente muy adinerada. Evangelina ya está prometida con un joven de la familia Michelakis, muy rico, un coleccionista de arte. Apreciará su carrera, que ella eligió de forma consciente. Sabe lo que él puede ofrecerle socialmente. Por el momento se rebela un poco, le he soltado demasiado las riendas. Pero ya verá usted que en realidad es una muchacha sensata. Así que, si es cierto que le interesa este empleo, no comience nada que no va a tener ningún futuro.

David tragó saliva. Había contado con que Kallergis no aprobara una unión con Evangelina. Pero no estaba preparado para una declaración tan contundente.

—Yo…, yo no sabía… —balbuceó.

Kallergis volvió a interrumpirlo.

—Ahora sabe lo que debe saber. Y yo no he de saber nada de lo que los ha unido a usted y a mi hija hasta el momento. ¿Está usted dispuesto a mantener las distancias en adelante?

De la habitación contigua volvieron a llegar voces. Evangelina había regresado y se la oía conversar con su madre y su abuela.

—Hablaremos mañana —dijo Kallergis—. Ahora hagamos lo posible por pasar una amable velada.

Evangelina llevaba un vestido de color marfil entallado, el cabello suelto y dominado con una horquilla del mismo color. Para el poco tiempo que había utilizado en cambiarse, tenía un aspecto extraordinario. Dirigía a David y a su familia una espléndida sonrisa.

Durante la comida conversaron en inglés; también la abuela hablaba con fluidez la lengua extranjera. Evangelina, que llevaba la voz cantante, explicó con todo detalle sus estudios en Australia y Basilea y sobre todo en Nueva York. Su madre añadió anécdotas de sus propios viajes. Debido a la guerra no había podido estudiar en el extranjero.

—Entonces tenía a una niñera inglesa —dijo para explicar sus buenos conocimientos del idioma.

David se esforzó por responder amablemente a todas las preguntas, pero estaba como aturdido. Masticaba la comida mecánicamente. Evangelina había advertido que no comía carne y la cocinera se había superado con especialidades vegetarianas. Pero para David todo resultaba insípido. Se preguntaba a qué había jugado Evangelina con él y qué debía responder a su padre a la mañana siguiente. Se alegró cuando, ya entrada la noche, pudo despedirse.

—Examine mañana con toda calma los jardines —le dijo Kallergis—. Y nos encontraremos aquí con los otros caballeros. ¿Le va bien a las cuatro de la tarde?

David asintió, contento de contar al menos con algo de tiempo.

Pasó la noche en blanco. Intentó analizar sus sentimientos hacia Evangelina. ¿Todavía la amaba? ¿Lo suficiente para enfrentarse a su padre, sin duda un hombre con mucho poder? ¿Y en qué les beneficiaría a él y a Evangelina que rechazara el empleo? No podía ni quería vivir por cuenta propia en Atenas. Se preguntaba, sobre todo, qué pensaba y sentía Evangelina. Tenía que hablar al menos una vez a solas con ella.

La oportunidad surgió antes de lo que había esperado. Evangelina se encontraba en el vestíbulo del hotel cuando bajó a desayunar. Estaba guapísima con unos pantalones largos y una ligera blusa estampada.

—Ven, nos vamos a una cafetería —decidió ella—. Por el aspecto que tenías ayer, mi *patéras* ha hablado contigo.

David la siguió aturdido a un pequeño y oscuro local con una decoración oriental. Él solo quería un café, pero Evangelina pidió un plato con pastas dulces. David empezó a hablar, mientras ella mordía despreocupada un pastelito.

—¿Estás prometida? —consiguió preguntar.

Evangelina sonrió e hizo un gesto de rechazo.

—Bah, Stavros, sí... Un día me casaré con él. También tendré que dejarme ver estos días en su compañía, mi padre piensa que ya ha llegado el momento. Es un chico amable, pero por desgracia algo..., hum..., ingenuo. No es ni mucho menos tan apuesto como tú. Ni tampoco tan inteligente. Así que no tienes que ponerte celoso. —Tomó un sorbo de café.

—Evangelina, no podemos seguir como hasta ahora —advirtió David, inquieto—. Tu padre quiere que pongamos punto final a nuestra relación, y al parecer le da igual de qué tipo sea. Y yo ahora tampoco lo sé. ¿Me quieres, Evangelina? ¿Me has querido alguna vez? ¿O solo he sido un juguete para ti?

Evangelina frunció el ceño.

—¿Qué hay de malo en ser un juguete? Claro, nadie quiere ser un juguete, es una especie de giro idiomático, ¿verdad? ¿Pero no hemos jugado siempre el uno con el otro? ¿Te he engañado yo a ti o tú a mí? ¿Nos hemos hecho alguna promesa?

David se frotó la nariz.

—No, pero...

—Pero ¿qué? —preguntó—. Mira, tú siempre has hecho lo que querías. Primero te fuiste a Basilea, luego a Nueva York. Yo te seguí, sin que me lo pidieras, si recuerdas bien. Simplemente porque me apetecía. Ahora he tenido que venir a Atenas y tú también quieres estar aquí. Así que ¿dónde ves el problema?

—¿Quieres seguir? —preguntó él, incrédulo—. ¿Quieres engañar a ese Stavros conmigo?

Evangelina se echó a reír.

—Stavros y yo ni siquiera estamos prometidos. ¿Y crees que él vive como un ermitaño? Yo solo me aplico los mismos derechos que los hombres. ¿Qué hay de malo en eso?

—No sé si puedo —contestó David.

Evangelina lo besó en la mejilla.

—¡No te preocupes tanto! —le aconsejó, poniéndose en pie—. Tengo que irme, voy de compras con mi madre. Como si no viniera de la metrópolis de la moda... ¡Mucha suerte con el empleo!

Ya había salido antes de que él pudiera responder. Una mariposa, que él no podría detener y que estaba decidida a disfrutar de la vida antes de acabar ensartada en una vitrina.

David pasó el día en los Jardines Reales y luego se dirigió con toda una libreta llena de bocetos e ideas a la reunión con Yanis Kallergis y el comité que decidía el proyecto del parque zoológico. En su conjunto eran señores de edad avanzada con solo un interés limitado por sus planes. No obstante, escucharon amablemente, plantearon de vez en cuando alguna pregunta y se expresaron al final con mucha benevolencia. No espabilaron hasta que se habló de los costes de la reforma y de los honorarios de David. Aprobaron su sugerencia —se basó en lo que ganaban sus mentores— sin regatear. Ahora solo tenía que recoger las ofertas de compañías de jardinería y construcción y presentarles en la siguiente reunión un presupuesto. Yanis Kallergis prometió ayudarlo. Parecía el único interesado en las obras y pensaba participar en ellas.

Cuando se disolvió la reunión, lo retuvo.

—Veo que quiere el puesto —dijo—. ¿Está usted de acuerdo con mis condiciones?

David asintió.

—No seré un obstáculo para Evangelina.

Evangelina lo esperaba en los jardines, de nuevo en un banco escondido, inmersa en un dibujo: unos patos excitados, detrás de los cuales se distinguían borrosas unas muchachas ridículas, una de las cuales llevaba una corona de novia.

—Qué bien me conoces —dijo David—. Sabías qué camino iba a tomar por el parque.

Evangelina le sonrió y lo besó.

—Necesitas un apartamento —repuso.

2

Cuando bajó del barco en Dar es-Salam, Daphne tuvo la sensación de que África se abalanzaba sobre ella. En la ciudad portuaria reinaba un animado trajín; en el muelle, los comerciantes ambulantes proclamaban las virtudes de sus artículos, los niños pedían limosna, gente de piel oscura llevaba vestidos de los más llamativos colores. El bullicio era imperante, hacía calor y el aire estaba lleno de olores exóticos. Era como si, tras los tranquilos días en el mar, le hubiesen propinado un golpe. Lily, por el contrario, se mostraba de lo más dinámica, contenta, al parecer, de volver a sentir sus patas sobre tierra firme.

—¿Y ahora? —preguntó Daphne a su perra al distinguir a un joven blanco que parecía hacerle señas con la mano. Se internó entre la muchedumbre y pudo ver en ese momento que el muchacho estaba delante de una camioneta abollada que en su día había sido blanca. Después de establecer contacto visual, él salió a su encuentro y le cogió la pesada maleta.

—¿Daphne Lemberger? —preguntó, y cuando ella asintió le dirigió una alegre sonrisa—. Soy Jonathan Leakey —se presentó—. Vengo a recogerte. ¿Tienes más equipaje?

Jonathan la tuteó sin problema. Era larguirucho, tenía un rostro delgado y un cabello castaño y revuelto. Sus ojos azules se dirigieron con interés hacia Lily.

—¡Anda! ¿Es un caniche? Nunca había visto uno vivo. ¿Para qué se compra alguien un perro así?

Daphne le lanzó una mirada reprobatoria. Era más alto que ella y más joven, calculó que como mucho tendría veinte años.

—Es Lily. Es una perra muy amable y me la regalaron. Ella...

—¿La peinas tú misma?

Lily llevaba en ese momento un elaborado corte Miami y tenía el aspecto de una maniquí medio desnuda. Daphne encontraba el corte espantoso, pero se había decidido por él porque suponía que en África las temperaturas serían mucho más altas que aquellas a las que estaba acostumbrada la perra. Así que por primera vez había recurrido a una peluquería canina.

Se ruborizó.

—En..., bueno..., en general sí. Y en ese caso tiene un aspecto totalmente distinto. Pero pensé que..., bueno..., para África... Yo misma también fui al peluquero. —Llevaba el pelo muy corto, estilo bob.

Jonathan volvió a sonreír.

—Tu peluquero era mejor que el suyo. ¿Puedo acariciarla?

Daphne asintió y, después de saludar a Lily efusivamente, el joven cargó la maleta en el vehículo.

—Vámonos. A no ser que tu perra y tú tengáis que hacer algo aquí. Nos queda un largo camino por delante, a partir de mañana estaréis en la selva. ¿Vienes de Nueva York?

Jonathan hablaba animadamente mientras le abría la puerta. Lily saltó al asiento trasero y olisqueó con interés. Seguro que no era el primer perro que viajaba en ese coche y nadie tenía que preocuparse de que lo manchara. Era obvio que se trataba de un utilitario. Daphne se sorprendió cuando descubrió en el espacio donde tenía los pies una caja de cartón llena de huesos viejos.

—¿Hallazgos? —preguntó.

Él asintió.

—Pero nada especial —explicó—. *Mom* cree que debería clasificarlos, como ejercicio... Es probable que procedan de ovejas o cerdos.

—Son demasiado grandes para eso —opinó Daphne—. Están fosilizados, ¿no?

Jonathan asintió.

—¡Bien visto! —la elogió—. Eres veterinaria, ¿verdad? Pero no paleontóloga. En tal caso sabrías que nuestras ovejas y cerdos tienen unos antepasados enormes. En la garganta de Olduvai tropiezas continuamente con sus huesos. Por eso es un terreno tan interesante para quienes buscan fósiles. Mi madre encontró una vez los huesos de un perezoso gigante. Pero en realidad buscamos a los antepasados de los humanos y por ahora no ha aparecido ninguno que fuese gigante. Eran más bajos que nosotros.

Condujo el coche por calles abarrotadas. Los viandantes se apretujaban en las aceras y los vehículos de los tipos más diversos, en las calzadas. Los colores de la piel de los individuos eran de lo más distinto y sus ropas abarcaban desde el traje hasta el sari. Unos carros tirados por burros se movían entre relucientes limusinas, un hombre guiaba un rebaño de vacas por la calle. En algunos barrios dominaban chabolas de materiales de construcción completamente diferentes entre sí; en otros, edificios modernos. Ya en ese momento comprendió que esa ciudad se encontraba en constante transformación.

—¿Tanganica está bajo dominio británico? —preguntó.

Jonathan se lo confirmó.

—Pero pronto será independiente. Esperemos que no nos echen entonces fuera. En Kenia llegó un día en que mis padres ya no pudieron seguir excavando. Y eso que mi padre nació allí. Yo también soy africano.

Daphne sonrió.

—¿En serio? ¿Y trabajas con tus padres?

—Ahora —puntualizó Jonathan—. Es muy emocionante. Pero no tengo ningunas ganas de estudiar arqueología o paleontología. Además, me atraen más los animales vivos que los muertos. Me gustan los reptiles...

—Seguro que en Olduvai hay, ¿verdad? —quiso saber Daphne.

—En África hay bichos de todos los tipos imaginables —contestó el joven—. A lo mejor un día llego a ser comerciante de animales como Hagenbeck.

Daphne le habló del zoo de sus padres y de su temporada en el circo. Jonathan contó cómo había crecido en África, se refirió a las escuelas de la misión y a los internados a los que había asistido mientras sus padres se desplazaban de unas excavaciones a otras. Tenía dos hermanos menores que habían seguido el mismo camino. Daphne le habló de David y su trabajo.

Con tan animada conversación, dejaron Dar es-Salam. Alrededor de la ciudad se situaban los asentamientos de chabolas donde vivían los más pobres entre los pobres. Allí ya no había diversidad, solo se veían pieles oscuras.

—A pesar de todo, es un país hermoso —señaló Jonathan, que se percató de lo abatida que su acompañante miraba por la ventana—. La naturaleza es única...

Daphne no tardó en convencerse de ello. La carretera que Jonathan recorría transcurría a lo largo de la costa y dejaba a la vista el océano Índico. Desde un pequeño lugar llamado Bagamoyo se podía llegar a la isla de Zanzíbar. Pero Jonathan siguió por el interior, a través de sabanas y bosques, y Daphne no pudo reprimir un grito de sorpresa cuando aparecieron los primeros rebaños de cebras, gacelas y jirafas. El joven se echó a reír.

—Dormiremos en casa de unos conocidos que organizan safaris de caza —explicó—. Si todavía falta un rato para que se ponga el sol (no dejan de ser trescientos setenta kilómetros), Herman seguro que te lleva a la selva. O mañana antes de que amanezca. En esta época es cuando se ve a la mayoría de los animales. Elefantes y, si tienes suerte…, leones.

La granja del matrimonio de origen alemán en donde Jonathan se había invitado a pernoctar —en África todos eran hospitalarios y se alegraban cuando alguien los visitaba, había asegurado Jonathan— se hallaba bastante retirada, cerca de una pequeña localidad llamada Makanya, en medio de la selva. Daphne contempló fascinada un par de avestruces que correteaban por la granja y unos colobinos blanquinegros.

—Son bastante pesados —comentó su anfitrión Herman Kettner, un hombre fuerte con una barba que crecía salvaje. Al igual que su esposa Hanna, acogió, efectivamente con alegría, a los invitados sorpresa—. Pero los soportamos como atracción para los huéspedes. Estos encuentran exótico que haya monos saltando por aquí y que de vez en cuando se asome una gacela. Por eso no se caza cerca de la casa. De lo contrario los animales enseguida se marcharían.

—¿Hay también por aquí primates grandes? —preguntó Daphne—. ¿Chimpancés? ¿Gorilas?

—Aquí no —contestó Jonathan—, prefieren vegetaciones más espesas. Tienen sus territorios especiales y son tímidos. En cualquier caso, no entran en despensas como los babuinos o estos tipejos. —Señaló a los colobinos, que los miraban desde los árboles que estaban alrededor.

Daphne estaba encantada; sin embargo, encontró la decoración interior de la casa, en la que se le invitó a entrar, horripilante. Allá donde mirase, veía trofeos de caza, desde pieles de león con cabeza hasta colmillos de elefantes. Cabezas de gacelas disecadas con una espléndida cornamenta la miraban atontadas con ojos de cristal.

—Me gustan más los animales vivos —contestó cuando Hanna Kettner se percató de su turbación—. Encuentro grotesco que alguien de Europa venga para matarlos.

Herman Kettner rio.

—Pero para nosotros es un negocio muy lucrativo —declaró.

A la mañana siguiente, el organizador de safaris llevó a Daphne a la selva en su vehículo de caza, un todoterreno abierto. Tuvo que levantarse a las cuatro de la madrugada, pero valió la pena. Kettner conocía el terreno y la acercó a los rebaños de elefantes y a un grupo de rinocerontes con crías que se habían tendido en un claro para descansar. Molestaron a un león adormecido que a la sombra de una acacia de copa plana daba una cabezadita, por lo que rugió indignado. El rebaño de ñus parecía pacífico, los enormes búfalos imponentes. Daphne agradeció sinceramente la excursión antes de encontrarse con un buen desayuno. Jonathan no había exagerado al hablar de la hospitalidad de los africanos.

El camino restante hasta la garganta de Olduvai les llevó todo el día. Parte de la carretera no era más que pistas de arena y Jonathan tuvo que frenar en varias ocasiones porque las cruzaban animales salvajes. Al final atravesaron el cráter Ngorongoro, área de conservación desde 1951, según contó el muchacho.

—Si mi padre nos presta el coche, podemos venir aquí los domingos y observar a los animales. Sobre todo es muy impresionante verlos migrar —señaló Jonathan.

Daphne esperaba que eso no fuera el comienzo de un flirteo, pero el hijo de Mary y Louis Leakey le comunicó con toda naturalidad que en los últimos días habían llegado tres personas más para hacer las prácticas. Los auxiliares de la excavación cambiaban cada año y la mayoría de ellos no solo estaban muy interesados en la paleontología, sino también en el mundo animal de África.

Ya en la garganta, el campamento de los Leakey se componía de un par de cabañas y tiendas sencillas. El punto central era el lugar donde se encendía la hoguera, alrededor de la cual se reunía la gente por las noches. Además de los Leakey y de los cuatro estudiantes, había seis empleados locales con quienes Jonathan bromeó en su idioma en cuanto llegaron. Se encargó de recibirlos un dálmata algo mayor, en apariencia encantado con la caniche, sobre la cual los africanos enseguida hicieron unos chistes cuyo sentido Daphne dedujo por sus gestos y mímica. Pagar a un profesional para que le cortase el pelo a Lily no había sido una buena idea.

El profesor Leakey estaba en ese momento examinando utensilios para excavaciones con un ayudante indígena, pero se acercó a su hijo y a la nueva estudiante. Era un hombre alto, delgado, en mitad de la cincuentena, con unos rasgos faciales muy expresivos y un cabello que iba encaneciendo y clareando. Sus ojos eran tan despiertos como los de su hijo. Saludó a Daphne de un modo inesperadamente cariñoso.

—Qué bien que ya estemos todos —dijo en tono animado—. Siento mucha curiosidad por usted, doctora Lemberger. Mi colega el doctor Ritchie me ha hablado mucho de usted. Nunca habíamos tenido aquí a una doctora en Veterinaria, seguro que enriquece con su presencia nuestros trabajos de investigación.

—Por favor, llámeme Daphne —le pidió ella con timidez—. Me alegro mucho de estar aquí. ¡Su campo de investigación me interesa mucho y desde el primer momento me he enamorado de África! Todos esos animales en libertad...

Leakey sonrió.

—Espero que mi hijo no se haya limitado a enseñarle serpientes y camaleones. Estos últimos son su pasión secreta.

Jonathan sonrió a su vez. Padre e hijo parecían tener una buena relación.

—Voy a presentarle a mi esposa y luego se instala usted en su tienda. Debe de estar cansada. Pero luego la espero para que se reúna con nosotros alrededor del fuego. Antes de enseñarle mañana nuestros yacimientos, me gustaría hacerle una pequeña introducción.

Leakey la condujo a una de las cabañas, en la que una mujer delgada estaba dibujando o cartografiando. Daphne recordó que Mary Leakey era una dibujante con mucho talento. Ya antes se había hecho un nombre con sus copias de pinturas rupestres.

Al oírlos entrar, levantó la vista, se apartó el cabello oscuro y se quitó las gafas. Miró con atención a Daphne y no sonrió hasta que Lily brincó a su alrededor.

—Deberá vigilar a la perrita —le advirtió a Daphne después de darle la bienvenida—. Un animalito así de pequeño puede convertirse rápidamente en víctima de depredadores. Hasta los babuinos tal vez sean un peligro para ella. Es mejor que no la pierda de vista.

Daphne se estremeció. No había pensado que Lily corriera allí ningún riesgo.

—Lo mejor es que la meta en una mochila y la lleve como una mona madre a su hija —repuso.

Mary Leakey rio.

—Al menos es usted ingeniosa —observó y volvió de nuevo a su trabajo—. Todavía tengo que terminar una tarea. Nos vemos más tarde junto a la hoguera.

Daphne había contado con un alojamiento espartano, pero encontró la tienda, que debía compartir con la estadounidense Ellen, bastante pequeña, y además su compañera no le cayó demasiado bien. Esta había llegado con otro compatriota desde

Mombasa en avión (en el campamento había una pequeña pista de aterrizaje). Era la ruta más cómoda pero también la más cara, aunque, por lo visto, ninguno de los dos tenía que ahorrar. Ellen apareció como una estrella de cine. Su aspecto se ajustaba con bastante exactitud al de la típica chica americana preconizada por las revistas femeninas de Estados Unidos. Tenía un cabello ondulado, largo, rubio, que llevaba suelto y apartaba sin cesar hacia atrás de un modo fotogénico, la tez ligeramente tostada, unos ojos de un azul celeste y unos morritos de color rosa. Daphne se preguntó cómo habría llegado a obtener ese disputado puesto para hacer las prácticas y empezó a dudar de la opinión del doctor Ritchie con respecto a que Leakey jamás escogía a las mujeres por su apariencia. Más tarde, tuvo que reconocer que Ellen era perspicaz de mente, al igual que su paisano Bob, quien también gustaba de hacer alarde de su riqueza. Acudió a la reunión de la noche vestido de safari. Ellen, por el contrario, llevaba vaqueros —unos pantalones, en su origen de trabajo, que empezaban su incursión triunfal en la moda juvenil— y una especie de camisa de leñador que le iba demasiado grande y, justo por ello, le daba un aspecto muy gracioso. Mary Leakey la felicitó por haber elegido una prenda de manga larga.

—Tenemos que protegernos de los insectos —dijo, pero añadió que resultaba contraproducente que el escote de la blusa le dejara medio hombro al descubierto.

Daphne encontraba cada vez más simpática a la algo seca esposa de Leakey con su humor áspero.

El tercer estudiante, el sueco Lars, había escogido el trayecto más agotador. Había llegado a Luanda en barco y desde allí había recorrido el Serengueti a pie, en autobús, en tren y haciendo autostop. No cabía duda de que hubiera sido quien más tuviera que contar si se hubiera decidido a abrir la boca. De hecho, solo respondía de modo conciso a preguntas que se le dirigían directamente. Llegó a la reunión con unos pantalones cortos de color caqui, una camisa de manga corta y unos pesados zapatos de trabajo. La única concesión que hacía al sol y los insectos eran un sombrero ancho y una loción que olía fatal y que se aplicaba ocasionalmente. La barba rubia de tres días seguro que protegía su rostro.

Fueron sobre todo Ellen y Bob, que habían hecho prácticas en otros yacimientos, quienes sostuvieron la conversación durante la cena, un plato ligero compuesto por pan, queso y una sopa de verduras picante que un africano preparó sobre el fuego de la hoguera. Jonathan charlaba con los africanos en su idioma. Daphne habría preferido meterse en la cama, pero entonces Leakey tomó la palabra para hacer la prometida introducción.

—La garganta de Olduvai —empezó diciendo— recibe su nombre de una planta que abunda en la región. Así la llamaron los masáis, que se asentaron aquí en el pasado. Desde un punto de vista geológico forma parte de la fosa tectónica de África oriental, desde un punto de vista paleontológico es un regalo del cielo. En el sentido literal de la palabra, pues fue la lluvia la que la formó a lo largo de dos millones de años. El agua fue desgastando poco a poco la superficie de la tierra en su entorno y de ese modo fue limpiando en la garganta los restos fosilizados de los seres que habían vivido antes aquí. Muchos de ellos animales, pero también antepasados de nosotros los humanos. Mary y yo ya hicimos hallazgos aquí antes: hace veinte años encontramos una bóveda craneal de un hombre primitivo y no paramos de descubrir herramientas de piedra que utilizaban nuestros antepasados. Lo interesante es en qué capa del suelo se hallan. Últimamente, tenemos el método de datación por radiocarbono, que proporciona una información aproximada sobre la edad de los fósiles, pero también la profundidad en donde se han hallado nos facilita un punto de referencia. ¿Sabe alguien qué se entiende por el método de datación por radiocarbono?

Daphne lo sabía, pero le cedió la palabra al ansioso Bob. Este describió con brevedad y precisión cómo el método utilizaba la desintegración radiactiva para determinar la edad de los materiales que contenían carbono. Bob tampoco era bobo.

Leakey comunicó a los estudiantes que al día siguiente los esperaba a las siete en la primera capa.

—Mañana les explicaremos cómo utilizar las distintas herramientas de excavación y catalogar los resultados. Que duerman bien y sueñen con su gran hallazgo —despidió a sus estudiantes.

—Así que las dos soñaremos con huesos —le dijo Daphne a su perra, que estaba sentada junto a ella y ya había echado alguna cabezadita durante el discurso.

Para espanto de Ellen, Lily se coló debajo de la áspera manta sobre el camastro de Daphne y volvió a dormirse al instante. Daphne la imitó. Si tras ese largo día tuvo algún sueño, a la mañana siguiente ya no lo recordaba.

3

Daphne disfrutaba de su estancia en el campamento de los Leakey; el único aspecto negativo era compartir la tienda con Ellen. Era muy desordenada, dejaba sus prendas de vestir por todas partes y luego se enfurecía cuando Lily se dormía encima o comía algo junto a ellas. Así que Daphne solo se dirigía a la tienda para dormir. Cuando tenía tiempo libre se sentaba fuera, en algún lugar a la sombra, y leía o buscaba reptiles con Jonathan. También ella encontraba fascinantes a los camaleones. Los domingos o los días de fiesta, cuando no excavaban, el joven solía llevar a los estudiantes al cráter del Ngorongoro para observar animales más grandes. Ellen pocas veces se unía a ellos porque Jonathan insistía en emprender el viaje muy pronto, y a ella no le gustaba. Daphne tenía la sospecha de que la joven estadounidense quería ganarse la simpatía de los Leakey permaneciendo con ellos los días festivos en los yacimientos. Louis y Mary Leakey pocas veces descansaban; para ellos buscar fósiles era, simplemente, lo más bonito que podía hacerse, así que pasaban todo el tiempo en la garganta.

Los estudiantes aprendieron pronto a emplear las herramientas para las excavaciones, clasificar las piezas halladas y documentar con exactitud el yacimiento. A Daphne le servían de ayuda sus conocimientos anatómicos para reconocer los fósiles animales; Lars destacaba por distinguir de inmediato si un utensilio de piedra había sido trabajado o no. Sorprendió agradablemente a los Leakey cuando construyó herramientas con métodos primitivos siguiendo el modelo de las piezas halladas, lo que hizo para el grupo más gráfica la investigación. Para regocijo de todos, Lily acompañaba a Daphne atada de la correa a los yacimientos y luego metiéndose sin protestar en una mochila y contemplando por encima del hombro cómo trabajaba su dueña. Al menos en el campamento, en el que Jonathan controlaba regularmente que no hubiese serpientes, podía correr en libertad. Se había ganado el respeto entre los monos más pequeños ladrando como una posesa y gruñendo. Los investigadores intentaban mantener a distancia a los babuinos, disparando al aire de vez en cuando para alejarlos. El pelo de Lily creció, y de maniquí paso a ser de nuevo un ovillo peludo.

Después de un mes en el campamento, el profesor Leakey habló con Daphne de Lily, que correteaba con su dálmata, llamado Pickles, entre las tiendas.

—¿Cómo ha llegado a sus manos esta perra, Daphne? —preguntó—. Habría pensado por su forma de ser que elegiría otra raza. Un collie, quizá un simpático mestizo. En cualquier caso, no un perro a la moda que cada seis semanas tiene que ir al peluquero.

Sonrió. Daphne sabía que él la apreciaba y que no lo preguntaba para burlarse de ella, sino por auténtico interés.

Ella le devolvió la sonrisa.

—Fue un regalo. Y la eligieron porque se parecía un poco a un monito. Y a veces se comportaba como tal.

Lily percibió que hablaban de ella y empezó a brincar sobre sus patas traseras alrededor del profesor. Leakey le observó la cara más de cerca.

—Es verdad. Tiene cierto parecido con un mono joven.

—Rio—. ¿Y quién quería hacerle llegar un sustituto de primate? —preguntó—. Oh, disculpe, no es algo que me incumba.

Daphne se encogió de hombros.

—Es una larga historia. Pero si tiene usted tiempo…

Leakey siempre dedicaba tiempo a sus estudiantes. También entonces se sentó con Daphne y Lily bajo un baobab y escuchó con atención su historia con Stephen, los estudios de Harlow con los macacos y los esfuerzos de Daphne por sabotearlos.

—Por supuesto, es algo muy duro —opinó—. Me alegro de que nuestros objetos de investigación ya estén muertos desde hace tiempo. Ese tipo de observación no me gustaría. Y tampoco resuelve nada de lo que me gustaría saber.

—Bueno —dijo Daphne—. Encontré interesante el estudio sobre la capacidad cognitiva de los macacos y también me pareció útil. Si averiguamos que los animales son más inteligentes de lo que pensamos, los trataremos con mayor respeto.

—¿Pero no tendría entonces más sentido observarlos en su medio natural que en las condiciones de un laboratorio? —preguntó Leakey—. Es muy probable que empleen su inteligencia sobre todo en el lugar al que pertenecen.

Daphne asintió.

—Mi madre opina lo mismo. Cree que no deberíamos emitir juicios sobre la inteligencia de los animales porque no son más tontos o más inteligentes que nosotros, sino solo distintos. Dependiendo de cómo y dónde viven, desarrollan habilidades que los seres humanos consideran útiles o no. Cuando decimos que un animal es inteligente solo nos referimos a que se parece a nosotros. Mi madre cree que esto es ser muy estrecho de miras.

—Por lo visto es una mujer muy inteligente —dijo Leakey—. En cualquier caso, se trata de un enfoque sobre el que vale la pena reflexionar. Muchas gracias por el estímulo y, aunque no tenga el gusto de conocerla, saludos a su madre.

Para Daphne, el trabajo conjunto con los Leakey resultaba estimulante en todos los aspectos. Mary transmitía a los estudiantes conocimientos prácticos y teóricos de la paleontología y parecía tener un sexto sentido para los yacimientos arqueológicos. Quien la acompañaba solía hacer descubrimientos más interesantes que con su marido. Louis, por el contrario, era el pensador, el antropólogo, el que elaboraba teorías, las rechazaba y discutía apasionadamente sobre ellas. Las noches alrededor del fuego eran extraordinariamente inspiradoras. A Daphne le encantaba escucharlo y también plantear a veces preguntas.

Una noche, en el tercer mes de prácticas, Bob les comunicó que se había ofrecido para trabajar al año siguiente con un investigador que se introducía en pueblos primitivos de la Amazonia, que hasta ahora no habían tenido ningún contacto con la civilización, para estudiarlos. Tanto él como Ellen parecían contar con un tiempo interminable y mucho dinero para realizar distintas prácticas.

—Esto forma parte de la etnología, por supuesto —señaló el joven—. Pero ¿no podemos sacar también de ahí conclusiones sobre cómo vivían los hombres prehistóricos? El modo en que construyen y emplean los utensilios debe de ser equiparable.

Leakey dio una calada a su pipa. Fumaba poco, pero a veces se permitía algo de tabaco.

—Es una cuestión interesante —dijo—. Y de hecho muy debatida en el mundo científico. Yo personalmente no soy partidario de esta teoría. Los miembros de esos «pueblos primitivos» no son «hombres primitivos», sino *Homo sapiens*, igual que nosotros. Solo se diferencian por sus vivencias y no con respecto al cerebro o al desarrollo. Un niño de una de esas tribus, educado en Inglaterra, es posible que llegue a estudiar en Eaton. Nuestros hombres prehistóricos, por el contrario, todavía no estaban tan desarrollados mentalmente. Si nos interesamos por su modo de vida, lo que yo hago por completo, deberíamos, según mi opinión, estudiar a los homínidos: chimpancés, gorilas, orangutanes, cuyo cerebro, aunque parecido al nuestro, no es idéntico.

Daphne le dio la razón y habló del tema de su tesis de doctorado.

Ellen bostezó.

—En fin, antes de filosofar sobre cómo vivían y amaban nuestros *homini*, debemos encontrar a un par de ellos —señaló—. Para ser sincera, estoy un poco harta de toparme en las excavaciones con cráneos de perezosos.

El cráneo de perezoso gigante que Mary había encontrado poco antes había causado sensación entre los paleontólogos, pero hallar un nuevo antepasado de *Homo sapiens* sería, por supuesto, muy prestigioso.

Mary Leakey se encogió de hombros.

—Perseverancia y suerte, Ellen, en eso radica el éxito de un paleontólogo. Sé por experiencia que no es útil confiar en la última. Se necesita mucha paciencia, es así de simple.

Un par de días después, Mary vio sus esfuerzos recompensados. Como cada mañana, se puso en camino hacia su yacimiento preferido acompañada de Daphne. El profesor se sentía indispuesto ese día. El clima del Serengueti afectaba a todos los blancos, casi siempre había alguien del equipo con fiebre o con dolencias estomacales o intestinales. Él se quedó en la tienda y solo se unieron a ellas el perro Pickles y, por supuesto, Lily, como siempre atada a la correa. La mayoría de las veces, la perrita se resignaba sin protestar a su destino, pero ese día le molestó que Pickles disfrutara de libertad mientras ella tenía que quedarse dócilmente con los humanos. Además, las mujeres no le hacían ningún caso, sino que estaban inmersas en una animada conversación sobre la exactitud de la datación por radiocarbono. Cuando el dálmata consiguió asustar a un animalito al que persiguió ladrando, Lily aprovechó que su ama estaba despistada. Salió corriendo y tiró de la correa que Daphne no llevaba bien cogida.

—¡Lily!

Daphne la llamó de inmediato, aun sabiendo que la perra apenas la oiría. Para no perderla al menos de vista, corrió con Pickles tras ella y también Mary Leakey se internó unos pasos en la maleza, al lado del sendero, para echar un vistazo a su alrededor. Daphne siguió a la perra, hasta que Lily recordó por fin su nombre y su buena educación y regresó moviendo la cola. Su ama reprimió el impulso de reñirla y apretando los dientes se obligó a elogiarla. Esta vez agarró con firmeza la correa cuando regresaron por el sendero trillado entre el campamento y el yacimiento. Mary ya no estaba ahí. Estaba de rodillas en el suelo, a unos metros del camino, y desprendía la arena y la tierra de un objeto. Cuando Daphne se acercó más a ella, le mostró resplandeciente los huesos de un cráneo que asomaba por la tierra y que siguió desenterrando. Daphne vio maravillada una mandíbula inferior en la que todavía había unos dientes prendidos.

Mary miraba con cariño su hallazgo.

—¿A que es bonito? —preguntó.

4

Atenas, 2 de agosto de 1959

Querida Daphne:

Todavía no has respondido a la carta en la que te contaba los extrañísimos sucesos ocurridos tras mi llegada a Atenas. Es posible que tengas mucho que hacer —África debe de ser muy emocionante— o tal vez el correo es más lento que en Estados Unidos o Nueva Zelanda. A lo mejor te has quedado sin habla, como casi me pasó a mí cuando el padre de Evangelina me explicó sus proyectos en relación con el futuro de su hija.

Para ser sincero, todavía no sé cómo ordenar todo eso, mi vida es más complicada que nunca y no puedo decir que me sienta bien así. Pero deja que te hable primero de mi trabajo, que me hace realmente feliz. He presentado a los mecenas de los jardines un proyecto global, pero los he convencido de que es urgentísimo que empecemos con la reconstrucción del parque zoológico. Yanis Kallergis ha conseguido trasladar al león y al tigre a un zoo como es debido y ha cambiado las fieras por una tortuga gigante. Electra, como la hemos llamado, es la estrella de nuestro parque, que se limitará en su mayor parte a albergar animales autóctonos y útiles. Las cabras corretean por un terreno irregular, donde también encuentran algo que mordisquear. A su lado hay un par de burros en un picadero con acceso libre a la cuadra y unos olivos que dan sombra; dos pequeños cerdos de color negro, se supone que de una raza típica de Grecia, encuentran en su instalación un barrizal en el que disfrutan revolcándose. Dicen que su carne es especialmente sabrosa, pero, por supuesto, no vamos a sacrificar a nuestros animales. Los dos son confiados y se dejan acariciar.

El señor Kallergis quería conservar los monos, por lo visto son donación de un importante dignatario. Así que he construido para ellos una instalación en la que disfrutan de un amplio espacio y objetos con los que jugar y alborotar. ¡Deberías ver cómo les ha cambiado el carácter! Alrededor de todo el parque transcurre un camino vallado por el que los niños podrán salir en verano a pasear a lomos de los burros. Esto ocupa a los animales, y los ingresos adicionales obtenidos pueden utilizarse para pagar a un cuidador cuyo trabajo han asumido hasta ahora los jardineros. Además, la propuesta, como muchas sugerencias afortunadas, procedió del señor Kallergis. Él es el único del grupo de mecenas que realmente se interesa por mi proyecto, y no en el sentido de querer supervisarlo o entrometerse, sino por auténtico entusiasmo. Si ese hombre tuviera tiempo para un hobby, seguro que sería la jardinería.

En cualquier caso, cada vez aprecio más al padre de Evangelina y trabajo bien con él. Por desgracia, también crece mi sentimiento de culpabilidad, porque no hago más que engañarlo. Aunque le prometí no volver a tocar a su hija, siempre estoy con Evangelina. Me ha encontrado un pequeño apartamento en uno de los barrios más baratos de la ciudad, desde donde tengo que coger el autobús para llegar a los jardines. A cambio, ninguno de sus amigos y familiares ricos se pierde por esa zona. Está convencida de que ni sus padres ni Stavros, el hombre al que está prometida, sabrán nada de nosotros, y no ve nada cuestionable en nuestra forma de actuar. De hecho, es extremadamente discreta y prudente. No se expone a ningún peligro para venir y se cubre con un pañuelo, como suelen hacer las mujeres mayores en Grecia. Cuando viene, estamos juntos, como hacíamos en Nueva York. Nos amamos, bebemos vino, comemos juntos y nos contamos lo que estamos haciendo.

Sin embargo, esto último empieza a resultarme agobiante. Siempre he disfrutado escuchando a Evangelina cuando me hablaba de sus estudios, sus profesores y amigos, pero ahora me habla con el mismo desenfado de su vida social. En ella se incluye, como es natural, a Stavros Michelakis, quien, de hecho, no debe de ser tan aburrido. Según las revistas (estoy lo suficientemente abatido como para comprarme revistas de cotilleos internacionales cuyas noticias giran en torno a la gente guapa y rica del mundo), Stavros participa en regatas de embarcaciones de vela, pilota el avión de su familia y es un buen jugador de tenis. Evangelina sostiene que a cambio no tiene nada en la cabeza, y eso es, por supuesto, posible. Pese a ello, no tendríamos que engañarlo. Si Evangelina no quiere casarse con él, se lo debería decir a él y a su familia. Pero, cuando se lo propongo, solo se ríe. Daphne, he intentado romper varias veces nuestra relación, pero Evangelina insiste en continuar juntos al menos hasta que hayan concluido los trabajos en los Jardines Reales. Por lo demás, añade que aun así no habría ninguna razón para que me marchara de Grecia. Si me recomienda Yanis Kallergis, sus amigos ricos me darán trabajo para diseñar sus jardines privados. Algunos mantienen dentro animales exóticos, no hay nada que no puedan permitirse estas familias.

En cierta manera todavía amo a Evangelina, e incluso la comprendo; se mueve indecisa entre la tradición que se siente obligada a seguir y sus propios afectos, su tendencia al riesgo y su amor a la aventura. Estar con ella todavía me resulta estimulante, hasta los secretos tienen algo de excitante... ¿De verdad he escrito «excitante»? ¡Debo de estar loco! Antes de conocer a Evangelina me parecía emocionante ver desovar a un weta. ¿Soy todavía yo el que está con Evangelina? ¿He cambiado (para bien o para mal) y quería hacerlo? Cada vez entiendo más por qué mamá se esconde a veces en un armario cuando se siente abrumada.

¿Qué opinas tú de todo esto?

Tuyo,

David

Tanganica, 3 de septiembre de 1959

Queridísimo David:

Solo un par de líneas a toda velocidad (justo ahora están pasando cosas increíbles por aquí). Mary Leakey encontró en julio un cráneo, lo llama *Zinjanthropus boisei*, por Zinj, otra palabra para África oriental, y Boise, el nombre del comerciante de diamantes que patrocina las excavaciones de los Leakey. Está perdidamente enamorada de Zinji, como nosotros lo llamamos, ¡pero es que es el hallazgo del siglo! Unos huesos tan bien conservados de los antepasados de los humanos solo se encuentran muy raramente. Estamos de acuerdo en que era muy joven cuando murió, los dientes no muestran todavía ninguna huella de desgaste digna de mencionar. El profesor opina que debe de ser de hace unos dos millones de años… ¡Es inimaginable que la naturaleza lo haya conservado durante tanto tiempo!

Mary Leakey enseguida hizo público el hallazgo, claro, y ya a mediados de agosto apareció un artículo sobre Zinji en *Nature*, una revista especializada (¡intenta encontrar un ejemplar en Atenas!). Tras la publicación, no dejan de venir periodistas, compañeros de profesión y políticos. Estos últimos insisten en que los fotografíen con Zinji. Los Leakey se alegran de estas visitas y esperan recibir por fin apoyo económico para sus excavaciones. Hasta ahora han vivido aquí a salto de mata. Si los que estamos haciendo prácticas no trabajásemos sin cobrar, ya hace tiempo que habrían tenido que suspender las excavaciones. Ahora seguro que habrá una financiación privada o incluso dinero del Estado. Mary está feliz y el profesor no da muestras de querer disputarle la fama, lo que encuentro muy correcto. No creo que pueda esperarse lo mismo de todos los investigadores varones. El profesor Harlow no permitía que en su instituto las mujeres participasen en sus proyectos de prestigio.

Pero disculpa, tu última carta parecía muy apremiante y tú seguro que esperas respuestas a tus preguntas y no que yo ponga por las nubes a mi jefe o a un adolescente que murió hace dos millones de años.

Comparto la opinión de que no os estáis comportando bien. Por supuesto la familia de Evangelina no debería casarla, sino que ella misma debería poder decidir a quién desea por marido. Sin embargo, no parece querer rebelarse contra la voluntad de su padre y no parece tampoco sufrir ante la perspectiva de convivir con Stavros. Parece como si simplemente quisiera las dos cosas: reconocimiento y atención social. Puedo imaginar que quiere disfrutar tanto de las crónicas de la prensa amarilla sobre los proyectos de Stavros como del amor sincero que tú le das. Por lo visto, le da igual engañar y herir, e incluso podría perjudicarte mucho profesionalmente. Si te quitaran tu primer encargo, seguro que enseguida se comentaría en el círculo de la especialidad. El señor Kallergis no haría públicas las razones, sino que te atribuiría incapacidad o incluso malversación de fondos.

Te creo cuando dices que intentas romper la relación con Evangelina, pero también sé lo tozuda que puede llegar a ser cuando quiere una cosa. Por eso, te aconsejaría poner al mal tiempo buena cara y terminar el trabajo en Atenas. A la vez, yo ya estaría buscando algo nuevo para que no se plantee la cuestión de obtener más encargos en Grecia. No informaría a Evangelina al respecto, sino que se lo presentaría como un hecho consumado cuando tengas que irte a otro lugar a construir un zoo. Ahora ya no puede seguirte en tus viajes. El tiempo que le dio su padre para desfogarse se ha terminado.

Hasta entonces, solo puedo advertirte una vez más que te cuides.

Tuya,

Daphne

5

Henny estaba encantada con la idea de viajar a Grecia. Salvo las pocas travesías en transbordador de la Isla Norte a la Isla Sur de Nueva Zelanda y el viaje con sus padres adoptivos y Nicholas a Australia, solo había disfrutado de pequeñas excursiones para observar delfines y ballenas en el mar. El transatlántico en el que Grit de Groot había reservado dos camarotes de primera clase era totalmente distinto al funcional ferry o al barco que los había llevado a Australia. Henny disfrutaba del lujo e, incluso si Grit señalaba que el pianista del bar tocaba mal cada segundo tono, le parecía superchic repanchingarse en un sofá de piel, ir picando cacahuetes y beber Coca-Cola. Pocas veces tenían en casa esta bebida que April consideraba muy poco saludable. Ahora, Grit le permitía muchas cosas que April no aprobaba. Por ejemplo, Henny compartía el camarote con Audrey, cuando Nellie y April sin duda habrían dicho que la pequeña tenía que estar con su madre. Grit, por el contrario, enseguida había contestado que sí cuando Henny se lo pidió, así que las hermanas dormían en una habitación, a veces incluso en la misma cama cuando Audrey se despertaba a media noche y tenía miedo.

Grit ocupaba un camarote individual. Era evidente que agradecía que Henny se ocupara de la pequeña también durante las comidas y que paseara por la cubierta con ella. Henny enseñaba a su hermanita los delfines y los barcos que pasaban y participaba complacida en juegos, como el del *shuffleboard*, que se organizaban en la cubierta para entretener a los pasajeros. Si no había otro plan para ella, incluía a Audrey, que chillaba regocijada.

Naturalmente, en el barco se organizaban bailes por las tardes y las noches, y, cuando Grit le dio permiso para acudir a ellos, Henny se entusiasmó. Pensaba que abundarían allí apuestos jóvenes impacientes por sacarla a bailar. Su *grandpa*, el abuelo Walter, que había sido un excelente bailarín de joven, le había enseñado un par de pasos de baile antes del viaje. Ella ardía en deseos de probarlos, pero se llevó una decepción. En el barco casi todos los pasajeros eran mayores, matrimonios en general, y solo bailaba la pareja. Casi nadie hablaba con ella, aunque siempre sentía que la miraban con interés y evaluándola. Henny lo atribuía a que la fama de su madre biológica enseguida se había dado a conocer entre los pasajeros de esa embarcación de lujo. Ya había comprendido que estos acudían con asiduidad a conciertos y muchos habían escuchado a Grit o a Philipp. La mayoría de ellos eran muy amables al hablar con Grit, pero a la pianista le resultaban desagradables las miradas curiosas y los cuchicheos. Solía encerrarse en su cabina.

Grit ni siquiera pensaba que el hecho de que una adolescente joven y muy guapa deambulara siempre sola con una niña pequeña pudiera llamar la atención; jamás se le habría ocurrido que muchos de los viajeros no sabían que Henny y Audrey eran hijas suyas. En la vida oficial de la pianista nunca se había mencionado la existencia de Henny ni tampoco se había hablado de Audrey. De ahí que muchos creyeran que la pequeña era hija de Henny y que esta era una muchacha que había tenido, demasiado pronto, relaciones con hombres.

A Grit todo eso parecía no importarle, solo se espabiló cuando llegaron a Atenas y luego a Creta. A Henny le habría gustado visitar la capital, pero su madre insistió en seguir el viaje cuanto antes.

—Os quiero enseñar Creta, no Atenas —dijo Grit con impaciencia, y enseguida buscó información en una compañía naviera de ferris.

Henny sufrió una desilusión, pero no por ello dejó de admirar el perfecto griego de Grit, que no había olvidado después de la guerra.

La travesía a Creta se programó para la noche siguiente; Grit reservó de nuevo dos camarotes. Comieron en el restaurante del barco y Grit explicó a Henny que durante la guerra habían viajado de Alejandría a Creta. El continente griego ya había sido conquistado por los alemanes. La isla de Creta, por el contrario, se consideraba lugar seguro, de lo contrario no habrían enviado allí una unidad de apoyo a las tropas.

Esa noche, Grit estaba muy habladora. Contó por qué razones había decidido apoyar a los aliados.

—En realidad quería ser espía, pero al final no me atreví —confesó a Henny—. Me enviaron entonces a Creta con una joven cantante para entretener a los soldados estacionados allí. Llegamos a Heraclión, nosotras ahora haremos lo mismo, pero después de dar unos pocos conciertos nos marchamos enseguida a La Canea.

Henny suspiró. Le habría gustado quedarse un tiempo en todos esos lugares por los que pasaban; Heraclión, en especial, le pareció muy interesante. En el barco había leído mucho sobre Creta y le habría gustado ver, por ejemplo, el palacio de Cnossos, en el que se suponía que había estado el legendario Minotauro. Sin embargo, Grit opinó que la ciudad había quedado destruida durante la guerra y que ya entonces tenía menos que ofrecer que La Canea. Aun así, se quedaron un día. Grit mostró a Henny los edificios renacentistas que por suerte se habían conservado, en los que antes había actuado, pero, más que por los viejos edificios, la muchacha se interesó por el colorido bullicio de la ciudad mediterránea, los cafés en la calle, los mercados y el aroma de comidas exóticas que emanaba de las tabernas.

Probó por primera vez especialidades griegas, y le parecieron muy sabrosos el *tsatsiki*, el queso feta y las hojas de vid rellenas. También le gustaron las alubias gigantes con salsa de tomate. Por desgracia, Audrey no compartía su entusiasmo. La hermanita de Henny escupió todo lo que su madre le ofrecía y Grit pronto perdió la paciencia. Sin embargo, conocía el idioma lo suficiente como para pedir un plato menos picante para la pequeña. De hecho, solo los platos dulces que Grit pidió de postre fueron dignos del paladar de Audrey. La madre le permitió que comiera hasta hartarse y Henny le cepilló los dientes con especial cuidado por la noche.

Al día siguiente continuaron el viaje hacia La Canea. Grit cogió un taxi sin vacilar, lo que Henny encontró bastante atrevido, pues había ciento cuarenta kilómetros entre las dos ciudades (Henny aprendió que las distancias no se medían en millas en Creta) y el viaje salió muy caro.

Grit contó que se había enamorado al instante de la ciudad portuaria y que por un tiempo se sintió como si estuviese disfrutando de unas vacaciones. Después de dejar las maletas en el hotel, se hizo llevar al paseo marítimo, colocó a Audrey en el cochecito en el que Henny la había paseado en el barco y anduvo con sus dos hijas a lo largo del puerto. Había allí tabernas, cafeterías y gran parte de la vida transcurría en el exterior; la temperatura era agradable, aunque acababa de empezar el mes de abril. Cuando llegó la hora de la comida, Audrey había empezado a quejarse. Grit se llevó a las niñas a una taberna donde encontraron sitio con vistas al puerto.

Grit pidió pescado y una copa de vino.

—La vida parece más liviana aquí —dijo.

Una opinión que Henny no podía compartir del todo. Aunque encontraba la ciudad estimulante, tenía que esforzarse por convencer a Audrey para que probase algún bocado. Al final la pequeña mordisqueó una especie de pastel de espinacas y Henny pudo dedicarse a su propia comida, que para entonces ya se había enfriado.

Por la tarde pasaron junto a la pensión en la que Grit se había hospedado con su amiga Mary Jane. Se habían instalado en un antiguo palacete del periodo veneciano que todavía quedaba en pie. Grit reservó de inmediato dos habitaciones, una para ella y otra para sus hijas, y en un abrir y cerrar de ojos organizó el traslado de sus equipajes, que se hallaban en el hotel moderno que había reservado en Nueva Zelanda. Desde su nuevo alojamiento se podía visitar el casco viejo, pero eso ya era demasiado para Audrey. Grit también quería descansar, así que Henny paseó sola un par de horas por las calles y callejuelas soleadas, admiró los artículos de piel expuestos en los escaparates de las tiendas a los que La Canea debía su fama y al final se sentó en un café para escribir una carta llena de entusiasmo a casa. En ese momento tomó conciencia de que también su padre Alex conocía la ciudad y que Grit la había descubierto con él.

No podía imaginarse una relación sentimental entre su cariñoso y abierto padre y la introvertida y a menudo fría Grit. Pero tampoco podía imaginarse las historias que el *grandpa* Walter y la *grandma* Nellie contaban sobre Grit cuando era pequeña, de las tardes en los parques de atracciones y en el zoo. Aunque nadie se lo había dicho, Henny no era tonta. Había sido la isla de Creta la que había cambiado a su madre biológica y ahora esta había salido a la búsqueda, pero Henny no entendía de qué. En cambio, comprendió por qué sus padres solo habían aprobado el viaje a regañadientes. En la impaciencia que sentía por tener nuevas experiencias y conocer la atmósfera de la maravillosa ciudad, se mezclaba un vago e inexplicable temor.

—¿Volvemos a marcharnos? —preguntó algo extrañada cuando llegó a la pensión.

Grit se había cambiado, había sacado a Audrey de la cama y le había puesto un bonito vestido. Sonrió.

—¡Ya lo creo! Algo tendremos que comer. Y sobre todo quisiera enseñaros la taberna en la que conocí a tu padre. Antes era una sala de baile, a ver si todavía hay alguien que toque allí el buzuki.

Después de ese largo día, Henny no estaba para bailes. Además, Audrey era demasiado pequeña todavía, habría sido mejor que Grit fuera sola. Pero ya estaba decidido. Henny solo pudo lavarse y cambiarse antes de seguirla rumbo al casco antiguo. Allí había tabernas y locales musicales, pero todo parecía más sombrío que en los barrios por donde había paseado por la tarde. No se oía música tradicional, sino más bien notas estridentes y entrecortadas, que se sucedían muy rápidamente. Salían sobre todo de un local al que se dirigió Grit, una taberna oscura ante la cual había unos hombres fumando que a Henny le parecieron bastante inquietantes. Llevaban pantalones oscuros, cazadoras y boinas. Todos con gafas de sol pese a que ya había atardecido.

No obstante, Grit entró resoluta en el local y los clientes dejaron sitio a la recién llegada con el cochecito. Henny vio mujeres de cabello negro con pantalones oscuros a media pierna y jerséis de talla grande. Su maquillaje era chillón, todas llevaban los ojos delineados de negro.

Grit pasó junto a una larga barra sobre la que se apoyaban parroquianos fumando con un vaso de vino en la mano. Para Henny era como exponerse a la mirada de todos, pero su madre se dirigía apresurada hacia la banda que tocaba en el fondo del local: un trompetista y un saxofonista, un pianista, un contrabajista y un percusionista. Henny echó en falta armonía entre ellos. Cada músico parecía tocar sobre todo para sí mismo, unas veces interpretaban solos y luego el pianista se precipitaba sobre las teclas, casi con impaciencia. Henny no sabía qué pensar de esa música y Audrey empezó a lloriquear.

Grit, por el contrario, escuchaba maravillada.

—¿Qué es esto? —preguntó a una joven que se mecía al compás o que al menos lo intentaba—. ¡No es swing!

La muchacha dijo que no.

—Es bebop —musitó entre dientes, fastidiada.

Grit frunció el ceño y siguió escuchando. Se olvidó incluso de la comida. Cuando un empleado se acercó a ella, le indicó con un gesto de la mano que guardara silencio y luego pidió un vaso de vino tinto. Henny pidió vacilante una Coca-Cola y también le trajeron vino. No le gustó y no volvió a tocar el vaso. Al final, los músicos hicieron un descanso. Grit se acercó al pianista. Habló en griego, pero él no comprendía. Así que cambió al inglés, con lo que Henny pudo seguir la conversación.

—¿Qué es lo que estáis tocando? El origen es el jazz, es evidente. Pero la frase musical, las alteraciones... La armonía es totalmente distinta, el trítono que la va rompiendo constantemente..., esa acumulación de acordes de séptima...

Henny no entendía ni una palabra, pero el joven —con barba de chivo y cabello peinado hacia atrás, engominado y muy corto— sonrió admirado.

—Tú eres del gremio —constató—. Aquí lo llaman bebop, no me preguntes de dónde viene el nombre, pero, en cualquier caso, es mucho más libre que el swing, trabaja mucho más con la improvisación. ¿Te gusta?

Grit asintió.

—En cierto modo... es... distinto.

—Justo —dijo el hombre—. Por cierto, me llamo Jack.

—Soy Grit —se presentó ella, mirando casi con codicia el piano.

Jack lo entendió.

—¿Quieres probar? —le preguntó.

Los otros músicos volvieron a ocupar su puesto.

—No sé... —respondió Grit, pero entonces empezó el percusionista a marcar un ritmo.

Se sentó al piano, siguió el ritmo, cambió de opinión y siguió al saxofonista y al trompetista. Grit dejó que los dos improvisaran y luego empezó a interpretar por su cuenta. De repente el piano adquirió un sonido exigente, rompiendo de vez en cuando la secuencia musical con un extraño trítono. Audrey se puso a llorar.

El auditorio, por el contrario, estaba fascinado. Aplaudió.

Jack sonrió con sincero respeto.

—Eres un talento —la elogió—. Una técnica brillante. Mira, ahora tengo que volver a sentarme, pero ven mañana al mediodía. Haremos una prueba. Una *jam session*, ¿comprendes? Es más divertido que tocar aquí para beatniks.

—¿Para quién? —preguntó Grit.

Él la miró con el ceño fruncido.

—¿Vienes de otro planeta o algo por el estilo? Pásate mañana. Y deja al bebé en otro lugar, molesta cuando llora. ¿Es tuyo?

Grit asintió.

—En realidad, Audrey tiene un gran sentido musical —afirmó.

—Ah, ¿sí? De todos modos, déjala en casa. Que te vaya bien, un placer conocerte.

Jack se volvió de nuevo a su instrumento. Parecía como si Grit no pudiera separarse de los músicos. Henny suspiró aliviada cuando por fin se marcharon.

—¿Sucedió entonces... como ahora? —preguntó vacilante.

Grit rio.

—No del todo. En realidad, tampoco me esperaba esto. Esta taberna… tiene algo mágico. Abre nuevos mundos… Así fue entonces y así es hoy. Creo que volveré a tocar.

Grit durmió mucho a la mañana siguiente, mientras que Audrey, que el día anterior había estado totalmente sobreexcitada, despertó pronto a su hermana. Henny salió con la pequeña y pidió un desayuno en un café. De nuevo un pastelito. Luego Audrey quería ir a jugar a una fuente. Hacía calor y Henny pensó que nada se oponía a que chapoteara un poco en el agua. Poco después se unió a ellas un niño pequeño y su madre habló amablemente con Henny. Sabía un poco de inglés. Mientras los niños jugaban a salpicarse con el agua, la adolescente aprendió sus primeras palabras en griego. Acompañó a su nueva conocida a un parque cercano donde el pequeño Aquiles solía jugar. Henny tomó nota del lugar para volver a ir con Audrey si se quedaban más tiempo en La Canea.

Por la tarde, Grit quiso volver al casco viejo, tal como Henny se había temido. Parecía haberse olvidado de que iba a enseñar a sus hijas la sala de conciertos en la que había actuado y el bar del puerto en el que Leonidas le había empezado a enseñar a tocar el buzuki. Ahora solo la estimulaban las notas sincopadas del bebop. Grit también había cambiado su aspecto adaptándolo a la nueva situación. Sus pantalones tres cuartos no eran negros, pero le iban tan ceñidos como a las mujeres de la noche anterior. Tampoco llevaba un jersey de talla grande.

Por lo visto, a los hombres de la taberna les era indiferente su aspecto. Ese día todavía había más músicos, tocaban en combinaciones distintas y Jack presentó con orgullo a Grit como su gran descubrimiento. Todos los hombres eran jóvenes, más jóvenes que Grit, todos fumaban y ya tenían un vaso de vino delante. Jack le dejó su piano enseguida y otro músico le explicó un par de peculiaridades del nuevo estilo musical. Entonces ella empezó a tocar, marcó un ritmo rápido y después todos la aplaudieron frenéticamente. Ni se dio cuenta de que al poco tiempo Henny se había marchado con Audrey.

Grit de Groot se había vuelto a encontrar con la música y estaba lista para realizar un cambio.

6

En los días que siguieron, Grit se quedó con sus hijas en La Canea. Se unía a sus nuevos amigos en las *jam sessions* y a veces tocaba por las noches en una taberna.

Por Henny no había problema. Casi cada mañana se encontraba en el parque con Ifigenia, la mujer que había conocido en la fuente, y con el hijo de esta. Otras madres y niñeras también se reunían con ellas y se divertían enseñando griego a Henny. Audrey aprendía el idioma con toda naturalidad y unas veces balbuceaba en inglés y otras en griego. Cuando mejoró el tiempo, la muchacha se marchaba con las mujeres y los niños a la playa. Los pequeños construían castillos de arena mientras ellas charlaban. El lugar favorito de Henny era el café que daba directamente a la playa y desde el cual se podía vigilar a los niños. Ya la primera semana, llamaron su atención un par de jóvenes que iban vestidos como los beatniks de la taberna favorita de Grit. Fumaban, bebían y conversaban a voz en cuello; a veces uno se levantaba y decía algo que los demás comentaban.

Las madres y niñeras griegas se buscaban una mesa lo más alejada posible de ellos.

—¿Qué tipo de gente es esa? —preguntó Henny a Ifigenia.

Esta hizo un gesto de rechazo. Respondió en su inglés elemental, pero Henny entendió lo suficiente.

—Beatniks..., cada vez vienen más. Algunos griegos, muchos ingleses. Tienen mucho dinero, mucho tiempo y están... locos.

Henny sonrió.

—¿No hacen música? ¿Bebop?

Ifigenia asintió.

—Algunos se dedican a la música, otros a la literatura o al arte. Todos beben mucho, fuman mucho y hacen mucho... el amor. —Soltó una risita, avergonzada—. Tú no tienes que saber. Tú no eres así. —Pensó un instante—. Pero nosotras nos preguntamos: ¿quién eres? ¿Qué haces aquí?

Henny intentó explicarlo, pero no tardó en interrumpirse porque ni ella misma lo sabía exactamente. En un principio, Grit había querido seguir viajando, hacia Sfakiá y las Montañas Blancas. De ese modo, la estancia que habían previsto de cuatro semanas en Creta habría pasado enseguida. Pero ahora ya no hablaba de marcharse de La Canea. Henny salvó la situación afirmando que en un principio la intención de su madre había sido pasar las vacaciones en Creta, pero que había encontrado un trabajo que la satisfacía.

Ifigenia tradujo para las demás.

—¿Un trabajo o un hombre? —preguntó Hera.

Henny entendió, pero no pudo reírse como las otras mujeres.

Una semana más tarde, Henny encontró a su madre en la pensión haciendo las maletas. Metía en ellas tanto sus prendas viejas como las nuevas. Se había comprado ropa beatnik: blusas blancas y jerséis grandes con pantalones negros.

—Qué bien que hayas venido —dijo—. Haz la maleta, por favor, nos mudamos.

—¿Seguimos el viaje? —preguntó esperanzada Henny.

Grit negó con la cabeza.

—Nos mudamos a otra pensión. Aquí la dueña ya no quiere alojarnos más. No..., no le gusta cómo me visto y que llegue tan tarde por la noche...

Henny estudió la habitación con detenimiento. Hacía tiempo que tenía la sensación de que algo había cambiado. No era algo tangible, pero en la estancia parecía flotar otro olor, otra presencia. Además, olía a humo y hasta entonces nunca había visto fumar a Grit.

Decidió comunicarle sus sospechas.

—¿Has tenido... alguna visita? —preguntó.

Grit la miró con mala cara.

—Sí, ¿y qué? ¿Vas a leerme ahora la cartilla? ¡Haré lo que me dé la gana, Henny! Es algo que acabo de aprender. Puedo averiguar quién soy.

Henny tragó saliva. La siguiente pregunta le resultaba lamentable.

—¿Y si te quedas... embarazada?

Grit rio.

—No me quedaré embarazada —contestó resplandeciente—. Hay algo nuevo... Todavía no es oficial, pero Jenna lo ha traído de Estados Unidos. Su padre es médico... Cada día te tomas una píldora y así no te puede ocurrir nada si te acuestas con un hombre. Es genial, ¿verdad?

Henny frunció el ceño.

—¿Quién es Jenna? —preguntó.

—Una amiga —contestó Grit—. Ya la conocerás. Nos vamos a su pensión y en un par de semanas a lo mejor a la playa, Henny. ¿No te apetece?

Henny se sobresaltó. ¿En un par de semanas? ¿Pretendía Grit quedarse en Grecia? Sabía que debería haber escrito a sus padres. No estaba en los planes permanecer mucho tiempo en

Creta y April y Alex seguro que no lo admitirían. Pero ¿qué sería de Audrey si regresaba ella sola?

La nueva pensión no era tan confortable como la primera, se trataba más bien de un alojamiento para gente con poco dinero. Estaba más cerca del puerto y Henny no era partidaria de salir sola por aquella zona de noche. Pero las chicas beatniks no parecían tener miedo de nada y también dejaban su sello en ese barrio. En el café vecino organizaban lecturas de poesía y en el pasillo de la pensión había una estantería con los libros que había que leer. Henny nunca había oído nada de autores como Kerouac y Allen Ginsberg, pero se llevó obediente sus obras al parque para familiarizarse con ellos. No es que le gustaran, más bien al contrario. Por regla general trataban de seres desdichados que se drogaban y que buscaban un sentido a su vida. Eso desconcertaba a Henny. Ella también se había sentido últimamente muy infeliz en Epona Station, pero jamás se habría expresado como los autores de esos libros y poemas con los que ella no se sentía en absoluto identificada. Ifigenia, que un día descubrió el poema *Howl* —«Aullido», un *must* para los seguidores de la generación beat—, le había dedicado unas pocas palabras.

—Una locura —había dicho—. Unos niños ricos que van de tristes.

Los beatniks y hipsters, como también se los llamaba, lo habrían visto de otro modo, por supuesto. Según sus propias declaraciones, iban en busca de la felicidad, para lo cual emprendían nuevos caminos. Una joven enseñaba zen, un método de meditación del Lejano Oriente. Algunas mujeres llevaban ropa asiática, los hombres jóvenes cada vez utilizaban más los tejanos.

Grit experimentaba con un instrumento indio al que la había introducido una chica estadounidense. Se suponía que, aunque se le sacaran unas notas estrambóticas, ayudaba a alcanzar la espiritualidad. Seguía tocando bebop, y en la nueva pensión, en la que las paredes eran más delgadas, Henny y Audrey podían oír cuándo llegaba tarde por la noche acompañada.

El verano se fue aproximando lentamente y hacía calor en la ciudad; la comunidad beatnik habló de mudarse.

—Iremos a vivir con los amigos en unas cuevas —comunicó entusiasmada Grit a sus hijas—. En una playa de ensueño.

Henny la miró horrorizada.

—Grit, Audrey solo tiene dos años. ¡No puede vivir en una cueva!

Su madre rio burlona.

—Los seres humanos ya vivieron hace millones de años con sus familias en cuevas —explicó—. ¿Es que no te atrae la aventura?

—Audrey debería jugar con otros niños. Habíamos acordado que volveríamos a Nueva Zelanda al cabo de cuatro semanas —intentó Henny de nuevo.

Grit se molestó.

—Pronto empezará aquí el verano, ¡podemos ir a la playa y disfrutar del sol! La naturaleza será para Audrey un inmenso parque donde jugar —dijo eufórica—. ¿A quién le apetece volverse a Nueva Zelanda ahora con ese frío y esa oscuridad?

Dicho eso, Grit puso punto final a la discusión. Acabó comprando una furgoneta para llevar a sus hijas y sus amigos a Mátala. No conducía ella misma, ya había suficientes chicos jóvenes que se peleaban para conducirla por las sinuosas carreteras del montañoso interior de la isla. Pasados los primeros kilómetros, Audrey ya se encontraba mal y también Henny estuvo luchando con las náuseas hasta que, al anochecer, llegaron a la playa de Mátala, una población en la costa meridional de Creta. Grit no había exagerado con respecto a su belleza. Los acantilados con sus cuevas bordeaban una cala de arena fina que invitaba a tomar un baño.

—¿Las cuevas han aparecido de forma natural o las han cavado en la piedra? —preguntó Henny a Jenna, que no había dejado de ensalzar Mátala durante el viaje.

De hecho, esta sabía un poco sobre la historia de las cuevas.

—Es posible que las excavaran hombres de la Edad de Piedra, es una roca muy blanda —explicó—. Y los romanos las utilizaron como sepulcros...

Henny tragó saliva y de repente el escenario le pareció menos bonito.

—¿Tenemos..., tenemos que dormir en unas tumbas? ¿Dónde..., dónde estarán los muertos?

Jenna se encogió de hombros.

—Seguro que ya se han descompuesto —supuso—. Ha pasado mucho tiempo desde que los enterraron...

Henny se preguntó si no habría oído hablar de los fósiles. Nellie le había contado que la hija de Maria, Daphne, estaba en unas excavaciones en África tras las huellas de los hombres de la Edad de Piedra. En comparación, el periodo romano quedaba a dos pasos.

—Todavía se ve alguno. —Un joven que había subido detrás de ellas para ayudarlas con el equipaje sonrió—. Te puedo enseñar dónde encontrar huesos. —Los colgantes de una cadena que llevaba al cuello golpeteaban y, con horror, Henny reparó en que eran huesecillos y dientes—. Soy Bert —se presentó—. Hago joyas. Por cierto, eres muy guapa. A lo mejor nos podemos montar algo juntos.

Henny habría vomitado. Bert la miraba con una expresión cándida y suplicante. Ella se imaginó que con esa propuesta no se refería a ir juntos a pescar. Pero necesitaba ayuda con el equipaje. Ya era lo suficientemente difícil escalar el acantilado con Audrey. Para recoger los equipajes, habría tenido que hacer varios viajes y dejar a Audrey sola en las cuevas la horrorizaba.

Resultó que muchos de los conocidos de Grit ya habían llegado antes que ellas a Mátala y les mostraron el lugar. Grit estaba pensando en escoger un habitáculo que prácticamente solo tenía nichos, pero, cuando Jenna supuso que podían tratarse de antiguas tumbas, abandonó la idea, asustada. Al final encontraron dos pequeñas cuevas unidas por un corredor. Grit ocupó una de ellas y Henny con Audrey la otra.

—¿No necesitaríamos algo así como un mueble? —preguntó Henny, intranquila. Tenían un par de mantas que extender en el suelo, pero su idea de un lugar cómodo donde dormir era totalmente distinta.

—Kyla hace colchones —explicó Bert—. De cañas. Seguro que os hace alguno. Poneos cómodas y venid luego a la playa. Haremos una fiesta de bienvenida. Todavía tenemos vino. Si alguien compra carne, la asaremos en la playa.

Para la mayoría de los griegos, los beatniks eran ricos, pero en realidad una gran parte de ellos tenía poco dinero. En general se trataba de jóvenes, muchos en la veintena, que todavía no habían acabado una carrera y carecían de formación profesional. Apenas podían vivir de sus obras de artesanía. Aunque algunos de los habitantes de las cuevas, estadounidenses en especial, habían publicado libros con éxito en su país, en Creta no trataban de buscar una editorial para sus obras. En el mejor de los casos, los reproducían con cianotipos y los vendían por unos precios mínimos a gente de su misma mentalidad. Tampoco los artistas plásticos como Bert ganaban mucho. Si bien no solía hacer sus collares de huesos, sino de conchas o de piedras bonitas, apenas había compradores para sus joyas.

En proporción, los músicos eran los que mejor podían ganarse la vida, aunque muchos se negaban a tocar piezas más pegadizas en lugar del bebop. No obstante, los amantes de este género se concentraban en la ciudad, y a la conservadora Grecia le bastaba con un bar por ciudad. La mayoría de los beatniks vivían de sus ahorros. Muchos de ellos habían llegado como Grit, de vacaciones, y luego se habían quedado. Podían proceder de familias ricas, pero solo a unos pocos les transferían dinero sus padres. Grit era la única que disponía libremente de su fortuna, y era generosa. A Henny no le gustaba pedirle dinero; si se compraba algo, gastaba el dinero de bolsillo que April, Alex y sus abuelos le habían dado para el viaje. En cuanto pedía algo de dinero para comprarle cosas a Audrey, lo obtenía sin tener que dar explicaciones.

A la mañana siguiente, cuando Henny quiso ir al pueblo para adquirir los objetos necesarios para vivir en la cueva, tuvo primero que encontrar a su madre biológica. La muchacha y su hermana habían dormido en la playa, porque la mayor no se había visto capaz de hacer la escalada hasta la cueva de noche con la pequeña. Por fortuna había hecho calor. Audrey solo se quejaba de que le escocían los brazos y las piernas, y Henny constató que le habían picado unas pulgas. Eso no podía volver a ocurrir. Después de dar con unos restos de pan del día anterior para que Audrey los mordisqueara, se preparó para salir a buscar a Grit, a quien encontró durmiendo con un chico que el día anterior había estado tocando la guitarra. Pero al menos tenía dinero y le dio solícita un par de billetes a Henny. Luego siguió durmiendo.

Henny y Audrey se unieron a dos mujeres jóvenes que también querían ir al mercado de Mátala. Una de ellas, Lauren, era estadounidense; la otra, Fanny, era alemana. Las dos eran muy amables y enseguida se enamoraron de Audrey. Pensaban que era una pena que no hubiese más niños en la comunidad de Mátala.

—Sería bonito verlos crecer juntos —opinó Lauren. No llevaba, como la mayoría de los beatniks, pantalones y camisa, sino una amplia túnica india, y contó que daba clases de yoga. Henny nunca había oído hablar de eso y, durante el breve trayecto hasta el pueblo, Lauren le habló de su visión de la filosofía india.

—¡Apúntate! Salvo el día de mercado, cada mañana doy una hora de clase de yoga en la playa —invitó a Henny.

¿Lo haría gratis? En cualquier caso, tenía dracmas suficientes para salir a comprar a Mátala.

El pueblo resultó ser muy pequeño; tan solo había un panadero y un carnicero, un colmado y un par de tiendas para artículos de uso doméstico. Al parecer, los beatniks estaban bien vistos. Muchos aldeanos saludaron a Lauren por su nombre y las mujeres se detenían junto a Henny y Audrey para bromear con la pequeña. Cuando Audrey respondía en griego —había aprendido mucho con su compañero de juegos de La Canea—, no podían contener su admiración. También elogiaron los conocimientos del idioma de Henny, por limitados que fueran. Lauren y Fanny solo conocían unas pocas palabras, justo las suficientes para poder comprar comestibles.

Henny no tardó en comprobar que en Mátala había prácticamente todo lo necesario para instalarse en las cuevas. Los lugareños se habían acostumbrado a los beatniks; los jóvenes de todos los rincones del mundo contribuían al auge económico del pueblo y sus habitantes sabían apreciarlo. Henny, que ya en Nueva Zelanda había hecho acampadas y que durante las competiciones había dormido en tiendas, compró colchones y sacos para Grit, Audrey y para sí misma, también una cocina de gas, cazuelas y cubiertos. El dueño de la tienda de comestibles estaba tan familiarizado con los estadounidenses que hasta disponía de mantequilla de cacahuete, sobre la que Audrey se abalanzó de inmediato. Había también latas de conserva de sopa y alubias y Henny las compró pese a las reservas de Lauren y Fanny. Ellas apostaban por una comida sana y vegetariana y cocinaban para un grupo de personas que pensaban como ellas y que compartían los gastos de una comida sin carne y con ingredientes frescos.

—¿De dónde sacáis el agua? —preguntó Henny. Las mujeres le explicaron que tenían que ir a buscarla con bidones a un manantial.

Así que Henny compró dos bidones, al tiempo que se preguntaba cómo iba transportar todo aquello a la playa. O le pedía al tendero que se lo llevara o alguien tendría que recogerlo en una camioneta. Ella ya tenía suficiente con llevar a Audrey en brazos gran parte del camino. Apenas si podía empujar el cochecito por el terreno pedregoso y la niña todavía era muy pequeña para recorrer a pie un camino tan largo. Como si supiera lo que estaba pensando, Audrey empezó a llorar. También Henny necesitaba un descanso y poder comer algo. Por la mañana se había apañado con pan con aceite de oliva, como era usual en Creta, en lugar de mantequilla.

Dejó las compras a un comerciante para que se las llevara más tarde y se dirigió al único local del pueblo que hacía las funciones de café, bar y taberna a la vez. Lauren y Fanny no la acompañaron, habían gastado el poco dinero con que contaban en verdura fresca y en un sabroso queso. Todo en Mátala era increíblemente barato. En sus países de origen, los beatniks no habrían podido vivir tan bien con sus reducidos ingresos.

Henny pidió unos platitos distintos, como patatas gratinadas y alubias gigantes con salsa de tomate que sabía que también le gustarían a Audrey. Todo acompañado con limonada.

—Perro también hambre —dijo de repente Audrey, señalando a un flaco perro vagabundo de pelaje castaño.

Se sostenía sobre tres patas; la cuarta le colgaba sin vida, como si estuviera rota. Se acercaba con cautela a las mesas ocupadas como si estuviera más acostumbrado a recibir patadas que comida. Audrey le tendió un trozo de pan que él cogió después de tres tímidos intentos. Luego lo devoró con voracidad.

Henny preguntó al dueño de la taberna a quién pertenecía el animal. Lo ignoraba y a ella le pareció extraño. En un lugar tan pequeño, era difícil no conocer al animal doméstico del vecino.

—No es de nadie —dijo chapurreando en inglés el hombre de la mesa de al lado—. Más le vale que lo maten de un tiro que ir muriéndose lentamente de hambre.

Henny lo miró indignada.

—¡No pueden matar a este animal! Todavía es joven, es...

El perro escondió la cola y se fue alejando despacio de la mesa. El tabernero lo espantó, pero el animal dudaba. Henny creyó ver una chispa de esperanza en sus ojos. Y que pedía ayuda.

—Si tanta pena os da, lleváoslo —dijo el tabernero con un bufido. O eso fue lo que creyó entender Henny.

—¡Sí, sí! ¡Llevamos perrito! —exclamó Audrey resplandeciente.

Henny no tenía inconveniente. Seguro que podían tener un perro en las cuevas. Ya vería cómo llegar a Nueva Zelanda con él. Pidió al dueño del local unos restos de carne y le dijo que se los pagaría. Acto seguido, el hombre apareció con una escudilla llena de sobras de comida. El perro se abalanzó sobre ella muerto de hambre. Era pequeño, tenía el pelaje liso, una cabeza larga en forma de cuña y unos ojos tristones de color castaño claro con los que miró suplicante a Henny cuando hubo acabado de comer.

—Entonces solo nos falta un collar, una correa, huesos e insecticida contra las pulgas… —Henny compuso mentalmente la lista.

—¿Cómo se llama el *skylos*? —preguntó Audrey.

—¿El *skylos*? ¿Sabes incluso cómo se dice perro en griego? —Henny se echó a reír. Audrey mezclaba a menudo el inglés y el griego. Era divertido oírla comenzar una frase en un idioma y acabarla en otro, lo normal cuando un niño crecía siendo bilingüe—. Nos falta el nombre —dijo Henny. El perro levantó las orejas y Audrey se puso contenta. Henny reflexionó unos segundos—. ¿Sabes por casualidad cómo se dice pulga en griego?

7

Al final se quedó en Skylos. El pequeño perro vagabundo no tardó en integrarse. Henny le entablilló la pata tan bien como pudo, a fin de cuentas su padre era veterinario y ella lo había ayudado con frecuencia a curar huesos rotos. Conocía el esqueleto de un perro, así que lo hizo muy bien. Skylos siempre cojearía, pero los huesos se unieron y la discapacidad no parecía molestarlo. Después de un par de semanas —ya ni se hablaba de que las «vacaciones» fueran a terminarse— perseguía a los conejos por el bosque tan diestramente como un perro cazador, que ahí se veían con frecuencia. Henny tenía que vigilar que no robaran a Skylos: los perros tenían en Creta valor cuando eran útiles. Si no lo eran, los abandonaban sin piedad, les pegaban un tiro o los dejaban heridos de un disparo en cualquier lugar.

Skylos no fue el único animal que Henny adoptó. En la siguiente excursión al pueblo encontró dos cachorritos de gato con la nariz y los ojos pegados; los cogió y los curó con los métodos más primitivos para combatir la gripe felina. Uno se mantuvo con vida. Después de eso, otros beatniks le llevaban animales enfermos que habían encontrado en algún lugar. La sala vecina de la cueva se convirtió en un hospital para animales.

A Grit no parecía molestarla; de todos modos, tampoco utilizaba su dormitorio. Como la mayoría de los beatniks, hacía de la noche el día, se quedaba eternamente sentada junto a la hoguera, hablaba de los libros que leía o tocaba con personas cuyos gustos compartía y solía dormir al aire libre. Lauren la había convencido para que asistiera a sus clases de yoga y estudiara la filosofía india, así que cada día practicaba con otros habitantes de las cuevas unas extrañas contorsiones en la playa, leía textos traducidos del sánscrito y aprendía a tocar el sitar, un instrumento de cuerda de mástil largo y caja de resonancia con forma de pera. Meditaba con un joven barbudo con el que a veces también compartía cama. Henny había dejado de controlar su vida amorosa. Se ocupaba de Audrey y de sus animales y ya tenía suficiente quitándose de encima a los hombres. La mayoría de las chicas jóvenes no tenían pareja fija y con frecuencia les bastaba con un par de lisonjas o con congeniar con un hombre de repente, después de leer juntos un texto de Hermann Hesse, para irse con él a una cueva. Naturalmente, los chicos pensaban que Henny era igual de fácil de conseguir, no entendían su rechazo y se ponían especialmente pesados por la noche, cuando habían bebido. Henny estaba contentísima de tener a Skylos, que, aunque no mordía, ladraba como un descosido cuando uno de esos sujetos se acercaba demasiado. También avisaba cuando alguien se asomaba a la entrada de la cueva. A Henny le parecía muy expuesto que esta no se pudiera cerrar. Para entonces, Audrey ya había practicado lo suficiente para conseguir subir por sí misma a la cueva y acostarse, pero a Henny no le gustaba dejarla sola.

Durante el día, cuando los chicos estaban sobrios, no es que fueran más discretos a la hora de cortejar a Henny, pero al menos trataban de convencerla en lugar de agobiarla. Se ofrecían a transportarle las compras del pueblo a la playa o a llevarla a la farmacia más cercana de Heraclión para que se abasteciera de ungüentos y medicamentos para sus pacientes de cuatro patas. A la vuelta, como muy tarde, tenía que defenderse y se sentía agradecida cuando Skylos intervenía. Lo más difícil era rechazar a los chicos si se ofrecían a irle a buscar agua, pues eso era una dura tarea.

El manantial se hallaba a casi medio kilómetro de distancia de la playa, así que la mayoría de los beatniks iban a buscar solo agua para beber. Se lavaban el sudor y la suciedad en el mar. Para eso se quitaban la ropa sin la mayor reserva; hombres y mujeres se bañaban desnudos o en ropa interior. Sin embargo, si no se desprendían del agua salada, a Audrey le salía un sarpullido en la piel y la misma Henny se sentía pegajosa e incómoda. Así que necesitaba agua para lavarse o iba con la niña al manantial y la lavaba allí.

En la mayoría de las cuevas flotaba un desagradable olor, una mezcla de sudor, ropa sucia y cigarrillos, además de un difuso hedor a una hierba que se fumaba cada vez con mayor frecuencia en lugar de tabaco. Lauren la llamaba marihuana o cánnabis y se suponía que causaba un efecto psicodélico.

—Y relajante —explicó—. Es curativa...

Henny la probó y confirmó que, cuando se inhalaba suficiente cantidad, a uno le daba todo igual. Casi estuvo a punto de ceder a unos intentos de seducción masculinos. Por suerte, Audrey la sacó a tiempo de su trance cuando se cayó, se dio en una rodilla y se puso a llorar a voz en grito; Skylos ahuyentó con sus ladridos al joven que se estaba poniendo pesado. A partir de entonces, Henny siempre rechazaba la marihuana que le ofrecían. Grit, por el contrario, participaba en las reuniones en las que un cigarrillo —que llamaban porro— iba pasando de mano en mano, y Henny no tardó en deducir que era ella quien financiaba la hierba. Se enteró de que era cara, había que ir a buscarla a Heraclión y su consumo estaba prohibido. La mayoría de los beatniks no podían permitírsela y Grit era la única que tenía coche. Además hablaba griego. Así que, si no la traía gente nueva —en la playa había un constante ir y venir de individuos—, ella iba a buscarla a la ciudad en la furgoneta. Al menos eso apaciguaba a los chicos, que, en cuanto estaban colocados, dejaban de agobiar a Henny.

Para entonces, ya llevaban tres meses en Mátala. Henny pensaba que debería estar yendo la universidad en lugar de cargar agua en Creta y curar animales a los que nadie quería. A pesar de que esto último le resultaba satisfactorio e iba adquiriendo cada vez más experiencia, la vida en las cuevas nunca le había gustado y su desagrado iba en aumento. Pensaba a menudo en volver a Nueva Zelanda, pero Grit no hacía ningún gesto por dejar Mátala. Las cartas de April, que recibía en la lista de correos como muchos beatniks, se iban volviendo más apremiantes.

«Tienes que convencer a Grit de que os traiga a casa o volver tú sola —escribía April—. Entendemos que Creta es muy bonita y que vivir en unas cuevas es una gran aventura. Pero toda pausa tiene su fin y en lo que a nosotros respecta estamos empezando a preocuparnos por ti, por muy felices que suenen tus cartas».

Henny seguía esforzándose por esconder a sus padres y abuelos lo desdichada que se sentía en la isla. Solo describía la belleza de las playas y lo bien que se lo pasaba. Les contaba lo amables que eran un par de chicas beatniks y escribía orgullosa que también había hecho amistades entre los habitantes de Mátala y que Audrey enseguida había encontrado compañeros de juegos en el pueblo. Su griego iba mejorando y los jóvenes del lugar se habían dado cuenta de ello. Henny encontraba a la mayoría de ellos más simpáticos que los beatniks.

En la fiesta del pueblo aceptó la invitación de las madres de los compañeros de juego de Audrey y bailó tranquilamente toda la noche con las chicas griegas. Encontró extraño, pero también un alivio, que las danzas tradicionales se bailasen en grupo y no en pareja, y hombres con hombres y mujeres con mujeres. Audrey estuvo dando brincos con todos. Henny también les escribió a sus padres acerca de esa bonita noche.

No obstante, la última carta de April la había confundido. Por ella, habría regresado de inmediato a Nueva Zelanda y no dudaba de que sus padres enseguida le habrían enviado el dinero para el viaje. Incluso habría habido pasaje para Skylos. ¡Si no fuera por Audrey…!

La pequeña era inmensamente feliz en Creta. Todos la trataban con amabilidad, Henny era la persona de referencia fiable y le gustaba jugar con los animales. Grit seguía introduciendo a su hija menor en la música, pero ya no era tan severa y obstinada como en Nueva Zelanda. Creía que Audrey tenía sensibilidad musical por lo contenta que golpeaba los tambores que uno de los artistas de la colonia había hecho de materias naturales. A la niña le encantaban esas horas en que jugaba con su madre y seguramente le habría disgustado renunciar a ellas en el caso de que Grit se hubiese mostrado dispuesta a dejar que regresase sola con su hermana. De todos modos, Henny veía inviable que Grit renunciara en breve a vivir con los beatniks. Si quería irse, tendría que dejar a su hermanita con su madre, una idea que la horrorizaba. ¿Se ocuparía Grit realmente de la niña si asumía ella sola la responsabilidad?

Henny no sabía qué decidir. Pese a todos los inconvenientes, se quedó en Mátala.

8

April se dirigió al hipódromo para enseñar a Nellie y Walter la última carta de Henny. Su hija dirigía la misiva a sus padres, pero incluía en ella siempre a sus abuelos. Walter no estaba en casa, pero Nellie se encontraba en la cuadra del hipódromo curando la lesión provocada por un alcance de un travieso potro de tres años.

—No es grave, el domingo podrá correr —tranquilizó al entrenador—. Pero colóquele por precaución unos protectores en los cascos, como mínimo durante el entrenamiento. —Luego dio una zanahoria al paciente y se volvió hacia April—. ¿Qué tal, ha vuelto a escribir Henny? ¿Por fin regresan?

April negó con la cabeza. En realidad, Nellie ya sabía por su expresión que no traía buenas noticias.

—No. Es lo de siempre —contestó—. Mátala es muy bonita, está aprendiendo griego y ha bailado en una fiesta del pueblo. No dice nada de Grit, solo habla de Audrey y que crece en buen estado. Y ni una palabra sobre una inminente partida, ni a casa ni a las montañas. Y eso que Grit quería visitar todas las ciudades en que había estado durante la guerra y mostrarle a toda costa ese Imbros para que conociera sus raíces. En fin, estoy contenta de que le haya ahorrado el contacto con esos lugareños después de todo lo que he oído sobre el pueblo. ¿Pero cómo es que se atrinchera con un grupo de seudoartistas en las cuevas de unas rocas? —April tendió la carta a Nellie.

La veterinaria se sentó en una bala de paja que había en el pasillo de la cuadra, le ofreció a April que se sentara en otra y leyó el escrito.

—He estado pensando mucho en ello —confesó—. Y creo que..., bueno, que, en cierto modo, Grit hace justo lo que la doctora Huber le ha sugerido. Está trabajando sus vivencias en la guerra. Fíjate: tal como le sucedió antes, ha conocido en un local a un hombre que le ha enseñado un nuevo tipo de música. Es probable que la haya fascinado más ese bebop que el hombre, pero se ha dejado llevar a su terreno. Con lo cual ha aterrizado de nuevo en un ambiente que no se corresponde para nada con su vida habitual. Solo que esta vez lo ha decidido por propia voluntad y no lleva una existencia dura ni llena de privaciones, peligros, violencia y guerra, sino todo lo contrario. A mí al menos me da la impresión de que esos beatniks no tienen otra cosa en mente que divertirse y hacerse los interesantes plasmando su melancolía, auténtica o fingida, en la literatura o la música. Seguramente Grit logra esto último estupendamente y puede que tenga un efecto catártico. La meditación y el yoga deben de ser calmantes, la señora Huber debería estar contentísima. Grit no parece estar triste... Grit se ocupa de sus hijas...

—¿Eso crees? —preguntó dubitativa April.

—En cualquier caso, está con ellas y Henny escribe que vuelve a tocar con Audrey. Nosotras dos estamos de acuerdo en que hay que hacer algo más para ser una buena madre, pero comparado con el estado en que llegó aquí la última vez...

April no pudo contener una sonrisa cuando Nellie, ensimismada, apartó la nariz de un caballo que estaba en el box detrás de ella y le tiraba juguetón del cabello.

—¿Y crees que esto va a seguir así? ¿Va a quedarse a vivir

eternamente en esas cuevas? —April se levantó y anduvo inquieta de un lado para otro—. ¿Crees que hay un hombre?

Nellie suspiró.

—Me temo que son varios —respondió—. Al parecer reina allí mucha... libertad.

April la miró sin dar crédito.

Nellie se mordisqueó el labio.

—Grit me escribió desde La Canea en una ocasión. Una chica le había dado un medicamento. Una pastilla que impide quedarse embarazada. Quería saber qué opinaba yo al respecto.

April volvió a sentarse en la bala de paja.

—¿Y? —preguntó—. ¿Qué opinas al respecto?

Nellie se encogió de hombros.

—Existe. Se descubrió en Estados Unidos, en realidad para solucionar los problemas menstruales. Pero ahora es bastante seguro que tiene un efecto contraceptivo. Se trata de un preparado hormonal. Y es probable que tenga miles de efectos secundarios. Todavía no está permitido, pero los beatniks no parecen preocuparse por ello. He estado leyendo sobre ese movimiento. Se relacionan con mucho desparpajo con drogas de todo tipo. Y si lees un poco entre líneas lo que escribe Henny...

April arrancó nerviosa unas hebras de paja de la bala.

—¡Es evidente que Alex y yo estamos ciegos y sordos! ¿Te imaginas a Henny participando en todo eso? ¿A nuestra Henny? La hemos educado para que sea una persona responsable... ¡No es posible que de golpe esté acostándose con diferentes hombres y tomándose medicamentos como si fuesen pastillas de regaliz!

—Nadie está diciendo eso —la tranquilizó Nellie—. Me refería a los beatniks en general. Y, si quieres saber lo que pienso, creo que Grit se hartará en un momento u otro. También se escapó de Imbros. En cierto modo, la guerra fue un estímulo, que Leonidas la reclutara la debió de halagar, pero, cuando las cosas se pusieron serias, aprovechó la primera oportunidad para marcharse. También acabará yéndose de Mátala. A más tardar, cuando se dé cuenta de que ella es allí la única artista. Grit de Groot pertenece a una sala de conciertos y tarde o temprano volverá a ella.

—¿Y Henny ha de aguantar todo este tiempo? —preguntó April—. Me gustaría ir allí, hacerles entrar a todos en razón y llevarme a Henny.

Nellie asintió comprensiva.

—Podría marcharse cuando quisiera —dijo—. Pero, como bien has dicho, la has educado para que sea una persona responsable. Si me preguntas qué pienso, se está ocupando de la niña. ¡Audrey tiene dos años y medio! Es pequeña. No encaja con la vida que lleva Grit en la actualidad…

April hizo un gesto de rechazo.

—Grit siempre ha encontrado a alguien que se encargara de la pequeña. ¡Acuérdate de Diane en Gisborne!

—Era una adulta —señaló Nellie—. ¿Son personas maduras esos beatniks? Yo también estoy preocupada por Henny, pero, si te soy sincera, me moriría de miedo por Audrey si no estuviera con ella.

9

La afluencia de periodistas y otros interesados al campamento de los Leakey no cesaba. Durante el verano africano, con ese calor abrasador, Mary Leakey seguía haciendo entrevistas sobre su espectacular hallazgo, organizaba visitas guiadas al lugar en el que literalmente había tropezado con el fósil y se alegraba de obtener nuevos patrocinadores. De ese modo, los Leakey podrían trabajar años, contar con nuevos estudiantes en prácticas e incluso dar empleo a auxiliares.

Así que lo primero que pensó Daphne cuando, poco después de comenzar el año 1960, Louis Leakey la llamó para hablar con ella fue en que iba a ofrecerle un empleo. Había estado trabajando muy bien con los dos Leakey. Mary la prefería a ella antes que a otros u otras estudiantes, en especial a Ellen, posiblemente porque nunca flirteaba con el profesor. Si iban a ofrecer un empleo a alguien, la elección de ambos debería recaer sobre ella. Aunque Daphne no estaba segura de si iba a aceptar. Le divertía el trabajo de paleontóloga, pero en realidad no se imaginaba el resto de su vida buscando y clasificando huesos. Le interesaba la antropología, le emocionaba la investigación, pero echaba de menos a los animales vivos. Por lo visto, nunca podría unir ambas pasiones.

Por tanto, su asombro y desconcierto fueron mayores cuando el profesor Leakey le comunicó sus intenciones.

—Tengo un sueño —empezó diciendo—. Un proyecto de investigación que se aparta de todo lo que hemos hecho hasta ahora y que creo que nadie ha intentado hasta el momento. Ahora que ya no tenemos problemas financieros, estoy pensando en hacer realidad mi sueño. Y... usted es la primera a quien me dirijo con este tema.

Daphne lo miró inquisitiva. No recordaba haberlo oído hablar nunca de un proyecto que se apartara de los trabajos de excavación.

—Me alegro —repuso expectante.

—He estado observándola con atención estos últimos meses, Daphne, y creo haber encontrado en usted lo que andaba buscando: una joven independiente, que siente pasión por la investigación, pero también por los animales. Me parece psíquicamente estable, se relaciona bien con los humanos y también se encuentra bien sola. Es usted flexible y capaz de imponerse si es necesario...

Daphne empezó a acariciar mecánicamente a Lily, que había saltado a su regazo. La enumeración de sus virtudes y dones la ruborizaba antes que halagarla. Deseaba que el profesor tocara de una vez al tema en cuestión.

—¿Qué he de hacer? —preguntó algo confusa.

—Ya hablamos al respecto poco después de su llegada —respondió Leakey—. Sobre el modo en que nosotros dos concebimos la forma ideal de la investigación de primates: no queremos animales infelices enjaulados que tengan que aprender trucos alejados de su especie, sino primates en libertad que estén, por decirlo de algún modo, a la misma altura que el investigador. O que la investigadora. Pues creo que a las mujeres les resultará más fácil que a los hombres establecer contacto con los homínidos. Son más pacientes, parecen menos amenazadoras... Hay muchas razones por las que el proyecto de mis sueños sería que una mujer joven se embarcara en un estudio de campo de varios años en los que trabajaría con gorilas, orangutanes y chimpancés. Tiene que ganarse la confianza de los animales, comunicarse si es posible y documentar de forma científicamente correcta sus observaciones. Con toda seguridad, sería una vida llena de privaciones, estaría alejada de toda civilización... Las condiciones climáticas son en parte extremas, sobre todo en Borneo, donde viven los orangutanes. Pero, según como...

Daphne miró a Louis Leakey con los ojos brillantes.

—¿Puedo llevarme a la perra? —preguntó.

De nuevo en su tienda, intentó primero calmar los frenéticos latidos de su corazón. Las posibilidades que la oferta de Leakey le abría superaban sus más osadas fantasías. Investigación autodeterminada de primates con la que se haría un nombre en el mundo de la ciencia sin estar encerrada en un laboratorio, torturando a los objetos de estudio. No habría director de laboratorio que la controlase ni competencia entre los auxiliares y los doctorandos. Claro que estaría algo sola, pero, si tenía éxito, su observatorio atraería a estudiantes y personas interesadas en la materia de todo el mundo, igual que el campamento de los Leakey en ese momento. Daphne se propuso aprender lo más rápidamente posible el idioma de su país de acogida para poder establecer vínculos con los nativos. Ahora solo tenía que decidir con qué animales pasar los siguientes años. Los orangutanes vivían en Borneo, un país sin duda fascinante. Pero no le gustaba el calor húmedo en el que los homínidos se sentían a sus anchas.

Para observar a los gorilas tendría que instalarse en las montañas de Ruanda. Seguro que el clima era allí mejor, pero ¿le gustaban esos primates tan poco ágiles? En realidad, se sentía más atraída por los vivaces chimpancés que encontraría en Kenia. Lo único que había en contra era la afición a la caza de esos pícaros animales que podría costarle la vida a Lily. Los chimpancés comían carne con más frecuencia que otros homínidos.

«Tómese su tiempo —le había dicho Leakey, muy complacido por lo bien que ella había respondido a su propuesta—. Reflexione, lea algo más sobre los distintos animales e infórmese sobre las condiciones del país en que vaya a vivir. Ya sabe que los países africanos están a punto de independizarse, pueden estallar conflictos. Kenia ya ha superado lo peor con la rebelión del Mau Mau, pero ¿qué sucede o sucederá en Ruanda? Lo dicho, sopéselo todo y luego me informa. Tengo mucha curiosidad por saber cuál va a ser su decisión».

Daphne estaba rascando a Lily y valorando sus posibilidades cuando entró Ellen.

—Mañana tampoco iremos a excavar —anunció malhumorada.

Al principio, tanto ella como Bob habían disfrutado de la recién adquirida fama de los Leakey, pero ahora estaban hartos del gentío que visitaba el campamento y de la atención que se dirigía a Mary y nunca a ellos mismos. Si se interrumpían las excavaciones, no se les ofrecería la oportunidad de encontrar tal vez a otro hombre primitivo. «Zinji —había señalado Bob poco después del hallazgo— debía de tener una mujer». No había dado importancia a la tesis de Daphne, según la cual era posible que sus huesos hubieran sido arrojados a otra zona de la garganta. Los estudiantes estaban totalmente entregados a no dejar piedra sin mover justo al lado del lugar en que se había encontrado a Zinji.

Ellen siguió hablando disgustada.

—En Nairobi se celebra una conferencia sobre la independencia. Si quieres saber mi opinión, ¡no es más que una reunión de camorristas negros! Esos tipos vienen de todas partes de África, representan al partido socialista que sea, y a esos tenemos ahora que enseñarles a Zinji. ¡Qué forma de perder el tiempo!

Cuando llegaban visitas importantes, los dos Leakey se quedaban, por regla general, en el campamento para darles la bienvenida. Los estudiantes también permanecían allí: no estaba bien salir a excavar por cuenta propia.

—¿De verdad van a venir aquí todos los participantes en la conferencia de Nairobi? —preguntó Daphne.

La capital keniana estaba a casi cuatrocientos cincuenta kilómetros del cráter de Ngorongoro. ¿Tanto les interesaba a los delegados hacerse una foto con un par de huesos?

—No. En realidad solo uno, un congolés. Va camino de convertirse en un pez gordo en el Congo. Sea como fuere, el gobernador lo ha invitado a echar un vistazo a Zinji. Viene con otro negro, hasta ponen un avión a su disposición...

Ellen se pasaba iracunda el cepillo por su espléndida melena, como si quisiera desprenderse de su indignación. Al parecer no aprobaba que los africanos tomaran el moderno medio de transporte del que ella misma se valía con toda naturalidad.

—No tienes que ir al lugar del hallazgo —comentó Daphne. Si un visitante se mostraba tan interesado como el delegado congoleño, no quería ver solo el cráneo, sino también los yacimientos.

—Ni pienso hacerlo —respondió Ellen—. Bob tiene el nuevo *Nature* y queremos ver si se convocan otros puestos para hacer prácticas. Estoy pensando en meterme en otra cosa, tal vez en investigación de primates...

Daphne rio para sus adentros. ¿Habría aceptado Ellen si le hubiera ofrecido Leakey a ella su proyecto? El prestigio que le reportaría le habría gustado, pero no se la podía imaginar sola entre monos.

A la mañana siguiente, estaba presente cuando aterrizó el avión con los dos políticos africanos.

Un joven delgado con la frente muy ancha, un rostro oval y

proporcionado y ojos risueños fue el primero en bajar; se presentó como Julius Nyerere. Había representado a Tanganica en la conferencia y expresó su más sincero agradecimiento a los Leakey por haberles brindado la posibilidad a él y a su compañero de viaje, Josua Ngongo, de conocer a un auténtico nativo del Serengueti.

Louis y Mary se rieron con la broma que había roto el hielo y dieron la bienvenida al segundo visitante. Josua Ngongo era alto y delgado y tenía un rostro serio y simpático. Llevaba unas gafas sin montura tras las cuales Daphne distinguió unos ojos despiertos de color castaño claro, resplandecientes de alegría por poder estar allí. El joven miraba a su alrededor lleno de interés. Tendió la mano a los Leakey y saludó a Daphne y Lars. Jonathan estaba en Dar es-Salam.

Leakey los presentó como asistentes y en los ojos de Ngongo resplandeció algo parecido al anhelo.

—Debe de ser fantástico estar trabajando aquí —dijo a Daphne en un inglés fluido.

Ella asintió.

—Estamos muy orgullosos de hacerlo —contestó.

Lily, que sentía que no le hacían caso, brincó alrededor de los recién llegados intentando despertar su interés.

—¿Utilizan perros rastreadores? —preguntó serio Ngongo.

Daphne se rio.

—No, pero esta señorita también ha participado en el hallazgo de Zinji —explicó—. Aunque no de forma muy rimbombante. Me temo que su nombre no se incluirá en los libros de historia. —A continuación contó despreocupadamente la fuga de Lily que había llevado al descubrimiento del hombre primitivo.

Josua Ngongo sonrió. Parecía realmente feliz de estar en el campamento de los Leakey. Daphne se preguntó si no preferiría ir a una universidad en lugar de ocuparse de la independencia de su país.

—¿Llaman Zinji al cráneo? —preguntó él, divertido.

—No podemos estar hablando siempre de *Zinjanthropus boise* —respondió Daphne—. Y hablar solo del cráneo parece un poco impersonal.

El visitante rio.

—¿Puedo echar un vistazo al campamento? —preguntó—. Siempre he tenido ganas de saber qué aspecto tiene un observatorio paleontológico.

Mary Leakey asintió y condujo a los visitantes a la cabaña en la que documentaba el hallazgo y situaba en los mapas el lugar en el que se había producido.

—Es importante anotar a cuánta profundidad y en qué capa de la tierra se han encontrado los fósiles, esto ayuda a determinar su edad —explicó Daphne cuando Ngongo estudiaba con atención los apuntes sobre los mapas—. Usted mismo lo podrá ver dentro de poco en la garganta. Si lo desea, podemos llevarnos herramientas para excavar y así experimentarán de qué modo se trabaja con los fósiles.

Nyerere no pareció muy entusiasmado con la idea, pero Josua Ngongo no cabía en sí de alegría.

—Estoy muy interesado en la paleontología y también en la arqueología. En realidad, me habría gustado estudiar antropología —confesó a Daphne camino del lugar del hallazgo de Zinji—. Pero Lumumba me convenció de que mi país me necesitaba. En el Congo tenemos a muy pocos africanos con título universitario, tan solo tres o cuatro. Y él cree que se los necesitará en el gobierno cuando los belgas por fin se marchen. ¿Ha marcado usted esto? —Indicó un par de lugares señalados con unas cintas. El suelo se parecía al del lugar donde se había encontrado a Zinji; por eso Ellen y Bob creían que sería probable encontrar ahí más fósiles.

Daphne se lo explicó. Los Leakey parecían contentos de que ella actuase como guía. Hablaban animadamente con Nyerere acerca del futuro de Tanganica.

Ngongo empezó a cribar algo de tierra y, cuando Daphne encontró un pedazo de hueso, él lo limpió con mucho cuidado con un pincel.

—No procede de un ser humano, ¿verdad? —preguntó lleno de respeto al tiempo que observaba con atención el hallazgo.

Daphne le dijo que no.

—Es el hueso de un animal pequeño. Continuamente encontramos similares, pero está fosilizado. Creo que el profesor no tendrá ningún inconveniente si usted se lo queda.

Ngongo la miró como si le hubiese regalado las joyas de la Corona.

Al final, se volvieron todos al campamento. Uno de los auxiliares africanos los esperaba con un té helado; entonces Mary abrió el cobertizo donde se guardaban los hallazgos más valiosos. Se puso unos guantes y sacó a Zinji de la caja en donde descansaba cuidadosamente posado sobre virutas.

—¿Puedo... cogerlo? —preguntó Ngongo.

Daphne le tendió unos guantes.

—Lo manejamos con sumo cuidado —advirtió.

Mary deslizó la mandíbula del cráneo en sus manos. El joven estudió minuciosamente sus partes.

—Fascinante —dijo—. ¿Hay alguna suposición con respecto a las causas de su muerte? ¿Muestra signos de violencia?

Ellen, que se había unido a ellos para beber té y que ahora parecía encontrar de lo más interesantes a los dos políticos, negó con la cabeza.

—¡No cabe duda de que no! Hemos deducido que esos hombres primitivos aún se parecían mucho a los primates —respondió—. Es decir, eran más pacíficos de lo que lo es *Homo sapiens...*

Mary Leakey la interrumpió.

—Bueno, bueno, Ellen, no exagere. Los primates no son ángeles. Los chimpancés, por ejemplo, pueden ser muy violentos

—corrigió a la colega de profesión—. Cazan y utilizan la violencia para ajustar cuentas.

Josua Ngongo frunció el ceño.

—¿En serio? —preguntó—. Entre nosotros son muy amistosos los unos con los otros. En el Congo tenemos muchos monos que son con frecuencia víctimas de cazadores. Ellos no se defienden, ¿sabe? Y no son tontos. Algunos hacen gestos como si quisieran pedir al cazador que los deje tranquilos. Saben lo que les espera cuando los cazadores atrapan a un grupo. Cuando el Congo se independice y Lumumba acceda al gobierno, prohibiremos que se los cace, ¡yo al menos abogaré por ello! Se te rompe el corazón cuando ves cómo los masacran.

El joven dejó a un lado el cráneo, como si de repente le repugnara admirar un miembro tan temprano de la familia de *Homo sapiens*.

—¿Ha presenciado usted alguna vez una cacería de ese tipo? —preguntó Daphne.

No parecía encajar con un político y un activista por la independencia participar en sangrientas cacerías de monos por la selva tropical.

—No porque yo quisiera —respondió Ngongo. Se frotó la frente y los ojos, tras quitarse las gafas—. Unos comerciantes de animales belgas organizaron la operación. Se trataba de cazar chimpancés para distintos zoos. Me enviaron como traductor porque hablo bien el francés. Pero fue horrible. Para coger un par de ejemplares jóvenes mataron a toda una familia. Y fue..., me pareció como... Es una locura, pero me sentí como si los cazadores causaran estragos entre seres humanos. Esos gritos, los llantos y los gemidos de los pequeños, los lamentos de las madres...

Daphne recordó la desesperación de los macacos rhesus en el laboratorio de Harlow.

—Cosas así no deberían existir —dijo abatida.

Josua asintió.

—Quiero detenerlo —declaró—. El dominio colonial belga es una auténtica explotación de nuestra gente, de las riquezas de nuestro suelo y, no menos importante, de la flora y la fauna de nuestro país.

Daphne se percató de que lo decía en serio y comprendió por qué no se había dedicado a estudiar lo que quería.

—Entonces le deseo mucha suerte —dijo ella, empatizando con su forma de sentir.

Puesto que en las cercanías de Nairobi una tormenta de arena hacía estragos, el avión no pudo volver a despegar por la tarde, así que, para regocijo de Ngongo, los visitantes pernoctaron en el campamento. Nyerere no estaba tan entusiasmado, pero la conversación junto al fuego lo fascinó. Los Leakey hablaron de sus investigaciones, triunfos y fracasos, y a continuación Ngongo y Nyerere hablaron de los esfuerzos de sus pueblos por conseguir la independencia.

Nyerere y la gente de Tanganica estaban bastante seguros de que en breve serían libres; la toma de poder se producía sin derramamiento de sangre y era poco problemática. Ngongo estaba más preocupado. Los belgas no ponían fácil a los africanos su incorporación al gobierno, solo tres altos funcionarios eran congoleños. Además, después de la independencia, dos hombres fuertes competirían para hacerse con el poder: Patrice Lumumba y Joseph Kasavubu. Se corría el riesgo de que estallara una escalada de violencia si uno de ellos ganaba las elecciones por poco. Ngongo apoyaba a Lumumba. Lo consideraba sincero y esperaba grandes reformas de su gobierno, también en lo concerniente a los parques nacionales, en los que se protegería a los animales salvajes.

—Muchos países africanos apuestan ahora por el turismo de safaris. Gente que viaja para cazar, pero también hay cada vez más personas que encuentran fascinantes nuestros países, que quieren ver a los animales vivos y que se interesan por nuestra historia. Ellos... —señaló a los Leakey— y su Zinji son el mejor ejemplo. Su trabajo atrae a muchas personas a Tanganica. Pero para eso necesitamos paz y un movimiento nacional en el Congo, Tanganica, Kenia... En todos los estados que todavía están bajo la administración colonial.

—¿Y entonces echarán a todos los blancos? —preguntó Ellen algo descortés.

Los africanos negaron con un gesto.

—No tenemos nada en contra de los blancos —respondió Nyerere—. Lo que no queremos es que nos exploten y nos humillen. No pueden seguir tratándonos mal solo porque nuestra piel es más oscura.

Ngongo reflexionó.

—Me pregunto —dijo— cuál era el color de la piel de Zinji, que fue el antepasado de todos nosotros.

Más tarde por la noche, cuando todos se habían retirado y el fuego se estaba apagando, Daphne habló con Leakey.

—He estado pensando —dijo—. Si fuera posible, me gustaría ir al Congo y estudiar allí a los chimpancés.

—Chimpancés pigmeos —informó el profesor—. Quería explicarlo antes, pero no sé cómo no lo he conseguido. También se llaman bonobos. Un subgénero de los chimpancés. Se descubrieron en 1921. El zoólogo alemán Ernst Schwarz encontró extraño un cráneo que se exhibía como de chimpancé en un museo belga y lo investigó más a fondo. En los años treinta, creo, se capturaron los primeros ejemplares y fueron llevados a Europa. La cría en cautiverio, por lo que yo sé, aún no se ha conseguido...

Daphne escuchaba interesada.

—Entonces este podría ser un campo de investigación muy agradecido. Podría realizar trabajos pioneros.

El profesor la miró inquisitivo.

—También pueden matarla de un tiro —señaló—. Ya ha oído que en el Congo hay muchos tumultos, los mismos africanos no se llevan bien. Puede ser un peligro.

Daphne sonrió.

—¿Peligro en la selva húmeda? —preguntó—. ¿Donde los monos son tan pacíficos?

Leakey se encogió de hombros.

—Mañana volveremos a hablar con Josua Ngongo. Y yo voy a obtener más información. Si no corre usted allí ningún riesgo, al menos no mayor que en otros países en los que investigar primates, puede usted marcharse.

10

Josua Ngongo no quiso privarse de acompañar a Daphne a su nuevo campo de acción. Organizar el viaje había durado unos cuantos meses; Bélgica estaba a punto de conceder la independencia al Congo y Leakey consideró que era mejor esperar al menos hasta que se celebrasen las primeras elecciones libres en mayo. Para regocijo de Josua, el MNC, el partido de Patrice Lumumba, consiguió la mayoría y sus seguidores se prepararon para la toma de poder. Pese a ello, Ngongo no renunció a acompañar a Daphne. Se reunió con ella en la pequeña ciudad de Mbandaka y allí contrató a tres nativos para que fueran sus asistentes en la selva. Los tres se encargaron de remar en las piraguas en las que prosiguió el viaje. Daphne y Josua las cargaron con un equipo de acampada y provisiones, latas de conserva, pienso para Lily, tostadas, judías, arroz y otros alimentos fáciles de conservar. Daphne insistió en llevarse un racimo de plátanos todavía verdes.

—Es mi regalo de recién llegada —dijo complacida—. ¡A todos los simios les gustan los plátanos! —Solo cabía esperar que la fruta llegase en buen estado a la meta.

En la selva lluviosa dominaba un calor húmedo; a los pocos minutos, la ropa de Daphne, una blusa de manga larga y pantalones de algodón, estaba empapada de sudor. Prefirió no pensar en la cantidad de mosquitos que ya se estarían lamiendo la trompa cuando subieron a las barcas. Que Ngongo le dijera que el viaje por agua duraría de dos a tres días la inquietó. No se había imaginado que su nuevo puesto de trabajo estuviera tan lejos de la civilización.

Al menos el paisaje que se extendía ante ella era único. La selva llegaba hasta la orilla del río; helechos, palmeras y manglares imperaban como vegetación. De vez en cuando se veían hipopótamos en el río o tomando el sol en bancos de arena, así como otros animales, incluso elefantes que se bañaban o bebían agua. Por la tarde, los jóvenes arrastraban las piraguas a tierra, a ser posible en una playa o en una superficie cubierta de hierba, y montaban las tiendas. Una hoguera mantenía a los animales a distancia y sobre ella se cocinaban las alubias y la papilla de maíz.

—Culinariamente, no es que sea muy interesante —observó Daphne.

Josua sonrió.

—No quieres comer carne. —Habían acordado llamarse por el nombre de pila y tutearse—. De lo contrario les habría dicho a los chicos que cazaran.

Se llamaban Vuyo, Kito y Zahir, y solo sabían un par de palabras en inglés. En las últimas semanas, Daphne había intentado aprender algo de bantú, pero había fracasado por falta de manuales adecuados. Sin embargo, Lars, el silencioso estudiante sueco, le había mostrado una alternativa.

La había sorprendido en un rincón del campamento de los Leakey leyendo en voz alta a Lily un par de vocablos sin saber si pronunciaba bien las palabras.

—¿A qué se debe esto? —había querido saber Lars.

Ella le había hablado de su próximo trabajo y de las dificultades que conllevaba.

—¿Cómo te las arreglaste tú? —le preguntó—. Atravesaste África, ¿pudiste hacerte entender en todos los lugares con el inglés?

Lars había negado con la cabeza.

—Lengua de signos —había respondido lacónico—. Mi hermano es sordo.

—Pero hay que aprenderlo —había replicado Daphne y obtenido una respuesta afirmativa.

—Aun así, es internacional y el significado de muchos signos es fácil de adivinar —le había explicado Lars—. ¡Mira!

Daphne no había logrado adivinar nada cuando sus manos dibujaron rápidamente en el aire lo que él acompañaba con la mímica. Pero los últimos gestos parecían imitar el modo en que se rascaba un mono o se golpeaba el pecho un hombre gorila.

—¿Tiene algo que ver con los simios? —había supuesto Daphne.

Lars había asentido y repetido lentamente los signos.

—Yo... ¿miro a los simios?

—Yo observo simios —la había corregido Lars—. Casi lo lograste. ¿Entiendes a qué me refiero? Cuanto más sencillas y corrientes son las palabras más comprensibles son los signos. Yo me apañé bien con ellos.

Daphne le había pedido después que le enseñara un vocabulario básico y también encargó un libro. Ahora esperaba hacerse más o menos entender con todo ello. Sus tres futuros trabajadores se mostraron bien dispuestos y abiertos cuando ella lo intentó. Daphne era optimista.

—¿Se caza mucho aquí? —preguntó a Josua.

Él asintió apenado.

—Por desgracia, sí. Y no me estoy refiriendo a los pigmeos, que viven en aldeas por los alrededores. Cazan con lanzas y redes, ellos no reducen de forma notable la población animal. También nuestros tres chicos habrían apresado como mucho un animalito. Pero incluso aquí, en lo más profundo de la selva, hay cazadores furtivos que ponen trampas y llevan armas de tiro. En cuanto sea posible, marcaremos áreas de protección para los bonobos, pero primero hay otras cosas que hacer en este país. Por mucha pena que me dé, tendrás que ocuparte tú de la integridad de tus objetos de estudio. Ya les he indicado a Kito, Zahir y Vuyo que controlen regularmente si hay trampas en la zona y que las destruyan.

—De ese modo nos ganaremos enemigos —indicó Daphne—. ¿No se puede hablar con la gente?

—Puedes intentarlo, si lo deseas —respondió Josua—. Lo que queremos construir aquí, un centro de observación de animales en el corazón de la selva, nadie lo ha hecho hasta ahora. Así que no hay ninguna experiencia previa. Solo podemos facilitarte unos documentos que confirmen que tu trabajo aquí es legal y deseado. Si hay alguien a quien eso no le importe nada en absoluto, por desgracia no lo sé. Pero no te preocupes, Kito, Zahir y Vuyo son hombres capaces de defenderse. Los cazadores serían tontos si se pelearan con ellos, y más porque el terreno de la selva es enorme. Pueden cazar en otro lugar donde no molesten a nadie. Salvo a los pigmeos, claro. Para ellos siempre es un agravio, a fin de cuentas es un robo en su heredado territorio de caza y existencia...

—Son unos hombres muy pequeños, ¿verdad? —preguntó Daphne—. ¿Son peligrosos?

—Se les considera muy pacíficos —respondió Ngongo—. Pero, para ser sincero, yo no he conocido a ninguno. Viven centrados en sí mismos, no quieren que los molesten y, de hecho, necesitan tanta protección por parte del gobierno como los animales salvajes. Este país, sus hombres y sus animales... Es una tarea gigantesca. —Le sonrió—. Me alegro de que me ayudes a emprenderla.

Daphne se sintió un poco desbordada, pero la sonrisa de Josua

Ngongo era irresistible y ella encontraba adorable que él apoyase tanto el proyecto.

—Por algo hay que empezar —dijo—. Si encontramos... un buen sitio para acampar, ¿me ayudarías a construir una cabaña?

Josua la miró sorprendido.

—¿No has vivido en tiendas cuando estabas con los Leakey? —preguntó.

Daphne asintió.

—Pero allí no estaba sola en la selva con tres hombres que hasta ayer no conocía. Me gustaría poder cerrar mi puerta.

Josua parecía afectado, casi algo ofendido.

—No confías en los africanos —constató—. Lo veo con frecuencia entre las mujeres blancas. Suponen que nos vamos a abalanzar sobre ellas en cuanto...

—¡Josua! —exclamó ella—. Son tres hombres y yo soy una mujer sola. A lo mejor tendremos que vivir juntos en un campamento durante meses. A cualquier hombre se le podría ocurrir una tontería, da igual que sea negro, blanco, verde o a cuadros. Simplemente me gustaría poder encerrarme cuando me convenga.

Josua volvió a sonreír.

—Teóricamente, ¿podrías dejar entrar a alguien... a cuadros? —preguntó.

Daphne se echó a reír. Era encantador cuando flirteaba.

—Claro —respondió ella en el mismo tono—. Depende de lo que se haga querer. Si por ejemplo me construyera una cabaña...

El pequeño grupo siguió durante tres días los ríos Congo, Lulonga, Maringa y Lomako. Luego los hombres cargaron el equipo y emprendieron una marcha a pie de cinco horas. Finalmente, iniciaron la búsqueda de un lugar adecuado para el centro de observación y se decidieron por un claro junto al que corría un pequeño arroyo.

—Ya dispones de agua —señaló satisfecho Josua—. ¿Tengo que empezar a construir la cabaña ahora o hacemos primero una hoguera, montamos las tiendas y descansamos?

Mientras los hombres montaban las tiendas, Daphne fue a explorar un poco los alrededores con Lily. No estaba segura de si podía dejar suelta a la perra, tenía que averiguar qué animales podían ser un peligro para ella. Primero solo vio un armadillo que desapareció con rapidez entre la maleza cuando Lily ladró fascinada. En los árboles también se movía algo, pero Daphne no podía distinguir si eran bonobos u otros simios. La naturaleza era, en cualquier caso, preciosa, parecía encantada, como si pudieran encontrarse en ella tesoros o personajes fantásticos. Dio media vuelta de mala gana, pero seguro que era mejor hacer las primeras salidas más largas junto con los nativos. Sonrió. En un par de semanas conocería cada árbol y cada arbusto..., y era de esperar que también a sus amables habitantes animales.

Al día siguiente, Josua se puso a construir la cabaña de ramas y astas con ayuda de los otros tres africanos.

—De vuelta a las raíces —señaló, guiñándole un ojo. Sus padres ya no habían vivido en cabañas bantúes, el padre había trabajado para el gobierno colonial belga—. Pero creo que estarás de acuerdo en que no trabajemos las paredes con boñiga de vaca por falta de los animales que la producen...

Daphne rio y removió aplicada el barro, siguiendo las indicaciones de los africanos, para impermeabilizar las «paredes» de la cabaña. Por la noche celebraron la fiesta de cubrir aguas.

—Mañana ya estaremos listos —observó Daphne con cierta incredulidad—. La rapidez con que se construye es asombrosa, si se compara con los edificios de piedras. O con las casas de madera de los maoríes en Nueva Zelanda.

—Aquí el calor tiene sus ventajas —opinó Josua—. No se necesita aislamiento térmico ni calefacción. Además, muchas tribus africanas son nómadas o medio nómadas. Construir casas demasiado laboriosas sería una pérdida de tiempo.

Daphne aprovechó la atmósfera distendida y satisfecha junto al fuego del campamento para averiguar algo más sobre Kito, Vuyo y Zahir y para aprender, aunque fuese un poco, su idioma. Rieron mucho —el intento de Daphne por pronunciar las palabras africanas provocó la hilaridad general— y así se sintieron más próximos. Daphne sabía ahora que Kito y Vuyo eran hermanos y que Zahir ya estaba casado. Su esposa estaba embarazada, le dijo. Los hombres preguntaron también a Daphne y Josua cuál era su estado civil. Los dos respondieron que no estaban comprometidos con nadie.

—¿Vamos a buscar hoy bonobos? —preguntó Daphne a eso del mediodía, cuando ya habían rematado los últimos detalles de la cabaña—. Son animales diurnos, ¿no? ¿O se entiende aquí por diurno que están realmente despiertos durante el crepúsculo matinal y nocturno, como los animales del Serengueti?

Josua y los otros no lo sabían con exactitud, pero no se opusieron a internarse en la selva y echar un vistazo. Los hermanos se marcharon juntos, Zahir solo con una lanza, esperando cazar algún animal pequeño para la cena. Josua y Daphne se fueron juntos, en silencio para no asustar a los animales. Lily iba en la mochila de su ama. A Daphne le habría gustado dejarla en la cabaña, pero no confiaba lo bastante en el mecanismo de cierre para dejar sola a la lista perrita.

—¿Seguro que sabrás volver? —preguntó a Josua cuando llevaban una hora larga sin encontrar ningún bonobo.

Él sonrió.

—Sí —dijo—. Hombre grande negro orientarse en selva.

Daphne le devolvió la sonrisa.

—Pequeña mujer blanca tener brújula —explicó, sacando el instrumento del bolsillo.

—Yo también tengo una, era *boy scout* —replicó Josua—. Así que sé más o menos cómo utilizarla.

—De lo contrario tendremos que esperar a la noche para orientarnos con las estrellas —siguió bromeando Daphne.

—¿Y no tendrías miedo de estar sola conmigo en la selva? —preguntó él.

—Contigo, con los bonobos, los cazadores furtivos, los pig...

Daphne se interrumpió de golpe. Con un susto de muerte, señaló la maleza que tenían delante. Lily dio un ladrido, pero luego también enmudeció.

Frente a ellos había un hombre muy pequeño —vestido solo con un taparrabos y armado con lanza, flechas y arco— manipulando torpemente un aro de hierro y unas cadenas que parecían fijas en el suelo. Se percató de su presencia al mismo tiempo que ellos y empezó a protestar y a agitar la lanza, excitado. Daphne se percató de que llevaba el pecho y el rostro pintados de blanco. No llegó a sentir realmente miedo de él, aunque seguro que podía ser peligroso. Josua y ella no iban armados.

Daphne reconoció entonces que el aro de hierro era una trampa, una cosa especialmente pérfida que se cerraba de golpe al tocarla y que podía causar serias heridas tanto a animales como a hombres.

—Creo que piensa que la hemos puesto nosotros —se dirigió a Josua—. ¿Entiendes lo que dice?

—Ni una palabra —admitió él, intentando por su parte tranquilizar al hombre en bantú.

Daphne se comunicó en la lengua de signos y el pigmeo reparó en que se trataba de una mujer blanca. Se detuvo. Seguramente, los cazadores furtivos que ponían trampas en su selva no eran blancos ni mujeres. Cuando su mirada se posó en Lily, su expresión iracunda cambió. Se rio y dijo algo; por lo visto estaba formulando preguntas y pidiendo con gestos que sacara a la perra de la mochila para poder verla mejor. Daphne le pidió a su vez que dejara a un lado la lanza y el arco.

Lily enseguida se puso a brincar entusiasmada alrededor de su nuevo amigo, que no cabía en sí de contento. Si los perros de caza le resultaban conocidos, no clasificaba a la caniche como una de ellos.

Daphne creyó que había llegado el momento de presentarse. Se señaló a sí misma, a Josua y a Lily pronunciando los nombres de cada uno.

El hombre comprendió, se señaló a sí mismo y dijo: «Ota». Luego les indicó que lo siguieran. Josua quitó rápidamente el seguro de la trampa, lo que Ota observó interesado. Luego los condujo a través de la selva a un claro. Ahí había seis u ocho cabañas redondas, construidas con ramas y hojas trenzadas, distribuidas en círculo alrededor de un fuego. Unas mujeres y unos hombres estaban sentados, tejiendo redes o machacando raíces; los niños jugaban; unos perros castaños o negros con el tórax blanco, que por la estructura del cuerpo se parecían al sptiz, correteaban por allí. Lily encontró todo eso sumamente interesante y enseguida se acercó a ellos moviendo la cola.

A Daphne le sorprendieron más las personas, todas pequeñas y medio desnudas, como Ota. Los pigmeos encontraron igual de curiosos a los recién llegados. Los niños se acercaron confiados para tocar los pantalones de Daphne. Al parecer, nunca habían visto ropa occidental. Los adultos miraban a Josua con reservas. Se diría que estaban preguntándose si Ota había atrapado a un cazador furtivo. Pero las explicaciones de su congénere los hicieron sonreír y lo que contó de Lily provocó carcajadas.

—La contribución del caniche al entendimiento entre los pueblos —le hizo observar Daphne a Josua—. Recuérdame que ofrezca un artículo a *Nature* sobre este tema.

La gente que estaba junto al fuego les pidió con gestos que se sentaran con ellos, una mujer les ofreció una fruta. Ota se metió en una cabaña y enseguida salió con una mujer muy pequeña y muy anciana, cuyo rostro parecía de cuero y cuyos pechos colgaban como bolsas vacías. Nadie lo encontraba desagradable. Daphne y Josua intentaron saludarla formalmente con una inclinación.

—¡Bienvenidos! —exclamó la mujer con una resplandeciente sonrisa desdentada—. ¡Damas y caballeros! Les doy la más sincera bienvenida a nuestro poblado y me siento muy complacida por su interés en nuestra forma de vida.

Daphne y Josua se miraron atónitos. Hablaba en inglés, pero se expresaba como un vendedor en el mercado o como un pregonero, no como una amable anfitriona.

—Emi —la presentó resplandeciente Ota.

—Gra..., gracias —balbuceó Josua—. ¿Cómo..., cómo es que hablas tan bien el inglés?

La anciana rio orgullosa.

—Yo... mundo... mirar... barco... Louis...

No era precisamente un inglés fluido. Emi debía de haber aprendido de memoria las primeras frases en algún momento de su vida. Sin embargo, Daphne sospechaba algo.

—Zoológicos humanos —dijo—. ¿Te resulta conocido el concepto? Carl Hagenbeck escribe acerca de ellos en su libro. Trajo a gente de África, la India, Laponia y otros lugares y construyó un poblado en su zoo. Los hamburgueses podían acudir para ver cómo vivían. A veces ofrecían espectáculos de danzas. Naturalmente es bastante humillante exhibir a personas en un zoo, pero Hagenbeck les pagó y les financió el viaje de ida y de vuelta, y ellos quedaron muy satisfechos.

El rostro de Josua se endureció.

—Bien, esto no es lo que les pasó a los congoleses —dijo disgustado—. Los belgas dejaron que los tratantes de esclavos los acorralaran. Pero esa mujer no estuvo en Hamburgo. Creo que se refiere a Saint Louis...

Emi asintió contenta.

—La exposición universal de 1904. Ya hace mucho tiempo. Debía de ser muy joven, casi una niña.

Emi parecía intuir el significado de sus palabras.

—Muy pequeña —repitió colocando la mano a una altura por debajo de su cabeza—. ¡Lista! Aprende palabras.

—En total llevaron a nueve pigmeos a Estados Unidos —recordó Josua—. Y a esta niña lista le embutieron las palabras con que dar la bienvenida a la gente a su «poblado». Después los devolvieron a todos al Congo. Solo un chico, que era huérfano, quiso quedarse en Estados Unidos. Hizo una carrera muy cuestionable en espectáculos de animales y humanos entre América y Europa. Y acabó sus días de forma trágica.

Emi no parecía ver de modo tan negativo su aventura, pese a que había empezado con un secuestro de su tribu. Acompañó a Daphne y Josua a la hoguera, donde formaron el punto central de la reunión y empezaron a conversar mediante la lengua de signos y los intentos de traducir de Emi a los habitantes del lugar. Josua les contó que era de Leopoldville; los pigmeos ya habían oído alguna vez el nombre de la ciudad. Por el contrario, los conceptos «Australia» y «Nueva Zelanda» no les decían nada. Pero Daphne consiguió comunicar al menos que había llegado a través del mar en un barco.

—Louis —dijo Emi confirmándolo.

—Más o menos —ratificó Daphne sonriendo.

Fue más fácil hablar sobre los proyectos locales y las condiciones de vida. Para alegría de Daphne, Emi conocía la palabra «mono». Josua farfulló que seguramente habían expuesto con toda naturalidad a los negros y a los monos juntos. Los pigmeos creyeron en un principio que Daphne quería cazar monos. No entendían la idea de observarlos y luego escribir sobre ellos, pero la aceptaron. Cuando les hizo comprender que pensaba vivir sola en la selva, enseguida la invitaron a montar su campamento en el poblado. Asintieron comprensivos cuando Josua y Daphne intentaron explicarles que ya habían construido una casa junto al río.

Ota sonrió, les cogió las manos y las juntó. Luego hizo un comentario cuyo significado podía sospecharse incluso sin conocer el idioma.

—¡Así no estarás sola!

Al final, la mitad del poblado acompañó a Daphne y Josua al campamento. En el camino, Ota señaló una montaña cubierta de vegetación.

—Monos —dijo.

¡Así que allí vivían los bonobos! Daphne no podía expresar todo su agradecimiento por la ayuda recibida y regaló a los pigmeos una parte de sus provisiones de alubias y arroz. Los nativos contemplaron interesados la cabaña y las tiendas con los empleados. Daphne supuso por los gestos durante una animada conversación que el contenido de esta giraba en torno a la comparación entre las tiendas y las cabañas redondas de ramas.

Emi se despidió en inglés con las palabras «*Goodbye*, Mujer de la Selva». Los demás lo hicieron en el idioma de los pigmeos. Daphne y Josua provocaron las risas de todos cuando intentaron imitar su despedida.

—Así que mañana veremos bonobos —anunció Daphne cuando se sentaron junto al fuego.

Los tres jóvenes habían encendido una hoguera y asaban la carne de unos animales pequeños que habían cazado y que Daphne no pudo ni quiso identificar. Josua compartió con ellos el contenido de una lata de alubias con salsa de tomate. Los sorprendió a todos con dos latas de cerveza.

En ese momento agitó apenado la cabeza.

—Mañana tengo que irme —susurró—. No puedo dejar el trabajo más de un par de días. ¡Lo siento!

Daphne bebió su cerveza con lentitud y alzó la vista al vasto cielo estrellado de África. Al hacerlo, apoyó la cabeza en el hombro de él. Un gesto prudente de aproximación que él podía fingir no advertir.

—¿Pero volverás? —preguntó ella.

—¿Quieres que lo haga? —Apoyó su cabeza en la de ella.

—Sí —respondió Daphne—. Ahora que me has construido una cabaña...

—A lo mejor un buen día soy bien recibido ahí dentro... —advirtió él—. No quiero cogerte por sorpresa. Y no sé lo que nos deparará el futuro. Tenemos que construir un nuevo Estado...

Daphne asintió.

—Haz lo que debas. Yo estoy aquí...

La besó con dulzura en el cabello, antes de ponerse en pie. Lily le lamió las dos manos.

—*Goodbye*, Mujer de la Selva —dijo sonriente—. Y *goodbye*, caniche. ¡Cuidaos!

—*Goodbye*, Hombre de Estado —respondió Daphne—. Y eso también es válido para ti. He oído decir que hacer política es a veces más arriesgado que vivir en la selva.

La saludó una vez más con la mano y se metió en su tienda.

Daphne siguió contemplando el cielo y pensó en David. Se diría que ella también había encontrado el amor. ¿Sería bueno para ella?

11

A la mañana siguiente, cuando salió el sol, Daphne se puso en pie. Se lavó en el arroyo, se preparó un té, comió una tostada y emprendió el camino rumbo a la montaña que los pigmeos habían señalado como morada de los bonobos. Llevaba consigo unos prismáticos, una cámara fotográfica y un cuaderno de apuntes, algunas tostadas y un plátano y, naturalmente, la brújula para no desviarse del camino de regreso. Dejó suelta a Lily hasta que llegaron a su objetivo y entonces la metió en la mochila.

La montaña de los bonobos estaba cubierta de una vegetación muy espesa, muchos árboles mostraban frutos que parecían comestibles. Daphne se propuso conseguir en cuanto le fuera posible una guía de plantas y, sobre todo, preguntar a los pigmeos con qué ampliar su menú sin correr peligro. Mientras todavía estaba pensando en eso, percibió de golpe un movimiento en un árbol, y, cuando levantó la vista, desapareció ágilmente algo negro y peludo entre el follaje. Lily soltó un pequeño ladrido, a lo que siguió una especie de escapada. Daphne vio tres traseros oscuros que se alejaban.

—Fantástico, Lily —musitó—. Justo lo que necesitaba. ¿No puedes quedarte calladita un rato?

Daphne siguió con la vista a los animales un par de minutos. Luego llegó a un claro en cuyo borde había varios árboles de los que colgaban frutos y decidió simplemente esperar. No quería atrapar a los bonobos, sino conocerlos, y tenía la esperanza puesta en su curiosidad.

Así que Daphne se sentó a la sombra, dejó que Lily olisqueara un poco a su alrededor y se preparó para pasar las siguientes horas allí. La espera no se le hizo pesada: había muchas plantas que dibujar para clasificarlas después y el aire estaba lleno de los melódicos sonidos de los animales. Menos agradables eran los insectos; esperaba que no todos los seres alados que revoloteaban a su alrededor picaran o mordieran. Se enfadó consigo misma por no haber preguntado a Lars con qué remedio solía untarse. En la selva virgen poco le importaba si olía mal.

Cuando intentaba ignorar la molestia de las picaduras, algo crujió en el árbol frutal y Daphne miró directamente el rostro pequeño y oscuro de un mono. No distinguió su expresión, habría necesitado los prismáticos, pero se imaginó que reflejaba expectación e interés. Daphne se forzó a permanecer tranquila; por suerte Lily se había dormido. Un par de minutos después, el monito se atrevió a salir de su escondite: un pequeño bonobo al que seguía su madre. Esta lo cogió en brazos y retrocedió con él, pero luego aparecieron dos bonobos más y empezaron con toda tranquilidad a coger los frutos del árbol. Por lo visto no se habían percatado de la presencia de Daphne y solo los alertó la conducta de la madre y el hijo. No se sintieron molestos. Daphne pudo contemplar durante unas horas cómo se llenaban la tripa al principio los cuatro y luego otros tres bonobos más que llegaron a eso del mediodía. La distancia todavía era demasiado grande para distinguir las diferencias entre ellos, pero supuso que tres de los animales eran varones. Habían llegado en grupos mixtos y no se peleaban por la comida. Había suficiente para todos.

Cuando el sol llegó a su cénit, todos los bonobos parecieron decidir juntos que había llegado el momento de hacer un descanso. El corazón de Daphne empezó a latir apresuradamente cuando bajaron del árbol para jugar en el claro, despiojarse entre sí o dar una cabezadita. Emitían sonidos, como si charlasen unos con otros; uno de los bonobos adultos hizo cosquillas al pequeño, que parecía especialmente aventurero, tanto que su madre no podía quitarle los ojos de encima para que no se fuera demasiado lejos y se acercara a Daphne. Pero era amable y los otros tampoco ahuyentaban al pequeño.

Daphne decidió ponerle el nombre de Kolumbus. Para entonces se había atrevido a sacar sus prismáticos y había confirmado que se trataba de un varón. A su madre la bautizó como Patience, «Paciencia». Tenía en la frente una llamativa calva, gracias a la cual se la podía reconocer enseguida.

Los bonobos apenas reaccionaban ante la presencia de la humana y de la perra, pero ella siempre lanzaba de reojo una mirada preocupada y curiosa. Daphne atrajo toda su atención sobre todo cuando sacó la comida y peló el plátano de modo que los animales lo vieran bien. El pequeño Kolumbus estaba fascinado con Lily, que por su parte no hizo mucho caso de los simios.

Al atardecer, los bonobos se retiraron y Daphne reprimió el deseo de seguirlos. Para ser el primer día había hecho un buen trabajo. Tenía que dejar que los animales marcaran el ritmo. Cuando puso a Lily en la mochila y se la cargó a la espalda se sintió observada. ¿Pensarían los bonobos que la perrita era su bebé? Eso debería infundirles confianza.

Daphne emprendió satisfecha el camino de regreso.

En el campamento, los muchachos le dieron a entender que la habían echado de menos y que estaban preocupados por ella. No querían dejarla sola la próxima vez, irían con ella para protegerla. Daphne decidió que Zahir la acompañase. Esta vez se llevaron su regalo: el racimo de plátanos. Daphne indicó al africano que lo dejara en medio del claro, entre ellos y el árbol frutal de los bonobos, que él identificó como una marula.

O bien Patience y Kolumbus durmieron más ese día, o bien la madre prefirió llevar a su hijo a comer a sitios en los que no pudiera cruzarse con malas compañías. Al cabo de un rato aparecieron cuatro animales; parecían adultos, pero no llevaban a ninguna cría. Naturalmente, enseguida descubrieron a Daphne y, por descontado, los plátanos, y seguro que también advirtieron la presencia de Zahir, quien se mantenía alejado entre la vegetación.

El grupo de los cuatro animales, tres varones y una fémina, se encontraba ante un dilema. Los animales querían coger los plátanos, pero tenían miedo de acercarse a la humana. Daphne observó diversas conductas de desplazamiento que ya había advertido en chimpancés y en personas. Los simios se tiraban de los labios o de los lóbulos de las orejas, se rascaban, se abrazaban y se despiojaban para reunir valor. Siempre había alguno que hacía un intento por acercarse a los plátanos, pero se asustaba y retrocedía, hasta que al final el más grande hizo de tripas corazón, corrió hacia el racimo de plátanos y arrancó uno. Otro se puso en pie para poder contemplarlo todo mejor o tal vez para mostrarse amenazador y distraer a Daphne de ese modo. No recibió recompensa por ello; el grande —Daphne lo bautizó Big— devoró triunfante el fruto. Los demás no se pelearon con él, pero, cuando hizo el segundo intento, Daphne se percató de que la fémina se acercaba a él y hacía una mueca y un gesto con la mano de petición.

«¡Está pidiendo!». Daphne escribió la primera observación sensacional y se emocionó cuando Big se dignó a compartir su botín con la joven fémina. Justo después, esta lo siguió hasta el racimo de plátanos y se sirvió ella misma. Al final, los cuatro se sentaron en torno a ese manjar y comieron, mirando a Daphne con atención, pero amistosamente. Daphne tuvo la sensación de que entre ellos se había roto el hielo.

¡Lo que sí iba a necesitar eran más plátanos!

El Congo, 29 de junio de 1960

Querido profesor Leakey, querida Mary:

He aquí mi primer informe desde el Congo. No puedo expresar lo feliz que me siento de poder comunicarles que mi intento de entablar amistad con los bonobos ha sido todo un éxito. Son unos seres muy ingenuos y amigables. Ya al cabo de unos pocos días se acercaban a mí, estudiaban mi equipo y se quedaban con mis víveres. Una cría en especial, a la que he puesto el nombre de Kolumbus, no se cansa de mirarnos a Lily y a mí; con él ya he podido dedicarme a las tareas favoritas de los bonobos: nos despiojamos. Kolumbus no me encuentra, naturalmente, nada, ya que me lavo cada día en las aguas claras del arroyo que pasa junto a nuestro campamento. Son las que bebo y con las que me preparo el café. Al igual que entre los chimpancés, el cuidado mutuo del pelaje es uno de los contactos sociales más importantes entre los bonobos.

Sin embargo, aquí terminan las características comunes en la conducta social. Josua Ngongo no exageró: los bonobos se comportan de una manera más afectuosa entre ellos, así de sencillo. Pude ver gestos que expresan petición, sin que esta estuviera vinculada a la sumisión. Si bien hay una jerarquía, no se basa en la violencia, sino en la experiencia y en la capacidad para solucionar problemas. No se impide que las crías exploren el mundo, pero a los pequeños no les quitan el ojo de encima, sobre todo las madres. Nadie los golpea o es agresivo con ellos, tal como he observado con frecuencia entre otros simios en nuestro zoo. Además, siempre hay algún otro miembro del grupo que se ocupa de las crías. En general son muy juguetones, también los animales adultos. Según tengo entendido, no sucede lo mismo entre los chimpancés. Los bonobos se diferencian de otros primates en lo que se refiere a la conducta de apareamiento. Mientras que en general las féminas de otros primates solo tienen relaciones sexuales cuando están en celo, los bonobos siempre se aparean, al parecer por puro placer o para hacer las paces cuando surgen desacuerdos. En especial, observo en tales situaciones que las féminas tienen actividad sexual entre ellas.

Resultan especialmente interesantes otras observaciones que invalidan unas teorías actuales sobre las diferencias entre animales y humanos. Los bonobos utilizan herramientas, por ejemplo piedras para romper nueces o briznas de hierba para sacar termitas de un nido. Lo he fotografiado y tengo la intención de escribir en breve un primer artículo al respecto que quiero presentar a *Nature* o a otra revista. Contar con artículos publicados seguro que me facilitará ampliar el campamento y acoger, como ustedes, a estudiantes que puedan realizar más observaciones. No obstante, esto dependerá de cómo se desarrolla la situación política en el Congo. Escribo esta carta estando de viaje: dos de mis ayudantes y yo nos dirigimos a Mbandaka para celebrar allí, o incluso mejor en Leopoldville, si encontramos la oportunidad de compartir un coche, la independencia del Congo. Lumumba y sus partidarios por fin lo han conseguido: los belgas ponen en sus manos el país y Lumumba se convertirá en primer ministro. Josua trabajará con él como una especie de secretario de Estado, al igual que otro hombre llamado Mobutu. Todos se sienten muy optimistas y se alegran de desprenderse del yugo de los blancos. Por lo que ha contado Josua, estos deben de haber tratado muy mal a los nativos.

Sin embargo, el nuevo gobierno todavía depende en muchos aspectos de los belgas, el nivel de formación entre los nativos es muy bajo y hay muy pocas personas o casi nadie que pueda ejercer en cargos altos o medios de la administración. En un principio, el ejército permanecerá bajo la administración belga. Josua está preocupado por si el pueblo lo aceptará o no. A mí esto no me atañe. No tengo casi nada que ver ni con los belgas ni con los congoleses; exceptuando a mis tres asistentes, solo me reúno con los pigmeos. Su poblado se encuentra a una hora a pie del campamento. Aunque no compartimos ningún idioma, nos entendemos con gestos y mímica. Son muy cariñosos y me invitan a sus fiestas. Celebran, por ejemplo, el día que una muchacha tiene su primera menstruación. Entonces, se le hace un tatuaje especial que indica que es adulta y que está a disposición en el mercado matrimonial. Esto no significa que se convierta en una presa fácil, los pigmeos cuidan mucho de sus mujeres. Ni siquiera hay un reparto estricto de trabajo: ambos géneros cazan y cosechan para abastecer a la tribu. Los hombres cazan con flechas y arcos, pero toda la tribu se implica en la caza con redes, actividad en la que también participan los perros conduciendo a los animales, en su mayoría especies más pequeñas cuya carne y piel aprovechan en su totalidad. No podrían consumir a los animales más grandes antes de que la carne se pudriera, lo que ellos consideran un sacrilegio.

Estoy aprendiendo mucho acerca de raíces, frutos y bayas comestibles, arbustos y árboles autóctonos gracias a las recolectoras. Lamentablemente, las mujeres no conocen sus nombres en inglés, así que solo puedo nombrarlas con la divertida lengua clic de los pigmeos. Las mujeres se tronchan de risa cada vez que intento pronunciar una palabra.

Ya ven, querido profesor y querida Mary, aquí no me aburro. Lo único que echo de menos es un cartero. Para llegar al siguiente pueblo hay que caminar durante días o ir por el río. En Mbandaka puedo enviar esta carta y espero encontrar también correo para mí. A veces me entristece un poco no tener la posibilidad de mantener el contacto con mis padres, que tanto se interesan por nuestro trabajo.

Les saluda afectuosamente, su feliz y agradecida,

Daphne Lemberger

12

—¿Quieres venir a Heraclión? —preguntó Grit a Henny.

Sabía perfectamente que su hija aprovechaba cualquier oportunidad para ir a la ciudad y reponer medicamentos, comprar libros y papel de carta y contemplar, aunque solo fuera un rato, algo distinto a la playa y el pueblo. No obstante, Henny se preguntaba qué rondaba por la cabeza de Grit. Esta casi nunca acompañaba a los beatniks cuando emprendían el camino hacia la civilización, lo que por lo general sucedía cuando había que llevar a alguien al transbordador. Justo en esa época, cuando se acercaba la Navidad, una parte de los jóvenes aventureros sucumbía a la añoranza. Además, en las cuevas ya no se estaba tan cómodo como en verano. Con frecuencia, Henny y Audrey pasaban frío en los colchones; a lo mejor en la ciudad podría adquirir otros más gruesos o comprar unas mantas de verdad. Ya hacía tiempo que los beatniks volvían a vestir pantalones y jersey, y ya nadie se bañaba en el mar, lo que conllevaba que en las cuevas el olor a moho cada vez fuera más fuerte. También tendría que comprar jabón…

Henny tenía ganas de ir con ella, pero no de asistir a una *jam session* en un club o internarse en el mercado negro en busca de marihuana.

—¿Qué quieres hacer allí? —preguntó, y la respuesta que recibió la asustó más que la idea de contactar con estafadores y camellos.

—Tengo que ir a la central de teléfonos —contestó solícita Grit—. Telefonear a Estados Unidos..., al administrador de mis propiedades. Y a un agente inmobiliario. Quiero vender la casa de Boston.

—¿La casa en la que... viviste con tu padre? —preguntó atónita Henny—. ¿Tu casa? Pero..., ¡pero no puedes hacer algo así! Has pasado toda tu infancia allí y seguro que un día querrás regresar. ¿No es ese tu hogar?

A Henny nunca se le habría ocurrido vender Epona Station o los alojamientos para el servicio en donde vivía con sus padres.

—Sí —dijo Grit, manifiestamente abatida—. Por desgracia no nos queda otro remedio. Nos estamos quedando sin dinero...

—Pero... —Henny casi había perdido el habla—. Tú tenías mucho dinero. El que ganaste y... el de..., el de Philipp...

Grit se encogió de hombros.

—El dinero viene y se va —respondió indiferente—. He prestado a uno y a otro..., he invertido...

Y todo había acabado en nada con el restaurante vegetariano de Lauren y Fanny en Mátala, al igual que con la productora de discos para la que Joe y su banda habían viajado excepcionalmente a Atenas. Henny ya se había temido que Grit hubiese participado como inversora. Pero que hubiese gastado toda su fortuna en esos cuestionables proyectos era preocupante y no parecía haber aprendido nada con la experiencia. En lugar de intentar lo antes posible volver a ganar dinero, tenía pensado seguir viviendo en Mátala, al menos hasta que toda su fortuna —la casa de Boston era enorme y muy valiosa— se hubiese agotado. Henny tenía que tomar una decisión deprisa. Pero ahora, que ni siquiera habría suficiente dinero para cuidar como era debido a Audrey, le resultaba aún más difícil abandonar a su hermanita.

Henny empezó a pensar seriamente en escapar con Audrey. Seguro que llegaban hasta Atenas sin llamar la atención y luego… ¿Tal vez acudir a la embajada de Nueva Zelanda? Audrey necesitaría un pasaporte… En el momento en que los funcionarios desconfiaran de la ausencia de la madre y cuando Grit informara del secuestro de su hija, era posible que metieran a Henny en la cárcel. No dejaba de darle vueltas a la cabeza, así que todavía le fue más difícil escribir la carta a sus padres y sus abuelos en un tono positivo.

> En Grecia hace buen tiempo pese a que es invierno, pero en las cuevas hay humedad…

Nellie intentó de nuevo leer entre líneas la carta de su nieta. En Nueva Zelanda era verano y estaba sentada con April y Mia en el jardín de Epona Station, sosteniendo la última misiva en la mano.

—Y está orgullosa de hablar tan bien el griego que ya no necesita una traductora y así puede ganar dinero —intervino April—. ¿Por qué tiene que hacerlo? Se supone que a Grit le sobra.

—En cualquier caso, la creo cuando dice que vivir en las cuevas en invierno es cansado —opinó Mia—. Aunque vivan en un país mediterráneo. Cuando era joven a menudo viajaba con mi padre, estuvimos también en Atenas y, como menciona Henny, hace sol, pero frío al mismo tiempo. ¿Por qué Grit se está haciendo esto, Nellie? ¿A ella y a sus hijas? Si está convencida de que tiene que vivir en Grecia, podría buscarse una pensión decente.

—Y una niñera para Audrey —añadió April—. Creo que Henny está harta de esa playa y de esas cuevas. Al final pregunta por los caballos. Y suena como si quisiera aparecer en Epona Station por arte de magia. Tal y como tú sospechabas, Nellie, no quiere abandonar a su hermana. ¡Me encantaría que alguien fuese a ver cómo están las cosas por allí!

Mia sonrió y se dirigió a Nellie.

—Podrías volver a enviar a Walter y que fuera a recogerla.

Durante la guerra, el servicio secreto había enviado a Walter a Creta para, haciéndose pasar por un oficial alemán, actuar como espía británico.

—No creo que se deje convencer otra vez —contestó Nellie—. Pero en principio es una idea brillante. Ahora mismo escribo a Maria. Necesitamos la dirección de David Lemberger.

Henny encontró la solución definitiva para su dilema cuando estaba leyendo a Audrey un nuevo cuento que había comprado en Heraclión. Trataba de una pareja de pingüinos que se ocupaban con cariño de un huevo del que, al final, salía un gracioso pollito. Las ilustraciones eran muy bonitas y la historia que se contaba era real. Las parejas de pingüinos aúnan sus fuerzas para criar juntos a sus crías. ¿Por qué el padre no se iba a interesar también por sus hijos?

Por la tarde se unió a un gran corro de beatniks que se habían concentrado alrededor de una hoguera en una de las cuevas más espaciosas, bebiendo vino y pasándose porros. Además, Henry, uno de los poetas, leía su obra. A Henny no le sorprendió que se hubiese sentido incomprendido durante toda su vida, sobre todo por su familia. Encajaba con sus planes. Esperó a que Grit se relajara y se inclinara sobre el hombro de su último amigo, un clarinetista llamado Gaylord.

—¿Quién es en realidad el padre de Audrey? —preguntó como de paso, y bebió un trago de vino para que pareciera que la idea se le había ocurrido espontáneamente, estando algo achispada.

—No tiene padre. —Grit dio su respuesta habitual—. Solo es hija mía.

A su lado, Gaylord se rio.

—¿Y durante el embarazo todavía eras virgen? ¡Esto precisa de un poema, Henry!

Henry le lanzó una mirada ofendida. Por lo visto se había tomado a mal que su auditorio no hubiese encontrado genial su poema épico.

—Seguro que era un músico... —tanteó con cuidado Henny. Mientras Grit vivió con su padre tuvo contacto sobre todo con músicos—. Seguro que el talento le viene de los dos...

Henny esperaba que Grit no se lo tomara como una burla. En realidad, ya debía de haberse dado cuenta de que el talento musical de Audrey no superaba el de la media.

—Chelo... —dijo ensimismada Grit—. Era un..., un chelista muy bueno... —El corazón de Henny dio un brinco—. Vincent... Un tipo amable, pero no... de la misma clase que Paul. ¿Te he hablado alguna vez de Paul, Henny?

Claro que Grit le había hablado de Paul. Ya no rompía a llorar al pronunciar ese nombre, pero cuando había bebido se sumía en la melancolía.

Henny comprendió que esa noche ya no averiguaría más. Si pudiera comprobar que cuando murió Philipp tocaba en la Orquesta Sinfónica de Boston un tal Vincent... Seguro que era posible desde Nueva Zelanda. Pero ¿desde Creta? ¿Y si se limitara a escribir a los directores? No tenía direcciones, pero en la oficina de Correos de Boston seguro que sabrían cómo contactar con la orquesta.

Vincent Langdon caminaba ensimismado por la elegante calle cercana a la Ópera en la que habían residido Philipp de Groot y su hija. Seguía trabajando en Boston, la ciudad le gustaba y tenía muchísimos recuerdos en ese lugar, especialmente en esa calle.

Vincent no podía olvidar a Grit de Groot, nunca entendería por qué se había marchado. Pero en la casa todavía vivía la vieja ama de llaves. El jardín y el edificio estaban cuidados, las flores junto a la puerta de entrada resplandecían con todos los colores de la incipiente primavera. La mansión estaba como a la espera de que su propietaria regresara en cualquier momento.

Vincent no lo admitió, pero era lo que él ansiaba. A lo mejor Grit también lo añoraba... o en un momento dado reconocía de golpe lo que él había representado para ella. Sabía que no era más que un sueño, pero no podía dejar de soñar... hasta que vio el cartel en el jardín anterior de la casa:

EN VENTA

Debajo estaba escrito el número de teléfono de un agente inmobiliario.

Lo primero que se le ocurrió fue acercarse allí y llamar a la puerta. A lo mejor la señora Mason le daba más información, si tenía miedo de perder su bonito y tranquilo empleo. Luego se lo pensó mejor. Primero intentaría contactar con el agente inmobiliario.

Resultó ser una agente inmobiliaria dispuesta a reunirse con Vincent al momento para enseñarle la casa.

Vincent lo rehusó.

—Conozco la casa —admitió—. En tiempos de Philipp de Groot me invitaron con frecuencia. Y ahora me pregunto por qué quiere renunciar a ella la heredera. Ella... Bueno, no puede ser por problemas económicos, heredó una gran fortuna.

Por suerte, la señora Martin resultó ser dicharachera.

—Sí, y ha descubierto que la vida es bella —confesó riendo—. También era música, ¿verdad? Ahora vive de las rentas. Se lo está pasando bien en una isla griega...

—¿Está en Grecia? —El corazón de Vincent dio un brinco.

Sabía que Grit había estado en Creta durante la contienda. Si la memoria no le engañaba, no había tenido demasiadas buenas experiencias allí. Pero todo era posible—. ¿A lo mejor... en Creta?

La señora Martin reflexionó unos instantes.

—Sí, ahora que lo dice... —confirmó—. ¿Está usted interesado en la casa?

Cuando él se despidió, parecía malhumorada.

Vincent no podía renunciar a sus compromisos profesionales. La orquesta descansaba en verano, todavía quedaban unas funciones. Pero decidió que, en cuanto estuviera libre, viajaría a Creta. Se convenció de que se lo debía a Philipp de Groot. Tenía que buscar a Grit.

—¡Tienes carta!

Evangelina se coló como siempre sin que nadie la viera en el apartamento de David y se lo encontró dibujando planos generales.

Ya casi había concluido su trabajo en Atenas; en dos semanas se celebraría una gran fiesta de inauguración de los Jardines Reales, que se abrirían gratis para los ciudadanos y ciudadanas que quisieran pasear y descansar. David ya estaba trabajando en otro pedido. Tal como había dicho Evangelina, muchos griegos ricos se habían dirigido a él y le habían ofrecido mucho dinero para que diseñara sus jardines privados. Por el contrario, no había ningún zoo que planeara una reforma importante. Si quería ganar dinero, tenía que quedarse en Grecia.

Evangelina ronroneó como una gata cuando se enteró, y eso que ya estaban hablando de su compromiso con Stavros Michelakis.

David cogió la carta sin decirle nada. Ya le había aclarado varias veces que quería acabar con su relación, pero Evangelina no lo soltaba. A esas alturas solo la veía como una niña mimada, que toda su vida había obtenido lo que quería y que no entendía que había límites. Todavía sabía excitarlo, pero la magia había desaparecido. A David le habría gustado irse de Atenas cuanto antes mejor.

En ese momento, lo primero que le llamó la atención fue el sello neozelandés del sobre. También Evangelina se había percatado al instante.

—¿Y eso? ¿Quién es esa Nellie von Prednitz que te escribe? ¿He de ponerme celosa? —preguntó sonriendo.

—La tía Nellie... —David abrió el sobre sin contestar a la pregunta de Evangelina—. Hace mucho que no sé nada de los Von Prednitz.

No tuvo ninguna posibilidad de leer la carta a solas. Evangelina estaba convencida de que entre ellos no había secretos. Leyó la carta por encima del hombro de David.

> Querido David:
>
> Seguro que estás sorprendido de recibir noticias mías, tu querida madre me ha dado amablemente tu dirección. Maria y Bernhard siempre nos tienen al corriente sobre tu paradero y el de Daphne y sobre vuestros progresos profesionales. Por eso sé que pronto concluirás el trabajo que tienes ahora en Atenas. De ahí que se me ocurriese la idea de dirigirme a ti para pedirte un gran favor...

David y Evangelina leyeron fascinados la historia de Grit, su amor desgraciado y el viaje a sus raíces en compañía de sus dos hijas.

Al final, Nellie escribía:

> Y, ahora, el favor que te pido. Tal como te he contado, Henny nos escribe a menudo, pero sus cartas dejan muchas preguntas sin respuesta y estamos cada vez más preocupados, sobre

todo por Henny y, naturalmente, también por Grit y su hija pequeña. April ya está pensando en marcharse a Grecia para asegurarse de que su hija está bien, pero para nosotros representaría un viaje de varias semanas, cuando no de varios meses. A ti, en cambio, solo debe de separarte de Creta un viaje en transbordador, aunque no sé si la distancia es muy grande. A lo mejor podrías ir a ver Mátala en una excursión de un día o tal vez invertir varios días para ayudarnos. Los gastos te los reembolsaremos, por supuesto. No me entiendas de forma errónea, por favor, no te pido que obligues a Grit a volver o que secuestres a sus hijas. Solo nos importa saber cómo viven y si su existencia allí realmente es tan feliz y carente de preocupaciones como la presenta Henny.

Piénsatelo, por favor, y toma en consideración este viaje a Creta. Aquí en Nueva Zelanda todos te lo agradeceríamos mucho y estoy segura de que tus padres apoyarían mi petición.

Con cariño, tu

TÍA NELLIE

—«Tía», en efecto —constató Evangelina, complacida—. ¡Pues claro que vamos a hacerlo! Escríbele enseguida, los transbordadores salen cada día. Mañana mismo podemos marcharnos.

David dejó la carta a un lado.

—¿Mañana mismo? Yo no puedo irme —empezó a decir pensativo, y luego añadió algo enfadado—: ¿Cómo voy a hacerlo cuando falta tan poco para terminar las obras de los jardines? Tengo que estar aquí en la fiesta de inauguración, y tú también. ¿Cómo vas a justificar que me acompañas a Creta? Allí no te necesito, puedo encontrar solo a Grit de Groot.

Evangelina rio.

—Bueno, bueno, ¿no estarás sobrevalorando un poco tus conocimientos del griego? Pero tienes razón, llamaría la atención que los dos desapareciéramos antes de la fiesta. Hagámoslo de otro modo. Acabas tu trabajo, te llevas admiración y dinero y te vas luego de vacaciones. No tienes que decirle a mi padre a dónde. Y yo, simplemente, voy a ver a mis amigos cretenses…

—¿Tienes conocidos allí? —preguntó David.

No le sorprendía. Evangelina parecía tener amigos en toda Grecia.

—¡Claro! —Se desprendió de la chaqueta—. Hasta tengo familia. Somos originarios de Creta. ¿No te lo he contado nunca? Los Kallergis dominaron la isla. No me preguntes cuándo, pero... —se dio la vuelta y lanzó la falda por los aires— soy algo así como una princesa cretense. ¿Y tú pretendes dejarme aquí? Además, he oído hablar de Mátala. ¡Debe de ser fantástica! Es como una especie de colonia de artistas. Literatura, música..., ¡amor libre! —Lo miró resplandeciente—. Podría pintar un poco. A lo mejor un día me hago famosa y no tengo que casarme. ¿Te lo imaginas, David? Los dos en la playa, durmiendo en cuevas..., bailando, divirtiéndonos...

—Evangelina, iré a buscar a Grit y a conversar con ella y Henny, y luego regresaré —dijo David ya harto—. No quiero formar parte de ninguna colonia y tampoco me veo en el papel de cavernícola...

Evangelina se desnudó y se estrechó contra él.

—Con el tema del amor libre se me ha ocurrido una idea —susurró—. ¡No seas aguafiestas, David! ¡Ya verás, Creta será una maravilla!

El precio de la libertad

África – El Congo
Grecia – Creta

De 1960 a 1961

1

—Todo se desmorona.

Todavía no habían transcurrido cuatro semanas desde las fiestas por la independencia del Congo cuando Josua esperaba a Daphne en su campamento. Ella regresó, tras pasar todo el día con los bonobos, sudada y cansada, pero rebosante de impresiones y hallazgos. El rostro de su amigo, en cambio, reflejaba decepción y agotamiento, y no solo porque había realizado un viaje demoledor por la selva.

Después de no haberse visto durante un largo tiempo, el primer impulso de Daphne fue lanzarse a abrazar a Josua, pero no le pareció oportuno. Tal vez la noche bajo el cielo estrellado solo había sido un sueño. Le tendió las manos, como solía hacer con David, y sintió como si se cerrara un círculo cuando él las cogió y las sostuvo, como si le dieran apoyo.

—Qué bien que estés aquí —dijo dichosa—. Pero ¿qué es lo que te trae al campamento? Pensaba que ibas a estar ocupado los próximos meses.

Daphne y sus dos acompañantes habían conseguido llegar a Leopoldville el día de la Independencia, pero solo habían visto a Josua unos minutos a toda prisa. Tras un duro discurso contra el poder colonial belga, Lumumba se dirigía a la delegación de ese país para limitar los daños, según él mismo había expresado. Aunque la mayoría de los congoleños habían odiado a los ocupantes, ¡no se le podía soltar a nadie a la cara tales palabras en el marco de una celebración! Daphne también había encontrado que el discurso era una afrenta para los belgas, cuya ayuda necesitaba el Congo en ese periodo de transición. La reacción del monarca belga y su séquito fue, naturalmente, la esperable. El rey Balduino se había marchado de inmediato.

—¿No has conseguido calmar a los belgas? —preguntó Daphne cuando Josua no contestó de forma inmediata—. ¿Qué ha sucedido? —Ella había vuelto el día después de la celebración para estar con sus bonobos.

Josua le soltó las manos y se sentó en una silla de camping que ella había colocado delante de la cabaña, donde antes la había estado esperando.

—Todo se desmorona —contestó él—. Todo aquello por lo que hemos trabajado... Primero el ejército empezó a rebelarse; los congoleños no querían seguir trabajando bajo las órdenes de los belgas, seguían sintiendo que los trataban como a esclavos. Y en eso no les faltaba razón. Pero no queríamos nombrar oficiales a personas que ni siquiera saben leer ni escribir. Al final africanizamos de un modo radical el cuerpo de oficiales, pero se han producido atropellos contra los civiles belgas. Se habló de violaciones y de inmediato el pánico se extendió. Los europeos abandonan el país en masa, dejando vacantes sus puestos en la administración y la economía. Te lo quería contar, Daphne..., por si quieres marcharte.

La miraba con una expresión abatida. Lily, que ya lo había saludado impetuosamente antes que Daphne, le lamió la mano. La joven se levantó, se acercó a él y le pasó la mano por el cabello. Era crespo, pero sorprendentemente suave.

—Ay, Josua, ¿por qué iba a querer marcharme? ¿No habíamos hablado ya de que yo no me asusto por que haya personas con un color de piel distinto del mío?

—Las mujeres de Thysville tenían todas las razones para estar asustadas —contestó Josua, rascándose la frente—. Era una plaza militar, y...

—Y esto es la selva. Estoy rodeada de amigos. Incluso hemos acabado con los cazadores furtivos... —En uno de sus paseos de observación había sorprendido a un hombre controlando las trampas. Al ver que era blanca, había deducido que tenía que ser ella quien saboteaba su caza y la había amenazado. Pero entonces había aparecido Vuyo, le había apuntado con el fusil y, para su sorpresa, habían surgido algunos guerreros pigmeos con el arco tensado. Esos hombrecillos habían atemorizado al cazador furtivo más que el hombre grande con el arma de fuego, pues era conocido que los pigmeos cazaban con flechas envenenadas. Vuyo había intercambiado con él unas palabras tajantes, de las que Daphne prácticamente no había entendido ninguna, salvo gobierno. Le había explicado que Daphne estaba trabajando allí con el consentimiento de la autoridad. Los pigmeos también habían intentado comunicarle que la Mujer de la Selva se encontraba bajo su protección y, cuando él puso pies en polvorosa, le habían lanzado un par de flechas para subrayar su mensaje. Después de eso, los cazadores furtivos habían trasladado sus actividades a entornos en los que el aire estaba menos cargado de balas y flechas emponzoñadas—. Debes pensar en otras cosas —indicó Daphne después de contarle el episodio—. Quédate un par de días aquí, te presentaré a los bonobos. Tienes que conocer a Kolumbus y sentir de nuevo la tierra, no solo el Estado...

Josua consiguió esbozar una sonrisa.

—La Mujer de la Selva —dijo—. ¿Qué habré hecho yo para merecerte?

Josua solo se permitió un día libre antes de regresar a Leopoldville, pero fue tan bonito que ninguno de los dos lo olvidaría jamás. Daphne lo llevó a ver los bonobos, de los cuales ya conocía lo suficientemente bien a dos grupos para diferenciar a sus miembros. Uno de los grupos la aceptaba tanto que podía jugar con algunos de sus integrantes, también tocarlos y hacerles cosquillas. El pequeño Kolumbus incluso cogía los plátanos de la mano de la extraña visitante.

—Por lo valiente y autónomo que es, ya se percibe que será un macho alfa —señaló—. Si no se lo come antes un león…

Por la noche volvieron a sentarse junto al fuego y Josua le habló de la época de la ocupación belga y de la relación entre los africanos y los blancos. Daphne enseguida comprendió que se refería también a su relación. Josua le explicó que el amor entre un africano y una mujer blanca había sido uno de los mayores tabúes durante el periodo de la colonización. Mientras que los hombres blancos podían tener amantes africanas, a las mujeres blancas se les infundía un profundo temor hacia los nativos. Se contaban historias terroríficas sobre su supuesta desenfrenada y bestial sexualidad.

—Por eso me sorprendí cuando tú… —La miró preocupado a los ojos. Ella volvió a apoyarse contra él como en su primera noche.

—A mí nadie me las ha contado —dijo—. Conocí en el circo a algunos negros. Y, por supuesto, a maoríes en Nueva Zelanda. April, que nos cuidaba cuando éramos pequeños, se casó con uno. Para mí era del todo normal. Nunca se me habría ocurrido acusar a una persona de piel más oscura de algo. Los animales también tienen colores distintos. ¿Dónde está el problema?

—Tú eres la primera mujer en mi entorno que no ve ninguno —musitó Josua.

Daphne se encogió de hombros.

—Mi padre es judío. De los judíos también se dicen las cosas más absurdas. Y eso que tienen el mismo aspecto que todos los demás. —Se rio—. Creo que también hay judíos de piel oscura.

Josua la rodeó con un brazo.

—Desearía tomármelo tan a la ligera como tú…

Daphne negó con la cabeza.

—Mi padre no se lo tomó a la ligera. Primero huyó de Alemania y después de Nueva Zelanda a Australia. Sé que no es algo divertido. Pero algo debe cambiar en el Congo. Ahora estáis en el gobierno. Así que acabad con esta locura. ¡Todo el mundo debe tener derecho a amar a quien quiera!

—¿Me… permitirías entonces que te besara? —susurró Josua.

—Es más, insisto.

Daphne se volvió sonriendo hacia él y sintió una alegría infinita cuando sus labios se encontraron. Durante un par de horas mágicas soñaron con un nuevo Estado y con una sociedad pacífica en la que no había límites para el amor.

2

David estaba acostumbrado a que todas las miradas de sus congéneres varones se sintieran irresistiblemente atraídas por Evangelina cuando él se mostraba en público con ella. Al principio le divertía. Luego casi sintió algo de orgullo. Pero ahora lo ponía nervioso. Evangelina salía fotografiada en las revistas del corazón tan a menudo que él se temía que alguien pudiera reconocerla y especular después acerca de quién era el hombre que la acompañaba. Para prevenir que algo así ocurriera, la joven llevaba ese día un sombrero de ala muy ancha que combinaba con el vestido estampado de flores y proyectaba una amplia sombra sobre su rostro. Pese a ello, David se ocupó de conducirla a un territorio más solitario del transbordador que los llevaba a Creta. En el área de babor había mucho ruido y apestaba a diésel, pero al menos estaba desierta, salvo por un joven alto y rubio, con un elegante traje de verano, que, sorprendentemente, no parecía en absoluto interesado por Evangelina. Parecía encerrado en sí mismo y hojeaba un manual de conversación griego y un colorido folleto de las curiosidades turísticas de Creta. ¿Sería el inglés su lengua materna? David lo saludó educadamente y recibió una sonrisa amistosa y casi aliviada como respuesta.

—Qué agradable escuchar sonidos familiares —dijo el hombre—. Para ser sincero, me imaginaba que sería más fácil desenvolverse por Grecia. Suerte que al final he encontrado el transbordador correcto.

Evangelina rio. El hombre advirtió entonces su presencia y ella se alegró de tener un nuevo interlocutor. David había estado callado toda la mañana. Esa compañía que Evangelina le había impuesto resultaba para él un fastidio.

—¿Es la primera vez que viene a mi país? —preguntó.

—¿A Grecia? —preguntó el joven—. No, en realidad no, por razones de trabajo he estado varias veces en Atenas. Pero entonces no nos hicimos cargo de la organización, no teníamos que preocuparnos de nada. Incluso cuando se preparaban excursiones, contábamos con guías que hablaban en inglés.

—¿Y ahora va de vacaciones a Creta? —quiso saber Evangelina.

Él se mordisqueó el labio.

—En cierto modo... —contestó—. Discúlpenme, todavía no me he presentado, soy Vincent Langdon.

—David Lemberger —respondió David—. Y Evangelina Ka...

—Evangelina es suficiente —lo interrumpió ella—. No tenemos que ser tan formales. ¡También nosotros estamos de vacaciones! Creta es preciosa. Le gustará.

Evangelina tenía mucha facilidad para relacionarse con desenvoltura con los demás. En la hora que siguió, estuvo conversando con Vincent Langdon sobre las maravillas de Creta y el interesante pasado de la isla, desde el Minotauro hasta la resistencia de los partisanos en la Segunda Guerra Mundial.

Esta, en especial, pareció interesar a su nuevo conocido. David propuso que fueran a comer juntos al restaurante del ferry. Encontraba simpático a Vincent y además, si sorprendían a Evangelina con dos extraños, la situación no sería tan comprometedora como si la veían con uno con el que era evidente que tenía confianza.

La conversación en la mesa fue agradable. David habló de su trabajo en Atenas, Evangelina de sus estudios en Sídney, Basilea y Nueva York. Vincent había visitado todas las ciudades, aunque no había visto mucho más en Sídney y Basilea que en Atenas. A Evangelina le pareció fascinante que se presentara como un músico de orquesta que había viajado por medio mundo con sus giras, pero sin conocer realmente ningún lugar.

—Y ahora está usted de vacaciones en Europa para verlo todo con calma —concluyó Evangelina—. Qué buena idea. Si lo desea, puede usted venir con nosotros. Voy a enseñarle Creta a David. Aunque primero tiene que solucionar un asunto...

Para alivio de David, Vincent parecía tan poco entusiasmado como él mismo ante la idea de viajar todos juntos. Ya estaba acabando el mes de abril cuando por fin habían podido marcharse de Atenas, y no tenía en absoluto el propósito de permanecer meses en la isla. Quería encontrar a Grit y Henny, hablar con ellas y volver después lo antes posible a la capital griega. Y a continuación a Perth o a cualquier otro lugar. Fuera como fuese, pensaba poner un océano entre Evangelina y él antes de que Yanis Kallergis o Stavros Michelakis los descubrieran.

En cualquier caso, Vincent puso alguna excusa, pero dejó que Evangelina le recomendara un hotel. Naturalmente, ella se alojaba en uno de los mejores de la isla —oficialmente—; no le había ocultado a su padre que iba a visitar a sus amigos de Creta. No permitió que David le pusiera ningún pretexto y reservó otra habitación para él, y a Vincent Langdon no pareció asustarlo el precio. Era evidente que estaba acostumbrado al lujo de los grandes hoteles. David dedujo que pertenecía a una de las orquestas más importantes del país, cuyos miembros eran alojados como reyes. Aunque Vincent le había mencionado la Sinfónica de Boston, el nombre de la orquesta no le había dicho mucho. Evangelina, por el contrario, había quedado muy impresionada.

Esa noche, David quería retirarse temprano. La travesía de diez horas —la embarcación había zarpado a las cinco de la mañana de Atenas— lo había fatigado y, si bien encontraba simpático a Vincent, esas conversaciones triviales lo agotaban. Aun así, Evangelina se empeñó en salir y quedó con sus amigos. David se encontró con Vincent al ir a cenar en el hotel y se sorprendió de que el estadounidense todavía no pareciera cansado.

—Es el cambio de horario —explicó Vincent—. He volado de Nueva York a Londres, y de allí a Atenas. Se va mucho más deprisa que en barco, pero no hay tiempo para acostumbrarse a los distintos grados de latitud. Ahora, por las noches me siento como si fuera de día y por la mañana estoy hecho polvo...

David lo encontró interesantísimo. Contar con vuelos regulares, una posibilidad que se ofrecía desde hacía poco tiempo, podía facilitarle también a él su vida profesional. Pidió a Vincent que le diera una información más detallada y ambos acordaron ir a tomar juntos una copa.

—¿Hay algún sitio donde se pueda oír música? —preguntó Vincent al recepcionista, un hombre joven que hablaba muy bien inglés.

—¿Qué tipo de música le gustaría oír? —preguntó el empleado del hotel—. Heraclión cuenta con una oferta musical muy variada. Desde la música tradicional griega, el buzuki, hasta...

—Conozco a una persona que mucho tiempo atrás tocaba el buzuki... —dijo Vincent pensativo—. Tal vez lo esté haciendo de nuevo...

—Lo dicho, desde el buzuki hasta el modern jazz, bebop... —siguió enumerando el recepcionista—. Se está experimentando mucho.

Vincent prestó atención.

—Pocas veces tenemos la oportunidad de oír algo así —señaló a David—. Boston es un lugar conservador, pero en Nueva

York y California causa furor. Hasta ahora solo he oído discos, nunca he asistido a un concierto en vivo…

—Pues vayamos a uno —sugirió David, animoso—. Siempre que los bares en los que se interpreta esa música no estén en el otro extremo de la ciudad.

El recepcionista les aconsejó un local y les pidió un taxi. Un par de minutos más tarde se encontraban en una calle secundaria de la capital, delante de una taberna más bien lóbrega. A las mesas de la calle estaban sentados unos hombres vestidos con colores oscuros, con barbas de chivo o barbas pobladas, y mujeres con pantalones a media pierna, negros en general, y jerséis holgados. Todos llevaban gafas de sol, aunque ya había oscurecido, y todos fumaban y bebían. La mayoría bebía vino, y alguno que otro licores fuertes. Del local salía una música cuyo volumen David encontró tolerable. Vincent escuchaba con interés, aunque el mismo David no habría sabido por dónde empezar con esas melodías a veces faltas de armonía y sincopadas. Pidieron cerveza.

—El pianista es estupendo —sentenció Vincent, fascinado—. Los otros no son malos…

—¿Eso cree usted? —David bebió un trago—. A mí no me parece demasiado melodioso. Es más bien como si cada uno fuera a lo suyo y se juntaran por azar. —Él y Daphne no carecían de sentido musical. Sobre todo su madre, Maria, a quien siendo niña habían persuadido de que las clases de piano eran imprescindibles en la formación de una joven de casa bien, siempre los había llevado a conciertos y les había puesto discos para que los oyeran. Pero Maria no solía disfrutar de la música de un modo soñador e irreflexivo, sino que solía analizar las piezas y explicar a sus hijos las corrientes estilísticas, nombrarles los acordes y los ritmos y evaluar las interpretaciones. Su padre, Bernhard, siempre contaba riendo cómo su madre había osado indicar al gran Philipp de Groot que no interpretaba una pieza de forma fiel al original. Las observaciones de su madre habían aburrido a Daphne, pero él, el gemelo más introvertido, como decían todos, se había interesado por ellas y no se había olvidado tan deprisa—. Tantas alteraciones... —decía en ese momento—. Los acordes cromáticos..., a veces casi nerviosos...

Vincent resplandeció.

—¡Exacto! —exclamó—. ¡Usted sabe de lo que habla! Es probable que esta música le guste más cuando se haya acostumbrado a ella. Precisamente esas son las particularidades del bebop y del modern jazz. Se busca la superposición de distintos niveles rítmicos. La armonía puede ser asimétrica... ¡Preste de nuevo atención!

Mientras se bebían lentamente la cerveza, David intentó familiarizarse con las piezas y pensó en explicar a su madre lo que había ocurrido esa noche y proponerle que escuchara con atención ese estilo musical tan poco corriente. Le habría gustado saber su opinión. Él mismo no acababa de asimilar ese estilo y, de hecho, se alegró cuando pasó el camarero y pudo pedirle la cuenta.

Pero entonces resonó una risa argentina por la callejuela y un bullicioso y colorido grupo de jóvenes perturbó la profunda seriedad con que la mayoría de los clientes apreciaban la música.

—¡Es aquí! Eva, seguro que te has enterado de que este es ahora el local que está de moda en Heraclión. A mí la música me suena un poco desafinada, pero la pianista es por lo visto lo más...

La joven hablaba en griego, pero David entendía a esas alturas lo suficiente para poder seguir su torrente de palabras. Y entonces reconoció a Evangelina en el cuarteto, formado por tres muchachas y un joven, que en ese momento tomaban asiento en la mesa vecina y pedían un cóctel. También ella lo descubrió enseguida.

—¡David, Vincent! ¡Qué sorpresa! —exclamó jocosa y luego se volvió hacia sus compañeros—. He coincidido con los dos en el transbordador. Vincent es músico, nos podrá decir qué piensa de este bebop. —Con toda naturalidad, se acercó a ellos. Hablaba en inglés y los otros jóvenes parecían comprenderla.

Vincent enseguida empezó a dar un discurso sobre la corriente musical del modern jazz, que Evangelina y sus amigos oyeron con no demasiado interés.

—Voy a echar un vistazo a la pianista —anunció al final el único muchacho del grupo—. Voy a ver si convence visualmente.

Para sorpresa de David, Vincent lo acompañó. Sus ojos se habían iluminado cuando la amiga de Evangelina mencionó que la pianista era famosa. Como si una idea hubiese pasado por su cabeza.

David también se puso en pie. Presenció cómo el piano enmudecía de golpe cuando Vincent se acercó a él.

—Grit... —dijo Vincent atónito.

—V... ¿Vincent?

¿Grit? ¿La mujer sentada ante el piano era Grit? ¿Grit de Groot estaba tocando en un antro como ese?

David la observó con mayor atención. Llevaba un jersey ancho, unos tejanos muy estrechos y había recogido en la nuca una media melena de un rubio rojizo que parecía algo erizada. Solo al examinarla mejor, reconoció su similitud con la concertista resplandeciente y maquillada a la perfección de las fotos que la tía Nellie le había enviado.

Grit estaba sorprendida de ver a Vincent, pero también asustada. Su sonrisa era forzada.

—Grit, te he buscado... y encontrado... —balbuceó Vincent—. Apenas doy crédito. Yo..., yo nunca te he olvidado, siempre he esperado que regresaras, y, ahora..., el..., el destino...

¿De qué conocía Vincent a Grit de Groot?

—Qué coincidencia más rara, sí —observó Grit—. Pero claro... ¿Por qué me sorprende? Eres músico y te atrae un lugar en el que está surgiendo algo nuevo... Qué bien... verte... Solo que... Tengo que seguir tocando, Vincent, *sorry*...

A Vincent parecía resultarle inconcebible un saludo tan frío. David lo llevó hasta la barra y pidió un whisky.

—Bebe, ¡estás blanco como una sábana! —Decidió tutear a su nuevo amigo, probablemente iban a vivir juntos nuevas experiencias en los próximos días—. ¿De verdad se trata de Grit de Groot?

Vincent asintió.

—Es un..., un golpe del destino. He venido aquí para buscarla y..., y la encuentro justo la primera noche..., como si algo hubiese hecho coincidir nuestros caminos.

—La música —señaló David, objetivo—. Como ella ha dicho. Por cierto, yo también la estaba buscando.

—¿Tú? —preguntó Vincent, estupefacto. Mientras Grit seguía pulsando las teclas (la música parecía volverse cada vez más salvaje y disonante), David le contó a Vincent su misión y este le habló de una historia de amor. Añadió poco decidido que había prometido en una ocasión al padre de Grit cuidar siempre de ella—. Philipp me apreciaba —explicó—. Quería que Grit y yo nos uniéramos.

En un momento dado, David se frotó las sienes.

—¿Es que no descansan nunca? —preguntó.

—Eso mismo estaba pensando yo —respondió Vincent.

Evangelina y sus amigos se habían ido, tampoco ellos disfrutaban de esa música. Pero Vincent y David aguantaron hasta que Grit cerró el piano a eso de la medianoche. Los miembros de la banda enseguida empezaron a cargar sus instrumentos en una furgoneta. Vincent se acercó a Grit.

—¿Tienes ahora un poco de tiempo, Grit? —preguntó con mucha suavidad, casi suplicando.

David se indignó. Estaba convencido de que ella los había hecho esperar. Los grupos de música no solían tocar dos o tres horas sin descanso.

—En realidad debería ayudar a cargar las cosas —contestó Grit—. Pero está bien... Dame una copa de vino, Ari... —pidió, dirigiéndose en griego al camarero, y enseguida se bebió un buen trago de tinto—. Qué bien verte con buena salud, Vincent. ¿Qué es lo que te trae por aquí? —Empezó una conversación formal.

David notó que Vincent no sabía qué contestar.

—¡Tú, Grit! ¡Eres tú quien me trae hasta aquí! Desapareciste de un día para otro, después de que hubiésemos hablado de casarnos. ¿Qué sucedió? ¿Qué te hice? ¿Y qué haces tú aquí? ¿Por qué en Creta? Tenemos que hablar, Grit. Tenemos que vernos...

—Ya nos hemos visto —replicó Grit—. Y fuiste tú quien habló de casarnos. Yo nunca quise hacerlo. Todo eso me superaba, Vincent. Y sabía que, si te decía que quería marcharme, eso degeneraría en un gran drama. Así que simplemente me fui. Estuve en distintos lugares. Tuve un gran amor. Lo perdí. Ahora estoy aquí. Ya ves lo que hago. Así que... ¿de qué tenemos que hablar?

—¿Vienes, Grit?

La banda había terminado de cargar el vehículo y estaba lista para partir. El clarinetista, un joven barbudo con el cabello negro, se asomó a la taberna para recoger a Grit. Tomó su copa y la vació de un trago, luego le rodeó los hombros con un gesto ostentoso.

—Entonces, que te vaya bien, Vincent —dijo Grit imperturbable—. Ahora voy, Pete...

Vincent miró sin dar crédito cómo ella seguía dócilmente a ese hombre hacia el exterior.

—¡Grit! —la llamó—. ¡Dime al menos dónde vives! Dónde puedo encontrarte...

Grit no respondió.

David impidió que Vincent saliera tras ella.

—Déjala. Parece que, hoy al menos, no quiere saber nada más de ti.

Vincent se quedó abatido.

—Pero, si mañana se lo ha pensado mejor..., no puedo estar buscándola por toda la ciudad...

David negó con la cabeza.

—Tampoco serviría de nada. No vive en Heraclión. Henny escribe que viven en un lugar llamado Mátala. En una playa rodeada de cuevas. Y mañana iremos a buscarla allí. Hasta entonces, ella podrá meditarlo con la almohada, y tú también.

—¿Mátala? —preguntó Vincent, y luego—: ¿Quién es Henny?

A David le dio pena tener que propinarle el próximo golpe.

—Su hija mayor —respondió—. Mi tía está preocupada sobre todo por ella. Y por Audrey, la hermana pequeña de Henny...

3

A la mañana siguiente, Vincent se había tranquilizado un poco. Durante el desayuno estuvo deliberando con David acerca de cómo llegar a Mátala.

—No está tan lejos —explicó David, que se había informado en la recepción—. Y tiene que haber un enlace en autobús. —El empleado del hotel no sabía nada más concreto. «Nuestros clientes prefieren otros destinos», puntualizó.

—Lo mejor sería ir en coche —opinó Vincent—. ¿Se podría alquilar uno?

—¿A dónde queréis ir? —La alegre voz de Evangelina se entremezcló en la conversación—. Tenéis que contarme lo de ayer, estoy que reviento de curiosidad. ¿De verdad que esa poquita cosa era tu Grit de Groot, David? Y tú ¿qué tienes que ver con ella, Vincent? Me habría encantado quedarme y oír de qué estabais hablando.

—Puedes hacerlo hoy —respondió David. No creía probable que alguien reconociera a Evangelina en Mátala. No, tras la reacción del recepcionista—. Queríamos ir a esa playa a buscarla. Vincent se viene con nosotros.

Los hombres le hicieron un breve resumen de su conversación con Grit. Evangelina enseguida se quedó maravillada de la historia de Vincent. Le apasionaban los dramas sentimentales.

—Pero no parece que esto prometa demasiado, Vincent —dijo expresando en palabras lo que David pensaba—. ¿Qué es lo que te hace creer que a lo mejor todavía te ama pese a todo?

—Está confusa —afirmó Vincent—. Tras la muerte de Philipp...

—Ya fue a una psicoanalista —confesó Evangelina. David habría preferido no contarle nada sobre ello a Vincent—. Para sobreponerse a lo de su padre y a lo de ese Paul...

—El amor de su vida... —musitó Vincent—. A lo mejor me estoy haciendo falsas ilusiones.

—Bueno, bueno, Paul ya está fuera de su vida —señaló Evangelina—. Por lo visto le dejó una hija. ¿La adoptarías, Vincent? Da igual, ahora lo primero que tenemos que hacer es irnos a Mátala. Dice Cassandra que es estupendo. Estuvo un par de meses el verano pasado, hasta que sus padres cerraron el grifo...

—¿Y si no somos bien recibidos? —preguntó abatido Vincent.

Evangelina hizo un gesto de rechazo con la mano.

—Allí todo el mundo es bien recibido. Preparaos, voy a pedir que nos llamen un taxi. Y empaquetad un par de cosas. No voy a viajar a Mátala para no divertirme un poco. ¡Beatniks, hípsters y libertad total! No pongas esa cara avinagrada, Vincent. Si Grit no te quiere..., ya encontrarás otras chicas.

Para recorrer los aproximadamente setenta kilómetros hasta Mátala, el taxi precisó de justo dos horas. El precio fue abusivo, pero pagaba Evangelina, y que no se hablara más del asunto. Los tres se bajaron en el pueblo. David había planeado informarse de la colonia antes de salir al encuentro de Grit. Evangelina, en cambio, quería ir de inmediato a la playa. Ella era la única que iba vestida de un modo que no llamaría la atención entre los hípsters. Unos pantalones tres cuartos, una blusa atada con un nudo debajo del pecho y unas gafas de sol redondas. Se había puesto por encima una chaqueta para protegerse del frescor primaveral y había colocado el resto de la ropa en una bolsa de playa de colores que ahora se colgaba del hombro, ansiosa de emprender la aventura.

—¡Nos vemos! —gritó animada a David y Vincent—. ¡Cuando hayáis acabado, os venís!

David y Vincent vestían trajes de lino claros, camisas de manga corta y, naturalmente, se habían afeitado. De esa guisa, ya llamaban la atención en el pueblo; los otros jóvenes con aspecto de ser extranjeros llevaban pantalones oscuros, barba y unos adornos raros. David y Vincent siguieron a dos de ellos a una taberna. David pensó que el dueño les daría información. Escogieron una mesa lejos de esos jóvenes melenudos y tostados por el sol que en ese momento pedían una cerveza en inglés.

Contento de que David hablara griego, el dueño les recomendó un vino y les llevó con toda naturalidad agua y aceitunas. Cuando le preguntaron por la gente que vivía en la playa en general y por Grit en particular, el hombre se encogió de hombros.

—Aquí en el pueblo no tenemos nada en contra —dijo con calma—. Hay que acostumbrarse a ellos, claro. Los ancianos se hacen la señal de la cruz cuando los ven con esos collares de huesos... —Señaló con el hombro a los otros clientes—. El cura condena que se bañen desnudos en la playa y las orgías que celebran. Pero dejan dinero en el pueblo. La mayoría no sale de aquí, una vez ha llegado. El viaje en autobús hasta Heraclión no es placentero, así que se aprovisionan en el pueblo con todo lo que necesitan. Los tenderos han aumentado de forma notable sus artículos. Y mi facturación tampoco es que sea mala.

—Estamos buscando a una pianista —siguió inquiriendo David—. Grit de Groot. ¿La conoce, por casualidad?

El dueño reflexionó unos segundos, pero terminó negando con la cabeza.

—No conozco a ninguno por su nombre —admitió—. Además, cambian continuamente. Y solo muy pocos son griegos. Los demás apenas pueden decir más que lo necesario para pedir vino y musaka. Pero hay un par de excepciones: Lauren, que quería abrir aquí un restaurante vegetariano. No lo consiguió. Y Helena con su hija. Son chicas amables; para mí, ¡con mucho más en la cabeza que la media! Helena tradujo al inglés toda mi carta de platos y escribió la solicitud para la hija de Heracles. Le gustaría trabajar en un hotel elegante de Atenas, pero no domina bien el inglés. Ahora Helena le da clases. Quiere ganar dinero para ella y su hija. Me pregunto cómo habrá acabado en la playa con esos inútiles... A lo mejor sus padres la echaron de casa cuando se quedó embarazada...

—Helena... Suena a Henny —musitó inquieto David, cuando el dueño los dejó solos—. La gente cree que Audrey es su hija. Qué locura. ¿Vamos a la playa?

El dueño les señaló el camino, pero les hubiera bastado con seguir a los dos jóvenes fuera de la taberna. Al ver que tomaban la misma dirección, uno se dirigió a ellos.

—¡Hola! ¿Sois nuevos? ¿Recién llegados a la vida libre desde la civilización? ¡Sed bienvenidos! ¿Qué hacéis? ¿Escribís poesía o prosa? ¿U os dedicáis más a la música? Por cierto, me llamo Bert. —Vincent explicó que tocaba el chelo y preguntó por Grit. Bert enseguida asintió—. Claro. Todo el mundo conoce a Grit. Una mujer fantástica en todos los aspectos. —Sonrió—. ¡Seguro que se alegra de que estés aquí!

Al menos la afirmación de Evangelina de que en la playa de Mátala todo el mundo era bien recibido parecía ser cierta.

—¿Conoces también a Henny? —preguntó David a su vez.

Bert arqueó las cejas.

—Por supuesto, la pudorosa parienta de Grit. Olvídala, con ella no te lo pasarás bien...

—¿Pero vive con Grit? —insistió David.

—Tiene su propia cueva —explicó Harry, el amigo de Bert—.

Con un puñado de animales. Ahí dentro debe de apestar como en un establo... Está chiflada, esa Henny. ¡Pero es guapa! Ya me gustaría montármelo con ella. Pero eso exige mucho tiempo. Debe de estar esperando ramos de rosas antes de acostarse con alguien.

Resultaba preocupante. Como si acosaran a Henny y Grit fuera una mujer fácil. Lo mismo parecía deducir Vincent. Había empalidecido de nuevo.

Al final pasaron junto a un pozo del que dos mujeres estaban sacando agua, una envuelta en una vestimenta exótica y la otra con un vestido holgado. Bert y Harry las saludaron escuetos, pero ninguno les prestó atención. David supuso que pertenecían a la colonia de Mátala. Cuando emprendieron el camino con el agua, se ofreció a llevarles los bidones.

Las dos le dieron las gracias efusivamente.

—A cambio puedes venir a comer un día —dijo una de ellas, que se presentó como Lauren y a su amiga como Fanny—. Cocinamos cada noche. Comida vegetariana, por cierto.

David aceptó la invitación de buen grado. Luego les preguntó por Grit y Henny.

Lauren solo podía hablar bien de ellas.

—Grit hace yoga conmigo. Y Henny viene a comer con la pequeña. No cada día, pero con frecuencia. Dice que no siempre tiene tiempo ni ganas de cocinar y también le da un poco de miedo el pequeño hornillo de gas. Lo máximo que calienta allí es una lata. Y además la niña tiene que comer sano. Nosotras cocinamos sobre un fuego abierto. Como los primitivos.

—En realidad, Grit podría cocinar alguna vez para la pequeña —observó más crítica Fanny—. Qué madre más rara. No se ocupa nada de la cría.

—¡Yo creo que sí! —la contradijo Lauren—. Le enseña música siempre. Y le da libertad. Eso es muy importante para los niños. Grit se comporta bien de forma instintiva. Aquí ha encontrado la paz y la libertad tarde, pero es feliz. Y Audrey también.

David casi estuvo a punto de creerla cuando divisó la playa. ¿Cómo no iba a ser feliz un niño que creciera allí? Arena blanca, aguas cristalinas, rocas majestuosas bordeando la bahía. En ese momento distinguió las cuevas. Al verlas reapareció su escepticismo. ¿Esa gente vivía en esas grutas? ¿Cómo subía y bajaba de allí Henny con la niña?

Parecía la zona de la playa preferida por los jóvenes a los que el dueño de la taberna había llamado beatniks. La mayoría de ellos iban desnudos, retozaban por la arena, reían, chillaban y bailaban y no parecían estar sobrios del todo. David vio a algunos bañándose, aunque, por lo que había leído Vincent en un folleto sobre Creta, en esa estación del año la temperatura del agua debía de ser de dieciocho o diecinueve grados como mucho. Aun así, el sol ya calentaba con intensidad.

Bert y Harry se quitaron las camisas antes de reunirse con lo demás, y Vincent los siguió, seguramente para ver si encontraba a Grit. David distinguió en ese momento a Evangelina, con su voz fuerte y alegre y su cabello negro ondeando con la brisa. La mayoría de los beatniks eran estadounidenses o del norte de Europa, con el cabello más rubio.

Naturalmente, Evangelina también se había desprendido de su ropa y se movía como Dios la había traído al mundo entre sus nuevos amigos. A David no le apetecía unirse a ellos. Llevó el agua de las mujeres a una hoguera más pequeña y protegida del viento por las rocas, en la que ya había otra mujer encendiendo el fuego, probablemente para preparar la comida.

David intercambió un par de palabras con la bella y pelirroja Cloé sin saber dónde mirar, pues la joven llevaba el pecho al descubierto y manejaba la leña como si fuese una nativa africana. Después se fue a pasear a lo largo de la orilla del mar. Para hacer frente a Evangelina —y a Grit—, tenía que recomponerse un poco. David casi se arrepentía de haber aceptado el encargo de Nellie. Sería difícil sacar a Evangelina de esa playa y dudaba que Grit aceptara algo de su familia. Le habría gustado ser más diplomático. Como su hermana, era amable, pero siempre un poco demasiado ingenuo. Sonrió al recordar la última carta de Daphne en la que calificaba de ingenuos a los bonobos. A esas alturas, los animales ya no le tenían nada de miedo y las madres incluso dejaban que cogiera a sus pequeñas crías y jugara con ellas.

En el otro extremo de la playa, David encontró una especie de caleta; unas rocas rodeaban un recogido lugar donde bañarse, en el que el agua era poco profunda. Una muchacha joven estaba sentada en una piedra. Llevaba unos pantalones cortos de un amarillo cálido y una blusa azul, y se peinaba el largo cabello, negro y brillante, que aparentemente se acababa de lavar, mientras vigilaba a una niña pequeña con bucles castaños que chapoteaba en el agua. Era una escena armoniosa, irreal, como sacada de un cuento. ¿A qué le recordaba?

—Lorelei... —dijo David, cuando de repente se acordó.

La muchacha levantó asustada la vista y él vio un bonito rostro de labios carnosos, dominado por unos ojos muy grandes de color avellana que contrastaban con el cabello negro y la tez olivácea. Pareció esforzarse por no mostrar inquietud e irguió orgullosa la cabeza.

—¿Cómo me has llamado? —preguntó desconfiada.

Por detrás de las piedras apareció un perro y se colocó desconfiado junto a la joven.

David sonrió y trató de tranquilizar a la muchacha y al animal.

—Lorelei —repitió—. Discúlpeme, de repente se me apareció esa imagen cuando la vi ahí sentada. No lo he dicho con mala intención o para ofenderla. Lorelei es un hada o un espíritu del agua de una canción alemana. Está sentada en una roca peinándose. Es muy bonita.

La joven pensó unos instantes.

—Pero sus cabellos son rubios. Y vuelve locos a todos los hombres. —Sonaba como si ella lo desaprobara rotundamente—. Conozco esa canción. Mi abuela es alemana y me la cantaba.

David volvió a sonreír.

—Cierto, su cabello es de un rubio dorado. Pero no debería atribuirle malas intenciones. Ella solo está sentada allí, arreglándose el pelo. ¿Qué culpa tiene si los pescadores conducen sus barcas hacia las rocas solo porque su visión les impide concentrarse?

La joven no pudo evitar reírse. También el perro pareció relajarse y se acercó para que lo acariciase. David se percató de que cojeaba.

—¿Así que no puedo contar con que... te pierdas en cierto modo porque las mujeres que se peinan te vuelven loco? —preguntó la joven. Seguía pendiente de la niña que estaba en el agua—. Eres nuevo en Mátala, ¿verdad?

David se sentó a su lado en una roca.

—No lanzaría una segunda mirada a la mayoría de las mujeres que se peinan —respondió—. En tu caso —él también la tuteó—, es algo distinto. Porque no he venido simplemente a Mátala, sino que estoy buscando a alguien... Para ser más preciso, busco a dos muchachas, Henny y Audrey. Y creo que acabo de encontrarlas. —Sonrió—. Soy David Lemberger —se presentó—, el hijo de Maria y Bernhard Lemberger, amigos de tu abuela...

—Sí, somos Henny y Audrey. ¡Y Bernhard y Maria son los del zoo! —exclamó Henny. Resplandeció de repente—. ¿Vienes de parte de la *grandma* Nellie? ¿A recogernos?

David se encogió de hombros.

—No es tan sencillo —respondió—. Pero sí, tus padres y tus abuelos me han pedido que viniera aquí.

Le contó que trabajaba en Atenas, lo que había incitado a Nellie a pedirle que fuera a ver a Grit.

—Y a vosotras, por supuesto —señaló, incluyendo también a Audrey, que seguía chapoteando ensimismada—. No se habló de que estuvierais secuestradas...

—A lo mejor... podrías cambiar de opinión —reflexionó Henny—. Como el príncipe del cuento. Podría dejar colgar mi cabellera desde una cueva y tú...

—¡Rapunzel! —dijo él, encantado de que ella coquetease con él—. O simplemente duermes cien años y dejas que la cueva se cubra de vegetación... —respondió devolviéndole la broma.

Henny se puso seria.

—Más bien tendrías que despertar a mi madre —dijo en voz baja—. O a la madre de Audrey. Mi madre es April Rawlings. Nunca había estado tan segura de ello como en estos últimos meses. Siento haberme peleado tantas veces con ella...

—Las madres no se toman a mal algo así —afirmó David—. Y, en lo que respecta a Grit, voy a ver qué puedo hacer.

4

Puesto que la estupenda relación de Daphne con los bonobos seguía basándose en la ofrenda periódica de plátanos, enviaba cada dos semanas a uno de sus ayudantes a Mbandaka para adquirir suministros. Desde que Josua la había ido a ver, también le encargaba que comprara todos los diarios en inglés más recientes y esperaba a leerlos impaciente, casi con la misma ansiedad con que esperaba las cartas de David y Josua. Seguía considerando su trabajo en el Congo sumamente satisfactorio y realizaba muchos hallazgos. Documentaba las estructuras familiares en dos grupos de primates que ahora conocía bien, describía las relaciones sociales entre los dos géneros y analizaba sus estrategias para solucionar conflictos. Sus apuntes llenaban ya varios cuadernos de notas y había acumulado varias películas fotográficas.

Por desgracia, en el resto del país, ahora independiente, las cosas no eran tan pacíficas como en el pequeño paraíso de Daphne. A esas alturas, la mayoría de los blancos se habían ido del Congo dejando la infraestructura inmersa en un caos total. Una provincia, Katanga, había intentado escindirse y el ejército belga había intervenido de nuevo, dando lugar a operaciones militares. Patrice Lumumba se dirigió a las Naciones Unidas, pero la respuesta de estas a su solicitud de ayuda no fue suficiente. Lumumba ignoraba lo que iba a provocar cuando envió un telegrama al gobierno de la Unión Soviética. Durante la sesión de las Naciones Unidas, los rusos habían manifestado claramente estar del lado del Congo y Lumumba supuso que podría contar con ellos como posibles aliados. En realidad, se ganó nuevos enemigos. Para Estados Unidos pasó a ser un comunista y un agitador. Sin embargo, el secretario general de las Naciones Unidas, Dag Hammarskjöld, no perdió la calma. Envió soldados de los cascos azules al Congo para tranquilizar a los dos partidos en conflicto e invitó a Lumumba a que fuera personalmente a Estados Unidos para negociar con ese país y la ONU.

Josua, que voló con él, escribió a Daphne desde Washington.

> ... Es enriquecedor y de sumo interés visitar este gran y avanzado país y observar al señor Hammarskjöld trabajar por la paz. Tiene una personalidad impactante, muy profesional, pero es una persona simpática y se esfuerza realmente por limar las asperezas que ha desencadenado la llamada de Lumumba a Moscú. Solo desearía que nuestra propia delegación estuviera a la altura, pero, lamentablemente, debo decir que este viaje, tan importante para la política exterior, supera en el plano social y organizativo a Patrice Lumumba y su equipo. Donde sería conveniente la prudencia, Lumumba reacciona de forma emocional y aborda a los diplomáticos con palabras que no siempre se relacionan con el tema de la reunión. Por supuesto, es muy importante para él poner punto final al conflicto con los belgas y pacificar el Congo, pero desconoce totalmente lo que es la diplomacia. Estalló cuando el presidente Eisenhower se negó a concederle una audiencia, pero es que eso no funciona de modo improvisado, hay que concertar una cita con antelación. En cualquier caso, tengo miedo de que vaya rompiendo puentes a su paso, poniendo en su contra a políticos occidentales bienintencionados.

Mañana cogemos el avión de vuelta y espero poder volver a verte pronto. Te añoro a ti y a tus amigos bonobos, a Lily e incluso a los pigmeos. Por lo visto saben cómo formar una comunidad sin estar peleándose o luchando continuamente. Tal vez deberíamos haber pedido a uno de los suyos que asumiera el gobierno del Congo…

Cuando recibió la carta, Daphne sabía que Josua ya habría aterrizado. Sus esperanzas de poder tomarse unos días libres no se habían cumplido y ella estaba inquieta. Su inquietud aumentó cuando Zahir no volvió de un viaje a Mbandaka. Los otros la tranquilizaron y le dijeron que había estado hablando últimamente de que quería volver a ver a su familia. Daphne opinaba que debería habérselo comunicado. Que se hubiese ido sin despedirse era para ella una prueba de que Josua había perdido poder a los ojos de los hombres que había contratado.

Sus temores se confirmaron cuando leyó en los periódicos que otra provincia se separaba del Congo y que los intentos de Lumumba por evitarlo de forma violenta habían acabado en una carnicería. A veces envidiaba a los pigmeos, cuya vida se desarrollaba fuera del influjo de la política, la guerra y las intrigas. Junto a su trabajo con los primates, había empezado a reunir datos sobre esa tribu tan desconocida. Describía las fiestas que celebraban, sus danzas, las canciones que cantaban en la vida diaria y la forma en que se comportaban los unos con los otros y con sus hijos. Y también apuntó las recetas de sus remedios. Como médica, fue para ella muy emocionante ver que la medicina natural realmente ayudaba. Así que Daphne decidió llevarse muestras y analizarlas cuando regresara a la civilización.

En septiembre de 1960, se produjo un golpe de Estado. Con el apoyo de la CIA, Mobutu, que había sido hasta ese momento jefe del Estado Mayor del ejército, y antes un compañero de armas de Lumumba, se hizo con el poder. Daphne leyó en los periódicos que le llegaron en octubre que el primer ministro se había atrincherado en su casa —custodiado por los cascos azules—, cercado por rebeldes congoleños. No había oído nada más de Josua desde que le llegó su carta desde Estados Unidos, y, después de informar de la situación a sus asistentes —para entonces ya hablaba bien el bantú: tenía talento para las lenguas y sus ayudantes eran habladores—, Vuyo, uno de los hermanos, se despidió. Al menos no se iba sin dar explicaciones.

—Tengo que ocuparme de nuestra familia —explicó—. Kito y yo éramos partidarios de Lumumba, y en el poblado lo sabían. Si resulta que nos matamos entre nosotros porque hemos votado unos a uno y otros a otro como primer ministro, nuestra familia puede correr peligro.

Daphne no se sentía amenazada y eso mismo escribió a los Leakey, quienes le enviaban cartas comunicándole que estaban preocupados por ella. Ahora vivían en Nairobi. El profesor había aceptado el cargo de curador del museo que se había construido en la ciudad.

«¿Quién iba a hacerme daño a mí? Una mujer blanca sola en la selva... ¿A quién se le ocurriría la idea de buscarme y por qué?».

Naturalmente, no mencionaba que el gobierno de Lumumba le había otorgado sus permisos y certificados y también le pagaba. Imaginar que un enemigo iba a irrumpir en su pacífico mundo le resultaba absurdo.

Daphne leyó en diciembre que habían encarcelado a Lumumba. El mandatario había huido de su casa de Leopoldville con ayuda de unos incondicionales que lo habían conducido escondido en su coche a un lugar seguro. La meta era Stanleyville, el centro de sus adeptos. Sin embargo, Lumumba había rechazado que lo llevasen por el camino más directo, y había decidido pronunciar discursos en distintas poblaciones con el fin de que la población volviera a apoyarlo. Craso error, pues así Mobutu dispuso del tiempo necesario para organizar su persecución. Al intentar cruzar el río Sankuru, detuvieron el convoy en el que viajaba Lumumba. Este se trasladó en avión con dos de sus más importantes consejeros hacia Camp Hardy, junto a Thysville, y allí lo apresaron. Los diarios hablaban de torturas y severas condiciones carcelarias.

Daphne se tranquilizó al ver que Josua no estaba entre los apresados. Pasó el fin de año en su cabaña, sola con su perra y sus temores. Los pigmeos no celebraban ni la Navidad ni el Año Nuevo. Vivían con el ciclo de las estaciones, pero no contaban los veranos y los inviernos que transcurrían.

A finales de enero de 1961, Kito regresó enojado de un viaje a Mbandaka. Daphne estaba en las inmediaciones del campamento con un grupo de madres bonobo y sus hijos. Dos de ellas habían parido hacía pocas semanas y Daphne estaba orgullosa y feliz de que le hubiesen enseñado enseguida a sus bebés. Les había puesto los nombres de Zukie y Zuno y ya estaba impaciente por poder cogerlos en brazos, acariciarlos y hacerles cosquillas como a las crías mayores. Al principio nunca se desprendían de las madres. En la selva nadie los separaría para hacer experimentos demenciales con ellos. ¿Quién podía dudar del amor materno en el reino animal al contemplar a Bonita con su Zukie y a Molly con su pequeño Zuno?

Cuando Kito oyó el sonido de los bonobos, salió tan deprisa y agitado al encuentro de Daphne que los simios huyeron asustados. Le tendió una pila de diarios, pero le explicó que en ellos no aparecían las noticias más importantes.

—¡Dicen que Lumumba ha muerto! Lo han fusilado. En Katanga. —Era una de las provincias disidentes.

—¿Quién? —preguntó Daphne tan asustada como su ayudante—. ¿Y cómo lo sabes?

—Había testigos suficientes —respondió Kito—. El presidente, algunos ministros, algunos belgas, el comando de ejecución... Naturalmente, esos tipos se han jactado de lo que han hecho. Algo así no se oculta por mucho tiempo. La noticia ha corrido como la pólvora.

—¿Y Josua? —preguntó Daphne con voz ahogada—. ¿Se sabe algo de él?

Kito negó con la cabeza.

—Seguro que han muerto algunos más —dijo—. Ya cuando los arrestaron. Viajaban en tres coches y un camión. ¿Dónde están los otros conductores?

Daphne no quería ni pensarlo. Primero salió a buscar a los asustados bonobos para tranquilizarlos, pero ese día no iba a conseguirlo. Los animales enseguida percibían cuáles eran sus estados de ánimo, ya se había dado cuenta anteriormente. En ese momento estaba muy inquieta, y los monos se sentaron en los árboles, emitiendo unos gritos estridentes. Cuando estaba triste, en cambio, se le acercaban, se estrechaban contra ella como si quisieran consolarla, justo como hacía Lily. Daphne pensaba a veces que esa capacidad de los animales podía emplearse para aliviar el dolor de personas que estuvieran deprimidas o llorando la muerte de alguien. Al final dejó de querer dar a los bonobos una apariencia de normalidad y regresó al campamento con los diarios y una carta de los Leakey. El profesor y Mary le pedían que dejara el Congo inmediatamente. Se habían enterado de los tumultos que habían estallado y estaban convencidos de que aquello acabaría en una guerra civil.

«Tal vez no se vea usted directamente amenazada en su refugio de la selva, pero, si la guerra se libra a su alrededor, se quedará acorralada. Tiene que marcharse mientras sea más o menos posible. Nos alegraría que viniera a visitarnos a Nairobi antes de que la situación empeore», escribía Mary.

Daphne no sabía qué responder. La razón le decía que sus

mentores estaban en lo cierto, pero todo en su interior se negaba a abandonar la selva en la que Josua podía encontrarla. Ignoraba si él conocía el nuevo empleo del profesor. Si no volvía a encontrarla ahí, se preocuparía por ella tanto como ella por él. Siempre que todavía siguiera con vida.

5

Esa primera noche, Evangelina celebró una fiesta de llegada a Mátala y, para cuando David acompañó a Henny y Audrey a su cueva y conoció a los inquilinos de su pequeño refugio para animales enfermos y abandonados, no quedaba en la playa nadie que estuviera sobrio. Henny explicó que normalmente ella ya no bajaba ahí de noche, pues sujetos como Bert enseguida se ponían muy pesados y no había manera de quitárselos de encima.

—Es una suerte que la subida a la cueva sea tan empinada. Si yo estoy sobria y él está colocado o borracho, en caso de necesidad puedo darle un empujón —comentó con una sonrisa maliciosa.

—¿De ahí los esqueletos de las cuevas? —preguntó David con fingida seriedad. Estaba horrorizado ante la idea de que Henny tuviera que defenderse de borrachos cuando trepaba por las rocas con Audrey. La pequeña podía subir de la mano de su hermana, pero muy despacio y seguro que no por la noche.

Henny soltó una risita.

—Un día haré un collar con los dientes de todos mis pretendientes rechazados.

Pero, acompañada por David, se atrevió a volver a la playa y acercarse a la hoguera de Lauren, donde disfrutaron de un sabroso potaje de lentejas vegetariano. Ahí también se fumaba marihuana, una experiencia que no era del todo nueva para David. Evangelina llevaba a veces porros cuando iba a visitarlo a su apartamento para intensificar sus sensaciones al hacer el amor. Así que sabía cómo había de actuar y se negó a fumar, como Henny, tras una calada de cortesía. Las alumnas de yoga bebían a menudo té con marihuana. Lauren explicó que en su caso no se trataba de colocarse, sino de ampliar la conciencia.

David sirvió una copa de vino a Henny y otra para él, conversó con ella y respondió a las preguntas de Audrey acerca de quién era y de dónde venía hasta que la niña se durmió. Le dijeron que solo tenía tres años, pero hablaba por los codos.

—La llevaré arriba —prometió David, y renunció a tomar más vino para evitar cualquier accidente.

Henny explicó riendo que al principio también ella tenía miedo de esa ruta tan empinada, pero que en ese momento podía encontrar su cueva con los ojos cerrados, incluso con la niña en brazos.

—El problema es que cada vez pesa más —se lamentó—. Audrey pronto debería estar con otros niños. Aquí se está asilvestrando totalmente. Y yo...

—Tú deberías estar estudiando en la universidad —acabó David la frase—. Tienes que volver a casa, Henny. Aquí no eres feliz y estás malgastando tu vida. ¿Se ocupa Grit, al menos de vez en cuando, de la pequeña?

Henny se encogió de hombros.

—A veces sí, a veces no. Todo esto le encanta, las fiestas, estar con otros artistas. Creo que tiene que recuperar algo. Y entonces suele olvidarse de nosotras...

David pensó en lo perdido que Vincent se había sentido en su vida como músico. Lo había analizado con claridad: viajaban por todo mundo, pero permanecían siempre en una cápsula protectora. Grit había sido arrancada de ella y se había vuelto a meter en cuanto su padre había conseguido que entrara en razón. Nunca había tenido que asumir responsabilidades, con la niña se sentía totalmente desbordada. Esperaba poder empujarla a reconocerlo, pero Henny le aconsejó que no hablara con ella esa noche.

—Es mejor que le hables mañana al mediodía. ¿Tienes ya una cueva en donde dormir?

David negó con la cabeza.

—Espero que Evangelina se haya encargado de buscarla.

—¿Has venido con la nueva? —preguntó Henny, sorprendida.

Evangelina enseñaba a los que festejaban en torno a la hoguera cómo bailar el sirtaki. Grit tocaba el buzuki y un par de músicos percutían unos tambores. A Vincent no se lo veía por ninguna parte.

David asintió.

—Con ella y con Vincent; a él lo hemos conocido en el transbordador. Tengo que ir a buscarlo. Espero que Grit no le haya vuelto a dar calabazas como ayer.

—¿Vincent? —Henny prestó atención. David percibió fascinado cómo la expresión de su rostro cambiaba. La mención de ese nombre había provocado algo en ella—. ¿Quién…, quién es?

—Ahora no lo veo, te lo presento mañana —contestó David—. Es un ex de Grit. Tocaban juntos en una orquesta y él llevaba años enamorado de ella. El padre de Grit aprobaba la relación. Quería que estuvieran juntos y a Vincent le habría gustado casarse con ella. Grit dejó que la consolara tras la muerte de Philipp y luego desapareció.

—Amar, solo amó a Paul… —dijo Henny, pensativa—. Lo amó mucho… Y tú… ¿has amado alguna vez tanto?

Por lo visto el vino la había vuelto algo melancólica. Y confiada. No por primera vez en ese día, David tuvo la sensación de que esa muchacha lo conmovía.

—No —respondió con sinceridad—. Estaba muy enamorado de Evangelina. Pero ya ha pasado. Mi hermana dice que hay un amor que es bueno y otros que más bien perjudican o hacen daño. Quizá se desgasta más deprisa el amor que perjudica. No sé… ¿Os llevo ahora arriba? Tengo que buscar a Vincent…

Tenía la sensación de que alguien debería cogerle también a él de la mano. Esa comunidad de artistas parecía ejercer una extraña atracción en muchas personas. Se preguntó si realmente les transmitía la sensación de una libertad total y si eso era algo deseable. Él se sentía más feliz llevando en brazos y protegiendo a la pequeña Audrey y sabiendo que Henny estaba junto a él. Una joven a la que no había conocido hasta ese día, pero cuya presencia ya lo llenaba de alegría y serenidad.

Henny le dio las gracias con una sonrisa cuando él depositó a la pequeña en el colchón y le acarició la mejilla.

—Es muy bonita, ¿verdad? —dijo Henny. Uno de los gatos se frotó contra sus piernas—. Y tú también, Panther, claro que sí —dijo cogiendo al animal en brazos.

David entendió la señal. La muchacha sostenía al gato entre ellos para guardar las distancias.

David sonrió.

—Muy bonita —confirmó y su mano se deslizó sobre la cabeza del gatito, que ronroneó. Una caricia que, en cierto modo, también iba dirigida a Henny.

David notó que ella entendía la señal.

De vuelta junto a la hoguera, David vio a Grit en brazos del clarinetista que el día anterior había tocado en la taberna y a Evangelina fumando un porro con Harry y Bert. Alguien leía arrastrando las sílabas un poema que trataba de sombras. Dos mujeres jóvenes se habían desprendido de la parte superior de la ropa y se acariciaban la una a la otra, otra pareja estaba a punto de ir un poco más lejos. En el aire flotaba el dulce olor de la marihuana.

Al final encontró a Vincent. Estaba apoyado en una roca, algo retirado de la hoguera, y observaba con mirada ardiente la forma de comportarse de Grit.

—¿Por qué hace eso? —preguntó. Su forma de hablar delataba que estaba algo borracho—. Tardó años en... entregarse a mí. Y ahora...

Grit se había sentado con otro hombre. Este había acompañado la melodía del buzuki con su guitarra y en ese momento intercambiaban información sobre sus instrumentos, con lo que cada vez se iban acercando más el uno al otro.

—No lo sé —respondió David con franqueza—. ¿Ya has hablado hoy con ella?

—Muy brevemente —contestó Vincent—. Ha fumado un porro conmigo y ha dicho que podía quedarme aquí, que no la molestaría.

—Eso ya es algo —opinó David—. Ayer tuve la sensación de que le habría gustado desterrarte de su vida o al menos de Creta. ¿Sabes dónde vamos a dormir? —Había renunciado a esperar algo de Evangelina al respecto.

Vincent asintió.

—Grit me ha enseñado una cueva —dijo con un deje de esperanza—. Así que..., bueno, quiero decir que tampoco debe de verme de forma tan negativa, ¿no? —Todavía se agarraba a un clavo ardiendo.

—¿Vamos a buscarla? —preguntó con suavidad David—. Mañana podemos hablar con Grit, cuando esté sobria.

Vincent accedió un poco de mala gana. Lo condujo a una cueva algo apartada que no estaba provista del menor mobiliario.

David suspiró.

—Deberíamos haber traído sacos. Y colchones. Ahora tendremos que dormir sobre el suelo. —Al menos había pensado en comprar una linterna en el pueblo.

—En la pared hay unos huecos —observó Vincent—. ¿No se llaman nichos?

David iluminó uno de ellos... y Vincent saltó fuera de la cueva y vomitó. En el nicho había unos huesos.

—Ya están ocupados —observó secamente David. El hermano gemelo de una antropóloga no podía perder la compostura por unos viejos huesos—. Ahora acuéstate y duerme. La alternativa sería la playa, pero Henny me lo ha advertido expresamente. Hay pulgas en la arena y son peores que una pesadilla. ¡Hazme caso!

Mientras intentaba ponerse más o menos cómodo con la bolsa como almohada y tapándose con la chaqueta, se preguntaba si Grit realmente había tenido buenas intenciones con Vincent. A lo mejor había querido ahuyentarlo dirigiéndolo a esa cueva. David encontraba extraña su conducta. La relación entre ella y Vincent hacía tiempo que había acabado y ella no daba la impresión de avergonzarse del tipo de vida por el que lo había cambiado. En la agresividad que había mostrado la noche anterior y esa conducta tan intrigante más bien se percibía un viso de miedo.

Al día siguiente y después de pasar la noche en el frío y duro suelo, a David le dolía todo. Su compañero ya había salido de la cueva. Vincent estaba sentado junto al fuego de Lauren, bebiendo con disgusto un té a sorbos y hablando con Henny. Al ver a la hija mayor de Grit, David enseguida se puso de buen humor. La joven se había peinado el largo cabello en una trenza y llevaba un vestido algo gastado y demasiado corto. Henny parecía haber crecido desde que había llegado a Grecia. Audrey jugaba con una pelota que Vincent le lanzaba cuando se lo pedía. Ella se reía cuando se la devolvía y él fallaba al recogerla.

Henny se percató de la mirada entristecida de David al ver la tetera metálica que estaba al fuego.

—Os puedo preparar un café —se ofreció, lo que de inmediato levantó los ánimos a David. A Vincent pareció sucederle lo mismo—. Si cuidáis mientras tanto de Audrey.

David lo consideró como una primera muestra de confianza.

—Será un placer —dijo.

También Vincent asintió e incluyó a David en el juego con la pelota. Pese a lo temprano del día, los tres se divirtieron. Henny regresó enseguida con una pequeña jarra de café cargado y caliente y tres vasos.

—Yo también prefiero el café —confesó, mirando de reojo el té de Lauren—. Amplía mi conciencia más rápidamente, eso es todo.

Todos rieron y se abalanzaron sobre la estimulante bebida. Luego David decidió ir a nadar.

—Supongo que me da tiempo antes de que Grit se despierte, ¿verdad? Además, tendremos que ir después al pueblo en caso de que nos quedemos aquí más tiempo. La cueva es de lo más incómoda.

—¿Incómoda? —repitió Vincent—. ¡Es tenebrosa!

Mientras David se desvestía para quedarse en bañador, le habló a Henny de los huesos de la cueva. Ella les explicó que estaban en un antiguo cementerio romano.

—No creo que aquí haya fantasmas —dijo objetiva—. Pero yo también encuentro horripilante tener que dormir en tumbas. Aquí algunos lo ven muy *cool*. Incluso exponen los cráneos cuando encuentran alguno. —Se estremeció.

—En caso de que nos quedemos más tiempo, necesitamos a toda costa otra cueva. O una tienda. ¿Se pueden conseguir tiendas en Mátala? —preguntó David.

Henny no lo creía, pero estaba dispuesta a acompañarlos a él y a Vincent al pueblo y a servirles de intérprete. Cuando se enteró de que David también hablaba griego, lo miró con aprobación, pero enseguida volvió a dirigir su atención a Vincent.

David se zambulló en el mar. El agua cristalina estaba helada y al mismo tiempo era maravillosamente estimulante, las olas eran tan altas que había que esforzarse un poco para nadar en su contra. Se alejó mucho de la orilla y, cuando regresó, habían llegado a la playa otros cavernícolas. Muchos parecían resacosos, otros se reunieron con Lauren para dar el matinal saludo al sol. David y Vincent contemplaron fascinados cómo sus cuerpos se contorsionaban. Henny comentó las posiciones del yoga por su nombre. La postura del perro, la del héroe reclinado, la de la cara de vaca...

—Desde luego, los nombres son muy imaginativos —observó David—. Si vuelvo a entrenar gatos, se las podré enseñar. Seguro que será divertido...

—Lauren se lo toma muy en serio —explicó Henny, lo que a David le recordó que tampoco él estaba en Mátala para divertirse.

Se disculpó y se dirigió a las cuevas para preguntar por el paradero de Grit. Por desgracia no tardó en confirmar que Henny tenía toda la razón al recomendarle que no empezara a buscarla hasta el mediodía. Cuando preguntaba a la gente por ella solo obtenía respuestas como: «Ayer la vi con Luis...» o «¿No está con Eduardo?». Al final tropezó con Evangelina, también ella muy resacosa, pero como siempre de un humor excelente.

—¡David! ¿Dónde te habías metido? Ayer te eché de menos. De hecho, tuve una conversación muy interesante con dos joyeros. Están pensando en abrir una tienda propia. Y yo también podría aportar algo. ¿Se puede desayunar en algún sitio?

David le respondió que no y reprimió el impulso de soltarle que no estaban en un hotel, aunque las mujeres y hombres se servían unos de otros, como si Mátala fuera un bufet. Pero venció su naturaleza pacífica.

—Para eso tendrás que ir al pueblo —le aconsejó—. ¿Has visto a Grit?

Evangelina rio.

—Antes de tomar mi primer café ni siquiera soy capaz de ver un elefante cruzándose en mi camino. Ya lo sabes. Voy abajo. Nos vemos en la playa.

David por fin encontró a Grit de Groot en una de las cuevas más apartadas. Todavía adormilada, caminaba silenciosa por la cueva, en la que todavía dormía su actual amigo, buscando una cafetera. Llevaba la misma ropa que la noche anterior, aunque el jersey al revés.

David se presentó educadamente y le dio saludos de Nellie y su familia. Grit se lo quedó mirando, parpadeaba como si se hallara ante un espejismo.

—Si vienes conmigo, te preparo un café —se ofreció, esperando que Henny no tuviera nada en contra de que su madre fuera a su cueva y se sirviera de sus provisiones.

—De acuerdo —murmuró Grit—. Y luego me lo cuentas todo otra vez...

Lo siguió con sorprendente agilidad por los acantilados e incluso reconoció la cueva.

—Oh, es nuestra... —Se rio y señaló el interior, donde dos perros dormían y tres cachorros de gato jugaban—. En realidad, yo debería estar viviendo aquí. Pero, como ves, ¡ya está ocupado!

—Igual que la cueva a la que mandaste ayer a Vincent —no pudo evitar replicar David—. ¿Lo encontraste divertido? Se llevó un susto de muerte y se le pasó la borrachera de golpe. ¡Podría haberse caído del acantilado!

Grit hizo un gesto de rechazo.

—Por desgracia es un blandengue de cuidado —sentenció—. Aunque un buen chelista. Muy musical. Por eso... —se interrumpió—. Y, ahora, otra vez desde el principio: eres el hijo de la tía Maria. ¿Y mi madre te ha encargado que vinieras a sacarme de aquí? No hace más que enviar a gente a por mí, ¿sabes? En la guerra fue el tío Walter...

David intentó corregir esa idea y le habló de su trabajo en Atenas.

—Fue simplemente por la proximidad. No hay nada que me clasifique como espía o secuestrador. Lo cierto es que solo tengo que confirmar que estáis bien...

Mientras hablaban, David había calentado el agua y sirvió el café. Grit inspiró con avidez el aroma.

—Pues ya lo has hecho —señaló—. Estamos muy bien. ¿Necesitas saber algo más?

—Henny no está bien —replicó al instante David, tendiéndole una taza de café.

Grit bebió un sorbo.

—¿Lo ha dicho ella? —preguntó con poco interés—. Bueno, no me sorprende. Helena nunca ha tenido el menor asomo de talento artístico. No es extraño que al lado de todas estas brillantes personalidades se sienta incómoda. Pero no está obligada a quedarse...

—A lo mejor no se siente bien al lado de tanto vino y marihuana, sin los cuales aquí nadie brilla de verdad —respondió él con más dureza de lo que deseaba—. A lo mejor no le gusta dormir en tumbas y... no dudo de que le guste criar a su hermana pequeña, pero tal vez preferiría hacerlo en un ambiente más civilizado.

Grit no perdió la calma.

—Si no está a gusto, puede marcharse cuando quiera. No es la más joven en este lugar. Si todos han encontrado el camino para llegar hasta aquí, también ella encontrará el transbordador rumbo a Atenas...

—¿Y quién se ocupará de Audrey? —preguntó David.

Grit levantó los ojos al cielo.

—¿Quién va a ser? Yo soy su madre. Audrey no es exigente. Encaja en este ambiente. Absorbe como una esponja el espíritu de Mátala... —David no supo qué contestar—. A ti tampoco parece gustarte esto —le reprochó Grit a su vez—. Vete con Helena, así mi madre y April tendrán lo que quieren. En cualquier caso, Audrey y yo nos quedamos. —Bebió el resto de su café y dejó la cueva.

David permaneció dentro meneando la cabeza, defraudado. No sabía qué decirle a Henny acerca de esa conversación, pero de repente de una cosa sí que estuvo seguro: no iba a dejarla sola. Tenía tiempo, se quedaría y esperaría. Y vería qué surgía del sentimiento que experimentaba siempre que miraba a esa muchacha seria e inteligente y por qué surgía el deseo de protegerla y consolarla, de reír y llorar con ella cuando hablaban.

Lavó la taza de Grit utilizando la menor cantidad posible de la preciada agua y cogió el bidón de Henny para llevarlo a la playa. Se lo llenaría más tarde.

6

David no fue el único que se quedó en Mátala. Pese a todas las humillaciones sufridas, Vincent no podía renunciar a Grit, y Evangelina parecía haber cambiado en el instante mismo en que había llegado a la playa. Siempre había sido emprendedora, espontánea y atrevida, pero, por encima de todo, al final se imponía el nombre de Kallergis, que no debía deshonrar. Y había actuado en consecuencia, disfrutando de la libertad que le ofrecían los estudios en ultramar, pero sin arriesgarse nunca a cometer un agravio, por ejemplo conviviendo con un hombre. En Atenas se había permitido tener a David de amante, pero con mucha discreción. Oficialmente, nunca se había opuesto a su destino de casarse con Stavros Michelakis. Pero en Mátala había perdido toda contención. Dejó de vestirse con estilo y solo se ponía lo necesario. En la playa prefería ir desnuda. Junto con otros artesanos de la colonia hacía joyas. No de huesos, sino de las conchas y piedras que recogía. En Heraclión compró alambre de plata y empezó a engarzar piezas que vendía a los beatniks con más dinero y en una tienda de la capital de la isla.

Seguía siendo amiga de David, pero no compartía la cueva con él. La mariposa por fin se había independizado y volaba de flor en flor. David se preguntaba cómo acabaría todo aquello.

En algún momento su padre y su prometido se preguntarían qué la retenía tanto tiempo en Creta.

David compartía su cueva con Vincent. Henny les había buscado una en la que no había huesos. Tampoco había nichos, por lo que los romanos no la habían utilizado como sepultura. David enseguida la había equipado con colchones, sacos de dormir, hornillo y lámpara de gas, cubiertos, vasos y platos, además de un insecticida y un contenedor en el que mantener los alimentos a salvo de los animales. Vincent le había acompañado en todas esas compras y lo había admirado por su prudencia y por lo mucho que sabía acerca de las necesidades de un cavernícola.

David se había reído de él.

—¿Nunca has ido de camping, Vincent? —le había preguntado, y luego le había hablado de sus excursiones con su padre, la escuela y, más tarde, también solo con Daphne—. Mi hermana buscaba fósiles en el *outback*. Que haya huesos en una tienda de campaña no es para mí nada nuevo. ¡Todo el mundo ha hecho camping alguna vez!

—Yo no —admitió Vincent—. Yo solo he estado tocando el chelo, el violín y el piano... Si quieres estudiar música, tienes que entregarte a ella. No te queda mucho tiempo para otras cosas.

David pensó en si no le habría ocurrido lo mismo a Grit y si no estaría recuperando ese gozo infantil de vivir con sencillez, con una lámpara de gas y una hoguera, tal como Henny había intuido. Vincent no encontraba ningún placer en ello. Se quejaba de la incomodidad del lugar y del hornillo, que no siempre conseguía encender, mientras que David enseguida se integró en la vida de Mátala. En realidad, hasta encontraba bonito levantarse y disfrutar de la vista sobre la bahía e ir a dormir oyendo el murmullo del mar. Solo añoraba a Daphne, quien seguro que habría descubierto algo referente a los fósiles. Al menos le había enviado una carta, en que le describía el campamento y le comunicaba el número del apartado de correos de Henny para que pudiera dar con él. Sin embargo, hacía semanas que no recibía noticias de su hermana.

Pese a todo, Henny demostró ser una buena sustituta de su hasta la fecha alma gemela. También con ella podía hablar de cualquier tema y criticar a los demás cavernícolas. Bromeaban a menudo. Henny expresaba con inteligencia sus opiniones sobre los seudoartistas de la colonia. Sobre todo, se metía con los literatos. Le gustaba leer y leía mucho, y a menudo comparaba entre risas la calidad de los poemas y relatos que se recitaban junto a la hoguera con Poe o Goethe.

—Werther también sentía dolor ante el mundo, pero al menos terminaba las frases —dijo en una de sus conversaciones. Cuando David también se dejó ir y comentó la calidad del músico, se echó a reír aliviada—. ¡Y yo que pensaba que era cosa mía por tener tan poco sentido musical!

David confirmó que no era así, que su sentido musical era totalmente normal, pero que no estaba a la altura de la genialidad de una Grit de Groot. Su opinión era la misma con respecto a Audrey. Claro que la pequeña bailaba contenta cuando oía música y golpeaba complacida la tapadera de una olla con Grit, pero David no reconocía en ella ningún don especial. El caso de Vincent era otro. También él estaba entusiasmado con las clases de música de Grit y Audrey, aunque Grit no lo dejaba participar en ellas o precisamente por eso. Ella continuaba dándole la espalda.

David seguía sin comprender por qué ella no ahorraba ningún esfuerzo para ahuyentar a Vincent, por mucho que él perseverase. Incluso había alquilado un contrabajo y participaba en las sesiones de modern jazz en Heraclión. Mostraba entonces un talento extraordinario, al igual que Grit; enseguida se adaptó a un instrumento que no le era familiar y comprendió la peculiar armonía del bebop. David admiraba su sentido musical y su constancia. Aun así, estaba seguro de que dejaría de perseguir a Grit, a más tardar cuando en las cuevas reinara el frío y la humedad. Mientras fuera verano, podía adaptarse a la vida sencilla, pero Vincent era todo un urbanita.

David no podía comprender que Henny, que se interesaba mucho más por la naturaleza y los animales que por la teoría musical, siempre buscara la compañía de Vincent. Muy a pesar suyo, parecía preferir realizar pequeñas excursiones con su nuevo amigo y con Audrey o ir al pueblo a tomar un helado en lugar de estar con él. Vincent lo hacía con agrado; era obvio que se alegraba de estar con las dos, aunque no mostraba el menor interés por Henny como mujer. Su papel con ella y Audrey parecía, más bien, el de un leal padre de familia.

No cabía duda de que Vincent habría sido un excelente marido para Grit, además de mucho mejor músico que todos los demás de la colonia. Sufría porque ella prefería a otros hombres en lugar de a él y hasta lo criticaba injustamente. Además, Vincent estaba preocupado por el desenfrenado consumo de alcohol y marihuana. La droga le provocaba mucha inquietud, porque su posesión estaba prohibida. Le contó a David que en Estados Unidos las leyes eran muy severas con respecto a los estupefacientes. Si se condenaba a Grit —o a él mismo— por su tenencia, ninguna orquesta clásica seria los contrataría. Esta era una razón por la que Vincent hablaba de vez en cuando de dejar la colonia, con o sin Grit.

—¿Cómo obtenéis la hierba? —preguntó a Lauren, quien le parecía una de las cavernícolas más sensatas. La gente que la rodeaba era más tranquila, más introvertida e iban en busca de conocimientos más profundos en un mundo espiritual.

Lauren le informó al instante.

—La mayoría la compran a intermediarios en los parques de Heraclión, porque todos hablan solo inglés. En realidad, se cultiva en las montañas desde tiempos antiguos. Actualmente, al aumentar la demanda, ha crecido el cultivo. Yo la compro en Mátala, el día de mercado. Hay un joven de Imbros, el primo de una de las campesinas que venden verdura. La ayuda en su puesto y también ofrece cánnabis. Sale mucho más barato que en la ciudad.

Vincent la miró sorprendido. Tanto él como David habían pensado que la droga procedía de África o Asia.

—Si queréis, os puedo traer un día —se ofreció Lauren, lo que ambos, naturalmente, rechazaron.

Cuando el otoño se iba acercando lentamente, regresó inquieta una de las personas que siempre iban a Heraclión para ampliar las reservas de cánnabis de los beatniks.

—Me han preguntado por ti —le dijo a Evangelina, que estaba bailando despreocupadamente con otras mujeres junto a la hoguera. Como todavía no era tarde, también Audrey estaba dando vueltas, siguiendo la melodía de distintos instrumentos, mientras Henny, Vincent y David la contemplaban sonrientes. David observó aliviado que las miradas de su amigo se dirigían a la niña y no estaban prendidas en Grit. El amor ciego de Vincent hacia la pianista iba transformándose poco a poco en un cierto disgusto. Era perfectamente comprensible. Grit estaba dispuesta a dormir con cualquiera de la colonia. A Vincent, en cambio, le había dejado que la cortejara durante años en Boston y ahora llevaba meses tras ella sin que le permitiera alimentar ninguna esperanza. En ese momento, todos dirigieron su interés al muchacho que acababa de llegar de Heraclión. Jeff todavía era muy joven, un estudiante de Chicago que después de un viaje por Europa se había quedado colgado en Mátala en verano—. Evangelina Kallergis eres tú, ¿no? —confirmó.

Evangelina se puso seria de golpe.

—¿Quién ha preguntado por mí? —quiso saber.

—Bueno, no se han presentado —respondió Jeff—. Pero eran unos tíos muy desagradables. Han dicho que a tu prometido le gustaría verte de nuevo... Y los han enviado para llevarte de vuelta. ¡Les he puesto los puntos sobre las íes! Vivimos en el siglo XX y una mujer puede decidir por sí misma a quién quiere ver y con quién quiere casarse.

Evangelina palideció.

—¿Les has dicho que estoy aquí? —preguntó.

Jeff frunció el ceño.

—No, claro que no. No tan directamente…

—Pero se lo olerán —señaló alarmado David—. Evangelina, tienes que irte de aquí. Recoge tus cosas, ¡deprisa! Tú…, nosotros…

Se detuvo. Él no quería irse de Mátala. Henny y Audrey lo necesitaban y a él no le apetecía en absoluto tener que vérselas con los matones de Michelakis. Por otra parte, tampoco podía dejar a Evangelina sola.

De repente notó la mano de Vincent en su brazo.

—¡Tranquilo, David! Puedes quedarte aquí. Llevaré a Evangelina a La Canea y de allí a Atenas en el transbordador. Será más sencillo si la acompaño yo, además nadie me conoce. Quién sabe si no te tienen en el punto de mira…

—¿De verdad lo harías? —preguntó David.

Vincent asintió.

—Ya hace tiempo que quiero irme de aquí. Pero no podía liberarme. Es difícil despedirse del sueño de tu vida. Pero en esto ha intervenido el azar. Evangelina necesita que alguien la acompañe y yo puedo llevarla a Atenas. Allí estarás segura, ¿verdad, Evangelina?

La joven asintió.

—Si voluntariamente y por mi cuenta regreso con mi familia, nadie podrá probar nada en mi contra. Yo…, mis amigos me cubrirán…

—Seguro que ya han estado antes con tus amigos en Heraclión —señaló David—. Pero da igual, estoy convencido de que se te ocurrirá alguna idea. Y ahora ponte en marcha.

Vincent se levantó.

—Recoge tus cosas, Evangelina. Yo voy a recoger las mías. Henny, tú conoces a todo el mundo en el pueblo. ¿Puede llevarnos alguien en una camioneta a La Canea? ¿O a algún sitio donde podamos coger un taxi? No me gustaría tener que pedir un vehículo aquí…

—¡No! —Henny había estado hasta ese momento escuchando en silencio y sin llamar la atención. Ahora, sin embargo, David percibió que su rostro se tensaba—. No…, no es posible, Vincent. ¡No puedes irte como si nada! Te lo quería decir pronto, pero tenía que estar segura…, tenía que estar segura de que eres una buena persona y que puedo confiar en ti… —Era evidente que Henny luchaba consigo misma, algo que también Audrey notó. La pequeña corrió hacia ella y se estrechó contra su hermana. Henny posó alterada su mirada en Vincent—. Vincent, tú…, ¡tú eres el padre de Audrey!

Se hizo el silencio. Evangelina ya se había marchado en dirección a los acantilados. Su temor parecía auténtico. Jeff y las mujeres jóvenes que habían bailado con ella se retiraron.

David intentó mantener la mente clara. De repente comprendió por qué Henny había estado buscando continuamente la compañía de Vincent, aunque el primer día que se conocieron había creído que simpatizaba más con él. Sintió alivio. No se había equivocado. Y, si tampoco se equivocaba con Vincent, Henny podría ahora compartir con alguien sus preocupaciones y responsabilidades en torno a Audrey. Se sentiría libre para volver a casa.

La mirada de Vincent se deslizaba entre Henny y Audrey.

—Pero…, pero yo pensaba que era la hija de ese… Paul —balbuceó—. Su gran amor. Seguro que quería un hijo de él. Nunca quiso uno mío…

—Haz cuentas, Vincent —le echó una mano David—. Audrey tiene tres años. ¿Cuándo nació, Henny?

—En enero de 1957 —contestó la joven.

—Entonces fue engendrada en... abril de 1956. ¿Estuviste por entonces con Grit?

Vincent se puso blanco.

—Yo..., yo pensaba que era más pequeña —musitó—. Y esto... Esto no tiene ningún sentido. Estuvimos mucho tiempo juntos, pero Grit no quería acostarse conmigo porque no había nada que la aterrara más que quedarse embarazada... —Su mente iba trabajando—. Pero entonces..., entonces tuvimos una extraña conversación, tras un concierto de Yehudi Menuhin... Grit empezó a leer unos libros demenciales... sobre la transmigración de las almas... —Su palidez se convirtió en rubor—. Me utilizó —admitió—. Quería recuperar a su padre. Quería un hijo que encarnara su alma y su talento. A mí no me quería. Philipp y ella siempre se habían bastado solos... —David y Henny necesitaron algo de tiempo para digerir lo que habían oído. Vincent inspiró hondo. Luego se dirigió a Henny—. Gracias, gracias por decírmelo. Me alegro de tener una hija tan encantadora y no la dejaré sola. Pero ahora voy primero ahí arriba —señaló la cueva de Grit— y ajusto las cuentas con su madre.

Se levantó dispuesto a ascender por el acantilado. Era un hombre lleno de rabia.

7

Evangelina oyó voces saliendo de la cueva de Henny cuando pasó junto a ella con la bolsa de viaje. ¿Era Grit quien gritaba? Sabía que Grit se retiraba allí a menudo, al menos cuando no había ningún inquilino o paciente de cuatro patas. En ese momento, Lauren había adoptado los cachorros de gato y los perros vagabundos habían regresado sanos y salvos a su vida en libertad. El perrito Skylos no se separaba de Henny y Audrey. Cuando ellas estaban fuera, Grit tenía la cueva para sí.

—¡Estás loca, Grit, has perdido la razón! Me has utilizado como..., como a un semental. ¡Y ahora pretendes que mi hija crezca en medio de todos estos chiflados! Vas a echarla a perder...

Vincent, sí, ¡era la voz de Vincent! ¿Qué era lo que le reprochaba?

—Estoy estimulando su personalidad artística —sostuvo Grit—. Tiene un gran sentido musical...

—Entonces debería aprender lentamente a tocar un instrumento —tronó Vincent—. Ya sabes cuánto tiempo cuesta por muy genial que seas. Pero tú no te preocupas por nada, tú...

—Mi padre fue autodidacta —dijo Grit—. No necesitó ninguna presión. Y yo...

—¡Audrey no es Philipp de Groot! —gritó Vincent—. Y no es ni tú ni yo. Es una niña encantadora a quien hasta ahora nadie estimula, a excepción de su hermana. Y Henny está llevando una carga sobrehumana. ¡Tendría que estar en la universidad en lugar de quedarse aquí vigilando que tú y tus llamados amigos no desatendáis a nuestra hija! Te la voy a quitar, pediré la custodia...

—Eso no lo lograrás jamás. —Grit intentaba no ponerse nerviosa, pero Evangelina notó que su voz adquiría un tono estridente—. ¡No tienes ningún derecho sobre ella!

—Ya conseguiré alguno. ¿Y cuál crees que será la sentencia de un juez cuando le enseñe esto? ¿Crees que a alguien más, aparte de a ti, le parecerá correcto educar a una niña entre cavernícolas con collares de huesos humanos?

Vincent se mostraba decidido. Evangelina no tuvo que reflexionar demasiado para comprender que en tales circunstancias no la sacaría de Creta. Sin su hija, ese hombre no iría a ningún lugar.

—Olvídate —dijo Grit—. No te la llevarás.

—¡Ya lo veremos!

Vincent se precipitó al exterior y pasó al lado de la joven griega sin verla. Mientras se encaminaba hacia la cueva que compartía con David, Evangelina echó un vistazo al lugar donde vivía Henny. Grit estaba ocupada metiendo sus cosas y las de sus hijas en bolsas.

—¿Vas a marcharte? —preguntó Evangelina.

—Tengo que llevar a mi hija a un lugar seguro —respondió Grit—. ¡Salimos inmediatamente!

—¿A dónde quieres ir? —Evangelina tenía la esperanza de encontrar una posibilidad de compartir el viaje.

—A un pueblo de las Montañas Blancas —respondió Grit—. Allí no nos encontrarán jamás. Se lo quería enseñar de todos modos a Henny y ahora..., bueno, la gente de allí... nos acogerá. Al menos durante dos o tres semanas, hasta que los ánimos se hayan calmado...

Evangelina inspiró hondo.

—¿Me llevas contigo? —preguntó.

Un pueblo en las montañas cuyos habitantes confirmarían que había estado allí. Los esbirros de Michelakis no la encontrarían y ella podría contar una buena historia cuando regresara a Atenas. Explicó a toda prisa a Grit lo que la amenazaba.

Grit se encogió de hombros.

—Por mí no hay problema. Pero es un viaje duro. Si he de detenerme por ti...

Evangelina iba a señalar que seguro que ella resistiría mejor el trayecto a pie que la pequeña Audrey, pero Grit no atendía a razones. Ya había hecho el equipaje y salió de la cueva. Evangelina la siguió.

David y Henny todavía estaban sentados al fuego hablando. Hasta ese momento él le cogía la mano, pero se la soltó cuando se acercaron las dos mujeres.

—¡Helena, Audrey, venid conmigo al coche! —ordenó Grit a sus hijas—. ¡Nos vamos!

—¿A dónde? —preguntó Henny. Sus ojos se iluminaron—. ¿A casa?

—En cierto modo —respondió Grit—. ¡Venga!

—¿Evangelina viaja con nosotras? —preguntó vacilante Henny—. ¿La llevamos... a Atenas?

—No en este momento —dijo Grit—. Te he prometido que te enseñaría el pueblo de tu padre, Helena. Lo haré ahora. Ya he empaquetado vuestras cosas. No tienes que volver a la cueva...

—Yo voy con vosotras —afirmó con determinación David.

Evangelina le sonrió agradecida. Por primera vez en mucho tiempo, él volvió a ver calidez en sus ojos.

—Qué amable por tu parte..., no me lo merezco.

David no consideró necesario aclararle que era de Henny de quien no quería apartar la vista. Esta lo miró todavía más agradecida que Evangelina. David había visto auténtico miedo en sus ojos cuando Grit mencionó el pueblo.

—¿Por qué debería llevarte? —preguntó Grit—. Puedo ir sola.

Evangelina la miró.

—Has dicho que es una caminata dura y de varias horas. ¿Cómo va a hacerla Audrey? Si viene un hombre podrá llevarla en brazos. Además, con todo el equipaje…

—Leonidas pidió prestado un burro en Vamos —recordó Grit—. Quizá…

—Y por supuesto tú tienes experiencia en el trato con burros —se burló David—. Sin contar con que han pasado diez años desde que en Grecia florecía el préstamo de burros. ¡Hoy en día se alquilan coches, Grit!

—En coche no se llega a Imbros —explicó Grit. Parecía indecisa.

—Quiero que David venga con nosotros —intervino Henny—. Tiene que decirle a la *grandma* Nellie que estamos bien. Si le cuenta que estamos en Imbros, volverá a preocuparse.

Se notaba que Grit ya estaba harta de tanta discusión. Quería marcharse antes de que Vincent volviera a aparecer y Henny le comunicara a dónde iban.

—Está bien —accedió, pero se negó rotundamente a que el perro también saltara al interior de la furgoneta, después de que hubieran metido el equipaje y todos hubiesen subido al vehículo.

Henny protestó cuando Grit arrancó. Pero no insistió. Skylos debería apañárselas para encontrar a alguien que le diera de comer.

David dejó compungido su equipaje en la cueva. Grit no esperaría hasta que cambiase al menos sus sandalias por unas botas de montaña. Pero Evangelina y las chicas tampoco estaban preparadas para practicar senderismo. David decidió ir improvisando según evolucionaran las cosas. Por fortuna llevaba la cartera y el pasaporte y sabía que Henny siempre llevaba su dinero encima. Él nunca se había creído que en las cuevas de Mátala nadie robaba porque formaban una gran familia y Henny ya había quedado escarmentada en los primeros días de su estancia. David contempló la playa y las cuevas por última vez y se preguntó qué haría ahora Vincent. Luego intentó sonreír animoso a Henny. No lo consiguió del todo.

—Podemos liberarnos de sus garras —le susurró cuando el vehículo rodaba con el motor rugiendo por unas carreteras con baches y Grit estaba concentrada en la conducción. Pocas veces acertaba con la marcha correcta, pero David no decía nada. Una avería no le habría ido mal—. No tenemos que ir a ese pueblo.

—¿Y Audrey? —preguntó Henny.

—El pueblo no estará lleno de locos, sino repleto de madres y abuelas —la tranquilizó David—. Seguro que se ocuparán de ella. A lo mejor podemos hacer más por Audrey si buscamos a Vincent y le decimos dónde está Grit con ella.

Henny se mordisqueó el labio.

—Me siento incapaz de hacerlo —susurró—. A lo mejor solo nos quedamos un par de días.

Ninguno se lo creía. Grit quería ocultar a Vincent el paradero de Audrey y seguro que eso no duraría un par de semanas.

Al cabo de varias horas llegaron a Vamos, el pueblo desde el que, en el pasado, Leonidas y Grit habían emprendido su marcha porque no había otros caminos transitables en coche. Según Grit, a partir de ahí no se podía conducir un vehículo, pero David enseguida advirtió que no era así. Al menos para un todoterreno, las pistas que llevaban a las montañas ya no constituían un problema.

—A partir de aquí iremos a pie —advirtió Grit—. La furgoneta no puede pasar. Y es más seguro…

Evangelina señaló que le parecía más seguro avanzar en coche cuanto más lejos mejor y luego dejarlo al raso, en lugar de en un aparcamiento en Vamos. Si los hombres que la estaban buscando se enteraban de en qué vehículo había viajado, lo encontrarían allí con más facilidad que en algún lugar en las montañas. Pero Grit no se dejó convencer. Quería hacerlo todo igual que en la ocasión anterior. Ya fue lo bastante difícil convencerla de que era mejor pernoctar en una pensión y empezar la caminata al día siguiente que emprender el camino en ese mismo momento, entrada la tarde.

—Me sé desenvolver por aquí —dijo obstinada—. ¿Cuántas veces creéis que tuve que recorrer estas montañas por la noche durante la guerra?

—Pero no puedes sacar de la cama a tus amigos de Imbros a media noche —replicó Evangelina.

Siempre encontraba buenos argumentos para convencer a Grit; David se alegraba de que estuviera allí con ellos. Él no tenía talento suficiente para ocuparse de personas que actuaban de forma irracional.

Al final encontraron unas pequeñas y limpias habitaciones en un hostal. A Evangelina le habría gustado compartir la suya con David, pero él se negó con determinación.

—¡Se acabó, Evangelina! Ya tenemos suficientes problemas que habrían podido solucionarse fácilmente. Si esa gente de la que tú tanto miedo tienes te localiza aquí, que no sea, al menos, con un hombre en la cama.

Evangelina se conformó y David pensó por un instante en robar el coche y desaparecer durante la noche con Henny y Audrey. Al final no se sintió capaz de cometer el robo ni de hacer un puente al coche. Pero se animó a ir al centro del pueblo y comprar dos mochilas, mudas de ropa, una brújula y una buena linterna, además de unas sólidas botas de montaña y unos gruesos calcetines para Evangelina, las chicas y para sí mismo. Le daba totalmente igual cómo iría equipada Grit para la marcha. Ni ella misma parecía pensar en ello.

Por la mañana apareció en tejanos y las mismas zapatillas náuticas que había llevado siempre en Mátala.

David llenó con todo el equipaje posible las mochilas, que cargaban Evangelina y él; Henny solo necesitaba un bolso en bandolera y Grit llevaba una bolsa de viaje colgada al hombro. Antes de marcharse le había preguntado al dueño de la pensión, con toda seriedad, si tenía un burro.

El hombre se partió de risa.

—¿A dónde queréis llegar exactamente? —preguntó. Grit no le dio el nombre del pueblo—. Os puedo llevar en coche hasta el interior de las montañas. Tal vez no hasta los pueblos mismos, pues a la gente no le gusta recibir visitantes. Pero un buen trozo...

Grit volvió a rechazar la oferta. David le preguntó por qué a los aldeanos no les gustaban las visitas. En general, la gente que vivía apartada se alegraba de la llegada de forasteros que los ponían al corriente de lo que sucedía en el mundo.

Al final dejaron al dueño meneando atónito la cabeza y se pusieron en camino. Si las circunstancias no hubieran sido tan extrañas, David habría disfrutado de la excursión. Ya en Mátala había dado algún paseo para conocer la flora mediterránea, que se diferenciaba totalmente de la australiana. En ese momento ascendía la montaña entre arbustos y plantas aromáticas; David encontró romero y lavanda, trituró entre los dedos las agujas y las hojas y dejó que Henny y Audrey olieran el aroma que exhalaban. Grit señaló las Montañas Blancas brillando al sol y al menos en las primeras horas del ascenso todo fue positivo. Pero luego Audrey empezó a refunfuñar, le dolían los pies. David esperaba que los zapatos nuevos no le hubieran hecho ampollas. También Henny y Evangelina empezaron a estar cansadas, pues avanzaban siempre cuesta arriba.

Cuando el camino empezó a transcurrir paralelo a una garganta, Evangelina se cogió a David y Audrey, asustada, se agarró a la mano de Henny. A la pequeña ni se le ocurrió buscar apoyo en su madre. Grit también debía de estar agotada, pero conocía el terreno y era obvio que se sentía segura. Tenía en mente un lugar determinado donde descansar y no quería hacer una pausa antes. David acabó cargando a Audrey sobre los hombros, lo que la niña encontró muy divertido.

—Eres mi caballo —anunció—. ¿Cuándo volveremos con nuestros ponis, Henny?

Resultaba imposible que la niña todavía se acordara de Epona Station, pero Henny no había dejado de hablarle de los caballos. Ahora contemplaba abatida la meseta que atravesaban.

—Pronto, Audrey —musitó—. Pronto...

—En el pueblo hay burros —explicó Grit—. A lo mejor puedes montar alguno. Y ovejas, *mitéra* Eleni hace queso con su leche.

Habían comprado queso y pan en Vamos y todos comieron con avidez cuando por fin se sentaron a descansar. Nadie se sorprendió cuando Grit señaló que en ese sitio también habían descansado ella y Leonidas un mediodía. El lugar era ciertamente muy bonito, ofrecía unas vistas espectaculares de las montañas, pero Henny y Evangelina no las disfrutaron. Estaban cansadas y, aunque ya era finales de verano, el sol quemaba sin piedad desde el cielo.

Ahora el trayecto proseguía montaña arriba y David no se atrevía a cargar con la niña en los hombros para no perder él mismo el equilibrio. Al final, Audrey estaba tan exhausta que lloraba y Henny no tenía ni fuerzas ni ánimos para consolarla. Todos insistieron en descansar de nuevo y la pequeña se durmió con la cabeza apoyada en el regazo de Henny. Esta canturreó una melodía para ella y David, pese a estar agotado, volvió a quedar fascinado por su belleza, su perseverancia y la dulzura con la que acariciaba a la niña. Vio que Henny lo observaba y no se atrevió a creer que en su afectuosa mirada se reflejaran unos sentimientos similares a los suyos. También a ella parecía gustarle y se diría que se alegraba de que fuese tan solícito.

—Se te está soltando la cinta del pelo —observó David—. ¿Me dejas..., me dejas que te la ate?

Henny asintió y él tocó por vez primera ese cabello negro y fuerte, que la joven había peinado en una gruesa trenza. Anudó la cinta y colocó una pluma que acababa de encontrar. En esa época del año no había flores en las montañas.

Henny rio.

—¿Acaso soy hoy Pocahontas? —preguntó—. ¿La que deja a su tribu por amor?

David negó con un gesto.

—No es verdad; la raptaron, la retuvieron como rehén y se puede decir que la obligaron a bautizarse... Se casó mucho más tarde. Un matrimonio de conveniencia que, aun así, instauró la paz.

Henny suspiró.

—Yo también me siento como una rehén. Pero no deseo un matrimonio de conveniencia. He de amar al hombre con quien vaya a casarme. —Lo miró y le dedicó ese gesto de coquetería que ya le había encantado en Mátala.

—Tendrás donde elegir —dijo él—. Quién sería capaz de no amarte...

Grit los apremió para que se pusieran en marcha; no podían demorarse más si querían llegar a Imbros antes de que oscureciera. Todos se levantaron de mala gana y volvieron a arrastrarse una hora más por el pedregoso camino hasta que este empezó a descender suavemente y por fin el pueblo apareció ante la vista. Grit se detuvo sorprendida.

—Tiene un aspecto totalmente distinto —dijo—. Antes solo había *mitata*, casas redondas de piedra natural. Y ahora...

David vio unas casas de uno o dos pisos, encaladas de blanco y con tejados de dos vertientes de tejas rojo claro. Parecían relativamente nuevas, como si hiciera poco que sus moradores hubiesen alcanzado cierto bienestar. David, con sus conocimientos en botánica, dedujo cuál era la causa al echar un vistazo a los campos de cultivo que se extendían detrás del pueblo.

—Vaya, cultivan cánnabis —observó Evangelina, que acababa de hacer el mismo descubrimiento—. Por lo visto hemos encontrado esas plantaciones que tan celosamente guardan en secreto en Creta y sobre las que todos hablan, pero nadie conoce.

A diferencia de ella, Grit se quedó pasmada, y David comprendió por qué sus habitantes no querían visitantes.

—Esto..., esto no es lo que debería ser... —musitó Grit—. Ahí deberían estar paciendo las ovejas y...

—Seguro que todavía conservan un par de ovejas —intentó consolarla Evangelina—. Ven, bajemos.

Ninguno de ellos se sentía relajado cuando llegaron a la plaza del pueblo. Según lo que Grit les había contado, en su primera visita todos los aldeanos se habían reunido y los niños miraban incrédulos a una muchacha con pantalones. La mayoría de los hombres llevaban un voluminoso bigote o una barba cerrada y faldas blancas con pliegues, así como chalecos de lana o de cuero. Los tres muchachos que ahora formaban el comité de recepción llegaron en tejanos y con la barba recortada. Lo que tenían en común con sus padres o sus abuelos era el cinturón del que colgaban cuchillos y pistolas.

—¿Qué hacéis vosotros aquí? —preguntó no muy cordialmente uno de ellos, mientras los demás miraban interesados a Grit, Henny y Evangelina.

Grit parecía desconcertada.

—Estoy buscando a *mitéra* Eleni. Eleni Fotakis...

—Yo soy Gavrilis Fotakis —dijo el joven—. Su nieto. ¿Qué quieres?

En lugar de Grit, Evangelina tomó la iniciativa.

—Mi amiga vivió aquí durante la guerra. Tenía ganas de volver a ver el pueblo. Y enseñárselo a su hija. —Señaló a Henny—. Es...

—¡Muy guapa! —exclamó el chico riendo.

—Y por lo visto soy tu prima —replicó Henny—. Así que mejor que no me eches flores.

De las casas empezaron a salir otros lugareños.

Pese a lo mucho que, según Grit, había cambiado el pueblo, seguía siendo todo un acontecimiento que llegaran forasteros.

—¡Margarita! —Una mujer de la edad de Grit se separó del grupo—. ¿Me reconoces? ¡Soy Aliki! —Rio—. Era tu doncella de honor... ¡o al menos lo habría sido! Qué valor tienes volviendo a aparecer por aquí...

—¿Esta es la americana que se marchó con el inglés? —preguntó uno de los muchachos—. ¿Después de matar a su prometido? —Fascinado, miró a Grit de arriba abajo.

—¡Yo no maté a nadie! —replicó Grit.

Durante mucho tiempo había estado convencida de que era en parte culpable de la muerte de Leonidas, pero en ese momento, cuando le lanzaron tal reproche, lo rechazó indignada.

—¡Claro que no! —exclamó Aliki—. No repitas como un loro esa idiotez, Thalis. Margarita era una heroína. Se habría casado con Leonidas y se habría quedado con nosotros si él no hubiese muerto.

—¿Y de qué murió? —preguntó burlón un hombre—. En una operación del inglés con el que la maravillosa Margarita se marchó al día siguiente. —Escupió delante de Grit—. Mucho antes de que terminase la guerra...

Los aldeanos empezaron a discutir. Grit los miraba desconcertada. Henny hubiese querido que se la tragara la tierra. Audrey lloraba. Evangelina, en cambio, encontraba entretenida la escena. David lo único que deseaba era marcharse de allí.

Al final, de la casa más bonita del pueblo, salió una anciana con un vestido largo negro y el cabello gris cubierto por un velo. La seguían algunas mujeres más jóvenes, casi todas con ropa más moderna, y un anciano.

—¡*Mitéra* Eleni! —gritó Grit y corrió hacia la mujer con la intención de abrazarla.

La madre de Leonidas la rechazó con brusquedad. También ella escupió.

—¿Tú? ¿Y te atreves a venir otra vez aquí? ¿Después de haber arrastrado a Leonidas a la muerte y de haberte ido con un hijo suyo en el vientre?

De los ojos de la mujer salían llamas. Por lo visto, había permanecido dieciocho años obsesionada con su visión de lo ocurrido.

Grit negó con la cabeza.

—Leonidas no tiene un hijo. Le di una hija. Está aquí. Helena.

Empujó a la reticente Henny hacia su abuela. Audrey se agarraba a ella y David, protector, las rodeó a las dos con el brazo.

La madre de Leonidas miró con desconfianza a Henny de arriba abajo.

—Es igual que él —constató, y se acercó a Henny, la abrazó y la besó en las dos mejillas. En un primer momento, la muchacha se apartó asustada, luego se dejó hacer—. Y hasta tiene una hija… —Eleni miró a Audrey complacida y luego su mirada se deslizó hacia David—. Así que te casaste pronto con ella. Muy sensato. —Henny se ruborizó cuando comprendió que su abuela daba por hecho que David y ella eran pareja—. ¿Y qué te trae por aquí? —Eleni arrojó estas palabras en dirección a Grit.

Esta, nerviosa, intentó explicárselo, pero para Eleni no contaba más que disparates. Al final, Evangelina dio un paso adelante. Para una griega era más sencillo describir las circunstancias que los habían conducido hasta allí. Después de la explicación, la mujer fulminó a Grit con la mirada.

—¿Estás huyendo del segundo hombre a quien has abandonado con un hijo en tu vientre? —siseó.

—Yo no abandoné a Leonidas —se defendió Grit. Había estado a punto de hacerlo, pero la muerte de él se le había adelantado.

—¡El hijo pertenecía a este pueblo! —gritó Eleni—. A esta familia. Andreas se habría casado contigo... —Entonces, todavía era costumbre en los pueblos de montaña que el hermano de un hombre fallecido se casara con la mujer a la que había dejado embarazada. David vio que Henny estaba tan impresionada como él mismo. Tampoco ella conocía esos detalles de la vida de Grit—. Y él habría hecho de ti una mujer decente. Leonidas tenía demasiada paciencia contigo —siguió diciendo Eleni.

Leonidas había prometido a Grit que podría seguir con la música tras casarse con él y que podría vivir en La Canea o incluso en Atenas. Andreas la habría condenado a vivir en el pueblo.

—Bueno, dejémoslo correr —dijo Evangelina con su acostumbrado tono resoluto—. Todo eso sucedió hace mucho tiempo. ¿No podemos ver, simplemente, que Grit ha venido de visita con sus hijas para presentarle a Helena a la familia de su padre y mostrarle dónde vivía? Le ha contado tantas cosas..., de sus artes culinarias, *mitéra* Eleni, de las ovejas... —Evangelina improvisaba, pero al menos logró tranquilizar a la enojada mujer—. Y yo..., yo soy Evangelina Kallergis...

David se percató de que los aldeanos reaccionaban ante ese nombre. Quizá era cierto lo que sostenía Evangelina acerca de que su familia había gobernado antes esa isla.

—Y a mí..., a mí también me gustaría quedarme un poco aquí..., conocer el modo de vida tradicional de Sfakiá... —Evangelina seguía improvisando, aunque una sola mirada al pueblo y los cultivos de cánnabis le bastaban para confirmar que el modo de vida tradicional de Sfakiá ya hacía tiempo que no existía. Salvo por la costumbre de llevar armas y mostrar disposición a usarlas—. Aunque pensaba que habría *mitata* y... ovejas... —susurró.

—De esas no le faltarán —señaló un hombre que se colocó en primer plano. Llevaba el bigote tradicional—. Una Kallergis aquí siempre es bien recibida. Y todavía nos quedan un par de *mitata*, aunque sirven sobre todo de corral de ovejas, pero así matamos dos pájaros de un tiro. —Los otros lugareños rieron.

—¿Quién es usted? —preguntó Evangelina, atrevida.

El hombre dirigió la mirada a Grit.

—Andreas Fotakis, el jefe del pueblo. Si me permiten...

Poco después se encontraban todos en una de esas primitivas casas, envueltos por el olor a estiércol de oveja. Fotakis pretendía que solo Henny entrara en la casa de su madre para conocer mejor a su familia. La joven estaba horrorizada.

David dio un paso adelante, aunque nunca en su vida había pasado tanto miedo. Reconocer la naturaleza de las personas no era lo suyo e ignoraba el riesgo que corría, pero no permitiría que separasen de ellos a Henny.

—No te atrevas a tocar a mi esposa —dijo con determinación.

El cretense rio.

—Así que mi bonita sobrina ya está adjudicada. Bien, entonces aquí te la dejo, a lo mejor mi madre te invita mañana a su casa con ella. —Rio—. O te matamos y ella se casa con uno de los nuestros...

Henny sollozaba histérica cuando el hombre abandonó el edificio redondo. Audrey se puso a llorar con ella.

—No lo decía en serio —musitó David, abrazándola. Luego se volvió a Grit—. Por Dios, esto tiene un aspecto muy moderno, pero por lo visto viven como en el siglo pasado. Y... si..., si... alguien desaparece..., ¡nunca se sabrá! ¿Cómo has podido traer a tus hijas aquí?

Para entonces Grit se había repuesto, y parecía tener la mente más clara que en todas las semanas que él la había visto en Mátala.

—El..., el cultivo de droga los vuelve así de violentos —susurró—. No lo había sospechado, no lo sabía... Cuando vine, no eran peligrosos. Solo cuando se sentían amenazados se defendían con todos los medios posibles... En la guerra y...

—Y ahora temen que los delatemos a la policía, si nos dejan marchar —siguió David—. Evangelina, debes garantizarles que no tienen nada que temer. Por mí pueden acompañarnos unos vigilantes hasta el transbordador de Atenas. Y que no duden que nunca más volveremos.

Evangelina se había retirado hasta el fondo de la casa. Andreas Fotakis la había impresionado. Probablemente, nunca nadie había tratado con tanta rudeza a una Kallergis.

—Lo intentaré —prometió—. Pero estos pueblerinos... Habría sido mejor entregarme a los hombres de Michelakis...

—¿Por qué te parecieron peligrosos? —preguntó Henny, que poco a poco se iba tranquilizando—. Querían llevarte a casa. ¿Y qué? Es algo que veíamos constantemente en Mátala...

Solía suceder que la familia de los jóvenes salía en su búsqueda y los amenazaba con dureza para que volvieran a la civilización; también David había presenciado incidentes de ese tipo varias veces. La mayoría cedía.

—En mi caso es distinto —repuso en voz baja Evangelina—. A esos... tipos no los envía mi padre. Detrás está el clan de Michelakis. No mi Stavros, no, él es inofensivo. Pero su padre, en cambio... Se rumorea que está vinculado a la mafia. Debe de haber ganado su fortuna de forma dudosa. Y si se impacienta y ha ordenado que me busquen... Si me hubiesen encontrado en Mátala...

—Aquí todavía se practican crímenes de honor —dijo Grit—. Leonidas comentó que se tenía poca paciencia con las mujeres respondonas.

—En cualquier caso, yo estaría muerta socialmente —señaló Evangelina—. He ido demasiado lejos, ahora lo veo. Mátala fue como una borrachera. A finales de verano habría vuelto a casa. Yo..., ¡yo solo ansiaba un poco de libertad! —También ella lloraba ahora.

David suspiró. Aunque Evangelina lo había desquiciado en esos últimos meses, en cierto modo la entendía. De ser un hombre, nadie la condenaría por su conducta.

—¿Nos tienen aquí prisioneros? —preguntó Henny.

La puerta de la construcción redonda no estaba cerrada y David ya había pensado en salir a dar una vuelta a modo de prueba. Podría aducir que estaba buscando un baño, aunque Grit ya había encontrado uno en la *mitata*. Seguro que en lo que ahora era un corral había vivido antes una familia.

—No cabe duda de que nos están vigilando —contestó Grit—. Antes sucedía lo mismo. En principio yo era libre, pero no me quitaban el ojo de encima. En este pueblo, pasar inadvertido es prácticamente imposible.

—Entonces no puedo dejar de preguntarme qué es lo que te ha traído aquí de nuevo. —David tenía que expresar de algún modo su frustración.

—Mi terapeuta opinaba que se tiende a sublimar algo que sucedió en un pasado lejano. Cuando le hablé de este pueblo, me pareció como si siempre me hubiese sentido segura aquí, protegida... Aquí no ocurría que un hombre tuviera esposa y conviviera con otra, como Paul... —Grit se cubrió la cara con las manos.

—Habría sido la primera sociedad en la que no existe la bigamia —intervino irónica Evangelina—. Naturalmente también se vigila a los hombres, pero no con tanta dureza como a las mujeres.

—Vincent no te habría engañado —terció Henny.

—En rigor, Paul tampoco te engañó —corrigió David—. Engañó a su esposa contigo y a ti te informó. Al menos pasado un tiempo. Tú sabías en qué te habías metido. Y, luego, él se lo pensó dos veces y rectificó.

—Porque es un hombre honesto. Que no deja en la estacada a una mujer con un hijo. —Grit opinaba que era su deber defender al gran amor de su vida.

—Tengo hambre —se quejó Audrey.

Henny encontró algo de pan y queso en su mochila, pero no había suficiente para todos.

David rechazó su porción cuando la muchacha empezó a repartir.

—Seguro que no nos van a dejar morir de hambre —la tranquilizó. Y tenía razón.

Cuando se hubo puesto el sol, un joven les llevó pan y carne seca, queso, una botella de vino y agua. De nuevo invitó a Henny a que fuera a comer y dormir a casa de su abuela. De nuevo rechazó ella la invitación. David se sintió aliviado con ese ofrecimiento. Poco importaba lo que hicieran con ellos, seguro que a Henny no le pasaría nada.

8

Por la mañana, el joven volvió a llevarles algo de comida. Salvo por eso, no se movía nada. Estaban condenados a esperar. Henny y David se esforzaron en jugar con Audrey. Alguien tenía que distraerla para que no sintiera miedo, así que jugaron a las adivinanzas y contaron historias. A Audrey le gustaba que le hablaran de los animales del zoo. A veces, Henny adornaba, llena de fantasía, los relatos algo áridos de David. Y juntos se reían después de ello. Grit soportó el arresto con estoicismo; durante la guerra debía de haber vivido peores experiencias. Evangelina daba vueltas por la casa redonda tan inquieta como un tigre en una jaula y escuchaba con atención cualquier ruido que penetraba del exterior. Pasaban coches muy a menudo.

—Así que a Imbros solo se llega a pie —observó mirando a Grit. Esta no respondió.

Por la tarde apareció Andreas Fotakis en el corral, con la escopeta al hombro.

—Ahora podéis salir —anunció—. Hemos encontrado un coche que os llevará. Espero que no os lo toméis a mal, pero no nos gustan nada las visitas. —Sonrió irónico.

En la plaza en la que el día anterior habían hablado con Eleni, había dos pesados todoterrenos. Al lado de ellos había dos hombres vestidos de negro y equipados para la guerra; unos cuerpos bien entrenados y de expresión furiosa. Era evidente que negociaban con los lugareños. Solo había hombres, en ese consejo las mujeres no tenían nada que decir.

—Lo hablado, Michelakis no quiere nada de vosotros —explicó el cabecilla—. A la mafia no le interesa ese par de campos de cultivo, su estilo de trabajo es completamente distinto. Solo tenemos que llevarnos a la chica a casa. A la pequeña Kallergis.

—Os la lleváis si nos libráis de los otros cuatro —dijo uno de los hombres de Imbros—. ¿Qué ganamos nosotros si Michelakis nos deja en paz, pero el resto del grupo acude a la policía y nos delata? Así que hacedlos callar. Como sea.

El cabecilla de los mafiosos sonrió.

—No os gusta ensuciaros las manos... Entonces ¿cuántos son?

—Tres y una niña —contestó el del pueblo.

—Dos —le corrigió Andreas Fotakis y empujó a sus prisioneros hacia delante—. La joven es una Fotakis. Madre Eleni quiere que se quede. Y la pequeña también puede quedarse. Para asegurarse de que la mayor no cometerá ninguna tontería.

Henny se echó a llorar. Grit consiguió dominarse.

Y entonces, de repente, sonó un disparo y otro vehículo blindado llegó a la plaza.

—¡Manos arriba, tiren las armas, policía! —oyeron decir a una voz áspera a través de un altavoz.

Andreas Fotakis reaccionó al instante. Cogió a Grit y le puso un cuchillo en la garganta. Los otros lugareños tampoco pensaron en rendirse. David creía estar rodando una película de serie B cuando los hombres que estaban a su alrededor se pusieron a cubierto e iniciaron un tiroteo con la policía. Sin pensárselo ni un segundo, arrojó a Henny y a Audrey al suelo y las protegió con su cuerpo. Evangelina se echó a su lado.

—¡Deténganse o la mujer está muerta! —gritó Fotakis.

Los policías dieron el alto al fuego.

—¡No haga ninguna tontería! —gritó uno de ellos—. ¡No tiene ninguna posibilidad de salirse con la suya!

Fotakis se rio.

—Eso ya lo veremos. Ustedes no quieren provocar un baño de sangre, ¿verdad? Esta mujer es una turista americana.

David levantó la vista con precaución y vio que la policía había rodeado el pueblo. Entre las casas se hallaban más coches celulares pesados y agentes armados de uniforme.

Sin embargo, de uno de los coches bajó un civil sin que nadie se percatara de ello, pues los policías estaban concentrados en lo que sucedía en la plaza. Vincent... se acercó a Fotakis como hipnotizado, se agachó y cogió una piedra. Demasiado pequeña para derribar a un hombre armado.

Vincent lanzó la piedra contra la nuca de Fotakis, y este miró a su alrededor desconcertado. Grit, la partisana, aprovechó esa oportunidad para propinar un rodillazo al hermano de Leonidas en la entrepierna. Justo después, uno de los griegos disparó, con lo cual desencadenó un nuevo tiroteo. David vio caer a Vincent y oyó chillar a Grit. Aun así, pensó que era más inteligente bajar la cabeza. Sujetaba a Henny y Audrey con firmeza, también cuando Henny se puso a llorar y Audrey a gritar. Todavía se oían los chillidos de Grit, además del ruido infernal de las armas de fuego. En un momento dado, alguien se tendió a su lado.

—Policía —susurró un desconocido—. Intente ponerse lentamente a resguardo avanzando cuerpo a tierra. Los estamos cubriendo. Esto acabará en un asalto, esta gente no se rendirá nunca. Pero a ustedes hemos de mantenerlos a salvo.

El agente le mostró a él y a las chicas cómo avanzar a rastras por el suelo con movimientos muy cautelosos. Ayudó a Audrey, que parecía paralizada por el miedo. Las balas pasaban volando sobre ellos. David respiró aliviado cuando encontraron cobijo detrás de la esquina de una casa.

—¿Ha muerto Vincent? —preguntó.

Su salvador hizo un gesto de ignorancia.

—No lo sé. En cualquier caso, la mujer está en lugar seguro. Los llevaremos a todos a La Canea…

Grit sollozaba junto al cuerpo sin vida de Vincent.

—La historia se repite —susurró—. Primero Leonidas y ahora Vincent. Es como una maldición: aquel al que no puedo amar muere. Y, sin embargo…, nunca he intentado realmente…

Henny la apartó a un lado y tomó el pulso al músico.

—Todavía vive —anunció—. Respira normal… —Animosa, levantó la camisa de Vincent—. Una herida de bala en la región inguinal. Creo que no es tan grave.

—Pero… la cabeza…

Grit había intentado enderezarlo y tenía las manos llenas de sangre.

—Solo tiene una herida abierta—comprobó Henny—. No morirá.

—Pero ¡cómo te has librado tú de ese Fotakis! —Era Evangelina—. ¡Increíble! De cine.

Andreas Fotakis subía ahora con las manos esposadas a un coche de policía. Los agentes habían conseguido poner a salvo a Grit y Vincent y atrapar al cretense.

—Lo aprendí entonces —dijo Grit con voz apagada—. A defenderme en caso de necesidad… No sé cuándo lo olvidé…

David pidió a un policía vendas y ayudó a Henny a curar la herida de la cabeza de Vincent. Este volvía lentamente en sí.

—Pensaba… que en el cielo no habría tanto… ruido… —murmuró.

Había acabado el tiroteo. Dos de los hombres de Michelakis fueron detenidos cuando intentaban huir en su coche. En ese momento sostenían que solo se habían parado por casualidad en el pueblo y que estaban buscando a Evangelina, quien siempre había gozado de libertad para unirse a ellos o no.

—Ya ha pasado —dijo David—. Qué bien que vuelvas a estar con nosotros. Te llevaremos al hospital. Pero antes tienes que aclararnos una cosa: ¿llamaste tú a la policía?

Vincent asintió y cerró de nuevo los ojos; David y Henny lo dejaron tranquilo. No le sentaría bien hacer esfuerzos en ese momento. Grit sostenía a Audrey en brazos, una imagen poco usual. David aprovechó la oportunidad para dirigirse a Henny.

—Has sido muy valiente —le dijo.

Ella sonrió.

—¡Tú también!

David negó con un gesto.

—Yo no soy tan atrevido —admitió—. Porque, si lo fuera, entonces... te preguntaría si..., si me dejas que te abrace o..., o incluso que te dé un beso.

Ella fingió pensárselo seriamente.

—Sería mi primer beso —confesó—. ¿Puedo confiar en que lo harás bien?

Él le demostró que sí.

La ambulancia todavía tardó un rato en llegar. Los enfermeros llevaron a Vincent, así como a dos policías heridos, al hospital de La Canea. Grit insistió en viajar con el chelista; todavía no estaba convencida de que fuera a sobrevivir. Los demás se marcharon a Vamos con la policía para recoger la furgoneta. Por el camino se cruzaron con otros coches de policía con refuerzos.

—¡Limpiaremos el pueblo! —declaró el conductor, optimista, y confirmó que había sido Vincent Langdon quien había puesto a la policía sobre la pista correcta.

David seguía preguntándose cómo se había enterado el músico de a dónde iban. Pero en ese momento conducía hacia La Canea, donde reservó una habitación para Henny y Audrey, todavía totalmente aturdida y llorosa. Llevó al transbordador a Evangelina, quien quería abandonar Creta lo antes posible, después de haber hablado por teléfono con sus amigos. No la habían traicionado, aunque los hombres de Michelakis se habían comportado de un modo muy desagradable con ellos. Aun así, habían mencionado Mátala, pero solo para señalar que Evangelina había acompañado hasta allí a un conocido que estaba buscando a una amiga. Ella no tenía planeado permanecer en la playa mucho más tiempo, aseguraron a los mafiosos para tranquilizarlos.

—¿Y dónde se supone que has estado todo este tiempo? —preguntó David.

Evangelina se encogió de hombros.

—En las Montañas Blancas. En los pueblos. Como le he dicho a ese Fotakis. Aseguraré a mi padre que sé ordeñar ovejas y hacer queso. Espero que no me pida que se lo demuestre. Y admitiré que he vendido joyas en Heraclión. Encontré los materiales en la playa, es posible que alguien me haya visto allí... —Siempre había sido muy creativa a la hora de inventar pretextos.

David sonrió. No tenía duda de que Yanis Kallergis se lo creería todo... porque quería creérselo. El armador siempre había tenido mucha paciencia con su caprichosa hija.

Evangelina dio un beso de despedida a David.

—Te deseo que te vaya muy bien —dijo cariñosa—. Haz a esa chica tan feliz como me lo has hecho a mí.

Él la saludó con la mano cuando zarpó el transbordador.

Henny pudo al fin tranquilizar a Audrey; había encontrado láudano en el equipaje de Grit y se lo había dado aguado para que la pequeña pudiera dormir. Sin embargo, no se había atrevido a llamar al servicio de habitaciones para pedir algo de comida y estaba hambrienta. David pidió un plato de entrantes y media botella de vino para los dos. Comieron y bebieron en un agradable silencio. El alcohol apaciguó un poco los nervios de Henny.

Cuando David iba a darle un beso de buenas noches en la frente, ella buscó sus labios con los suyos y lo besó tiernamente.

—Sueña conmigo —le dijo Henny.

A la mañana siguiente, encontraron a Grit y Vincent en el hospital. Grit había dormido en la habitación de las enfermeras. Estas se conmovieron tanto al verla tan preocupada por Vincent que le echaron una mano de buen grado. Ahora estaba contenta de ver a David y su hija. Tenía buenas noticias acerca de Vincent.

—No es más que una rozadura de la bala —explicó—. Pero la caída le provocó una conmoción cerebral. Por eso tiene que quedarse dos días más aquí.

No dijo nada sobre qué habían planeado, a lo mejor ni ella misma lo sabía. En cualquier caso, Vincent podía recibir visitas y por fin respondió a las insistentes preguntas de David.

—Cuando bajé con el equipaje, ya os habíais ido —relató—. Estaba fuera de mí e increpé a Lauren y Fanny cuando no pudieron indicarme con exactitud a dónde quería ir Grit. Pero algo habían oído al menos de las Montañas Blancas y de un pueblo. Y entonces logré deducir que se trataba de ese pueblo...

—¿De Imbros? —preguntó David —. ¿Sabías en qué pueblo había estado durante la guerra?

Vincent se llevó las manos a los oídos, por lo visto todavía le dolía la cabeza. Seguro que lo mejor era que permaneciese unos días más en el hospital. La visita no le sentaba demasiado bien, pero David quería saberlo todo en ese momento... y Grit también.

—No —respondió Vincent—. Pero estaba totalmente decidido a averiguarlo. Cogí el autobús de Heraclión, un viaje infernal solo aconsejable a beatniks cargados de suficientes reservas de alcohol, me fui a Correos y pedí conferencia con Nueva Zelanda. Olvidé de nuevo la diferencia horaria y saqué de la cama a medianoche a la pobre señora Von Prednitz.

—¿A mi madre? —preguntó sorprendida Grit.

—A la tía Nellie —dijo David—. Qué buena idea. Ella, por supuesto, lo sabía.

Vincent asintió.

—Habló de Imbros y me vino a la memoria una conversación que sostuvimos con Lauren. Nos dijo que compraba marihuana en el mercado. A un joven de Imbros. Y nos contó que en muchos de esos pueblos de montaña se cultivaba cánnabis. Así que puse a la policía sobre la pista. Corría el riesgo de equivocarme en el cálculo, pero me daba todo igual. Las comisarías de Heraclión y La Canea se pusieron de acuerdo y planificaron la redada para ayer. Una operación importante. Ya podéis imaginaros lo desagradable que me resultaba todo eso. Y luego el tiroteo... y Grit...

Le dirigió una amorosa mirada. Su rabia se había evaporado.

—Demostraste un valor increíble —dijo Grit algo avergonzada.

—Ni siquiera me lo pensé. —Vincent le cogió la mano y ella no protestó.

David y Henny decidieron dejarlos solos. A Audrey, que había esperado en la habitación de las enfermeras porque los niños no podían entrar en las de los pacientes, nadie la había mencionado. Pese a ello, David le explicó que su papá estaba bien.

—¿Papá? —preguntó la pequeña.

Henny iba a decir algo, pero David le pidió con un gesto que callara y le contó a la pequeña, de la forma más sencilla posible, que Vincent siempre la había estado buscando y que ahora podía estar segura de que Vincent, Grit y ella formaban una familia.

—Y Henny —añadió Audrey.

Henny se apresuró a garantizarle que, por descontado, ella siempre sería su hermana.

Cuando la niña por fin se durmió en el coche —David conducía la furgoneta rumbo a Mátala para recoger a Skylos, su equipaje y todo lo que Grit había olvidado allí—, Henny expresó lo que pensaba.

—A lo mejor no deberías habérselo dicho todavía. Quién sabe cómo irá todo a partir de ahora entre Grit y Vincent.

David asintió.

—Te comprendo —contestó—. Pero tú decidiste que debía saberlo y era lo correcto. Creo que Vincent es un hombre consciente de sus responsabilidades. Cuidará de Audrey y ella tiene que estar preparada. En cualquier caso, ahora no serás la única que se ocupe de ella. Es un peso con el que no cargarás más tú sola. Ya veremos cómo van las cosas.

Henny no dijo nada más. David se imaginaba que ella sentía a un mismo tiempo alivio y culpa. Esperaba fervientemente que Vincent demostrara ser un buen padre.

9

A la mañana siguiente, Henny visitó sola a Vincent. David se fue con Audrey y Skylos al puerto, le enseñó los barcos, comieron *fish and chips* y se informó sobre el horario de las salidas de los transbordadores. Tampoco él tenía un plan fijo, pero era agradable saber que contaba con la posibilidad de abandonar la isla.

Henny estaba de buen humor cuando se volvieron a reunir. Había coincidido con Grit en el hospital. Se había instalado en un hotel cercano y pensaba pasar todo el día con Vincent.

—Hablan sobre Philipp, mi abuelo —contó Henny—. Y sobre la orquesta... Sobre la música... Están deseando volver a tocar juntos. He sacado el violín de Philipp de la caja fuerte del banco para Grit. Lo había depositado allí cuando estuvimos en la pensión de La Canea. Es un Guarneri. De un valor incalculable. —David suspiró aliviado. Parecía que Grit no había perdido del todo el juicio. No quería ni pensar en qué hubiera ocurrido si el instrumento se hubiese perdido en Mátala o la madera se hubiese dañado debido a la humedad de las cuevas—. En esa pensión todavía debe de estar parte de nuestro equipaje —señaló Henny—. No nos lo llevamos todo a Mátala. Bueno, a Audrey seguro que le quedará todo pequeño...

—Ahora mismo vamos a recogerlo —prometió David—. ¿Y cuándo le dan el alta a Vincent?

—Si he entendido bien, mañana mismo. Y luego Grit y él quieren encontrar a toda costa un lugar donde tocar juntos, para averiguar si todavía armonizan. En cierto modo, los dos desvarían un poco... —Henny lanzó una mirada preocupada a Audrey.

—Yo tengo el contrabajo en la furgoneta —recordó David—. Hay que llevarlo a Heraclión. Vincent esperaba que los beatniks se ocuparan de ello, pero consideré que no serían capaces. Como mucho, habrían vendido el instrumento. A lo mejor se puede llegar a un arreglo con la tienda que se lo alquiló. Contrabajo a cambio de un chelo...

—Ahora ya solo nos falta un piano... —Henny suspiró—. Vayamos a echar un vistazo a los hoteles de primera fila de la playa. Seguro que todos cuentan con un piano bar.

David, Henny y Audrey estaban sentados muy cerca del piano de cola en el vestíbulo de un gran hotel, disfrutando del concierto a la hora del té, que se celebraba todas las tardes, y escuchaban a Vincent y a Grit tocando una obra que David desconocía. Los músicos rebosaban de felicidad. Vincent había presentado la obra como «*Trío*, de Philipp de Groot».

El sonido era maravilloso, aunque algo incompleto en opinión de David. Henny le pidió que no hablara. Quería oír lo que Grit y Vincent estaban diciendo al acabar la melodía.

—Falta el violín —dijo en voz baja Grit—. Mi padre la escribió para piano, chelo y violín. Para ti, para mí y...

—Para él —confirmó Vincent—. Nos falta Philipp. Siempre nos faltará. A ti, a mí, al mundo entero. Pero no por eso debe enmudecer el violín... —Ambos miraron esperanzados a Audrey, que se estaba comiendo una pasta de té tras otra. No le interesaba lo más mínimo la música—. A lo mejor tenemos otro hijo

—prosiguió Vincent—. Un jovencito al que podamos llamar Philipp.

Cuando el público empezó a impacientarse, Grit inició otra pieza. Ambos se habían puesto de acuerdo con la dirección del hotel en tocar para los clientes. David y Henny habían encontrado un chelo en Heraclión. Sonó de nuevo una composición de Philipp.

—¿Crees que deberíamos intentarlo juntos? —preguntó Grit tras los aplausos.

Vincent asintió.

—Como familia. Tú, yo y nuestra hija. A lo mejor tú no me quieres, pero yo te quiero por los dos. Y por Audrey. Y con su música..., con su música, Philipp estará con nosotros.

Esperó disciplinado a que acabara el concierto para besarla.

—Viviremos en Boston —anunció Vincent a David y Henny durante la cena, cuando les comunicó tras el concierto los planes que Grit y él habían hecho—. Mañana cogeremos el transbordador a Atenas y de allí volaremos a Nueva York. Será una aventura para Audrey y la ayudará a superar la pena por tener que separarse de ti, Henny...

A Henny pareció consolarla el que los dos pensaran que la niña sufriría a causa de la separación.

—Por lo que sabemos, la casa de Grit todavía no se ha vendido —siguió Vincent—. Así que podremos instalarnos allí.

—Audrey podrá crecer como yo crecí con papá —añadió Grit.

—Los dos nos ocuparemos de ella, pero, por supuesto, contrataremos a una niñera. Grit y yo viajaremos a menudo con la orquesta —dijo Vincent.

Henny iba a intervenir, pero Grit la interrumpió.

—Eso no la perjudicará, Henny. Yo tuve a Lene, que se ocupaba de mí cuando Philipp estaba de viaje. Y pronto podremos llevarla con nosotros.

—Las escuelas de Boston son muy buenas —mencionó Vincent—. Esa escuela para niñas en la que tú estudiaste, Grit...

Grit asintió.

—Era estupenda. ¡Seguro que a Audrey le gusta, Henny!

—¿Podrá..., podrá tener un poni, si quiere? —preguntó Henny con la voz velada—. ¿Y un perro?

Vincent le cubrió la mano con la suya.

—Está claro que Audrey podrá aprender a montar a caballo, si le apetece —respondió—. Y tener un perro... Se me ha ocurrido una idea, Henny. ¿Qué te parece si le das el tuyo? ¡Cuidaría de ella y Audrey nunca más estaría sola!

Henny pensó.

—En realidad, Skylos es suyo —dijo, desgarrada entre la alegría por la empatía de Vincent y el rechazo a tener que soportar otra separación—. Ella lo bautizó.

Vincent resplandeció.

—Entonces, a partir de ahora vivirá con nosotros. —Se inclinó y acarició la cabeza del antiguo vagabundo—. ¡Qué contento estoy de mi nueva vida!

Henny se esforzaba por no llorar cuando a la mañana siguiente los dos subieron con la niña al transbordador rumbo a Atenas. Audrey estaba entretenida con un globo que Vincent le había comprado en el puerto y una porción de algodón de azúcar. Sujetaba orgullosa a Skylos con una correa nueva y un precioso collar al que Henny había atado el globo.

—A lo mejor volvemos a vernos en Atenas —les gritó Vincent por encima del gentío.

Todavía podrían pasar un par de días antes de que organizaran el viaje a Estados Unidos. David y Henny también planeaban coger el transbordador, pero desde Heraclión, después de devolver el chelo y entregar la furgoneta.

Henny y David asintieron, pero los dos sabían que no se

produciría un nuevo encuentro en Grecia. Un corte radical era mejor para todos.

Henny despidió con la mano el transbordador y David le pasó el brazo por los hombros cuando vio que tenía las mejillas bañadas de lágrimas.

—Volverás a verla —la consoló—. Y no te preocupes, los niños se acostumbran enseguida a otras condiciones de vida.

Ella asintió.

—Pero será otra —dijo sollozando—. Yo también soy distinta de la que se marchó de Nueva Zelanda.

Un par de horas más tarde estaban sentados al sol, en un muro del puerto de Heraclión, la cabeza de Henny apoyada en el hombro de David.

—¿Qué vamos a hacer ahora? —preguntó ella.

David la estrechó contra sí.

—Por mí, podemos quedarnos un ratito más sentados aquí —musitó somnoliento.

Henny negó con la cabeza.

—No me refería a eso. Me refería en general. ¿Qué vamos a hacer con nuestra vida? ¿Me voy yo a Nueva Zelanda y tú a Australia y hasta aquí hemos llegado?

David se despertó de golpe.

—¿Ya no quieres estar más conmigo?

—Solo quiero saber si somos una pareja de verdad —lo tranquilizó Henny—. En el caso de que tú... Bueno, eres mucho mayor que yo, y entendería que...

—Por lo que se refiere a mí, lo que hay entre nosotros nunca se acabará —dijo muy serio—. Soy muy fiel, ¿sabes? Te quiero, Helena Rawlings. Y si digo que te quiero es que es para siempre.

—¿Nunca se lo has dicho a Evangelina? —preguntó ella.

La soltó un momento y levantó la mano para hacer un juramento.

—¡Nunca! —aseguró—. Nunca se lo he dicho a ninguna mujer, pero ahora te lo vuelvo a decir a ti: te quiero, Henny. ¡Te quiero, te quiero y te quiero!

—Yo también te quiero —dijo Henny—. Y… ¿nos casaremos?

David se frotó la frente.

—En algún momento, seguro —prometió—. Pero por ahora… Por primera vez me han hecho un encargo importante. No se sabe cuándo recibiré el próximo. Tengo que seguir aprendiendo, reunir experiencia y necesito recomendaciones de arquitectos famosos, paisajistas y especialistas en zoos. Esto significa que durante un par de años tendré que estar… andando de un sitio para otro.

Ella rio.

—Si quieres ir a pie, digamos que de Miami a Canadá y luego a lo mejor a Nueva Zelanda, eso puede dilatarse mucho.

—Y me podría ahogar. —Se tomó la broma a bien—. No, en serio, Henny, ¿me esperarás?

—¿Y tú a mí? —preguntó ella como respuesta—. Yo también tengo que aprender todavía. Quiero ir a la universidad.

—¿Qué quieres estudiar? —quiso saber David.

Hasta el momento no le había hablado de desear ninguna otra profesión que no fuera dirigir Epona Station.

—Ciencias empresariales —respondió sin dudarlo—. Como mi madre. Según ella, es muy útil si se quiere llevar una yeguada.

David suspiró.

—¿Sigue siendo eso? Dices que has cambiado desde que te marchaste de Nueva Zelanda. ¿No era solo una… fantasía infantil?

Henny lo negó con toda seriedad.

—Nunca pude imaginar algo distinto —contestó—. Quería hacerme cargo de Epona Station, especializándome en la crianza de caballos de deporte y de silla, y mi hermano tenía que heredar Baroness Stud, especializándose en caballos de carreras. —Hizo una mueca—. Pero entonces apareció Noah. Pensándolo bien, tal vez debería casarme con él. Entonces todos estarían contentos. —No parecía muy entusiasmada.

—Salvo tú y yo, Henny —observó David—. Y con Noah tampoco se trataría de un gran amor. —La miró a los ojos—. ¿Realmente quieres tanto Epona Station, Henny? ¿Tanto como para casarte con un hombre al que no quieres y comenzar una carrera que de hecho no te interesa? ¿Ardes en deseos de hacerlo?

Henny reflexionó.

—Creo que Noah está deseándolo —dijo—. No había nada que deseara más que aprender a montar y trabajar con el *opa* Julius. Por eso se enfadó con su padre y dejó su país, y es posible que por eso se casaría conmigo.

—¿Y tú? —preguntó David—. ¿Qué es lo que desearías de todo corazón? ¿Qué te gustaría hacer? ¿Qué te haría feliz? Bueno, exceptuando el casarte conmigo.

Ella no sonrió, sino que cerró los ojos. Y entonces le explicó lo que había recordado de repente: las horas que había pasado viajando con su padre y su *grandma* Nellie por el campo; los potros que habían traído al mundo; los terneritos que habían mamado la leche de sus dedos. Recordó la consulta de Justynka, la compañera de trabajo y amiga de su *grandma*. Había pasado muchos días festivos ayudándola y había podido llevar a la práctica lo que había aprendido allí a la hora de curar a los gatos y perros de Mátala, un trabajo que la había llenado de tanta alegría que le había hecho soportable la vida en la playa.

Mientras hablaban, se acercó a ellos un gato callejero negro y famélico. David lo cogió y, cuando el animal se frotó contra su hombro, Henny vio que el ojo derecho le supuraba. Con toda naturalidad, abrió su bolso y buscó gasas y una pomada para los ojos en la bolsa de primeros auxilios. Mientras David inmovilizaba al gato, que protestaba, ella le curó el ojo. Luego lo acarició hasta que empezó a ronronear de nuevo.

—Ven, vamos a comprarle algo que comer —dijo Henny al tiempo que se ponía en pie—. Luego enviaré una postal a Nueva Zelanda. «Estoy bien —escribiré— y aquí brilla el sol. Ah, sí, he tomado una decisión: que se quede Noah con Epona Station. Yo seré veterinaria».

El camino hacia la comprensión

África – Congo, Uganda, Kenia
Australia, Perth

De 1961 a 1965

1

Febrero, uno de los meses más calurosos en África, llegaba a su fin sin que Daphne hubiese tomado una decisión. Los diarios ya habían comunicado la muerte de Lumumba y la indignación causada por su asesinato alcanzaba todos los extremos del planeta. Solo en el poblado de los pigmeos la vida seguía su curso como si nada hubiese ocurrido. Daphne mantenía a raya sus temores por Josua, hasta que una tarde en su cabaña, mientras escribía las observaciones realizadas durante el día, no pudo evitar admitir que tenía que mover ficha. Su último ayudante, Kito, también se había ido a Mbandaka. Aun así, seguía siéndole leal y cada dos o tres semanas iba a visitarla para llevarle víveres. Exceptuando estas ocasiones, prefería estar con su familia. Cada vez que se marchaba, le pedía a Daphne que se fuera con él, y ella comprendía que no podía seguir aplazando la despedida de su paraíso. Al menos las tierras que la rodeaban no se veían afectadas por la guerra civil, como era de temer. Podía intentar encontrar a Josua desde Leopoldville. Aun así, no se hacía ilusiones. No consideraba que fuera una persona caprichosa; si le hubiera sido posible reunirse con ella lo habría hecho.

Y, de repente, una noche llamaron a la puerta de la cabaña. Lily, que dormía junto a ella, levantó somnolienta la cabeza y dio un breve ladrido. No parecía inquieta. Daphne encendió la linterna de bolsillo y se levantó.

—¿Quién es? —preguntó en voz alta, primero en inglés y luego en bantú.

—¡Soy yo! —susurró Josua—. Déjame entrar, Daphne, por favor...

Daphne no tardó ni un segundo en abrir la puerta y al instante se arrojó en sus brazos. Había adelgazado e iba sucio, no olía precisamente bien, pero el alivio que sintió al volver a verlo le hizo olvidarse de todo. También Josua se aferró a ella como si estuviera ahogándose... Daphne se preguntó lo que habría tenido que hacer para poder llegar hasta ella.

En cuanto volvió a serenarse, Josua cerró rápidamente la puerta.

—No podemos quedarnos mucho tiempo aquí, Daphne, me están siguiendo y sospecharán que he intentado reunirme contigo —dijo a toda prisa—. Pero no quería escaparme sin ti. No quería que pensaras que te había... abandonado.

—Nunca lo hubiera pensado —le aseguró Daphne—. Pero ahora siéntate, no puedes ni tenerte en pie. ¿Quieres agua? ¿Algo que comer?

Él asintió y se desplomó sobre la única silla de la cabaña. Daphne encendió la lámpara de gas y se percató de lo maltrecho y demacrado que estaba.

—No enciendas las luces —dijo—. Es posible que controlen la cabaña. Bastará con la linterna de bolsillo.

Daphne se sintió todavía más aturdida al apagar la luz de nuevo y sacar pan y queso del armario. Josua se lo comió con la avidez de un famélico.

—Llevo días sin comer apenas. Sé que en la selva hay muchos alimentos, pero no los conozco. Nunca he aprendido nada realmente importante... Lo que he aprendido y hecho estaba..., estaba todo equivocado... —Hundió la cabeza en las manos—. ¿Sabes que Lumumba ha muerto?

Daphne asintió.

—Claro. ¡Fue hace más de un mes! ¿Pero dónde estabas tú? ¿Qué ha ocurrido? Se diría que has estado viviendo en la selva.

Él sonrió fatigado.

—Más o menos. Más más que menos. ¿Sabes dónde está Mweka? Por donde queríamos cruzar el río…

—¿Estabas con Lumumba cuando lo capturaron? —preguntó horrorizada Daphne.

—Yo conducía el coche en el que huía —respondió Josua—. El último del convoy. Y supe lo que iba a suceder cuando vi el avión de reconocimiento con el que nos localizaron. Cuando aparecieron los soldados y nos detuvieron, dirigí el coche hacia la maleza junto a la orilla del río y grité que bajaran todos. Pero Lumumba estaba…, parecía firmemente convencido de que no le iba a suceder nada. Me deslicé por el terraplén junto al río y ya estaba en el Sankuru antes de poder pensar con claridad. La corriente era fuerte y me arrastró. Cuando llegué a la orilla, estaba muy lejos del lugar de los sucesos y me enteré días después de lo ocurrido.

—¿Te escondiste? —preguntó Daphne.

—Primero quería ir a Leopoldville, pero luego comprendí que todo había cambiado. No podía creer que fueran a matarlo allí mismo, pero tenía claro que no los dejarían en libertad, ni a Lumumba ni a sus ministros. Y solo era consciente de que irían tras de mí. Había estado con él en Estados Unidos y era uno de sus más cercanos consejeros. En realidad, no me quedaba otro remedio que abandonar el país. ¡Pero no quería hacerlo sin ti!

Daphne se estrechó contra él.

—¿Y has hecho todo el camino a pie por la selva?

Él negó con la cabeza.

—No todo. De vez en cuando pasaba por poblados en los que había gente afín a Lumumba. Ellos me han ayudado. En carros de bueyes…, en canoas…, a veces en unos coches viejísimos…

Daphne entendió por qué el viaje había durado varias semanas.

—¿Y ahora opinas que deberíamos irnos a Mbandaka?

Él negó con la cabeza.

—Deberíamos salir del Congo. Las fronteras más cercanas son las de Gabón o Camerún al oeste. Deberíamos alcanzarlas en un par de días. Por el río o a pie. Lo siento, pero…

Hundió el rostro en el cabello de ella y por unos instantes se abandonó a su perfume y calidez.

—Pues hagámoslo —dijo Daphne—. En realidad, quería ir a casa de los Leakey, en Nairobi. Pero está muy lejos.

—Vayamos primero a un lugar seguro y veamos luego cómo llegamos a Kenia —opinó Josua—. Lo principal es que nos marchemos lo antes posible. Ya te he dicho que me están siguiendo el rastro. Y es posible que los esbirros de Mobutu te tengan en el punto de mira desde hace tiempo.

Daphne lo dudaba; los bonobos habrían reaccionado ante observadores desconocidos y a los pigmeos no se les escapaba nada de lo que ocurría en su selva. Pero a lo mejor no se sentían amenazados por esos extraños. Era difícil saber qué pasaba por la mente de alguien con quien no se compartía ningún idioma.

En cualquier caso, se tomó en serio lo que Josua decía y empezó a empaquetar las carpetas con sus anotaciones y las películas; tras ello, lo que consideraba más importante.

—No lleves muchas cosas —le aconsejó Josua. Él mismo había llegado hasta la cabaña sin ningún equipaje—. Dos mochilas, una la llevo yo y la otra tú. Lily tendrá que caminar.

Daphne asintió. Para entonces, la perra caniche ya llevaba tanto tiempo en la selva que era consciente de los peligros que la amenazaban. Por supuesto, el pelo le había vuelto a crecer y por eso parecía más grande y quizá una presa no tan fácil para otros animales. También el cabello de Daphne había crecido. Estaba recogiéndoselo en la nuca cuando Lily empezó a ladrar. Nunca había visto a la perrita tan fuera de sí. Corría alrededor de la cabaña, daba grandes saltos junto a las paredes y se precipitaba de nuevo a la puerta.

Josua fue el primero en comprender la situación.

—¡Tenemos que irnos ya! Está notando algo. Salgamos de aquí...

Daphne lo siguió con la mochila ya a la espalda. No había conseguido coger gran cosa, pero todavía cabía la posibilidad de que Lily se equivocase.

Condujo a Josua junto al arroyo, en medio de la espesura de la maleza, desde donde se podía ver la cabaña. Seguro que era mejor esconderse primero y ver cuál era la amenaza, antes que emprender una huida en pleno aturdimiento.

A Lily le temblaba todo el cuerpo, pero no ladró cuando Daphne y Josua buscaron donde ocultarse. Durante media hora permanecieron escondidos en la tierra húmeda, esperando tan solo que no apareciera ninguna serpiente venenosa. Por fortuna despuntaba ya el crepúsculo matinal y la mayoría de los reptiles solo eran activos a última hora del día.

Daphne ya pensaba que el peligro había pasado cuando unos individuos salieron de la vegetación. Ocho hombres armados con uniforme de camuflaje. Y parecían vacilantes.

—Están borrachos —susurró Daphne—. ¿Cómo pueden...?

—En nuestras tropas ya no hay disciplina ninguna —respondió abatido Josua—. Los hombres beben, violan y torturan...

Y posiblemente les habían prometido que allí encontrarían a una mujer blanca. Daphne estrechó agradecida a Lily contra su cuerpo. El corazón le latía con fuerza, pero no podía imaginarse que esos tipos fueran a explorar los alrededores de la casa. Estaban demasiado ebrios para actuar de forma metódica.

Entonces salieron gritos y expresiones de rabia de la cabaña. Los hombres habían contado con que encontrarían a Josua y Daphne allí. Lily gimió suavemente y Daphne enseguida la hizo callar. Los hombres dejaron la cabaña y miraron a su alrededor. Uno señaló el camino trillado que Daphne solía tomar para llegar a los lugares donde estaban los bonobos. El grupo más cercano no estaba demasiado alejado; a esa hora los animales dejaban el nido donde dormían en los árboles y emprendían la búsqueda de su desayuno. Daphne se vio invadida por un horror gélido, ya no por sí misma, pues los hombres parecían haber acordado que sus víctimas habían escapado por el sendero que conducía a los bonobos. Pero antes de marcharse de forma definitiva, volvieron a la cabaña y Daphne tuvo que presenciar, atónita, cómo su hogar ardía en llamas.

—Tenemos que irnos —susurró Josua.

Daphne negó con la cabeza.

—¡Tenemos que seguirlos! Los bonobos...

—Estás loca —dijo Josua, pero ella ya había salido de la maleza y se deslizaba ágil y rápidamente, alejada del sendero y fuera de la vista de los hombres, por la espesura.

También los soldados se movían de un modo sorprendentemente silencioso. La selva parecía despertar en ellos al cazador que solo poseía lanzas y flechas y se acercaba a su presa para aniquilarla.

Para entonces ya había clareado. Las esperanzas de Daphne de que los simios todavía se encontraran en sus nidos se evaporaron. Tal vez estuvieran todavía somnolientos, pero ya no escondidos en la copa de los árboles. Josua tuvo que esforzarse para que no corriera demasiado deprisa tras los hombres, que ahora se distribuían por la selva. En ese momento sonaron los primeros disparos, seguidos por los gritos de los animales asustados. Josua arrastró a Daphne a un matorral y la agarró fuertemente, tanto a ella como a la agitada Lily, cuando los bonobos intentaban huir en su dirección. Oyeron las risas de los hombres y los gritos de miedo y dolor de los animales. Era tal como se lo había temido Daphne. Los perseguidores de Josua hacían pagar a los animales su frustración por no haber encontrado a sus víctimas humanas. Las escenas que se desarrollaban a la vista de Daphne y Josua eran desgarradoras: una matriarca que se ponía en pie y se enfrentaba erguida a los disparos, igual que un ser humano, como si así pudiera detenerlos; una madre que iba en pos de su hijo herido y que también acababa siendo víctima de una lluvia de balas; un varón joven que estaba como paralizado y hacía un gesto para pedir que no le hicieran daño. Los hombres vociferaban y disparaban como si estuvieran en trance. Habían rodeado a los animales, dispuestos a no dejar ninguno con vida.

—¡Una sorpresita para la Mujer de la Selva! —exclamó uno de ellos.

Daphne solo podía llorar en silencio. No tenía ni idea de cuánto había durado esa matanza en el claro hasta que nada se movió y los hombres parecieron volver en sí. Para su horror, concluyeron su sangrienta obra cortando la cabeza y las manos de algunas de sus víctimas.

—Talismanes —susurró Josua—. Los secarán o los ahumarán y...

—¿Y luego les darán suerte? —preguntó estupefacta Daphne—. Espero que para ellos sean una maldición.

Sintieron como si hubieran pasado horas hasta que se atrevieron a salir de su refugio, después de que los soldados se marcharan. Estos no se habían internado en la selva, sino que habían regresado a la cabaña de Daphne, esperando tal vez que ella regresara para salvar sus pertenencias de las llamas. De nuevo fue Lily la que les sirvió de referencia para orientarse. Cuando por fin se hubo tranquilizado, se deslizaron fuera del escondite. Daphne se dirigió al claro abatida y contempló los cadáveres de los animales que en los meses anteriores habían pasado de ser meros objetos de observación a auténticos amigos. Lloró junto al joven Kolumbus y su madre, y junto al valiente macho alfa al que en mejores tiempos había puesto sonriendo el nombre de King Kong.

Luego encontró a Bonita, que yacía boca abajo. Quería darle media vuelta para encontrar a la pequeña Zukie y se dio un susto de muerte cuando una mano se cerró alrededor de su brazo. Al mismo tiempo oyó un gemido y un llanto suave. La madre vivía... ¡y también su hija! Mientras trataba de enderezar con cuidado a Bonita, vio que había protegido con su cuerpo a la pequeña y comprendió lo que le trataba de comunicar. Soltó a la amedrentada cría del cuerpo ensangrentado de su madre. Bonita se desprendió de ella. Su mano se deslizó un instante por la cabecita de su hija. Luego su cuerpo se distendió. Daphne se quedó arrodillada, sin saber qué hacer, paralizada, mientras Zukie se pegaba a su blusa como había hecho poco antes contra el pecho de su madre.

Solo cuando oyó que Josua la llamaba, consiguió desviar la mirada.

—Daphne, Lily acaba de meterse entre esas matas, debe de haber algo allí. A mí no me hace caso. ¿La llamas tú?

Daphne se levantó y rodeó protectora con un brazo a Zukie. Lily ladraba entre los matorrales, pero no alarmada, sino avisando. Josua iba apartando la vegetación y ambos siguieron avanzando con prudencia. Lily aullaba ahora protestando y apareció ante ellos. Se movía con dificultad y en ese momento descubrieron por qué. Un monito estaba abrazado a ella.

—Es Zuno —lo reconoció Daphne—. ¿Dónde está Molly?

Buscó a su alrededor y enseguida descubrió el cadáver de la madre. Zuno debía de haberse separado o ella había alejado al pequeño de su pecho y lo había puesto a resguardo. Ahora la cría estaba totalmente trastornada. Daphne lo separó de Lily y lo cogió en brazos junto a Zukie.

—¿Y ahora qué hacemos? —preguntó Josua.

Daphne no supo qué responder. Solo estaba segura de una cosa: no iba a dejar a merced del destino a Zukie y Zuno.

—Vamos a ver a los pigmeos —se oyó decir a sí misma—. Nos ayudarán. Y luego...

—Luego ya veremos —terminó la frase Josua, y Daphne le agradeció que fuera de un bonobo muerto a otro para comprobar si quedaba algún superviviente—. Vamos —dijo entristecido y cargó con el más grande de los monitos—. ¿Qué edad tienen? —preguntó—. ¿Pueden sobrevivir sin la leche materna?

—Zukie tiene tres meses, Zuno es algo mayor —contestó Daphne—. Y ya han comido fruta y hojas, además de plátanos. No sé si podrán crecer solo con eso. A lo mejor necesitan un suplemento de leche de cabra o de yegua.

Los pigmeos salieron al encuentro de Daphne y Josua antes de que ellos llegaran al poblado. Sus oteadores seguro que habían oído los disparos. Además, el humo que salía de la cabaña incendiada de Daphne debía de verse a kilómetros de distancia. Ella trató de explicar a los hombres con gestos y unas pocas palabras lo que había ocurrido y probablemente ellos ya lo habían deducido.

Llegados al poblado, los hombres contaron lo que había pasado y todos los habitantes corrieron a ofrecer agua y comida a los visitantes. El problema con los dos pequeños lo solucionaron dos mujeres del modo más sencillo. Las dos acababan de ser madres y con toda naturalidad les dieron el pecho. Los monitos enseguida bebieron y las mujeres sonrieron. Daphne se movía entre la repugnancia y el alivio. Al menos por ese día sus protegidos estarían bien cuidados.

De repente empezó a temblar de forma incontrolada, una reacción ante los horrorosos sucesos y la tensión que se iba rebajando. Josua la rodeó con el brazo. Una de las mujeres pigmeas le dio un par de hojas y le indicó que las masticara. Al cabo de poco rato, Daphne dejó de temblar.

—Quiero ir con los Leakey —dijo cuando fue capaz de volver a pensar—. Directamente, sin pasar por Gabón.

—Está muy lejos —señaló Josua—. Casi dos mil quinientos kilómetros a través de la selva hasta llegar a la frontera con Kenia. No hay carreteras, y si las hay no podemos circular por ellas sin que nos descubran.

—¡Me da igual! —exclamó Daphne—. Tenemos todo el tiempo del mundo. Y nadie nos buscará en la selva. Al contrario que en la frontera con Gabón.

—Esta también transcurre en gran parte a través de la selva —intentó Josua hacerla cambiar de opinión.

—¿No has mencionado los aviones de reconocimiento? —preguntó Daphne—. No quiero, Josua, ¡no con los pequeños! —No habría soportado que los apresaran y tener que ver cómo mataban a Zukie y Zuno.

—¿Quieres llevarte a los monitos? —En el fondo la pregunta era superflua, ya sabía que ella no abandonaría a los animales—. Me refiero solo a que... ¿cómo les daremos de comer?

—Tienen que acostumbrarse a los alimentos sólidos —insistió Daphne—. ¡Josua, no podemos dejarlos aquí! Las mujeres los alimentarían, pero, cuando hayan crecido, en el mejor de los casos los echarán de aquí. O es posible que se los coman...

Cuando los pigmeos salían a cazar y encontraban simios en el nido, solían matarlos y enriquecer con ellos su menú. Aunque los bonobos acostumbraban a ser demasiado listos para dejarse atrapar, Daphne no se hacía ilusiones. Con los pigmeos, los bebés no estarían realmente entre amigos, aunque estos prometieran que los dejarían de nuevo en la selva. Los primates aprendían de sus madres. Si crecían entre humanos, no sabrían cómo comportarse en libertad ni se integrarían en ningún grupo.

Josua también lo sabía. Ahora intentaba comunicarse con los pigmeos. Señaló hacia el este. Los hombres asintieron.

—Nos guiarán —dijo interpretando los signos—. Al menos

una parte del camino. Pero será duro, Daphne. No es seguro que vayamos a sobrevivir. —Estaba muy serio.

Daphne asintió.

—Hemos de intentarlo a pesar de todo. Tú también conseguiste reunirte conmigo...

Y eso lo había llevado hasta sus límites, pero ninguno de ellos lo mencionó.

—Mañana partimos —anunció Josua.

2

Un joven los esperaba al amanecer en la plaza del poblado. Pese a las espantosas experiencias del día anterior, Daphne había dormido bien y profundamente, con los monitos y Lily entre ella y Josua. Las mujeres pigmeas volvieron a darles otra vez el pecho y entregaron a Daphne y Josua una especie de papilla como alimento para ellos y los animales. Su guía no cogió nada, encontraría provisiones suficientes durante el camino. Salvo por su lanza, las flechas y el arco, no disponía de equipaje y se movía, por lo tanto, libre de cargas por la selva. Daphne y Josua apenas podían seguir el ritmo que marcaba. Cuando por la tarde hicieron una pausa e intentaron que Zukie y Zuno comieran un poco de papilla, estaban muertos de cansancio. Los bebés rechazaron la comida, pero dejaron que los alimentasen con los frutos que el joven pigmeo había recogido por el camino. Así que ya tenían algo en el estómago cuando reemprendieron la marcha tras una pausa demasiado breve. Daphne se preguntaba dónde pernoctarían. No se veía con fuerzas para construir un refugio provisional por la noche.

Para su regocijo, la marcha del día concluyó en otro poblado pigmeo. El joven los condujo allí, informó con muchas palabras y complicados clics de lo que les había ocurrido y lo que habían proyectado, y de nuevo encontraron a mujeres que dieron de mamar a Zukie y Zuno. La tribu había realizado una buena caza. Los perros de los pigmeos comían huesos y también Lily obtuvo uno. Daphne apenas conseguía probar bocado, lo único que deseaba era descansar. Pensaba en qué sucedería al día siguiente, pero se tranquilizó al confirmarse que otro guía estaría a su lado mientras escapaban. Los pigmeos habían entendido lo que les ocurría y se proponían acompañarlos hacia el este de un pueblo al siguiente.

El primer periodo del viaje fue muy cansado, pero sabían que no iban a pernoctar en la selva y que tenían aseguradas unas provisiones. Aun así, cada nuevo día resultaba agotador. Pese a una tintura hedionda que los pigmeos se aplicaban para protegerse de los insectos, Daphne fue presa de mosquitos y otros bichos. Las mordeduras le picaban y se le infectaban. Por fortuna, las mujeres pigmeas las curaban con sus remedios.

Los monitos no siempre admitían bien el cambio de alimentos; unas veces digerían algunas frutas y raíces que tomaban en sustitución de la leche de las mujeres, pero otras veces tenían diarreas. Josua desgarró su camisa para utilizarla como pañal provisorio. Pese a ello, los pequeños continuamente se ensuciaban y ensuciaban a sus madres sustitutas. Aunque Daphne intentaba limpiarse y lavar su ropa en cualquier lugar con agua, tenía la sensación de ir toda sucia y de oler fatal. A Josua le sucedía lo mismo; no obstante, los dos dormían estrechamente unidos, también para que los monitos se sintieran protegidos.

Tras pasar varias semanas caminando —Daphne intentó calcular con las estrellas cuánto avanzaban cada día y, según el terreno, dedujo que iba de los ocho a los veintidós kilómetros—, la tribu que los acogió esa noche les informó de que ya no tendrían a nadie que los acompañara. Más allá hacia el este del Congo no había nuevas tribus de pigmeos; era posible que encontraran poblados bantúes o asentamientos de blancos. Josua no estaba seguro en ninguna de esas comunidades.

De todos modos, a esas alturas ambos sabían perfectamente cuáles eran las plantas que ellos y los monitos podían comer, así que serían capaces de alimentarse. Lily ya hacía tiempo que cuidaba de sí misma y por el camino encontraba pequeños mamíferos y lagartos. Los pigmeos indicaron a Daphne que se los quitara y se los comieran ellos, pero ni ella ni Josua conseguían hacerlo, como tampoco lograban comer las termitas y las larvas que tanto para pigmeos como para bonobos eran exquisiteces.

Daphne y Josua perdían peso a causa de los alimentos bajos en proteína, pero cada día luchaban por avanzar, incluso sin un guía y cuando únicamente podían protegerse con el techo de hojas de la selva al comenzar la estación de las lluvias. Las noches en que solo disponían de la maleza para esconderse resultaban amenazantes. Los sonidos de la selva los atemorizaban tanto como a los monitos y a Lily, y a menudo permanecían insomnes con los temblorosos pequeños en los brazos y esperando a que saliera el sol. No obstante, Josua afirmaba que por regla general los seres humanos no figuraban en el menú de los leones y leopardos africanos. Al contrario, los cazadores deportivos perseguían a los animales de forma tan intensiva que estos huían en cuanto olfateaban a los hombres. Naturalmente, podía darse el caso de que los fatigados caminantes asustaran sin querer a un rinoceronte o se cruzaran con una leona y sus crías y los animales se defendieran.

Tras las primeras semanas de viaje, llevaban la ropa hecha jirones y los zapatos gastados. Sabían que sus posibilidades de lograr hacer el recorrido todavía se reducirían más si tenían que caminar descalzos, por no hablar del peligro que suponían las serpientes. Pero la suerte por fin se apiadó de ellos. Tropezaron con una amplia carretera en mitad de la selva y comprobaron que conducía a una casa de construcción rústica con una gran entrada y un jardín que en su origen había estado cuidado. La selva había reconquistado parte del terreno y el jardín se había asilvestrado; la terraza estaba cubierta de plantas trepadoras. Todo parecía indicar que hacía meses que nadie había estado allí.

—Un *lodge* para safaris —confirmó Josua, cuando descubrió un cartel caído que indicaba el camino a la recepción—. Seguro que dirigido por blancos. Deben de haber huido o sufrido un asalto.

Daphne esperaba no encontrar cadáveres al entrar en la casa. La puerta estaba abierta y se reconocía fácilmente que habían saqueado el lugar. Los muebles estaban volcados, los armarios abiertos, pero para sorpresa de Daphne y Josua encontraron ropa y sábanas en los armarios de los dormitorios. Los hornillos de la gran cocina parecían intactos y al lado había una pila de leña. Cuencos y sartenes de cobre yacían por el suelo, algo abollados, pero todavía utilizables.

—Seguro que tenían una despensa —dijo Daphne—. ¡A lo mejor encontramos algo que comer realmente rico!

Por desgracia, sufrió una decepción: también habían arrasado la despensa. Los bandidos solo habían prescindido de un saco de judías y otro de arroz. Daphne puso entusiasmada las judías en agua y Josua encendió la cocina. El pozo aún funcionaba, parecía no estar contaminado y por primera vez calentaron agua en la olla más grande para lavarse. En las habitaciones del lujoso alojamiento había bañeras. Daphne disfrutó de un baño con agua caliente y se quitó de encima toda la suciedad y el sudor acumulados. Luego les tocó el turno a los monitos, que no quedaron entusiasmados con el baño caliente, pero al fin se liberaron de pulgas y de otros parásitos. Lo mismo le sucedió a Lily. Daphne y Josua casi se sintieron como de vuelta en la civilización.

—¿Podríamos quedarnos un par de días aquí? —preguntó Daphne, mientras comían con voracidad un cocido de arroz y judías, enriquecido con las verduras que habían encontrado en lo que había sido el huerto—. Sería tan fantástico poder descansar un poco.

Josua asintió. Los dos necesitaban urgentemente calma y las probabilidades de que alguien visitara ese lugar en los próximos días eran mínimas. Luego arreglaron uno de los dormitorios cuyas sábanas de seda habían robado, pero que disponía de un cómodo colchón. Por primera vez desde que tenían a los monitos, los apartaron a los dos a los pies de la cama con Lily, y durmieron juntos como hombre y mujer. Pese a todas las preocupaciones, Daphne estaba contenta cuando por la mañana se despertaron abrazados, con los pequeños monos acurrucados contra su espalda.

—Ahora ya podemos llevarlos a caballito —señaló Daphne, algo que fundamentalmente aligeraría el caminar. Hasta entonces habían llevado a los monitos pegados al pecho y a Daphne le dolía la espalda.

A todos les sentó bien la breve estancia en el *lodge*. En el ambiente relajado, los monitos se separaron por propia voluntad de los cuerpos de sus padres sustitutos y empezaron a explorar el entorno. Zukie demostró en ese periodo ser más intrépida y abierta que Zuno, que era muy medroso y a la más mínima perturbación corría de vuelta a los brazos de Daphne o Josua.

—A lo mejor se acuerda más de lo que sucedió —supuso Daphne—. Zukie era algo más joven y Bonita la cubrió con su cuerpo. En cualquier caso, seguro que necesita más tiempo para sobreponerse.

Al final se quedaron cinco días en el *lodge*, antes de reemprender el viaje a pie. Los dos habían recurrido a la ropa del propietario, aunque les iba muy grande y colgaba alrededor de sus enflaquecidos cuerpos. Los zapatos del dueño de la casa —por desgracia solo se trataba de ligeras zapatillas de tenis, pues por lo visto el calzado más robusto ya había encontrado clientes— le iban estupendamente a Josua. Daphne tuvo que ponerse tres pares de calcetines, unos encima de otros, para calzarse los zapatos de su anterior dueña. Pese a todo, ambos se alegraban de su nuevo estado; se apretaron los pantalones con un cinturón para que no se les resbalasen y emprendieron la segunda parte del trayecto habiendo recuperado fuerzas.

Pasaron de nuevo varias semanas y volvían a estar agotados, piojosos y harapientos como antes del descanso, cuando, según los cálculos de Daphne, se acercaban a la frontera con Uganda. Tenían que cruzar el estado para llegar a Kenia, pero Josua estaba bastante seguro de que allí no los perseguirían. Al país le faltaba un año largo para conseguir su independencia, pero la transición se desarrollaba de forma guiada y pacífica. Nadie mostraría interés en entregar a Robert Mobutu un antiguo colaborador de Lumumba.

Al final llegaron a una carretera y Josua se atrevió a seguirla hasta llegar a una placa con la indicación del lugar: DISTRITO DE KASESE - UGANDA.

Daphne lo abrazó. Zukie y Zuno subieron a sus hombros y no impidieron la muestra de cariño, Lily brincó alrededor de sus amigos humanos. Los monitos, sobre todo Zukie, daban gritos de alegría. Los animales percibían que la tensión de los humanos se aflojaba.

—¿Y ahora? —preguntó Daphne. Aunque se hallaban en un lugar seguro, seguían estando a novecientos kilómetros de Nairobi.

—Ahora vamos a buscar una oficina de Correos —respondió Josua— y llamamos a cobro revertido; espero que aquí sepan cómo se hace. Si los Leakey lo aceptan, podremos trazar un plan con ellos. Hay comunicación ferroviaria desde Uganda hasta Nairobi. Solo necesitamos dinero para los billetes.

—¿Aceptarán monos? —preguntó Daphne—. ¿Y perros?

Josua sonrió.

—Los meteremos en unos cestos y diremos que son provisiones para el viaje —bromeó—. ¡Lo hemos conseguido, Daphne! ¡Más de mil quinientos kilómetros por la selva! Ahora no vamos a fracasar por un billete de tren para Zukie y Zuno.

Daphne se enderezó y le sonrió también.

—En caso de necesidad, vamos a pie.

3

Al principio, el encargado de Correos no quiso dejar entrar al andrajoso vagabundo de piel oscura con un mono sobre el hombro. Solo cuando una blanca, aunque no menos desaliñada, pasó por la puerta y mencionó también el nombre de los Leakey, intuyó que quizá estaba cometiendo un error. Los espectaculares hallazgos de fósiles de Louis y Mary Leakey eran conocidos en toda África.

Al final solicitó la conferencia —el número de teléfono de los Leakey se hallaba en uno de los cuadernos de notas de Daphne— y Mary descolgó. A Daphne se le quitó un peso de encima y, aparentemente, lo mismo le ocurrió a su interlocutora.

—¡Louis, ven, es Daphne! —oyó cómo Mary llamaba a su marido en cuanto dijo quién era—. ¡Daphne, está usted viva! ¡Ya habíamos abandonado esta idea! No hemos sabido nada de usted durante un año... Naturalmente, Louis intentó recabar información, pero en la comisaría provincial responsable solo nos decían que usted se había marchado. Algo que no les causaba demasiado desconsuelo, porque señalaban que se había entregado usted a sujetos contrarios al gobierno. Dedujimos de todo eso que la habían asesinado. Pero, por todos los cielos, ¿dónde se había metido?

Daphne le hizo un breve resumen y le pidió ayuda.

—No hemos salvado nada más que nuestra vida y mis cuadernos de apuntes y películas. Ahora estamos en Uganda sin un penique y vamos tan sucios y andrajosos que nadie nos dejará entrar en un hotel.

Louis Leakey pensó un momento y luego les dio un consejo. Les indicó que fueran al primer banco que encontrasen y que le pidieran al director que lo llamase. Quería que obtuvieran un pequeño anticipo del giro bancario que pensaba pagar de inmediato. Así podrían comprarse ropa y comer algo. Además, quería contactar con una conocida que vivía en Uganda. Si era posible, ella los iría a recoger enseguida en coche.

—Con los animales seguro que no os aceptan en ningún hotel —observó realista—. Pero Betty tiene una granja, ella no es tan delicada.

Betty Robinson apareció dos horas después en una vieja camioneta de la que saltaron dos perros mestizos de pelo claro que empezaron a oler fascinados a Lily. Nunca se habían reunido con un congénere que almacenara en el pelaje totalmente apelmazado de caniche tantos olores de la selva. Daphne y Josua tenían un aspecto algo más presentable. Habían adquirido pantalones de lino y camisas y se habían cambiado; pese a que no habían tenido la posibilidad de bañarse, al menos se habían lavado por encima en una fuente. Después de una abundante comida en un puesto callejero, se sentían reconfortados.

Betty era una mujer en la cuarentena, de baja estatura y vigorosa, con una piel muy tostada y un cabello rubio aclarado por el sol que llevaba sujeto en una cola de caballo. Leakey le había dicho a Daphne que, desde la muerte de su marido, dirigía sola una plantación de café y, si era tan dinámica como aparentaba, seguro que era capaz de hacerlo perfectamente. Ante los acompañantes de Daphne, reaccionó al principio con un manifiesto desconcierto, más por el color de piel de Josua que por la presencia de Lily y los monitos. No parecía saber del todo cómo clasificarlo; si era empleado de Daphne, probablemente lo habría mandado colocarse en la parte trasera del vehículo. Pero Josua se sentó con toda corrección delante y contó su historia en unas pocas palabras. Betty logró desprenderse de sus prejuicios y explicó que la plantación no estaba lejos de Kasese, la estación de ferrocarril de la que partían los trenes a Nairobi. Si Daphne y Josua lo deseaban, podían quedarse un par de días con ella para recuperarse y preparar todo lo relacionado con el viaje.

Por fortuna, los dos llevaban el pasaporte, aunque el de Josua estaba algo sucio y arrugado tras su obligado baño en el Sankuro y su huida rumbo a la cabaña de Daphne. Los únicos indocumentados eran los pequeños simios.

—Bah, esto aquí tampoco lo mirarán demasiado —opinó Betty—. Mientras ningún funcionario lo vea como un modo de enriquecerse... Si los hacéis pasar por animales domésticos y los lleváis en un cesto durante el viaje, los aduaneros no se alterarán. Pero en cuanto queráis abandonar África con ellos, tendréis que gastar mucho dinero. Los zoos de Europa pagan fortunas a los cazadores y a aquellos que hacen la vista gorda ante los medios que utilizan para apresar a los animales. También os pedirán dinero para obtener los documentos de exportación.

Daphne decidió dedicarse con tiempo a todas esas tareas. Pero de momento estaba contenta de ir en el coche y de poder bañarse y acostarse en una cama. Betty la mimó con un baño de espuma con aroma de rosas.

—Y mañana vamos de compras —anunció.

Su nueva ropa también necesitaba un lavado tras el contacto con el sudor y la suciedad del cuerpo.

Por la noche, Josua también estaba limpio, pero esta vez no hubo amor, como en el *lodge*. La propietaria de la plantación podía asimilar, llegado el caso, que los africanos estudiaran y fueran políticos, pero que compartieran lecho con una mujer blanca le resultaba inconcebible. Daphne se instaló en una acogedora habitación para invitados y Josua en el anterior alojamiento del servicio. Por consideración a Betty, se hizo cargo de los monitos, también recién lavados, pero todavía no domesticados.

A la mañana siguiente, Betty los llevó de nuevo a Kasese y confirmaron que Leakey había enviado a Daphne una considerable suma de dinero a la cuenta bancaria que había abierto. Nada se oponía, pues, a que compraran ropa nueva. Para sorpresa de Daphne, que se equipó con unos vaqueros y unas blusas en el primer almacén general que encontró, Josua se había metido en la tienda de ropa para caballeros y había adquirido dos elegantes trajes cuando se reunió con ella y Betty.

—Lo siento, pero quería volver a ser yo mismo —explicó cuando Daphne se burló de él. Todavía tenían por delante un viaje con los monitos, que era mejor realizar con una ropa más ligera y práctica. Fue más tarde, al pensar en ello, cuando entendió lo que la conducta de Josua decía de él. Su amado era un urbanita. Solo se había introducido en la selva por necesidad. ¡Ni se imaginaba lo que debía de haber significado para él abrirse camino solo hasta llegar al campamento de Daphne y luego asumir ese recorrido a través de la selva en condiciones extremas y arriesgando la vida por ella y sus bonobos! Se sentía muy amada, pero no pudo evitar seguir riéndose de él cuando poco después salió en busca de un barbero.

—Déjalo así, me gusta que lleves el pelo largo —dijo ella—. Te pareces a Tarzán.

Josua hizo una mueca.

—Lord Greystoke —dijo— también debió de cortarse el pelo cuando siguió a su Jane de vuelta a la civilización.

Así pues, llegaron a la plantación de café con menos barba y cabello. En el camino, Daphne descubrió una consulta veterinaria y pidió a Betty que se detuviera. El médico debía de disponer de una esquiladora con la cual liberar a Lily de su pelaje apelmazado. El doctor Hammer, que más bien se ocupaba de ganado y perros guardianes, se divirtió mucho cuando en medio de toda esa lana sucia apareció una caniche.

—No es frecuente verlos por aquí —comentó.

Entonces a Daphne se le ocurrió la idea de pedir más ayuda al veterinario. Se fue de la consulta con un par de inyecciones y un calmante. Zukie y Zuno cruzarían la frontera con Kenia durmiendo en unos cestos cerrados.

Louis y Mary Leakey insistieron en ir a recoger a Daphne y Josua a la estación. Les ofrecieron dos habitaciones contiguas en su residencia, al lado del museo, y solo les pidieron que les contaran lo ocurrido. Daphne de nuevo rompió a llorar cuando les habló de la masacre de los bonobos.

—Pero al menos he salvado los apuntes de mis observaciones —dijo Daphne—. Podéis quedároslos y estudiarlos. —Al llegar, los Leakey le habían pedido que los tuteara.

Los dos encontraron preciosos a los bebés bonobos, pero se preguntaban qué pensaba hacer Daphne con ellos.

—¿No quieres seguir con la observación de campo, Daphne? —se interesó Louis—. Todavía están pendientes los gorilas de montaña y los orangutanes de Borneo.

Jane Goodall, una etóloga británica, había viajado a Tanzania en la misma época que Daphne para observar a los chimpancés.

Daphne negó categórica con la cabeza.

—¡No, de ninguna de las maneras! Si tengo que volver a vivir algo así, se me partirá el corazón para siempre. Pero he estado pensando en algo nuevo. En otro proyecto de investigación…

—¿Con los dos pequeños bonobos? —preguntó curioso Leakey—. No podrás introducirlo en el campo de la etología. Los animales ya están demasiado marcados por humanos para ofrecer un material auténtico.

Daphne sonrió.

—No quiero limitarme a observarlos —dijo, insegura en el momento de describir su proyecto. Los otros, también Josua, la miraban con atención—. Lo que quiero... Lo que quiero es enseñar a Zukie y Zuno a hablar —afirmó lanzando por fin su idea.

El profesor se echó a reír.

—¡Eso es imposible, Daphne! Deberías saberlo como veterinaria. La forma de la laringe impide la emisión de sonidos muy complicados. Además, Charles Darwin ya explicó que a los primates les falta en el cerebro las interconexiones del lenguaje.

Daphne se encogió de hombros.

—A lo mejor se equivocó —contestó—. Y sí, sé lo de la laringe. Pero también hay personas que no pueden hablar. Por ejemplo, porque no oyen. Entonces uno recurre a esto. —Realizó diversos gestos con las manos.

Leakey rio.

—¡La lengua de los signos! En fin, todavía no se le ha ocurrido a nadie. ¡Es una idea totalmente loca, Daphne!

Daphne arqueó las cejas.

—¿Más loca que enviar a mujeres jóvenes a la selva para hacerse amigas de homínidos? —preguntó sonriendo burlona—. Louis, me he comunicado con los bonobos y los he visto comunicarse entre ellos. Claro que tienen su lenguaje. Puede que esté concebido de otro modo que el nuestro, pero vale la pena intentar enseñar los signos a los jóvenes primates. Y creo que los bonobos se prestan a eso. A lo mejor no son más inteligentes que los gorilas y los chimpancés, pero son más pacíficos y pacientes. Por eso el periodo de tiempo durante el cual se puede trabajar con ellos antes de que alcancen la pubertad es mayor. Los gorilas y chimpancés suelen volverse difíciles cuando alcanzan su madurez sexual y descubren su fuerza.

Josua resplandecía.

—¡Me parece fabuloso! Faltará que lo financie alguien…

—He estado pensando en volver a Australia —explicó Daphne—, al zoo de Perth o a la universidad. Allí me conocen. A lo mejor la facultad de Antropología me apoya. Mis padres, seguro. —Volvió a sonreír—. Cuando era niña, mi madre se comunicaba con el código Morse. Y ya hace tiempo que habla con animales, aunque no con palabras.

—¿Qué planea hacer usted en el futuro, señor Ngongo? —preguntó Mary Leakey a Josua, tocando de ese modo un tema delicado. Por el momento, Daphne y Josua no habían informado de su relación a los Leakey—. En su país ha estallado una guerra civil, la ONU participa en los combates. ¿Va usted tal vez a implicarse para rehabilitar a Lumumba?

Tal como había hecho antes Daphne, Josua también negó decidido con la cabeza.

—No, ya he tenido suficiente política. No me malinterprete, lo que pasa en mi país no me es en absoluto indiferente. Pero, si se considera de forma global, el Congo no es un caso único. Es difícil gobernar a personas y mantener la paz. Y yo…, yo preferiría saber más sobre las estructuras. Por qué los seres humanos son agresivos, cómo llegamos a ser lo que somos… Eso me ha interesado siempre. Por eso fui a la garganta de Olduvai.

—Entonces tienes que seguir estudiando —señaló Daphne—. Antropología o Psicología, o las dos carreras. Vente conmigo a Australia.

Josua la miró enamorado y ella tampoco pudo ocultar sus sentimientos. Los Leakey intercambiaron una mirada significativa.

—¿Cómo piensa financiárselo? —preguntó Mary.

Josua hizo un gesto de ignorancia.

—Puedo trabajar —respondió—. Y ya tengo una carrera. A lo mejor hay un puesto de asistente o algo parecido para un licenciado en Ciencias Políticas africano. En Australia, no debe de haber muchos más que…

—Caniches en el Congo —bromeó Daphne con la intención de desviar a los Leakey del peligroso sendero que los llevaba a criticar a su amor—. Ya tienes el corte de pelo que se espera que lleves allí.

Mary Leakey cambió de tema, como se esperaba, pero el profesor meneó pensativo la cabeza cuando Daphne y Josua se despidieron poco después para irse a dormir.

—Me temo que no lo vais a tener fácil —dijo con un suspiro—. Ni un africano en la universidad ni una mujer que habla con monos. Solo puedo desearos suerte.

4

Josua y Daphne ya experimentaron en el barco que los trasladaba de África a Australia un anticipo de lo que iba a ser su vida como pareja diferente. Habrían preferido ir en avión, pero las compañías aéreas se negaron a que los monitos viajaran en la zona de pasajeros. Los podrían haber instalado en unas jaulas en la bodega, pero Daphne no podía anestesiarlos durante tantas horas ni tampoco condenarlos a la separación, el ruido, la estrechez y la soledad. Así que, después de cumplir todas las formalidades para la salida de los bonobos, habían comprado un pasaje para el barco. Con ayuda de los Leakey, habían declarado que los dos monitos eran animales salvajes capturados para el zoo de Perth, y por las manos de los funcionarios responsables, que habían dilatado el proceso durante meses, había circulado una cantidad no desestimable de dinero. La compañía naviera se mostró dispuesta a aceptar a los jóvenes bonobos a bordo como si fueran perros, pero solo en los camarotes más grandes de primera clase. Cuando Daphne se enteró del precio, propuso a Josua que se casaran en África y que compartieran uno. Él se mostró escéptico, aunque no del todo contrario.

Los Leakey les desaconsejaron con vehemencia que lo hicieran.

«La gente que viajará con vosotros en el barco podría indignarse; es probable que lo hagan de todos modos cuando vean que un negro viaja en primera clase. Aunque, desde que los estados africanos se están independizando, están acostumbrándose a políticos que no se dejan encerrar en la clase económica. Tal vez guarden silencio e ignoren a Josua. Pero si os mostráis como pareja... La gente se quejará, en el mejor de los casos os evitarán, pero yo no excluiría que reaccionen con agresividad, como mínimo verbal», advirtió el profesor.

El padre de Daphne también se pronunció en una carta contrario a un experimento de ese tipo.

> Sin contar con que a tu madre y a mí nos gustaría conocer primero al hombre con quien quieres casarte, tengo mis dudas con respecto a vuestra seguridad. Nunca se sabe con quién tropezamos, las personas adineradas tampoco están a salvo del racismo y pueden volverse agresivas. En ese tipo de barcos hay un montón de borrachos. ¿Qué ocurriría si unos cuantos de esos «*gentlemen*» acabaran amotinándose y le enseñaran a tu Josua dónde está su sitio? Mamá no concibe la maldad humana, pero como judío en Alemania he sufrido suficiente marginación y violencia para estar seriamente preocupado. Después de haber vivido un año en la incerteza de si estabas viva o habías muerto, no queremos correr ningún riesgo. Así que, por favor, coged camarotes separados y no exhibáis con demasiada claridad que sois pareja.
>
> ¡Por favor, no malinterprete este consejo, Josua! Nos alegramos mucho de conocerlo y no queremos en absoluto expresar ningún tipo de resentimiento contra usted; al contrario, le incluimos en nuestras preocupaciones por Daphne. Le damos nuestra más sentida bienvenida.
>
> ¡Mamá también está impaciente por la llegada de los bonobos! Vamos a buscar a un profesor o profesora de lengua de signos para vosotros, pues, después de la breve iniciación que has recibido en África, es imposible que lo domines a la perfección. Naturalmente, nosotros también lo aprenderemos. ¡Tu proyecto significa para todos nosotros una gran aventura!

—Tus padres parecen muy amables —comentó Josua cuando Daphne le dio a leer la carta—. Y tu padre me ha convencido. Hagamos de tripas corazón y cojamos camarotes separados.

Durante el transcurso del viaje, demostró ser una medida sabia. Josua y Daphne, así como su compañía, ya llamaban mucho la atención. A Daphne la trataban con suma amabilidad, la animaban a pronunciar discursos sobre su trabajo con los bonobos y todas las mujeres del barco habrían estado encantadas de coger en brazos a los monitos. Mientras Zuno retrocedía y corría a ponerse a resguardo cuando se le acercaba un desconocido, Zukie no se mostraba contrariada por eso. Ahora los dos pequeños dejaban con más frecuencia a su madre sustituta y empezaban a corretear por la cubierta. Si había espectadores, solo Zukie disfrutaba de la atención que le prestaban. La niña bonobo tampoco rechazaba las golosinas que los pasajeros le daban a espaldas de Daphne, y fue en ese contexto en que aprendió su primera palabra en la lengua de signos: dolor de barriga. Después de que Daphne se lo enseñara dos o tres de veces, Zukie confirmó que era mucho más sencillo comunicarle que se encontraba mal que esperar a que Daphne advirtiera por sí sola que había que meterla en cama con una infusión y una botella de agua caliente.

A Josua, por el contrario, los pasajeros no le hicieron apenas caso. Debían de pensar que solo había obtenido el pasaje caro para aligerarle a Daphne el trabajo con los bonobos. Y, sin embargo, él era mucho más sofisticado que Daphne. Ella solía llevar ropa práctica, no se maquillaba ni iba al peluquero de la embarcación. Josua vestía con dignidad sus trajes, sobre todo en las comidas, y hacía gala de unos excelentes modales. Sin embargo, todo esto no le ayudaba a ganar mayor reconocimiento social y, al cabo de unos pocos días, ya evitaba aparecer en público.

También Daphne percibió los chismorreos que intercambiaban los elegantes señores cuando estaba sentada por la noche con Josua en la cubierta. El primer día, un par de sujetos se quejaron incluso de su presencia. Un caballero explicó que su esposa había sufrido la violencia de los negros en las colonias y que por eso no soportaba a ningún africano a su alrededor. La mayor parte de los viajeros habían sido colonos que habían vivido en África y hecho allí su fortuna. Ahora regresaban a su país de origen porque los estados africanos se independizaban y no eran personas gratas. Al principio habían tratado a los negros de esclavos asalariados y luego de agitadores. Se negaban rotundamente a que uno de ellos se sentara a la mesa y comiera pulcramente.

Finalmente, Bernhard pudo abrazar dichoso a su hija en el muelle de Perth. Su esposa se había quedado en casa; no le gustaba el gentío y en el puerto había mucho ruido y agitación. Bernhard esperaba que Daphne se lo hubiese contado a su futuro yerno y que él no se lo tomara como una ofensa. Josua enseguida le cayó simpático cuando vio que se retiraba cortésmente para que Daphne disfrutara a solas de la alegre bienvenida. Llevaba a Zuno cogido de la mano y Zukie corría por sus hombros. Nada adecuado para su elegante y claro traje de verano —después de tantos retrasos, ya era febrero de 1962—, y más teniendo en cuenta que Zukie estaba mordisqueando un plátano. Saludó a Bernhard con un firme apretón de manos y le dio las gracias por sus consejos y por haber asumido el coste de los pasajes del barco.

—Espero poder devolverle pronto el dinero, señor —dijo—. No soy una persona sin recursos, pero me temo que el Congo ha congelado mis cuentas bancarias. Desde aquí veré qué puede hacerse legalmente. A Daphne le sucede lo mismo, también se le pagaba por su trabajo. Debería ser posible cerrar su cuenta y transferir su dinero aquí.

Bernhard hizo un gesto de rechazo.

—No me extrañaría que, si en su país reina la inflación, no

quede mucho de su dinero. Pero da igual. Lo principal es que hayáis llegado sanos y salvos y estéis en un lugar seguro. Y, por favor, no me llames «señor». Soy Bernhard.

Luego se volvió a los jóvenes monos y les hizo el signo de bienvenida. Zukie replicó con una mueca y Zuno se escondió detrás de las piernas de Josua. Lily brincaba alrededor de todos, contenta de volver a estar en tierra firme y de conocer a un ser humano a ojos vistas amable. Enseguida se lanzó boca arriba a los pies de Bernhard cuando él la saludó y le rascó la barriga.

—Soy experto en rascar barrigas —declaró Bernhard haciendo un guiño—. Estoy convencido de que Zukie y Zuno pronto se mostrarán de acuerdo.

El zoo no estaba lejos y a Daphne la esperaba allí una sorpresa. Delante de la casa del director estaba David; a su izquierda y derecha, los últimos gatos adiestrados aguardaban sobre un podio.

Daphne soltó un grito, se precipitó fuera del coche y se lanzó a los brazos de su hermano. Josua advirtió su semejanza, a pesar de que Daphne seguía estando muy delgada y algo demacrada. Los dos tenían la misma risa y los mismos ojos despiertos y afables. Lily saltó sobre uno de los gatos, que enseguida le arañó el morro de forma concisa y significativa. La caniche se apartó gimiendo y Zukie, de nuevo sobre el hombro de Josua, se rio de ella. Josua se acercó a David y se quedó atónito cuando este lo estrechó entre sus brazos espontáneamente, tal como había hecho con Daphne.

—Mi hermana me ha escrito hablándome de ti —dijo—. Y mis padres me contaron que la habías salvado. ¡No sabes cuánto te lo agradezco! Hemos estado muy preocupados por ella.

Daphne lo miró incrédula.

—Pero tú sabías que estaba viva, ¿verdad? —preguntó. Siempre había creído que había un lazo de unión entre los hermanos gemelos.

David asintió.

—A pesar de ello, estuve a punto de ir a buscarte a África —repuso—. Pero el país me parecía algo grande. ¿Queréis entrar? Mamá ya está esperando. Pero no quería aguarme la sorpresa.

—¿De dónde vienes en realidad? —preguntó Daphne cogiéndose de su brazo—. ¿Qué estás haciendo ahora? ¿Y cómo ha terminado la aventura griega?

—Con una boda de ensueño —contestó sonriendo David—. Evangelina Kallergis y Stavros Michelakis. Aparecieron en las revistas del mundo entero.

Antes de que pudiera hablarle de su relación con Henny, su madre salió de la casa y saludó a Daphne. Como siempre, no de forma tan emocional como los hombres de la familia, pero sus ojos resplandecían y habría estrechado amablemente la mano a Josua, si él no hubiese recordado las indicaciones de Daphne y se hubiese limitado a inclinarse delante de ella. De ese modo se ganó su simpatía.

—Soy Maria —dijo—. Me entristece lo que sucede en el Congo. A lo mejor me lo puedes explicar. ¿Por qué todos han reaccionado tan agresivamente ante el discurso de Lumumba durante la celebración de la independencia? El solo dijo la verdad.

En el ámbito internacional, todos parecían mostrarse de acuerdo en que la ofensa de Lumumba al rey belga había iniciado la crisis.

—Porque la política y la verdad casi nunca van de la mano, mamá —observó Daphne—. Nadie entiende todo esto. Pero Josua quiere investigarlo.

Un par de horas más tarde, Josua se sentía por vez primera libre de toda preocupación entre blancos. La madre de Daphne, Maria, únicamente estaba interesada por lo académico, no planteaba preguntas ni sobre su origen ni sobre su carrera profesional. Los temas que a él le atraían le resultaban sumamente importantes, y más porque no podía comprender de ninguna de las maneras la emocionalidad y la falta de lógica que determinaban con frecuencia el comportamiento humano. Había leído mucho para descubrirlo y lo introdujo en una conversación de alto nivel intelectual sobre los orígenes de la agresividad y la moral. Daphne y David solo hablaban entre sí. Era como si se encontraran en un capullo que excluía incluso a Josua; el vínculo entre los gemelos era extremadamente fuerte. Bernhard escuchaba relajado la discusión entre él y Maria y de vez en cuando hacía una inteligente observación.

Al final, durante un tardío paseo por el zoo, se tocó el tema del color de la piel. Maria y él acariciaban a un poni de capa castaño oscuro y de repente la madre de Daphne se echó a reír.

—Tenéis los dos el mismo color —señaló.

Una constatación, Josua no pudo apreciar que hubiera valoración. Daphne tenía razón: su madre era rara.

—¿Y? ¿Te gusta? —se le escapó.

Maria lo miró un instante y luego pareció reflexionar sobre la pregunta.

—La mayoría de la gente tiene un color favorito —explicó a continuación—. Yo no. Pero los domingos solo llevo vestidos azules.

Josua frunció el ceño.

—¿Por qué? —preguntó.

Maria se encogió de hombros.

—Mi niñera, en Berlín, me decía que hacía juego con el color de mis ojos.

Josua la miró de nuevo con atención. Con su rostro en forma de corazón, los ojos azules y el cabello ahora gris, pero en el pasado seguro que negro, debía de haber sido una belleza de joven. Y, por lo que había visto, muy inteligente. No obstante, a veces tenía un algo infantil. Uno sentía de forma instintiva que debía protegerla.

—Es cierto —contestó sonriendo—. Una decisión acertada.

Daphne y David, cogidos del brazo detrás de Josua y su madre, habían oído el diálogo y también sonrieron.

—Encaja con nosotros —susurró David a Daphne—. Y espero que sea un amor bueno para ti.

Daphne asintió dichosa.

—Sí lo es. Espero poder decir pronto lo mismo de tu Henny —respondió burlona.

David sonrió.

—La conocerás en los próximos días. Estudia aquí, en Perth. La facultad de Veterinaria tiene una larga tradición y muy buena fama.

—Así que ¿otra mujer que te persigue? —siguió bromeando Daphne.

David rio.

—No, que yo esté trabajando en Australia es pura casualidad. El zoo de Melbourne se está renovando a fondo y me alegra poder colaborar. Dicho sea de paso, entre Perth y Melbourne hay una distancia de más de tres mil kilómetros.

—Me había olvidado de lo grande que es esto —musitó Daphne—. Igual que África... Las distancias son enormes. Pero ¿por qué Henny no se quedó en Auckland?

—Se lo pensó, pero Nellie le aconsejó venir a Perth. Aquí puede hacer prácticas en el zoo. Además se habría sentido obligada a vivir en casa de sus padres. Incluso ahora que ya no está obsesionada con dirigir un día Epona Station, tampoco sería inteligente tener que ver cada día cómo Noah, el nieto de Mia y Julius, se va afianzando allí. Y menos ahora que está pensando en casarse con una antigua amiga de Henny y luego rival.

Se quedó un caballo que a Henny le habría gustado tener. Y, si se casa con Noah, la yeguada también será suya.

—Bueno, pero ella se queda contigo. —Daphne rio—. Así que no tiene que ponerse triste por un par de caballos.

David suspiró.

—Más bien está triste porque su hermana pequeña vive en Boston. Henny no puede dejar de preocuparse.

—¿No mantiene el contacto con ellos? —preguntó Daphne—. ¿Acabó mal la relación?

David negó con la cabeza.

—Tiene contacto epistolar —explicó—. Pero Audrey acaba de cumplir cinco años, todavía no puede escribir cartas. Grit no habla más que de sus actuaciones y conciertos. Solo Vincent cuenta de vez en cuando cómo está la pequeña. Dice que bien. Tiene una niñera que es muy maternal.

—A lo mejor deberíais poneros en contacto con ella —sugirió Daphne.

David volvió a suspirar.

—Es mexicana. No sabe escribir en inglés. Espero que al menos lo hable…

Daphne asintió.

—Cada vez estoy más entusiasmada con la lengua de signos internacional —observó—. Y me encanta trabajar con los monitos. Cuando dentro de poco Zukie y Zuno «hablen», ¡me haré famosa!

5

Henny apareció al día siguiente en Perth sin apenas poder contener su emoción.

—Ayer era un día para la familia y no quería molestar —explicó después de haber saludado cariñosamente a David. Daphne quedó impresionada por la dulzura y el amor con que se trataban. Evangelina siempre había acaparado a su hermano como un torbellino que lo arrastra todo consigo. En cuanto estaban juntos, él no era más que su acompañante. Con Henny era como una especie de baile. Ambos formaban una pareja con los mismos derechos, pensaban y se movían casi de forma sincronizada, pero parecían saber que la música podía concluir en cualquier momento. Cuidarían bien el uno del otro—. Pero hoy ya no lograba esperar más —siguió diciendo mientras Lily brincaba a su alrededor—. Esta debe de ser Lily —dijo, acariciando a la perra—. ¿Y dónde están los monitos?

—¿No quieres conocer primero a mi hermana y su amigo? —preguntó David, presentándole a Daphne y Josua.

Henny se mordisqueó el labio sintiéndose culpable. Daphne se dio cuenta de lo joven que era todavía.

—Lo siento —se disculpó compungida—. Siempre presto atención a los animales primero. Es una mala costumbre.

—Es porque los humanos pocas veces saltan a tu alrededor para saludarte —observó Daphne, llamando al orden a la entusiasta perra.

Cuando todos se echaron a reír, se rompió el hielo y Daphne explicó a Henny que acababa de empezar a acostumbrar a los monitos a quedarse solos por un periodo breve de tiempo. Los dos tenían que echarse la siesta en la habitación de Daphne en una gran jaula, que, por su supuesto, disponía de una cunita cómoda y de juguetes.

—Seguro que lo ponen todo patas arriba —dijo algo intranquila Daphne. En África, los bonobos la habían seguido alguna vez al campamento y, cuando ella no vigilaba y no les regalaba suficientes plátanos para que se marcharan de nuevo a la selva, todo lo que estaba por ahí acababa siendo víctima de sus ansias de exploración—. Pero tienen que desacostumbrarse un poco a nosotros. Las madres monas cargan con sus hijos durante años y eso no es compatible con el estudio y el trabajo —siguió Daphne—. Son dos y pueden entretenerse el uno con el otro.

Poco después sacaron a los bonobos de su jaula y Zukie dejó que Henny le hiciera cosquillas, mientras que Zuno se agarraba a Daphne y exigía consuelo por el trauma de la breve separación.

Henny se presentó con una novedad relacionada con el proyecto de Daphne.

—Conozco a una chica que domina la lengua de signos —anunció—. Julia estudia Filología inglesa y sus padres sufren una sordera importante. Se dirigió a mí en la biblioteca cuando pedí prestado un libro sobre la lengua de signos, porque, cuando David me habló de tu proyecto, me interesó el tema. Y ella encuentra lo de los bonobos superemocionante…

—No se lo irás contando a todo el mundo, ¿verdad? —preguntó preocupada Daphne—. En un principio es solo una idea. Si no funciona, quedaremos en ridículo.

Henny negó con la cabeza.

—Claro que no. Pero Julia... sería tu compañera ideal. Piensa, ¡lingüista! Ella parte de otro punto de vista, al final las dos podríais publicar. Y, como he dicho, habla con fluidez la lengua de signos y nos lo podría enseñar.

—En eso tiene razón —opinó Josua—. Ya lo dijo ayer Maria. No basta con que Zukie se comunique con nosotros con unos signos. Solo cuando todo el que comprenda la lengua de signos lo pueda traducir para los escépticos, convencerás a los científicos.

Daphne acabó admitiéndolo y se invitó a Julia a participar en el proyecto.

—Sin embargo, tendremos que hablar más tarde de pagarte como estudiante asistente; primero tengo que encontrar a alguien que me financie el proyecto —explicó a la vivaz y rubia joven, que se presentó el mismo día siguiente.

Julia era bajita, algo regordeta, tenía unos llamativos ojos verdes y enseguida atrajo la atención de la pequeña Zukie. La pequeña bonobo quería cogerle el pelo y Julia de inmediato se separó un mechón, se lo mostró e hizo el signo de «rubio». Luego le señaló la cabeza de Daphne e hizo el gesto para «negro». Al mismo tiempo, pronunciaba las palabras.

Naturalmente, Zukie todavía no entendía nada, pero estaba muy interesada. Zuno seguía también el aprendizaje, pero a una distancia segura, desde los brazos de Daphne.

Julia negó con la cabeza y sonrió.

—¡No quiero nada de dinero por eso, doctora Lemberger! Mire, si esto funciona, escribiremos artículos. ¡Yo hasta pagaría por poder estar con usted!

«La trascendencia de un estudio de este tipo sería realmente enorme —escribió Louis Leakey—. Transformaría en su totalidad la visión que los hombres tienen de los primates, de los animales en general. Ya el reconocimiento de que los homínidos emplean herramientas, algo que, como bien sabes, Jane Goodall ha confirmado, ha puesto en cuestión algunas teorías sobre qué diferencia a los seres humanos de los animales. Si ahora se llegara a demostrar que el sujeto tiene conciencia de que se produce la comunicación entre especies, el mundo cambiaría».

Henny, que en ese momento estaba practicando los gestos para definir distintos colores, meneó la cabeza desconcertada.

—¿Cómo puede cambiar el mundo solo porque un simio se comunique? Hay incontables lenguajes de signos entre especies y entre jinetes y caballos. También los perros entienden a sus amos y viceversa.

Sonrió a Lily, que ya le había robado el corazón. Por el momento no tenía ningún perro propio; en la residencia de estudiantes no permitían mascotas y, para su desdicha, tampoco sabía nada de Skylos.

Lily yacía en su cesta y seguía la clase tan interesada como los monitos. Julia había sugerido que Zukie y Zuno asistieran como oyentes cuando enseñara la lengua de signos a Daphne, Henny, Maria y Josua. La espabilada Zukie a veces participaba de forma espontánea.

—Comunicarse con perros y caballos es adiestrarlos —explicó Julia—. Que los animales son capaces de aprender ya hace tiempo que está comprobado.

—Pero no se les reconoce conciencia del yo ni personalidad —dijo Daphne—. Al menos la ciencia no lo hace. Hay que convencer a la ciencia mediante ensayos estandarizados. Pongamos como ejemplo el amor materno... —Todavía no se había olvidado de su época con Harlow.

Justo al comienzo del nuevo semestre, Daphne y Josua se presentaron en la Universidad de Perth y advirtieron que sus planes podían realizarse con una facilidad sorprendente. Josua fue admitido como estudiante de psicología y antropología, y el profesor Whitney, que años antes había asesorado a Daphne en su tesis de doctorado, escuchó con interés las aventuras que había emprendido en los últimos años. Estaba fascinado con la idea de su investigación de los jóvenes monos, pero no encontró la disposición necesaria en la dirección de la facultad para acompañarla científicamente o apoyarla económicamente. Incluso se dirigió al Instituto de Lingüística para conseguir una subvención, pero tampoco allí se tomaron en serio el tema de la comunicación entre humanos y simios.

—Da igual, funcionará de todos modos —dijo resoluta Daphne, satisfecha de su pequeño salario como médica suplente en el zoo.

A lo mejor más tarde, cuando sus padres se jubilasen, ella podría ocupar el puesto de su madre. A David —que se encontraba de nuevo en Melbourne— se le ocurrió la idea de rehabilitar dos habitaciones en la casa de los simios y convertirlas en un pequeño laboratorio de investigación de primates bajo la responsabilidad, *pro forma*, del profesor Leakey. Eso daría buena reputación al zoo y montones de personas acudirían para ver a los niños bonobos. Era un poco complicado permitir la entrada de visitantes sin inquietar a los monitos, pero David hizo instalar una habitación insonorizada con un vidrio a través del cual los visitantes podían ver jugar o comer a los pequeños sin que ellos se percataran. Aun así, la dirección del zoo mantuvo en secreto las clases de la lengua de signos de los jóvenes monos.

Al igual que las publicaciones de Jane Goodall sobre chimpancés, los periódicos mencionaban con frecuencia a Daphne y sus observaciones en el Congo. La universidad le ofreció un puesto de docente extraordinario y ella daba clases sobre sus estudios de campo, así como sobre el comportamiento de los bonobos.

También las experiencias de Josua como licenciado en Ciencias Políticas en el Congo, antes y después de las contiendas, y su conocimiento general sobre el gobierno colonial blanco en África despertaron interés en su facultad. Los temores de Leakey respecto a que lo rechazaran por el color de su piel no se confirmaron, al menos en el ámbito académico. Josua pronto se convirtió en un preciado especialista del continente negro y otras universidades lo solicitaban con tanta frecuencia como profesor invitado que se veía obligado a descuidar sus propios estudios.

Transcurrió el primer año de formación de Zukie y Zuno y la misma Daphne estaba sorprendida de lo espabilados que eran sus niños bonobos. Zukie enseguida supo expresar sus deseos y estados de ánimo en la lengua de signos, era evidente que ella misma sacaba sus propias conclusiones de lo que aprendía. Daphne se sintió conmovida hasta las lágrimas cuando, mostrándole una cebra junto con su potro, así como una gacela y su cría, quiso hacerle entender los conceptos de «madre» e «hijo». Por la noche, cuando llevó a la pequeña a su jaula, Zukie hizo el signo de «madre» y señaló a Daphne. Definió a Zuno como hijo, al igual que a sí misma. El concepto de «padre» no se podía transmitir. Los bonobos no vivían en pequeñas familias y el principio de padre les era ajeno.

—Esto ya lo solucionaremos —dijo optimista Daphne para consolar a Josua, a quien todavía no se le había otorgado ningún título.

Para el nombre de pila de sus cuidadores había signos y los monitos simplemente lo llamaban Josua. Él no se sentía ofendido; a pesar de todo, un día llegó resplandeciente de la casa de los monos tras visitar a los pequeños.

—Hoy me ha llamado «madre» —dijo—. Y cuando le he preguntado: «¿Madre?», me ha comunicado con signos «llevar», «dar de comer» y «tener cariño». ¿No es increíble?

Zuno seguía siendo más introvertido que su amiga, aunque Daphne no lo consideraba menos inteligente. Solía observar que, cuando los dos estaban solos, él practicaba los signos más tarde, mientras que Zukie lo hacía en cuanto había comprendido su significado y a veces le enseñaba gestos a él por su cuenta. Ambos evolucionaban excelentemente; el profesor Whitney, que pasaba de vez en cuando y les llevaba galletas, estaba muy impresionado.

—Por cierto, Zukie le llama «Galleta» cuando «habla» de usted —le contó riendo Daphne—. Al principio pensaba que preguntaba cuándo volvería a haber galletas, pero luego quería jugar a un juego que había aprendido con usted en su última visita y pidió «juego de Galleta». Y aprende palabras de estados de ánimo como «aburrido» o «Zuno triste». Todavía tiene ataques de melancolía y pesadillas. Entonces ella lo consuela.

Los bonobos también disponían de una fina percepción para los estados de ánimo de los humanos. Los dos se acurrucaron junto a Henny cuando llegó a una clase que compartía con Julia, Daphne y Maria y llevó una carta de Boston. Josua estaba de viaje; también asesoraba al gobierno australiano sobre asuntos africanos. De nuevo desatendía su carrera para responder a las consultas que le hacían. David, a quien Henny seguro que habría preferido tener cerca, estaba en Melbourne y solo visitaba Perth cada dos semanas.

—¿Es una carta de tu madre? —preguntó Daphne, y tradujo lo dicho a la lengua de signos, tal como Julia les pedía que hicieran siendo alumnas avanzadas.

—De Grit —respondió Henny—. Y no, no son malas noticias...

Abrió el sobre del que cayeron un par de fotos, desplegó la hoja de papel y leyó en voz alta: «Hace poco, Audrey dio su primer concierto con la orquesta de la escuela y lo hizo muy bien. La próxima vez tocará un solo. Como es natural, me habría gustado que ya le hubieran confiado un solo en esta ocasión, pero es un poco tímida y sufre miedo escénico, así que Vincent ha pensado que, en un principio, deberíamos mantener cierta distancia...».

—Qué forma de decir las cosas tan rara —señaló Julia—. ¿Son los padres los que deciden lo que va a interpretar su hijo? —Había recogido una de las fotos del suelo. Mostraba a unos niños de diferentes edades tocando—. ¿Es una escuela de música?

—No creo —respondió Henny—. Hasta ahora siempre han dicho en las cartas que Audrey recibe clases privadas.

Daphne contempló otra foto.

—Esto debe de ser la orquesta de la escuela. Todas las escuelas privadas tienen una. Allí se estimula a los escolares a que aprendan a tocar un instrumento. Y todo aquel que tenga ganas puede participar. —Se rio y se dirigió a su madre—. ¿Te acuerdas, mamá? ¿De cuando David y yo íbamos a la escuela de Auckland, antes de ir al circo de Australia? Nosotros también participábamos. Yo con la flauta dulce y David con el piano...

Su madre frunció el ceño.

—Fui a quejarme porque el nivel de la orquesta era muy malo —recordó—. Y la profesora de música opinaba que lo importante no era la música, sino la motivación. Había que fortalecer la seguridad en sí mismos de los escolares. —Su expresión desvelaba lo que pensaba de esa teoría.

Daphne y Julia rieron. Henny parecía preocupada.

—¿Cuál de las niñas es tu hermana? —preguntó Daphne buscando alguna semejanza, pero ninguna de las pequeñas violinistas de la polaroid se parecía a su amiga.

Henny señaló a una niña con el cabello castaño que estaba en la segunda fila y se escondía detrás de las otras. Audrey estaba muy lejos de dar muestras de seguridad en sí misma.

—Grit era totalmente distinta —observó Maria. Por lo visto, también a ella la había sorprendido la expresión de temor del rostro de la pequeña Audrey—. Ya entonces tocaba con pasión.

Demasiada pasión. Cuando le daba clases, constantemente tenía que reprenderla para que tocara las notas del pentagrama y no improvisara. Nunca tenía miedo. En una orquesta como esa, habría interpretado un solo, por descontado.

—Pero la niña no tiene buen aspecto —advirtió Julia con pena.

—No parece feliz... —Henny suspiró—. A pesar de todo, tiene que tocar bien. De lo contrario, Grit no estaría tan orgullosa de ella.

—A lo mejor es solo cosa del miedo escénico —la consoló Daphne—. Siendo hija de dos músicos profesionales, debe de estar bajo presión.

Julia parecía dudarlo.

—Bueno, eso del orgullo de los padres es cuestionable —observó—. Una vez canté una canción en una fiesta de la escuela y mamá y papá no podían creerse lo bien que lo había hecho. Y eso que los dos son prácticamente sordos...

6

Al año siguiente, Henny recibió por vez primera una breve carta escrita por la misma Audrey; sin embargo, sospechaba que a su hermana no se le había ocurrido la idea de contactarla. Audrey escribía sin faltas y con una buena caligrafía, lo que no era propio de una niña en el segundo o tercer curso, y las frases no decían nada en absoluto.

> Querida Henny:
>
> ¿Cómo estás? Yo estoy bien. Skylos también está bien. Practico el piano y el violín y en el último concierto de la escuela he interpretado un solo. Me gusta ir a la escuela. Una vez a la semana monto a caballo. Eso me gusta mucho.
>
> Saludos de tu
>
> AUDREY

—Así no escribe ninguna niña pequeña —se lamentó Henny ante sus amigas del Proyecto Bonobo—. Más bien esperas conocer el nombre de su caballo favorito o de su asignatura preferida en la escuela o algo así. Suena como si le hubieran estado repitiendo un texto al dictado hasta que no ha hecho ninguna falta de ortografía.

—A esa edad todavía se pueden hacer faltas —opinó Julia.

—«Faltas mal» —expresó Zukie con gestos.

Todas rieron. La niña bonobo ya dominaba dos mil gestos de la lengua de los signos y los combinaba como quería. Era obvio que comprendía todavía más, al igual que palabras pronunciadas. Daphne conversaba a menudo con ella; le hablaba en inglés y Zukie respondía en la lengua de signos. Lo que no sabían sus formadoras era cuántos signos exactamente dominaba Zuno. Solía utilizar a Zukie como intermediaria cuando quería comunicar algo y «hablaba» en el mejor de los casos con Daphne o con Maria. En las reuniones del grupo, en las que el objetivo no era la clase de lengua de signos, sino que se conversaba en general sobre cómo avanzaba el proyecto, solo participaba jugando en un rincón. Zukie, por el contrario, intentaba seguir lo que se discutía, aunque la mayor parte estaba por encima de su nivel. No se cansaba de pedir la «palabra», tanto si convenía como si no.

Reflexionaban ahora sobre cuándo iban a presentar a Zukie al público. Julia había empezado la tesina y la quería entregar al cabo de un año, a más tardar. Trataba de los aspectos lingüísticos del trabajo con Zukie y para entonces los examinadores debían estar informados de las capacidades lingüísticas de la pequeña bonobo. Así que Julia presionaba para publicar al menos un informe parcial, mientras que Daphne encontraba que Zukie todavía era demasiado joven para superar toda la atención vinculada con ese hecho. Henny propuso que en un principio solo hicieran públicas unas filmaciones.

—Pero ¿no lo utilizarán en contra nuestra si no permitimos que se «entreviste» en directo a Zukie? —preguntó Daphne—. Seguro que hay gente que cree que las películas están manipuladas.

—¿Cómo se puede manipular algo así? —replicó Henny—. Si fuera una película de dibujos animados, todo el mundo se daría cuenta. Podrías hacer tú las entrevistas, Daphne. O el profesor Whitney.

El antropólogo todavía estaba involucrado en el desarrollo de Zukie, pero no participaba directamente en el proyecto porque consideraba que Daphne y sus ayudantes debían llevarse todo el mérito.

«Y, por supuesto, también he pensado que el señor Ngongo escriba una tesis al respecto —había dicho con cierto pesar—. Pero apenas se lo ve en los actos».

Eso era cierto. Cuando Josua estaba en Perth, prefería pasar su escaso tiempo libre con Daphne, la familia de esta y los animales en lugar de asistir a las clases. También él lo lamentaba, pero su trabajo como docente y como comentarista de los acontecimientos que se desarrollaban en África era demasiado importante para renunciar a él. No había otro politólogo que pudiera transmitir una mirada tan profunda sobre los esfuerzos por lograr la independencia y la ejecución de esta, así como sobre la forma de pensar y de actuar de las personas que tomaban el poder en las antiguas colonias. Josua no podía librarse de entrevistas para programas de radio y de televisión, diarios y revistas. Para Daphne era un anticipo de lo que le esperaba a ella si presentaba a Zukie al público. Y no era algo que ansiara.

Pero el asunto se le fue de las manos porque ocurrió algo inesperado. Zukie ya había cumplido cuatro años y era un bonito día de verano. Daphne daba con ella un paseo por el zoo, con el fin de enseñarle los signos para nombrar otras especies animales, pero Zukie ya no tenía ganas de aprender. Prefería dar vueltas alrededor de los juegos instalados para niños. Cuando vio al vendedor de helados, asaltó a Daphne con las señales correspondientes para que le comprara uno.

En ese momento, apareció Maria con una joven periodista que hacía las prácticas en un diario local. Elizabeth Benning, que había pedido que la llamaran Liz, quería escribir un artículo sobre la próxima fiesta de verano y sobre los animales jóvenes del zoo, que siempre atraían a más visitantes cuando se los mencionaba en los periódicos. La madre de Daphne se había llevado a la periodista a dar una vuelta por las instalaciones, aunque no le gustaba que hubiera reporteros por allí. Normalmente era su marido quien se encargaba de la prensa, pero se hallaba en un congreso, donde se encontraría con David, en el que se trataba el tema del proyecto del zoo en Sídney. Liz saludó con la mano alegremente a Daphne. La joven era simpática; tras sus gafas asomaban unos inteligentes ojos castaños.

Zukie estaba pidiendo otra vez un helado, aunque Daphne le decía que parase...

—¿Qué hace ese chimpancé ahí? —preguntó la periodista—. Hace unos gestos muy raros. Es como si...

—Es un bonobo, Liz —la corrigió la madre de Daphne.

—¿Un mono que hace signos? —preguntó Liz.

—Es una niña —dijo Maria—. Se llama Zukie.

La periodista se esforzaba por conservar la calma.

—¿Está haciendo signos Zukie? —repitió la pregunta.

Daphne daba largas a su alumna, pero Zukie insistía. «¡Quiero helado!», exclamaba gesticulando. Solo era tan precisa cuando se trataba de un asunto serio para ella. De lo contrario, se limitaba a las formas breves como «Yo helado» o «Zukie helado».

Daphne intentó huir del vendedor antes de que Liz se percatara del modo en que se comunicaba Zukie. Pero el vendedor de helados echó por tierra todos sus esfuerzos.

—¡Hola, Zukie! —saludó desde lejos con los gestos pertinentes. La niña bonobo era su favorita declarada.

—«¡Hola, vendedor de helados!» —respondió Zukie y repitió—: «¡Quiero helado!».

—¿De vainilla o de chocolate? —preguntó el vendedor. Ya conocía las señales de los helados favoritos de Zukie y Zuno.

—«Vainilla» —contestó Zukie.

El hombre de los helados sacó el envoltorio correspondiente de la nevera.

No había nada ahora que pudiera detener a Liz.

—Dígame, ¿no es este el lenguaje de los sordomudos? —preguntó agitada—. Parece el mismo. ¡Pero es un mono!

Daphne dio un leve suspiro.

—Es la lengua de signos —respondió—. Y sí, Zukie conoce un par de signos...

El intento de minimizar el caso fracasó por culpa de la bonobo. Por lo visto, Liz le había caído bien y, como ya había conseguido su helado, se había puesto de buen humor.

—«Me llamo Zukie» —dijo con señas—.«Y tú ¿cómo te llamas?».

—Con esto ya se ha levantado la liebre —señaló Daphne por la noche.

Había convocado a Julia y Henny a una reunión urgente. Josua también estaba en Perth.

Su madre se hacía reproches.

—No os he visto llegar. Estaba concentrada en la periodista...

—Bueno, tampoco tiene por qué ser tan malo —dijo esperanzada Henny—. Liz Benning solo está haciendo prácticas. Quién sabe si le darán crédito...

Josua se echó a reír.

—¡Esto no lo deja escapar el redactor jefe! —opinó—. Siempre puede volver a llamar. Nosotros, por el contrario, no podemos dar marcha atrás. No hay más remedio, Daphne. Tienes que escribir tu primer artículo para *Nature* o para *National Geographic*. Ya tenéis fotos y filmaciones. ¡Así que hay que lanzarse a la piscina! Zukie tiene que demostrar que sabe nadar.

«¡Sensación en el zoo de Perth! ¿Puede hablar este mono? Un reportaje de Elizabeth Benning», leyó Daphne.

El artículo sobre las observaciones de Liz Benning apareció un día después en uno de los diarios de Perth. Justo al mediodía, llegaron peticiones para hacer entrevistas, entre otros periódicos, en el *Sunday Times*. Una semana más tarde llamó el *Canberra Times* y, poco después, el *Timaru Herald* de Nueva Zelanda.

Daphne acabó cediendo a la presión e invitó a la periodista a sostener una conversación con Zukie.

—Que se lleve la fama, ya que fue ella quien desveló el secreto —dijo—. Y a Zukie le cae bien. En cualquier caso, seguro que se divierte.

—Por el artículo parece muy amable —dijo Julia—. Si es inteligente, le llevará un helado a Zukie.

7

ENTREVISTA CON UN PRIMATE
Por Elizabeth Benning

Zukie, una niña bonobo nacida en la selva del Congo, me saluda con una fascinante sonrisa de chimpancé. A primera vista, los bonobos no se diferencian de sus más conocidos parientes; no obstante, los investigadores señalan que hay entre ellos conductas sociales y alimentarias distintas. Así que comienzo esta entrevista que amablemente me ha permitido hacer la doctora veterinaria Daphne Lemberger, la madre adoptiva de la pequeña, con una pregunta relacionada con ese hecho.

—¿Qué es lo que más te gusta comer?

La doctora Lemberger traduce en la lengua de los signos las preguntas que le planteo a Zukie y sus respuestas. Da clases a Zukie y Zuno —un niño bonobo casi de la misma edad que Zukie— en esta lengua de señales internacionalmente estandarizada.

Zukie sonríe de oreja a oreja.

—«¡Helado!» —responde.

—Eso no es saludable —advierto.

—«Zukie sana» —insiste la bonobo—. «¡No dolor de barriga!».

—¡Pero para los dientes es malo! —insisto. Zukie deja al descubierto su impresionante y totalmente sana dentadura. No puedo reprimir la risa—. ¿Tienes un hermano, Zukie? —sigo preguntando.

Zukie parece fruncir el ceño.

La doctora Lemberger me cuenta que los animales no son hermanos y que tiene la esperanza de que un día procreen. Los bonobos corren gran peligro de extinción y Zuno y Zukie no son parientes de sangre. Aun así, no alcanzan la madurez sexual hasta que tienen de nueve a doce años.

—¿Puedes ir a buscar a tu amigo? —le pido.

Zuno y Zukie se encuentran, junto con la doctora Lemberger y la estudiante de veterinaria Helena Rawlings, en la acogedora habitación del pequeño centro de primates del zoo de Perth, pero Zuno se ha acurrucado contra Helena en un rincón del sofá.

Zukie tira ahora de él con energía para que se coloque en primer plano. Lo abraza y lo besa, como un niño que quiere dar ánimos y confianza a otro.

«Zuno miedo», explica entonces con signos, expresando de ese modo su comprensión.

Intento hacer una pregunta que exige mayor abstracción.

—¿Qué es lo que más le gusta comer a Zuno?

La respuesta es inmediata.

—«¡Plátanos!».

Y entonces también el tímido monito se mueve.

—«¿Tienes plátanos?» —pregunta con señales Zuno.

Empieza a pelar complacido un plátano que le ha dado la doctora Lemberger.

Pero Zukie parece tener ganas de seguir charlando.

—¿Cuál es tu animal favorito? —pregunto.

Zukie piensa.

—«Caballo. Montar» —contesta con señales y haciendo con el cuerpo los movimientos correspondientes.

—Aquí en el zoo hay muchos animales. —Muestro un cartel que he preparado y ella me nombra sin dudar a tigres y elefantes, cebras y gacelas. Al pato le da el nombre de pájaro y tuerce la boca—. ¿No te gustan los pájaros? —pregunto.

Zukie pone cara de enfadada y la doctora Lemberger sonríe cuando traduce la respuesta indignada de la monita:

—«No. Caca en la cabeza».

La veterinaria me explica que en el zoo hay una sala donde los pájaros vuelan en libertad y que, en una de las visitas con Zukie, le cayó en la cabeza el excremento de un pájaro. La monita todavía se acuerda perfectamente del desagradable incidente.

Hago un par de preguntas más que confirman que Zukie diferencia los colores y conoce las palabras para plato, taza, cuchillo y cuchara. Me confiesa que a lo que más le gusta jugar en el exterior es a columpiarse y en el interior, al rompecabezas. Monta complacida un pequeño puzle para mí y, cuando intento participar y cometo un error, dice con señas: «Mal». Y me mira a ojos vistas contenta de que me haya equivocado.

Al tratar con Zukie y Zuno, se tiene la sensación de estar con unos niños humanos de unos tres años. Zukie desprende encanto, Zuno parece más reflexivo. Según la doctora Lemberger, todavía no ha superado el trauma a consecuencia del cual los jóvenes simios llegaron a su custodia. Durante la guerra civil en el Congo, mataron brutalmente a los demás bonobos de su grupo. Cabe esperar que el gobierno del país africano impida en el futuro que estos simpáticos e inteligentes animales sigan siendo exterminados.

En cuanto a Zukie y Zuno, seguro que con ellos se abre un nuevo capítulo en la relación entre humanos y animales. Por primera vez, otro ser vivo es capaz de expresarse ampliamente con signos, todo un hito en la investigación. Zukie y Zuno todavía son pequeños; al igual que los niños humanos, se interesan más por los juegos y las golosinas que por las cuestiones esenciales de la vida. Pero ¿qué tendrán que decirnos más adelante, cuando hayan crecido? ¿Obtendremos opiniones a partir de una forma de pensar que diverge de la nuestra? ¿Expresarán sus pareceres sobre la vida y la muerte, la guerra y la paz? ¿Darán respuesta a preguntas que hoy todavía no nos atrevemos a plantear?

Dejo a Zukie y Zuno, así como a su formadora, a la que los dos llaman «madre», con mucha alegría y esperanza en el corazón. Seguro que todavía oiremos hablar mucho de ellos.

—Pues es un artículo muy bonito —opinó Henny.

Los miembros del equipo de los bonobos se habían reunido

para evaluar juntos el texto, después de que todos hubiesen devorado el artículo en cuanto apareció en el periódico.

—Científicamente no es correcto —sentenció Maria—. Humaniza y presenta hipótesis insostenibles.

—No es una revista especializada —respondió Julia—. El texto debe informar de manera entretenida, y lo hace. Liz Benning tiene un agradable estilo de escritura.

Daphne asintió.

—Fue también muy amable, me gusta cómo aborda el tema. Juguetona, no como si fuese un examen. Incluso Zuno se abrió un poco. De todos modos, nos echarán en cara la falta de espíritu científico. Me apuesto a que el texto nos va a dar dolores de cabeza. Al menos he enviado mis artículos. *Nature* y *Science* estaban muy interesados. ¿Y tu trabajo, Julia?

—¡Entregado! —Julia estaba feliz. Con esa tesina concluía la carrera. De todos modos, planeaba colaborar con Daphne todo el verano como mínimo—. A ver qué tienen que decir los señores profesores.

—¿Por qué eres siempre tan pesimista? —preguntó Henny a Daphne—. ¿Por qué iban a rechazar los científicos tu investigación?

—Porque cuestiona que el ser humano sea el culmen de la creación —respondió el padre de Daphne, que en esta ocasión se había reunido con ellas. Josua volvía a estar de viaje—. Primero se decía que el ser humano se diferenciaba de los animales porque utilizaba herramientas, y ya hace tiempo Jane Goodall demostró que los chimpancés también las emplean. Luego quedó el lenguaje como habilidad exclusiva de los humanos, y ahora llegáis vosotras con vuestro bonobo hablador. Zukie demuestra que tiene sentimientos. Liz Benning encuentra de lo más normal que hasta exprese opiniones. La mayoría de los legos en la materia pensarán lo mismo, pero en cambio la comunidad científica sigue sosteniendo que los animales son una especie de máquina que se guía por sus instintos y no siente dolor. Maria tiene razón. En realidad, todo lo que se escriba al respecto tiene que ser científicamente sólido. ¿Podemos esperar que tus artículos respondan a esta exigencia, Daphne?

Daphne asintió.

—Pese a todo, estoy convencida de que siempre habrá alguien que encuentre alguna pega. Por el artículo de Liz no me preocupo demasiado, Harry Harlow o B. F. Skinner son demasiado arrogantes para responder. Pero esperad a que aparezcan mis textos. Tal vez debamos preparar a Zukie para las pruebas que tendrá que pasar en algún momento. Desearía que no fuese tan joven...

Elizabeth Benning alcanzó cierto renombre en las siguientes semanas. Docenas de revistas australianas y neozelandesas publicaron su artículo, incluso lo solicitaron en otros países. De todos modos, fue la prensa amarilla la que más se interesó por el tema; los diarios serios esperaron. Solo cuando el artículo de Daphne apareció en *Nature*, una revista científica reconocida, el mundo de la investigación de los primates se revolucionó. Llovieron felicitaciones —las primeras fueron las del profesor Leakey—, así como solicitudes de todo el mundo para entrevistarla. Todos los diarios importantes querían informar acerca de ese inusual proyecto, lo calificaban de sensación. Los críticos se dieron algo más de tiempo, pero contraatacaron de forma masiva. Zukie no podía de ninguna de las maneras comunicarse, decían que solo tenía interés en la comida y tendencia a pedir. A Daphne y sus colaboradoras se las acusó de autoengañarse, cuando no de mentir. Desmontaban sobre todo el artículo de Liz Benning, como si las publicaciones serias de Daphne no existieran. Criticaban la humanización de los animales y el hecho de que no hubiese habido un traductor de la lengua de los signos, por lo que Daphne podría haber hecho creer cualquier cosa a la cándida periodista. La comunidad de científicos declaró que, en cualquier caso, todo debía ser comprobado de nuevo imparcialmente.

—No tenemos nada en contra —opinó Daphne—. Solo me gustaría saber de qué manera piensan hacerlo.

Daphne rechazó la propuesta de distintos laboratorios de primates de examinar ellos mismos las capacidades de Zukie. Explicó que era un animal sensible y necesitaba a una persona de referencia.

«Que le insinúe lo que tiene que "decir" —replicó enseguida un conocido colega de trabajo—. Y de nuevo tenemos una humanización».

Por lo visto, nunca había percibido la sensibilidad en el ámbito de los simios.

Unos meses después, estalló la confrontación en la comunidad científica. El profesor Whitney tomó la palabra y explicó que había presenciado como observador el Proyecto Bonobo y podía garantizar que Zukie y Zuno eran capaces de sostener una conversación sencilla. Informaba sobre sus experiencias con ellos y sobre el nombre que Zukie le había puesto. El lingüista Noam Chomsky le contradijo afirmando que solo los seres humanos estaban en situación de formar series de palabras con significado y comunicarse con ellas según las reglas establecidas en el cerebro.

Al final, el *National Geographic* propuso hacer un test imparcial de las capacidades lingüísticas de Zukie. La revista quería confiar a un investigador de primates reconocido que examinara al animal en presencia de Daphne y, por supuesto, con ayuda de un traductor de la lengua de signos.

—No sé... ¿Lo hacemos? —preguntó Daphne a Josua, después de leer la oferta por escrito—. A saber a quién nos envían...

—Si te niegas, perderás credibilidad —objetó Josua—. Darías la impresión de estar ocultando algo.

—Pero ¿qué sucede con todas las grabaciones, los informes de Whitney y de Leakey? ¡Todo esto no puede ser menos valioso que la opinión de un investigador de primates cualquiera y que lo mismo coloca a su objeto de estudio unos electrodos en el cerebro! —Daphne estaba cada vez más preocupada, mientras Josua leía una carta totalmente distinta.

—Daphne... —dijo después de observarla pensativo varias veces, pues la había abierto y estudiado en profundidad—. Daphne, esta carta es de las Naciones Unidas. Me..., me ofrecen un puesto en el equipo del secretario general. Dicen que en estos últimos años mis artículos sobre la situación política en África los han impresionado y que a Sithu U Thant le gustaría contar conmigo como consejero.

Estaba perplejo, en una actitud casi reverencial. Daphne supuso que era uno de los cargos más elevados que un politólogo podía alcanzar.

—¿Y? ¿Aceptas? —preguntó.

Él se rascó la frente.

—En realidad..., en realidad no se puede rechazar algo así. Significa poseer una influencia enorme y tener la posibilidad de cambiar muchas cosas. En mi país y en el mundo entero... Además, también el salario es formidable. Solo que tendríamos..., tendríamos que ir a vivir a Nueva York.

Daphne se encogió de hombros.

—Por mí no hay problema —contestó—. Ya he vivido allí y me gustó. Zukie y Zuno podrían instalarse en el zoo del Bronx, seguro que les gustará tenerlos allí. A lo mejor hasta Julia podría venir con nosotros y seguir trabajando con los primates. Tienen gorilas y orangutanes...

Josua la miró desconcertado.

—Pero ¿qué pasa con nuestros sueños? ¿Con mis estudios? ¿Con nuestra boda...?

Daphne se echó a reír.

—¡Seguro que hay más registros civiles en Nueva York que en Perth!

Ya hacía tiempo que Daphne y Josua se estaban planteando formalizar su relación, pero nunca encontraban el momento.

Josua asintió.

—Sí. Pero después queríamos trabajar juntos con primates o participar en excavaciones. Cuando trabajabas con los Leakey, te envidiaba mucho. De vez en cuando una excursión..., un par de meses de estudios de campo...

—Desde luego, sobrevivir en condiciones primitivas ya sabemos hacerlo. —Daphne sonrió—. No tienes que decidirlo ahora. Seguro que te dan un poco de tiempo para que te lo pienses...

—También podría resultar peligroso... —señaló Josua—. Dag Hammarskjöld no falleció de muerte natural. Por otra parte, el desafío es muy seductor. Es un lugar de mando en la política mundial...

Daphne le dio un beso en la sien.

—Lo dicho, reflexiónalo. En lo que a mí respecta, estaré encantada de acompañarte a Nueva York y de alimentarme de los bufets de todas esas fantásticas recepciones a las que sin duda nos invitarán. No sé por qué, pero, desde nuestra travesía por el Congo, siempre tengo hambre...

—Ahora contesta al *National Geographic* que Zukie está dispuesta a convencer a un examinador de sus capacidades lingüísticas —dijo Josua, cambiando de tema—. Cree en ella, cariño. Ya sabes que le encanta ser el centro de atención. Embaucará a ese hombre si no consigues hacerlo tú sola. Yo, personalmente, encuentro que tus encantos superan los suyos.

Josua la estrechó entre sus brazos y durante un par de minutos se dieron mutuamente consuelo y fuerzas para cumplir las tareas que a ambos los esperaban.

Poco tiempo después, el *National Geographic* les anunció la llegada de un experto norteamericano. Daphne empezó a practicar con Zukie; la monita tenía que comprender que el asunto iba en serio.

8

Josua viajó al aeropuerto de Perth para recoger al experto en primates. No les habían comunicado de quién se trataba, pero cuando lo conoció no le cayó mal del todo. Todavía era relativamente joven, sumamente apuesto y llevaba un traje que le caía a la perfección rematado con una pajarita roja. Josua se alegró de haberse decidido por una vestimenta no demasiado informal. Con su traje de dos piezas y su impecable camisa no iba a la zaga, en elegancia, al visitante.

—Doctor Stephen Pentecost —se presentó el hombre, después de saludar brevemente a Josua—. Trabajo como ejecutivo con el profesor Harry Harlow, de la Universidad de Wisconsin. El *National Geographic* quería contratar al mismo profesor, pero habría sido un honor demasiado grande para un proyecto tan dudoso.

Cualquier pizca de simpatía que Josua hubiera sentido por él desapareció al instante.

—Según tengo entendido, usted debería ser un perito imparcial, ¿no es así? —observó—. ¿Cómo puede calificar de dudoso un proyecto antes de examinarlo?

Pentecost sonrió con superioridad.

—Si no fuera dudoso, no sería necesario un perito, ¿no le parece? Por otra parte, todavía tenemos que esperar a mi intérprete. Viene también de Estados Unidos. Queríamos un experto en la materia.

¡Cómo iba alguien a suponer que un australiano o una australiana era capaz de traducir un par de palabras en la lengua de los signos! Josua empezó a enfadarse.

—No habría sido necesario —dijo casi disgustado—. Supongo que no querrá conversar con Zukie sobre la bomba atómica, ¿verdad? Me temo que para ello no serán suficientes los conocimientos de ninguno de los dos.

Pentecost lo fulminó con la mirada.

—¿No me estará poniendo al mismo nivel que a un chimpancé?

—Zukie es un bonobo —lo corrigió Josua—. Esta especie es mucho más pacífica que los chimpancés y también que sus primos humanos. No es tan arrogante... Quizá se entendería usted mejor con un chimpancé, pero por desgracia no se lo podemos ofrecer. Así que, por favor, sea amable. Zukie lo es. Es una niña pequeña. No le exija demasiado.

La llegada del traductor libró a Pentecost de dar una respuesta. Julian Ruminian era visiblemente mayor que el investigador, pero no parecía más amable. Se quedó atónito cuando Josua se presentó como colaborador de Daphne. Estaba convencido de que era un chófer.

A esos hombres no les entusiasmó que Josua fuera a recogerlos en un vehículo del zoo de Perth. La camioneta tenía poca suspensión y olía a perro y a algo todavía peor. Josua se sonrió cuando Pentecost arrugó la nariz. Después de salir del aparcamiento subterráneo, intentó iniciar una conversación formal, preguntando por las investigaciones de Pentecost y el trabajo de Ruminian. Ni el uno ni el otro contestaron de buen grado; no consideraban que un africano estuviera a su misma altura. Josua solo había visitado una vez y por un breve periodo de tiempo

Estados Unidos, cuando había viajado con Lumumba, pero había oído decir que había mucho resentimiento contra la gente de piel oscura. Esperaba que uno de los hombres le preguntara sobre su posición y pensaba presumir de la oferta de trabajo de las Naciones Unidas. Pero ninguno de los dos sentía el menor interés por él. Al final se rindió y los llevó en silencio al zoo. Por fortuna, el trayecto no era largo.

Daphne y su equipo ya estaban esperando en la casa de los primates. Habían decidido no arreglarse demasiado para el examen y no provocar inseguridad en Zukie. Por eso llevaban los jerséis verdes del zoo y se habían recogido el cabello en una trenza, como Henny, o en un moño en la nuca. Desde su aventura en el Congo, Daphne no se había vuelto a cortar el pelo. Ahora le cubría media espalda; eso aumentaba su semejanza con su madre cuando era joven y le daba un aspecto más dulce.

En ese momento intentaba ocuparse con cosas sin importancia para combatir el nerviosismo. Henny y Julia jugaban con Zukie y Zuno. En las últimas semanas, todas habían intentado preparar a la monita para el examen; Daphne partía de la base de que el perito le preguntaría sobre todo conceptos y que estaría menos interesado en sostener una conversación que la periodista. Así que había acostumbrado a Zukie a una serie de preguntas aburridas y mantenido su motivación con trocitos de plátano. Ahora las dos jóvenes la entretenían con su rompecabezas favorito. Tenía que empezar a conversar con el investigador de buen humor.

Daphne salió al oír pasar el coche. Lily la siguió, como siempre pegada a sus talones, y soltó un alegre ladrido cuando un hombre bien vestido bajó de la camioneta. A Josua no solía saludarlo tan eufóricamente tras una breve ausencia, por eso Daphne se sorprendió un poco… hasta que reconoció al especialista en primates. Se lo quedó mirando estupefacta. Stephen Pentecost había engordado un poco con los años y cada uno de sus movimientos expresaba seguridad en sí mismo, cuando no petulancia. Pero quizá ya era así antes y ella no lo había visto cegada por el amor. Daphne tragó saliva.

Pentecost apartó ahora a Lily y se volvió hacia ella. Sonrió.

—¿Todavía la tienes? —preguntó, señalando a la perra.

—¿Por qué iba a desprenderme de ella? ¿Por ser un regalo tuyo? Estrictamente hablando, fue lo único bueno que me diste. —Daphne no se tomó la molestia de disimular su descontento.

Josua acababa de salir del coche y los presentó.

—El doctor Stephen Pentecost, Daphne...

—Ya nos conocemos —dijo ella, lacónica.

Josua los miró alternativamente sin comprender. Daphne saludó al traductor sin sonreír.

—¿Quieren ver ya a Zukie o puedo invitarles a un café? —preguntó con sequedad—. Podría hacerte una pequeña introducción sobre ella, Stephen...

Stephen rechazó la invitación.

—No es necesario, ya conozco el caso. He leído todos los documentos y me he preparado a fondo para la exploración. Por mi parte, podemos empezar ahora mismo.

Ruminian parecía dispuesto a aceptar un café. No tenía ningunas ganas de ponerse a trabajar justo después del vuelo y del viaje en coche, pero se resignó. Correteó desganado tras Stephen y Daphne hacia la habitación de trabajo, en la que también habían recibido a Liz Benning, y Daphne les señaló dos butacas.

—¿Este es tu centro de investigaciones? —preguntó Stephen con una sonrisa desdeñosa.

Daphne le contestó del mismo modo.

—Como no implantamos electrodos en el cerebro de los primates, no necesitamos un ambiente esterilizado.

Stephen torció el gesto. Tampoco Harlow realizaba ninguna intervención en los animales que investigaba, pero no quería ahora discutir sobre ese asunto.

—Entonces voy a buscar a Zukie —anunció Daphne—. Pónganse cómodos.

Zukie entró dando brincos de la mano de Daphne en la habitación, donde Stephen ya había distribuido, dándoselas de importante, distintos cuadros explicativos y cuadernos de notas. También había instalado una cámara para documentar la conversación.

—Este es el señor Pentecost, Zukie, y este el señor Ruminian —dijo, haciendo los signos correspondientes—. Los dos quieren hacerte unas preguntas.

Pero Zukie no le hizo caso. Miraba fascinada la pajarita roja de Stephen. Cuando Daphne le soltó la mano para que pudiera saludar a los hombres, corrió hacia la pajarita para intentar cogerla. Stephen podría haber roto el hielo fácilmente, preguntándole, por ejemplo, si nunca había visto algo así. En lugar de eso, dio un paso atrás como si no se hubiese tendido interesada hacia él una manita oscura, sino la zarpa de un tigre dispuesto a matarlo.

—¡Daphne, por favor! —Apartó a la sorprendida Zukie lejos de él y se levantó de un salto—. ¡Esto no es un método probatorio serio! Exijo que se ponga al animal detrás de un vidrio o en una jaula para que yo pueda realizar la exploración sin correr ningún riesgo.

Zukie señalaba inquisitiva la pajarita, pero Ruminian no se interesaba por sus gestos, intentaba ponerse a buen resguardo agazapándose detrás del sofá.

—Solo quiere ver tu extraña pajarita —contestó Daphne—. Lo mejor es que te la quites o no podrá concentrarse.

—¿Acaso tengo que ponerme un taparrabos y balancearme de rama en rama para que me acepte? —preguntó Stephen, enojado—. ¡Una jaula, Daphne, para los monos, no para mí!

En el centro de observación había, en efecto, una habitación dividida en dos partes por un vidrio, y Daphne cogió de nuevo a Zukie de la mano para llevarla allí. La niña bonobo estaba bastante desorientada. Daphne intentó convencerla de que se metiera en la austera habitación en la que solían hacerse las revisiones veterinarias y que se sentara sobre la camilla de curas. Desde allí vería bien a los hombres detrás del cristal y viceversa. Pero Zukie negó con la cabeza y se colocó sobre una silla detrás de un escritorio.

—Bien —dijo Stephen—. Empecemos. ¿Podrías salir de la habitación, Daphne, por favor?

—¿Qué? —Daphne pensaba que no había oído bien—. ¿Tengo que dejarla aquí sola? ¿Cuando ya está lo suficientemente aturdida?

—No puedes quedarte aquí —contestó Stephen—. ¿No era esto lo acordado? Tenemos que asegurarnos de que no le das instrucciones o alguna señal.

—¿Cómo iba a hacerlo? —preguntó Daphne—. Estoy detrás de ella.

—Seguro que tiene un oído fino. Y ya es conocido que tienes mucha experiencia en manipular experimentos.

Daphne susurró unas palabras para consolar a Zukie antes de salir. La monita corrió detrás y se puso a llorar cuando se fue. Luego volvió a la silla del escritorio y se acurrucó.

—Vamos a empezar con la comprensión de los colores —dijo fríamente Stephen, señalando una imagen de un cuadro.

Ruminian tradujo. Zukie se puso las manos delante de los ojos, pero miraba entre los dedos. Era evidente que su miedo a los hombres luchaba con sus ganas de divertirse resolviendo enigmas.

—Puedes contestar tranquilamente —le dijo con señales Daphne, que había regresado a la estancia.

Stephen se dirigió a ella.

—¡Ya basta, Daphne! No te entrometas. Si te burlas de todo lo acordado aquí…

Adoptó una actitud amenazante, y, pese a que Daphne sabía

que naturalmente no iba a atacarla, Zukie entendió por su lenguaje corporal que iba a hacerlo. Se asustó, empezó a saltar en la silla y a gritar.

Cuando Daphne se acercó al cristal para tranquilizarla, se recompuso e hizo un par de señales en su lenguaje.

—«¡Tengo miedo!».

—¿Lo ha visto? —preguntó Daphne a Ruminian, quien consternado miraba al animal. Zukie se mecía nerviosa de un lado a otro.

—Lo que yo veo aquí —respondió en su lugar Stephen— es un chimpancé…

—Un bonobo —corrigió Daphne.

—… cuya preparada salida a escena ha fracasado. No cabe duda de que le has enseñado un par de señales con las manos que realiza respondiendo a unas órdenes, casi imperceptibles, cuando no lo desconcierta el cambio de habitación y el método probatorio…

Zukie se atrevió de nuevo a salir un poco de su escondite.

—«¿Dónde está Zuno?» —preguntó con sus signos—. «¡Quiero a Zuno!».

—¡Lo veis! Quiere ver a su amigo —se dirigió de nuevo a Ruminian, que estaba hojeando un cuaderno.

—No he visto nada —respondió.

Stephen se levantó.

—Déjalo estar, Daphne —dijo—. Una buena idea, podría haberte hecho famosa. Pero un científico realmente de renombre no se deja engañar tan fácilmente como una joven periodista. Ya tendrás noticias mías, o mejor, ya las leerás. Venga, Ruminian. Llamaremos a un taxi. Creo que tenemos un hotel muy bueno por aquí cerca.

Josua había esperado en el pasillo, delante del despacho, y ya debió de sospechar lo peor cuando Stephen salió con su acompañante. Daphne llevó a Zukie con Zuno y los dejó a los dos bajo el cuidado de Henny y Julia, quienes a través de la puerta cerrada apenas se habían enterado de la debacle. No obstante, con el cambio de lugar, ya habían deducido que la monita necesitaría apaciguarse y le tenían preparado un gran helado.

—¿Cómo ha ido? —preguntó Josua interesado cuando ella volvió.

Daphne suspiró.

—Un desastre. Dijo que tenía miedo. No se le pudo sacar nada más. Ahora mi reputación como científica está por los suelos. Stephen sin duda se jactará de haberme desenmascarado y afirmará que soy una estafadora.

—¿De qué conocías a ese engreído? —preguntó Josua.

Daphne se estrechó contra él buscando consuelo.

—Es una larga historia —contestó—. Necesito contártela con tranquilidad. En cualquier caso, él tenía una cuenta pendiente conmigo. Me hará añicos y con lo único que contamos es con una película que muestra su comportamiento inadmisible y en la que Zukie solo dice dos frases. —Suspiró—. Otra vez empezarán unas eternas discusiones...

Josua le acarició suavemente la espalda.

—¿Quieres realmente hacerte esto? —dijo Josua—. ¿Seguir luchando una y otra vez? ¿Seguir sometiendo a Zukie a exámenes hasta que un día se ponga a hablar con uno de esos peritos y pase a ser una estrella mundial? ¿Es eso lo que ella quiere?

Daphne hizo una mueca.

—No se lo puedo preguntar —contestó—. Es lista, ¡pero su mente no llega tan lejos!

—Aunque percibe hostilidad cuando se enfrenta con ella —dijo Josua—. No tiene que ser algo concreto. Ese Pentecost no te habría hecho nada, pero a pesar de todo ella sintió la amenaza. Y no solo porque es un animal con los sentidos más finos.

A nosotros los humanos nos pasa con frecuencia lo mismo. Yo, por ejemplo…, yo también tengo miedo.

Daphne frunció el ceño.

—¿Tú? —preguntó—. ¿De qué? ¿De Nueva York? Claro que es una ciudad grande, pero…

—No de Nueva York. Solo de lo que tendría que hacer allí. De Mobutu. Si aceptara el puesto de consejero, sería inevitable que pusiera en evidencia su gobierno, que lo criticase, que organizase acciones contra él… Mi propia vida se convertiría en un combate que exigiría fuerza y disposición a correr riesgos, y yo no soy así. Nunca lo he sido, por eso tampoco acepté ningún cargo de ministro durante el gobierno de Lumumba. A lo mejor soy un cobarde, Daphne, pero una carrera de político no es lo que deseo, es así de sencillo. —Daphne calló. Tenía primero que digerir lo que estaba oyendo. Josua la miró preocupado—. Espero que no me rechaces por esto. De este modo voy a dejar a tus bonobos en la estacada… Debería haber hecho campaña en favor de las zonas protegidas.

Daphne suspiró.

—Yo también voy a dejar a los bonobos en la estacada si arrojo la toalla y no sigo publicando los resultados de mi investigación. A fin de cuentas, nos han demostrado que los primates piensan y sienten, y que son capaces de comunicar sus pensamientos y sentimientos… Si estos conocimientos se impusieran, el mundo cambiaría. La gente tendría escrúpulos a la hora de tratarlos como… animales.

Josua hizo un gesto de negación.

—El mundo no cambia tan deprisa. Ya lo vimos en el Congo. Siempre esperamos demasiado. Esperamos comprensión, razón y buena voluntad. Por desgracia, hay personas que no tienen otra cosa en la cabeza que destruir. Llámame cobarde, pero no quiero convertirme en víctima de esa gente. Y no quiero convertiros a Zukie y a ti en su cebo. Tal vez todavía no haya llegado el momento. Quién sabe si ahora están trabajando otros investigadores con chimpancés o gorilas... Zukie seguro que no es la única que puede aprender a expresarse. En algún momento la ciencia escuchará.

Daphne asintió, convencida, pero algo triste.

—¿Y qué proyecto tienes ahora? —preguntó.

—Renunciar al cargo que me ofrece el secretario general —respondió Josua—. Y seguir estudiando. Trabajar contigo cuando esté preparado, tal como habíamos planeado. Podemos buscar otro tema de investigación totalmente distinto. Me imagino, por ejemplo, un estudio comparativo entre los hombres primitivos y los primates. No me quito de la cabeza la cuestión de la agresividad. Ahí incluso podría aportar mis conocimientos en ciencias políticas. El mundo nos brinda un montón de oportunidades.

Daphne sonrió. Notaba que se había quitado un peso de encima, un peso que ni siquiera sabía que cargaba. Ella no tenía que demostrar nada, no tenía que preocuparse más por las personas y animales que amaba.

—¿Y para tener todo esto claro necesitabas la ayuda de una niña bonobo? —preguntó traviesa—. ¿Tendrás que pedir consejo a Zukie siempre que debas tomar una decisión?

Josua también sonrió. Luego negó con la cabeza y sus largos y delgados dedos dibujaron en el espacio unas palabras en la lengua de Zukie: «Te quiero, Daphne Lemberger. ¿Vas a casarte por fin conmigo?».

Ansias de felicidad

Australia – Perth
Estados Unidos – Boston
Nueva Zelanda – Epona Station

De 1965 a 1966

1

Daphne Lemberger y Josua Ngongo se casaron un par de semanas más tarde en Perth. Fue una ceremonia tranquila, a la que solo invitaron a unos pocos amigos, así como a dos pequeños bonobos que casi no podían contenerse ante la emoción, el gran pastel de bodas, el vestido blanco de Daphne y el pañuelo de bolsillo de un rojo vivo que Josua combinó con su traje negro en honor de Zukie. Julia y la monita sostuvieron juntas una «conversación» que divirtió a todos los presentes. Julia encontró con su tesina mucha mayor comprensión entre sus profesores que Daphne con sus investigaciones. Fue muy bien evaluada y la universidad la contrató como traductora de estudiantes sordos.

—Haré al mismo tiempo mi trabajo de doctorado —anunció complacida cuando Bernhard le preguntó por sus planes mientras brindaban—. Seguiré estudiando a Zukie. Las posibilidades de guardar sus acciones filmándolas cada vez son mejores. ¡Me creerán! Además, tengo los ojos bien abiertos. A lo mejor se da la oportunidad de seguir trabajando con primates. Si es que otra persona se atreve a abordar este tema.

—Puedes hacer un estudio comparativo sobre el desarrollo del lenguaje de hombres y primates —sugirió Daphne, llevándose la mano al vientre—. No me importa poner a tu disposición como objeto de estudio a nuestro retoño.

Resplandecía. En unos seis meses llegaría al mundo su hijo o su hija.

—Preocúpate de que nazca a tiempo para que pueda venir con nosotros a Nueva Zelanda —intervino Henny. Pronto abordaría los exámenes finales y empezaría luego el doctorado. Esperaba impaciente el gran casamiento que se había planeado celebrar en Epona Station el próximo año. Sería un encuentro familiar al que también asistirían Grit, Vincent y Audrey—. Audrey seguro que se alegra de que haya un bebé...

Al mencionar a su hermana se le veló la voz. Seguía sin tener muchas noticias de Audrey y sus escasas cartas le parecían raras y vacías. Le habría gustado emprender el largo viaje e ir a ver a su hermana, pero Grit y Vincent constantemente daban conciertos y se llevaban a Audrey consigo cuando la niña tenía vacaciones escolares.

David la rodeó protector con el brazo. Iba a viajar a Estados Unidos en unos meses para colaborar en un proyecto de Disneylandia en Anaheim. Aunque California se encontraba muy lejos de Boston, él estaría en el mismo continente que los Langdon y no podía seguir viendo cómo sufría Henny.

—Iré a ver cómo está Audrey —prometió—. A fin de cuentas, ya tengo práctica en encontrar a Grit de Groot. Lo mejor es que no les avise antes y así no podrán inventarse ningún pretexto. Seguro que es posible informarse de si la Sinfónica está o no en Boston sin tener que preguntar por Grit y Vincent. Sea como sea, iré a ver a Audrey y hablaré con ella. No le des tantas vueltas a la cabeza, cariño, todo irá bien. Vincent es un buen tipo...

No obstante, Henny se preocupó cuando unos meses más tarde abrió la carta de David.

En el aeropuerto de Boston,
camino de Los Ángeles. Abril de 1966

Querida Henny:

Puesto que sé lo impaciente que estás por conocer cómo ha ido mi visita a tu hermana, te escribo de inmediato estas líneas ahora que regreso a Los Ángeles.

Tal como era de esperar, fue fácil enterarse del recorrido que haría la Sinfónica de Boston en su gira. Sin pensármelo demasiado, reservé un vuelo para el día en que tenía que actuar en la sala de conciertos de Boston y compré una entrada para esa noche. Por supuesto, fue fantástico, hace ya tiempo que sabemos que Grit y Vincent son dos músicos excepcionales. Luego intenté llegar a su camerino. Ya sabes que un proceder del tipo «la insolencia triunfa» no es cosa mía, pero pensé en Daphne diciéndome algo así como: «¡Venga ya, antes domesticabas tigres! ¡También serás capaz de apañártelas con el vigilante de la ópera!». Esta idea me hizo reír y seguí adelante.

Por cierto, ¡saluda cariñosamente a Daphne y Josua de mi parte, y gracias por el telegrama! Los felicito y me alegro de que nazca el primer bebé humano que podrá llamarles mamá y papá. Ahora mismo reservo entradas gratuitas a Disneylandia para la pequeña Alora.

Pero volvamos a mi visita a los Langdon. Conseguí, en efecto, llegar al camerino de Grit, ¡e incluso me encontré allí con Audrey! Es una niña muy bonita y sumamente bien educada. Nunca hubiera reconocido en ella a la criatura salvaje de Creta. Cuando entré en el camerino, Grit le estaba preguntando qué músico había metido la pata durante el concierto. Encontré la pregunta muy difícil. Yo, personalmente, no había percibido ningún error y tengo buen oído. Las respuestas de Audrey resultaban algo vacilantes, pero nombró correctamente al músico. A la pregunta de en dónde se habían cometido los errores, respondió vagamente y Grit la amonestó con suavidad por no haberse percatado. Tenía una partitura para ir leyendo. Si te soy sincero, a mí eso tampoco me habría servido de mucho, pero Audrey parecía encontrar normales las expectativas de su madre.

En lo que a mí respecta, Grit me saludó con reserva y Audrey, muy educadamente, como a un desconocido. De la temporada que habíamos pasado juntos en Creta solo tenía un recuerdo borroso. En general positivo, dijo, le había gustado jugar en la arena y chapotear en el agua. De ti, Henny, no habló. Grit tampoco la animó a hacerlo. Se diría que a tu madre tampoco le satisface recordar su vida en Mátala, lo que, para ser franco, no me extraña. Ha vuelto a recuperar la existencia de una intérprete de orquesta y solista de éxito. Por lo visto, su nueva familia sustituye de forma satisfactoria la convivencia con su padre.

Al final llegó Vincent para recoger a Grit y Audrey y se alegró de mi presencia. Me explicó que Audrey estaba en el concierto porque era viernes y al día siguiente no tenía escuela, así que podía acostarse más tarde. Naturalmente, durante la semana, no podía ir con ellos a la sala de conciertos. Me dio la impresión de que a Audrey le gustaba acompañar a sus padres y escuchar música. Les confesé a los dos que estaba allí esencialmente porque tú me lo habías pedido, y propuse que al día siguiente hiciéramos algo juntos con Audrey.

Fui con ella y Vincent al zoo, un parque realmente muy bonito. Grit no nos acompañó, daba una clase magistral, sea lo que sea lo que eso significa. Pese a todo, los tres disfrutamos de la salida, sobre todo Audrey y su perrito, que conserva y al que quiere mucho. No estaba tan tímida como la noche anterior, planteaba preguntas sobre los animales y probó todos los juegos del parque infantil. Creo que se comportó como una niña de nueve años totalmente normal y feliz.

Mientras Audrey se lo pasaba en grande en el parque infantil, Vincent y yo nos sentamos en un banco y me habló de su vida. Naturalmente, Audrey tenía una agenda llena, admitió. A los niños dotados musicalmente se les exige de acuerdo con su talento, pero tienen que practicar mucho, aunque lo hacen de buen grado. Pero escribir cartas, por el contrario, no es el fuerte de Audrey y hay que estimularla para que lo haga. De ahí que los textos sean algo torpes, y Grit tampoco es una gran redactora. Él mismo interviene cuando tiene tiempo, algo que no ocurre con frecuencia. Toda la familia está muy ocupada.

De vuelta del zoo, le hablé a Audrey de Disneylandia y me escuchó con los ojos como platos. Cuando mencioné que el parque tiene su propia orquesta, dijo que más adelante podría tocar el violín en ella. Así que parece que desea seguir las huellas de sus padres profesionalmente. Le pregunté si quería interpretar algo para mí, pero dijo que no. Vincent explicó que era muy perfeccionista.

El domingo por la mañana, los acompañé a él y a Audrey a una hípica a la que asiste una vez a la semana para recibir clases. Estar con los caballos la hace muy feliz, pero allí no aprende nada. Se toman todas las precauciones posibles, los alumnos no pueden hacer nada solos y a los caballos no se los deja sueltos. Yo le buscaría otra hípica y así se lo dije a Vincent. Me aseguró que lo pensarían. Además, volvió a prometerme ir a Nueva Zelanda con toda la familia para asistir a nuestra boda. Audrey ya está impaciente por emprender el viaje.

Bien, aquí tienes mi aburrido informe sobre cómo valoro la situación en mi papel de observador imparcial. Espero haberlo hecho mejor que Stephen Pentecost en su dictamen de la pequeña Zukie. En el fondo no encontré nada que objetar. Audrey daba la impresión de ser una niña muy seria pero dichosa. Lo único que me sorprendió fue que se negara a enseñarme su violín y a tocarme algo. Sin embargo, ya debe de estar preparada para dar conciertos y para actuar como solista, al menos en la orquesta de la escuela. No debería importarle tocar en público. En este caso, también me acordé de Zukie y su miedo a una crítica severa. Naturalmente esta situación es totalmente distinta, no se pueden comparar las reacciones de las dos. Tampoco pretendo expresar una observación objetiva, sino más bien que tuve una mala sensación. ¿Tal vez la misma que tienes tú al leer las cartas de Audrey? Me gustaría poder quedarme más tiempo y darte más información, pero mañana tengo que volver a trabajar.

Te saluda y besa lleno de impaciencia por volver a verte pronto, tu

DAVID

Henny leyó tres veces la carta sin sentir que la tranquilizara, aunque también creía a David cuando le decía que no había motivo para preocuparse mucho. A lo mejor Audrey no siempre era feliz, pero seguro que todos los niños se sentían en algún momento superados por las expectativas de sus padres y por la actividad que practicaban como hobby. Recordó cuántas veces había llorado porque el *opa* Julius la criticaba por su forma de montar o cuando, al participar en un campeonato, todo salía fatal. Al final decidió escribir a Audrey una carta especialmente cariñosa y contarle esas cosas. A lo mejor su hermanita se sentía más comprendida y le abría su corazón.

Pero antes tenía que darle las gracias a David, que había sacrificado su fin de semana libre y además había pagado el caro billete de avión para ir a Boston.

Henny dejó a un lado el informe y le escribió una carta de amor.

2

En el verano neozelandés de 1966 por fin llegó el gran día. Helena Rawlings bajó resplandeciente del avión y se lanzó a los brazos de sus padres. Había aprobado los exámenes con buenas notas, iba a escribir su tesis doctoral y pronto obtendría el título de doctora en Veterinaria. April y Alex no cabían en sí de orgullo. Nicholas y Noah sostenían una pancarta con su nombre, alrededor del cual habían dibujado distintos animales a los que Henny tendría que curar. Mientras tanto soplaban unas ridículas trompetillas que emitían un sonido horroroso y llamaban la atención de todos los presentes en el aeropuerto. El pelirrojo hermano de Henny se había convertido en un adolescente de diecisiete años larguirucho, que intentaba sin cesar arrimarse a su primo mayor para hacer cualquier tropelía. También él era motivo de orgullo para sus padres y abuelos. Ese verano participaría en su primera carrera como jockey de los caballos de Baroness Stud.

—¿Dónde has dejado al novio? —preguntó la *grandma* Nellie.

El *grandpa* Walter y ella no habían dejado escapar la oportunidad de ir a saludar a Henny a Auckland. El casamiento se iba a celebrar al cabo de pocos días y Henny y David deberían haber cogido juntos el avión.

—Cambio de planes —respondió Henny, abrazando a sus abuelos—. No, no, todavía queremos casarnos —precisó enseguida entre risas al ver la expresión atónita de todos—. David tuvo que irse de repente a Sídney. Tiene allí la perspectiva de ese trabajo ideal en un despacho de arquitectos que construye zoos y parques por todo el mundo. Visions of Green, es muy conocido. Y el socio principal quiere conocerlo personalmente antes de que firme el contrato. Así que no podía negarse. Pero llegará puntual para la boda. Los Lemberger y los Ngongo llegan pasado mañana. ¿Cuándo..., cuándo se espera la llegada de Grit y Audrey? —Era evidente que Henny daba especial importancia a esa pregunta.

—Pasado mañana también —respondió Nellie—. Se alojarán en Epona Station para que Audrey y tú estéis bajo el mismo techo y podáis de nuevo familiarizaros la una con la otra. Habéis estado mucho tiempo separadas, Audrey más de la mitad de su vida. Así que las cosas no volverán a ser al instante como en Creta. De todos modos, primero recibiremos a los Langdon en Ellerslie, para que yo pueda disfrutar un poco de Grit antes de que empiece el barullo. ¡No te imaginas lo contenta que estoy! Hace siete años que no la veo. Los Lemberger y los Ngongo se alojarán con nosotros. También David. Para que no vea a la novia antes de la boda.

Henny soltó una risita.

—Ya sabe qué aspecto tengo —dijo—. Una vez le envié una foto.

Cuando dos días después Audrey salió del taxi detrás de sus padres, Nellie no podía creer lo que veían sus ojos. La niña era igualita a su primer marido, Philipp. Aunque Grit también se parecía más a su padre que a ella, la forma de su cara era similar a la de Nellie. El hermoso rostro de Audrey todavía era redondito, los labios carnosos y las pestañas espesas, lo que daba a sus ojos azules un matiz soñador. El cabello, rizado y castaño, había adquirido un ligero tono rojizo. Lo llevaba largo, recogido detrás de las orejas por dos pasadores de pedrería de colores. Audrey todavía tenía un aspecto infantil, algo que también compartía con su abuelo, pues los rasgos faciales de Phipps siguieron siendo suaves hasta ya entrada la edad adulta.

Una vez Nellie se hubo recompuesto, saludó primero a su hija. Grit vestía con elegancia y volvía a llevar el pelo corto, como cuando era más joven. Los rasgos de su cara parecían algo más severos que antes, pero apenas había envejecido. Nellie la estrechó entre sus brazos y luego abrazó a su yerno Vincent. Era la primera vez que se reunía con él en persona. Después de intercambiar un par de frases de bienvenida, Nellie se dirigió a Audrey.

—Audrey, qué contenta estoy de volver a verte. ¿Te acuerdas de Jamie?

El viejo mestizo de perro lobo sí parecía recordar a Audrey. Enseguida se acercó a ella, que le dio un impetuoso abrazo. Audrey hundió el rostro en su pelo ya algo ralo. Al hacerlo, dejó caer el estuche de violín que había sostenido en los brazos. En ese momento, el conductor sacaba del portaequipajes el chelo de su padre.

—Audrey está ahora algo apenada —explicó Vincent—. Hace dos semanas se murió su perro.

—¿Skylos? —preguntó Nellie, sinceramente afectada—. Oh, ¡cuánto lo siento, Audrey! ¿Qué ha pasado?

Audrey levantó el rostro del pelaje del perro; tenía los ojos vidriosos.

—Lo atropellaron —dijo en voz baja.

—Audrey se despistó —intervino Grit, lo que hizo correr las lágrimas de su hija.

Nellie estaba indignada. Aunque fuera cierto, culpar a la niña por la pérdida de su mascota era una muestra de falta de sensibilidad.

—Ay, Audrey, esas cosas pasan a veces, es así de simple... —Nellie se puso de cuclillas junto a la niña y el perro—. Nadie tiene la culpa en un accidente. Y Skylos ya era bastante viejo.

Audrey asintió débilmente.

—Cuando estemos de vuelta, pensaremos en adquirir un cachorro —la consoló Vincent.

Grit le lanzó una mirada nada entusiasta.

—Ahora deja al perro y recoge el violín —ordenó a su hija—. Todavía tenemos que practicar la pieza para la boda. ¿Podemos instalarnos aquí, mami? ¿O nos vamos a un hotel?

—En realidad queríamos instalaros en Epona Station —contestó Nellie. Junto con Mia y April, había repartido a los invitados entre su villa y el criadero de caballos. Querían que Audrey se hospedase con Henny y Grit había pedido expresamente un piano—. Mia tiene un piano. Henny vendrá a recogeros después. Pero tomemos antes un café juntas. ¡Tenemos mucho que contarnos!

Nellie y Walter, que enseguida se reunió con ellos, ya estaban aburridos después de hablar media hora con Grit y Vincent. Ambos se referían exclusivamente a su trabajo y contaron que apenas veían nada de las ciudades que visitaban en sus giras, ni siquiera cuando iban con Audrey. Nellie se preguntó qué haría la niña mientras sus padres ensayaban y actuaban. Decidió incluir a la pequeña en la conversación: Audrey nunca tomaba la palabra por propia iniciativa. Así que Nellie le preguntó por la escuela y las respuestas no pasaron de simples monosílabos. Se volvió más vivaz cuando Walter le preguntó por las clases de equitación que, según contaba en sus cartas, estaba recibiendo. Audrey le habló con entusiasmo de los caballos. No obstante, parecía tener un nivel bajo. Nellie se horrorizó al saber que no soltaban a los caballos de una cuerda cuando los montaban.

—De lo contrario, sería muy peligroso —opinó Grit, cuando Walter expresó su asombro—. Si se cae y se rompe las manos... ¡No quiero ni pensarlo! ¡Nuestras manos son nuestro capital!

Vincent asintió con un visible sentimiento de culpabilidad y Audrey, con resignación.

Walter le guiñó el ojo.

—Apuesto a que Julius ya tiene un caballo preparado para ti que seguro que no te tira —anunció—. Mientras estés aquí, te dará clases de equitación.

Los ojos de Audrey se iluminaron.

—O te dará clases Henny —intervino Nellie—. Ya está impaciente por enseñarte los caballos. Cuando eras pequeña, solía llevarte en el carro tirado por el poni.

Para su sorpresa, al mencionar a su hermana, Audrey adoptó una actitud reservada. Mientras que Henny llevaba semanas feliz ante el reencuentro, la hermana menor no parecía darle gran importancia. Lo confirmó cuando Henny llegó desde Epona Station en el coche y se acercó resplandeciente a Audrey.

—¡Cuánto tiempo hace que no nos vemos! ¡Cuánto tiempo!

Fue a abrazar espontáneamente a Audrey, pero esta retrocedió. Solo sonrió cuando el nuevo perro de April, Peanut, que iba tras Henny, dio un brinco hacia ella. Peanut, un perrito de pelo castaño, todavía era un cachorro y Henny había supuesto, naturalmente, que a Audrey le gustaría verlo.

—Skylos se ha muerto... —dijo, más al perro que a su hermana, y dejó que su madre respondiera cuando Henny le preguntó sobresaltada por los motivos.

A continuación, el saludo de Henny a su madre resultó un tanto forzado. Se quedó tan impresionada como Nellie por su insensible explicación.

—Lo siento mucho —dijo con los ojos lacrimosos.

En realidad, Audrey debía de haber visto que también Henny lloraba por su perro. Pero no reaccionó ante las lágrimas de su hermana, sino que se subió en el coche con Grit sin decir palabra mientras Henny saludaba a Vincent.

Al llegar a la yeguada, Audrey enseguida quiso encerrarse con sus padres en la habitación que habían seleccionado para la familia.

—Cámbiate de ropa y te enseño los caballos antes de la cena —propuso Henny.

No podía entrar en las cuadras con el vestido tan bonito que llevaba, ya había sido suficiente que Peanut se instalara cómodamente en su regazo durante el viaje.

Audrey hizo mohína un gesto de negación con la cabeza.

—Tengo que practicar —dijo.

A Henny se le partió el corazón.

—No quiere saber nada de mí —se lamentó después a April—. Yo sabía que era infeliz. Y está claro que me hace a mí responsable. No debería habérsela dejado a sus padres.

April negó con la cabeza.

—No tenías ningún derecho sobre ella —repitió por enésima vez. Henny no hacía más que torturarse mentalmente desde que había regresado de Creta—. Probablemente no deberías haberle contado a Vincent que era su hija, pero entonces Grit quizá seguiría con ella en Creta o en cualquier otro sitio. ¿Crees que eso la habría hecho feliz? Y ahora no me vengas con que no deberías haberte separado de Audrey. Tú tienes tu vida, Henny, ¡y debes vivirla! Eres feliz con David, ¿no?

Henny esbozó una sonrisa celestial.

—¡Muy, muy feliz! Si ahora le dan el puesto en Sídney…

April hizo un gesto de rechazo.

—Pues claro que se lo van a dar. Esa entrevista de mañana seguro que es un formalismo. Ya has oído que el socio principal quiere conocerlo, aunque ya hace tiempo que está fuera de la empresa. ¿Crees que va a decidir él que no lo contraten cuando todos los demás socios están a favor? ¡No te rompas la cabeza,

Henny! Ya sabes que cenar con la *oma* Mia siempre es algo formal. Audrey ya volverá a familiarizarse contigo. Dale su tiempo para adaptarse.

Audrey apareció por la noche con un vestido todavía más bonito y con el estuche del violín. Mia había sugerido en la bienvenida que Grit tocase algo para todos durante la velada. Esperaban a un montón de invitados. Maria y Bernhard, así como Daphne y Josua con su hija Alora, habían llegado de Perth también en avión. Se instalaban en casa de Nellie, pero Mia les había pedido que acudieran a la cena. Daphne y Josua habían declinado la invitación, pues, tras el largo viaje, no se le podía pedir a Alora que resistiera una velada tan bulliciosa. Pero Maria y Bernhard la habían aceptado. Estarían también Nellie y Walter, April, Alex y Nicholas. Noah se sentó al lado de Henny. La antigua enemistad entre ellos hacía tiempo que había quedado relegada al olvido, incluso hablaban de caballos con toda naturalidad.

—¿Tú también vas a tocar algo para nosotros? —preguntó Mia cariñosamente a Audrey.

En realidad, solo había pensado en el piano cuando había pedido a Grit que interpretara algo. Después del largo viaje, no habría forzado a Audrey a que tocara.

—Vamos a tocar juntas la *Romanza en fa mayor* de Beethoven —respondió Grit en su lugar.

Audrey asintió dócilmente.

—Es muy difícil —observó Mia, que sintió que la niña se tensaba—. También nos gustará escucharte si prefieres tocar algo más sencillo.

Grit la fulminó con la mirada.

—Audrey ya es una violinista avanzada —aclaró.

Mia sirvió primero el champán y un aperitivo. Henny se percató de que Audrey no probaba bocado. Mia, comprensiva, enseguida sugirió que empezaran con la interpretación musical.

—Con el estómago lleno no se toca bien un instrumento. —Grit y Maria la miraron atónitas.

Por lo visto, comer algo antes de una interpretación no había ejercido ninguna influencia en su forma de tocar el piano.

Así que Grit y Audrey ocuparon sus puestos. La niña afinó su violín y Grit volvió a hacerlo, porque no estaba del todo satisfecha. Luego interpretaron la famosa romanza y Audrey hizo un gran esfuerzo. Casi no se equivocó, mantuvo el tempo y realizó su tarea estupendamente. Sin embargo, su interpretación no emanaba ligereza y los oyentes con un poco de sentido musical estaban como en ascuas, temiendo que de un momento a otro cometiera un error.

Al final, Audrey se inclinó aliviada y todos la elogiaron generosamente. Solo Maria se contuvo.

La misma Audrey no parecía hacerse una idea equivocada de la calidad de su interpretación. Sintiendo que se había quitado un peso de encima, se sentó junto a Noah, con quien enseguida se enfrascó en una conversación sobre caballos. En general fue una velada francamente bonita y armoniosa, a pesar de que Henny no consiguió romper el hielo con Audrey.

—Mañana —la consoló Noah, que había mantenido una animada charla con la niña—. Mañana la tendrás con los caballos y sin sus padres, entonces se soltará.

En efecto, al día siguiente Audrey apareció en los establos con traje de montar. El *opa* Julius y la *grandma* Nellie habían insistido en que la hermana de Henny, a la que le encantaban los caballos, practicara allí su hobby.

—Montar a caballo no es más peligroso que ir en bicicleta —afirmó Julius y propuso a Audrey que, como todos sus nietos, lo llamara «*opa*».

Henny decidió que era mejor no preguntar si Audrey todavía podía ir en bicicleta.

Su hermana pequeña se subió entusiasmada a la yegua Melora, que, después de haber cumplido en tres ocasiones su tarea en la yeguada, era un ejemplar apropiado para principiantes. Aun así, el antiguo profesor de equitación de Henny la consideraba impecable y el rostro de Audrey se iluminó cuando guio a la montura por la pista sin cuerda. Aun así, el *opa* no reprimió sus críticas. Henny encontró que, para ser la primera hora de clase, exageraba. Pero Audrey no se lo tomó como algo personal y se entregó con fervor a su tarea. Cuando a continuación Henny quiso mostrarle como desensillar correctamente al caballo, ella le dio la espalda.

—¿No me lo puedes enseñar tú? —preguntó tímidamente a su nuevo profesor de equitación.

Este lanzó una mirada atónita a Henny.

—Claro, pero...

—No pasa nada.

Henny se retiró para que Audrey no viese sus lágrimas. No podía guardar rencor a su hermana, pero Grit y sobre todo Vincent la habían decepcionado profundamente.

—Me prometiste que Audrey podría tener un poni cuando lo pidiera —le echó en cara cuando se cruzó con él—. ¿Y qué es lo que tiene ahora? ¡Diez minutos una vez a la semana sobre un caballo que conducen con una cuerda sobre la pista!

Vincent se mordisqueó el labio.

—No ha habido ocasión —intentó disculparse—. Grit...

—¿Querías ser el padre de Audrey o no? Yo creía que serías bueno para ella. Que la querrías. —Se le quebró la voz e intentó pugnar con las lágrimas.

Vincent meneó la cabeza.

—Pero, Henny, ¡claro que quería formar una familia con ella y Grit! ¿Qué otra cosa podía desear más que eso? Por supuesto que la quiero... y también Grit la quiere. ¡Todos nos queremos!

—Ah, ¿sí? Pues tienes una forma muy rara de demostrárselo.

No cabía duda de que Vincent amaba a Grit, ¿pero a Audrey? De repente recordó lo que Daphne había dicho en una conversación una tarde. No todo el amor es bueno para quien lo recibe.

Casi se arrepentía de haber invitado a los Langdon. La evidente infelicidad de Audrey proyectaba una sombra oscura en las fiestas del enlace.

3

A la mañana siguiente, Henny no intentó contactar con su hermana. Esta acudiría por la mañana a otra clase de equitación y ella tenía que ir Auckland para arreglar y recoger un par de cosas.

—Entre otras, al novio —anunció contenta Henny.

David había telefoneado la noche anterior. Ya tenía asegurado el puesto de trabajo y a última hora de la tarde llegaría al aeropuerto de Auckland. Henny estaba decidida a que nada enturbiase su alegría, pese a que seguía preocupada por Audrey.

Nellie se dirigía a Epona Station para adornar el patio para la ceremonia con las otras mujeres. Pero entonces vio a Audrey con Melora en la pista y a Noah que montaba una elegante yegua negra.

—¿Es ella? —preguntó a April, que esperaba junto al vallado para ayudar a Audrey a desensillar y que también miraba fascinada al jinete y al caballo.

—Es ella —confirmó—. Miranda, el último potro de Melora, de tres años, con una sólida instrucción que deberá proseguir su futura propietaria. Es el regalo de bodas del *opa* Julius a Henny.

—¡Qué generoso! —exclamó Nellie—. Es un sueño. Seguro que uno de los mejores caballos que ha criado. ¿Y lo envía con ellos a Sídney?

April sonrió.

—Ha comprendido que relegó a Henny a un segundo plano en favor de Noah y está sumamente agradecido de que ella no haya seguido lamentando la pérdida de la herencia que le había prometido. De ahí este espléndido regalo. Me muero de ganas por ver la cara que pone Henny.

—¿Es para Henny? —preguntó Audrey, que se había acercado con Melora a ellas.

April asintió.

—Pero no digas nada. Ahora ven, vamos a llevar a Melora a la cuadra. Después puedes quedarte un rato mirando cómo montan.

Nellie casi creía estar ante un *déjà vu* cuando, un cuarto de hora más tarde, entró en la cuadra para adornar con guirnaldas de flores el box de Miranda. Al igual que muchos años atrás, oyó un sollozo: una vez más, una niña lloraba en el establo. Pero en esa ocasión no se trataba de Henny, sino de Audrey, que abrazaba a Melora y que enseguida cambió a la poco interesada yegua por Jamie, que se acercó a ella y le lamió la mano para consolarla. Se sentó sobre la paja y lo abrazó.

—¿Audrey? —Nellie le habló en voz baja para no asustarla—. ¿Qué ocurre? ¿Ha sido demasiado severo el *opa* Julius? Él es así...

Audrey negó con la cabeza.

—No, *opa* Julius es muy amable, aquí todos son amables... Es solo que...

—Si aquí todos son tan amables, ¿por qué eres tan reticente con Henny? Está muy triste, tenía tantas ganas de verte...

—¡No tiene ninguna razón para estar triste!

Audrey dijo estas palabras con tal vehemencia que Nellie llegó a la conclusión de que era Henny la que había provocado ese llanto y no Julius. Pero ¿cómo era posible? Estaba en Auckland desde primeras horas de la mañana. Nellie decidió aclarar de una vez ese asunto.

—Henny cree que te has enfadado porque te dejó marchar con tus padres de Grecia y ella regresó a Nueva Zelanda. ¡Pero ella no podía decidir nada, Audrey! No quería abandonarte, ella...

Audrey hizo un gesto de rechazo.

—Puedo entender que no quisiera ir a Boston. No es eso. Es solo... ¡Le tengo mucha envidia! Henny siempre ha tenido suerte. Pudo quedarse aquí la primera vez que *mom* regresó a Estados Unidos. Y pudo montar a caballo y divertirse, y ahora, encima, se queda con ese caballo tan fantástico. Y yo... Y yo tengo que marcharme a Boston y tocar el violín. Y el piano. Tengo que practicar todo el rato. *Mom* dice que no me esfuerzo lo suficiente. Y papá dice que simplemente me falta la chispa. Ni idea de a qué se refiere. ¡Y eso que me esfuerzo! ¡De verdad! Incluso soy muy buena. Nadie más en la orquesta de la escuela toca piezas tan difíciles. Pero *mom* es la única que nunca tiene bastante. —Nellie se puso de cuclillas junto a su perro y rodeó a su nieta con el brazo. Audrey siguió hablando antes de que Nellie pudiera contestarle—. Y yo no hice nada con Skylos —gimió—. No dejé la puerta abierta, fueron ellos. *Dad* tenía una prueba individual y *mom* le dio un beso en la puerta, y entonces se dijeron algo y luego... ¡estaban totalmente desconcentrados! Claro que yo habría podido controlar la situación, pero..., pero son adultos...

—Son ellos los que deberían cuidar de ti, no al revés —confirmó Nellie—. Y, cuando volváis a casa tendrás, otra vez un perro. Lo ha dicho tu padre, ¿no es así?

—¡Ha dicho que se lo pensarán! —Audrey casi escupió las palabras—. Es lo que dice siempre, pero sabe que *mom* dirá que no...

Nellie acarició el cabello de su nieta e intentó esconder la rabia que iba apoderándose de ella.

—Henny dice que tu *dad* le prometió que podrías tener un poni cuando lo desearas y se lo va a recordar. Seguro que insiste en ello —intentó tranquilizarla.

Audrey hizo un gesto de rechazo.

—No servirá de nada. Y yo tampoco tengo tiempo. Ni siquiera para un perro. Tengo que practicar siempre, *grandma* Nellie. Cada día... Mamá enseguida se da cuenta cuando me salto los ejercicios, incluso de si no he practicado lo suficiente. De alguna forma, lo oye. Pero llegará un día..., no sé, cuando cumpla dieciocho años, o cuando vaya al instituto o más tarde..., en que desapareceré y nunca más volveré a coger un violín. Dicen que, si fuera realmente buena, me darían el Guarneri del *grandpa* Philipp. ¡Lo tiraré por la ventana!

—No sería nada inteligente —observó Nellie—. Sería mejor que lo vendieras. Por lo que sé debe de valer unos millones de dólares. Pero dejemos este tema que hasta dentro de ocho años o más tarde no nos ocupará. ¿Qué es lo que te gustaría hacer ahora?

—¡Quedarme aquí! —respondió ansiosa Audrey—. Aquí, contigo. O con April. Ayer le dijo a Henny que le habría gustado tener diez hijos y que solo pudo tener uno. A lo mejor también quiere adoptarme a mí. Yo también sería muy cariñosa...

Nellie la estrechó contra sí.

—¡No tengo la menor duda! —confirmó con dulzura—. Ya ahora eres la niña más cariñosa que pueda imaginarme... —Reflexionó para sus adentros que a Audrey quizá le habría sentado bien ser un poco más insumisa, pero estaba sometida a una presión tan fuerte que quizá ni se le había ocurrido—. Oye, preciosa. —Nellie le dio un beso en la mejilla y esperó a que Audrey se calmara—. Ahora te limpias la nariz o lloras un poco más, llorar no hace daño a nadie. Si quieres, Jamie puede quedarse contigo y yo salgo y voy a hablar con tus padres.

—No les cuentes que me he quejado. He de decir siempre que me gusta la música —susurró preocupada Audrey.

Nellie negó con la cabeza.

—Tú déjame a mí, pequeña. Creo que es necesario decirles con claridad un par de cosas que tal vez debería haberles dicho antes. Pero yo... Mira, a mí me pasó un poco como a Henny. Siempre he pensado que no debería haber enviado a Grit con su padre a Estados Unidos. Luego, cuando volvió conmigo, no pude ser lo suficientemente severa con ella.

Audrey sonrió entre lágrimas.

—Pero ella es mayor. Con los mayores ya no se puede ser severo...

Nellie hizo una mueca.

—¡Ya lo creo que se puede, cariño, ya lo creo!

Nellie encontró a Grit y a Vincent en el jardín posterior de la casa de April y Alex conversando con la hija de Maria, Daphne. Esta confeccionaba con mucha habilidad unas guirnaldas que seguramente podrían soportar el peso de un mono; seguro que lo había aprendido confeccionando instalaciones para primates. Mientras, hablaba de Zukie y Zuno al igual que de la evolución de su hija Alora, que dormía a su lado en el cochecito de bebés.

—Zuno se comporta mejor con Alora, es más tranquilo, la trata con mucho cariño. Zukie está un poco celosa y Alora aún es demasiado pequeña para un combate femenino. Como investigadores, para nosotros es muy interesante que los dos intenten enseñarle su lengua de signos. Le enseñan señales y se asombran de que ella todavía no los entienda ni los imite. Por supuesto, más adelante se lo enseñaremos y, por decirlo de algún modo, será bilingüe.

—¿Crees de verdad que se trata de un auténtico lenguaje? —preguntó Vincent—. No poder oír..., ni siquiera llego a imaginármelo.

Nellie se acercó a los tres.

—Yo sí —afirmó con vehemencia—. O, por lo menos, puedo imaginarme muy bien que no tengo oído absoluto y que, por desgracia, mis padres no se lo creen. Daphne, me gustaría hablar unos minutos con mi hija y su esposo a solas, pero, si a ellos les da igual, a mí no me molestas. Es una pena que ayer no vieras tocar a Audrey. Entonces sabrías de qué se trata. —Parecía como si Daphne hubiese preferido marcharse, pero Nellie siguió hablando antes de que pudiera responder—. Grietje y Vincent —se dirigió decidida a su hija y el esposo de esta—, yo ya conocía a Philipp de Groot cuando tenía la edad de Audrey. Era mi mejor amigo. Y os aseguro, puedo asegurarlo al cien por cien, que vuestra hija no tiene nada en común con él... ¡excepto el aspecto y el pavor que les tenía a sus padres!

—Audrey tiene todo su talento —afirmó Grit—. Lo único que le ocurre es que no quiere...

Vincent negó con la cabeza.

—No, no tiene talento —susurró—. Venga, Grit, tenemos que admitirlo de una vez por todas. Hace lo que puede, pero nunca llegará a ser una virtuosa del violín. Toca las melodías de forma mecánica y no siente nada al hacerlo.

Vincent le cogió la mano.

—Grit, ya hemos hablado de esto. No se puede forzar. Y por eso queríamos probar...

Grit se llevó la mano al vientre. Nellie se sobresaltó.

—¿Probar otra vez? —preguntó horrorizada—. ¿No irás a decirme que con cuarenta y siete años pretendes tener un hijo, Grit?

Grit asintió orgullosa.

—Sí, y esperamos que esta vez sea un niño.

Nellie se puso roja de cólera.

—Y, aunque fuesen trillizos y todos varones —exclamó—, ¡ninguno de ellos sería tu padre Philipp de Groot! ¿No irás a creerte que su alma está esperando a que por fin tengas un hijo para poder reencarnarse en él?

—No... —Al menos Vincent no parecía creérselo—. Pero los dos tenemos un elevado sentido musical. Es posible que nuestro segundo hijo...

—Es posible que vuestro segundo hijo esté mentalmente discapacitado o que mate a su madre —replicó Nellie—. ¡Grit! Tener un hijo a tu edad es correr un riesgo enorme. ¡Estáis los dos chiflados! ¡No se os debería confiar ninguna criatura!

Grit sonrió.

—Todo irá bien —afirmó.

Nellie se forzó a guardar la calma.

—¿Y Audrey? ¿Qué queréis hacer con ella? ¿Abandonarla porque no es lo suficientemente buena para vosotros? Me ha dicho que le gustaría quedarse aquí. A lo mejor esto puede arreglarse.

Vincent mostró un gran alivio, mientras que Grit hizo un gesto de rechazo.

—Pensé que a lo mejor querría ocuparse del bebé —dijo ella—. Henny estaba loca por su hermana...

—Estuvo a punto de tirar su propia vida por la borda por Audrey —le recriminó Nellie—. ¡Vincent, Henny te confió a Audrey, asume de una vez tus responsabilidades! Voy a hablar ahora con April. Si los Rawlings quisieran acoger a Audrey, sería sin duda una buena solución; en caso contrario, Henny y David seguro que se ocupan de ella. Y, si es necesario, se viene con Walter y conmigo, aunque ya no seamos jóvenes. No voy a permitir que haga el papel de Cenicienta con vosotros una hija que ante vuestros ojos es lo bastante buena para criar a su hermanito, pero no para cumplir las exigencias paternas. Reflexiónalo, Grietje, si es que todavía eres capaz. Y sobre todo tú, Vincent. ¡Dejad simplemente que sea libre!

Nellie les soltó a los dos estas palabras con tanta rabia que

Daphne se la quedó mirando asustada. Luego se marchó. Daphne también se levantó, la alcanzó y caminó junto a ella empujando el cochecito de Alora.

—Menudo drama —musitó—. ¿Crees que aceptarán tu propuesta?

Nellie asintió.

—Vincent insistirá. Ya tiene bastante mala conciencia. Y mi hija..., no sé qué ha salido mal, en qué yo o Philipp nos equivocamos... O si fue la guerra o ese mundo irreal en el que vive como artista. Pero ya no cambiará. Me temo que a Grit no le importa absolutamente nada lo que vaya a ser de Audrey.

4

—Ya puedes decírselo a Audrey —anunció Nellie a su nieta Henny a la mañana siguiente. Al igual que Daphne y Maria, había llegado pronto a Epona Station para vestir a la novia, pero antes había hablado con Grit y con Vincent—. Grit nos la envía enseguida, creo que ni ella ni Vincent planean contarle ellos mismos que puede quedarse aquí. En cualquier caso, eso espero. ¡A no ser que la persuadan de que se vaya con ellos con la excusa del bebé que Grit está esperando! Supongo que Grit le debió de contar a Vincent que estaba embarazada el día que Skylos murió en el accidente. Debieron de olvidarse de cerrar la puerta. Es lo que me imagino después de lo que me ha contado Audrey y de la noticia que me ha dado Grit. Si Audrey se entera, volverá a desmoronarse.

—¿Cuál es entonces el mejor modo de actuar? —preguntó Henny, algo intimidada—. Me refiero a que... es evidente que está enfadada conmigo...

—Ya se te ocurrirá algo —contestó Nellie—. Siempre supiste cómo tratarla. No se te puede haber olvidado del todo. Y a fin de cuentas se trata de una buena noticia. Es lo que ella desea.

Henny solo llevaba el corpiño y la enagua cuando Audrey entró. Miró malhumorada a su hermana mayor.

—Tengo que darte esto —dijo—. De parte de *mom*. —Le tendió un disco, la marcha nupcial de Wagner—. Para que lo pongan en la iglesia.

April, la única con Nellie que no se había retirado al entrar Audrey, se mostró sorprendida.

—¿No ibais a tocar algo juntos para ella? Vincent se trajo el chelo expresamente para eso y ayer hubo que llevar a Grit a la iglesia para confirmar que el órgano está afinado.

Audrey se mordió el labio.

—Al practicar me he vuelto a equivocar —admitió—. Y eso que no es tan difícil. *Mom* no quiere que hagamos el ridículo.

—¿Eso ha dicho? —exclamó April con los ojos brillantes de cólera.

—No, pero lo ha pensado —contestó Audrey—. Yo sé cuándo está decepcionada. Se lo noto. Hoy estaba muy enfadada. Y papá estaba triste... Toco demasiado mal. Es posible que tenga que practicar más cuando volvamos a casa.

Nellie observó conmovida cómo Henny atraía hacia sí a la desdichada niña.

—No tienes que volver a tocar el violín, hermanita —dijo con dulzura—. Puede que esto decepcione a tu *mom* y entristezca a tu *daddy*, pero a cambio tú serás feliz. No tienes que volver con ellos a Boston. Puedes quedarte con la *grandma* Nellie y con mi mami April.

Los ojos de Audrey se abrieron de par en par.

—Pero yo..., yo tengo que...

Nellie se acuclilló junto a su nieta.

—No, pequeña, no tienes que hacer nada. Mira, tu *mom* quiso mucho, mucho a tu abuelo Philipp y soñó con que un día tú tocarías el violín como él. Pero ahora nos hemos dado cuenta todos de que tú prefieres mil veces montar a caballo como el *grandpa* Walter y el *opa* Julius, y Noah y Nicholas. Por eso, tus padres piensan que es mejor que te quedes aquí. En la hípica de Boston no aprenderás gran cosa.

Audrey no daba crédito a lo que estaba oyendo.

—¿Y puedo ser preparadora como Noah o jockey como Nicholas o veterinaria como tú, *grandma*? —preguntó a Nellie.

—O como Henny —respondió Nellie—. Que seguro que se alegrará mucho si en las vacaciones vas a la casa de ella y David en Sídney...

—Muchísimo —dijo Henny, a ojos vistas emocionada.

Audrey miró a su hermana; sus ojos le brillaban como en el pasado.

—¿Podré entonces montar a Miranda? —preguntó.

Nellie y April suspiraron hondamente cuando desveló el secreto.

Henny las miró a todas sin entender.

—Solo cuando hayas practicado mucho —respondió April.

—Hoy no hago más que acordarme del día en que me casé —dijo Mia. Estaba sentada en el jardín con otros invitados, mientras Henny y David cumplían importantes rituales como cortar el pastel y lanzar el ramo de la novia. La antigua rival de Henny, la prometida de Noah, acababa de recogerlo—. El viaje en carroza a la iglesia... La corona de novia de Henny y su peinado... —Henny se había decidido por un velo corto que apenas cubría su cabello suelto y negro. Llevaba además una corona de flores—. La mía me la hicieron las chicas del pueblo —recordó Mia, algo melancólica—. Nos casamos en el pueblo de Julius. Y por la noche también un rabino nos dio su bendición...

David y Henny se habían puesto de acuerdo con el reverendo de la pequeña iglesia de Onehunga para que la bendición fuese más bien indefinida. Reinaba cierta confusión entre las confesiones de las familias, la pareja tenía antepasados judíos y luteranos. De todos modos, explicó sonriendo Julius, a la única que solían rezar era a la diosa de los caballos, Epona, que había dado su nombre a la yeguada. El reverendo había accedido al fin a realizar esa ceremonia poco convencional por razones similares a las del sacerdote de Grossgerstorf. Su iglesia necesitaba urgentemente una renovación y Julius se ocupó de financiarla.

—En fin, y además el caballo de regalo... —prosiguió Mia—. Entonces nos quedamos con la yegua Allerliebste, así como con dos jóvenes sementales. Ellos y Medea, además del caballo del ejército de Julius, formaron la base de la yeguada. Y ahora Miranda para Henny... —Mia sonrió al recordar el impetuoso abrazo que Henny había dado a su marido al recibir el regalo. «Queríamos que siempre tuvieras algo de Epona Station», había dicho Noah, tras lo cual ella le había rodeado el cuello con los brazos—. Miranda me recuerda mucho a Medea. —El rostro de Mia se ensombreció un poco. Medea había sido su primer caballo domado por Julius. La nueva yegua de Henny descendía de ella—. ¿Es posible que haya pasado tanto tiempo desde entonces?

Julius, que acababa de acercarse a ella, rodeó con el brazo a su delicada y, como siempre subrayaba, todavía hermosa mujer pese a los años.

—Los maoríes dicen que el pasado es el futuro —señaló con dulzura—. Todo continúa...

—Mientras haya caballos... —añadió Mia apretándole la mano— y personas que los quieran.

Maria y Nellie conversaban con Josua, que les hablaba de su carrera de psicología mientras mecía el cochecito de su hija.

—Tienes que contarle a Nellie lo de Asperger —animaba Maria a su yerno.

Josua había asistido a un seminario en torno al tema del autismo, y desde entonces Maria sabía por qué era distinta en algunos aspectos a otras personas. En 1944, Hans Asperger había descrito por primera vez el síndrome que después llevaría su nombre, y lentamente sus trabajos fueron atrayendo la atención general.

«¿Significa esto que estoy enferma?», había preguntado Maria cuando Josua le contó todo lo más respetuosamente posible las razones por las que algunas personas siempre la calificaban de extraña.

«No eres extraña ni tampoco estás enferma —había asegurado a su suegra—. ¡Eres especial!». Y eso mismo afirmaba de nuevo en ese momento.

—Y justo por eso te queremos —dijo Bernhard ganándose un fuerte aplauso.

—Antes a las dos nos tenían por raras, ¿te acuerdas? —reflexionó Nellie—. Porque queríamos a toda costa ser veterinarias.

Maria asintió seria.

—Y ahora Helena es la cuarta veterinaria de la familia —señaló—. En algún momento habrá más mujeres que hombres ejerciendo esta profesión.

Walter sonrió.

—El futuro —dijo en alemán— es femenino.

Nellie sacó del cochecito a la pequeña Alora, que justo había empezado a llorar, y le sonrió.

—Ya lo has oído —susurró—. ¡No te olvides nunca!

Posfacio

Como siempre, también esta novela transcurre en un contexto histórico y combina la ficción con los hechos reales de ese periodo.

En los años cincuenta y sesenta del siglo pasado, Harry Harlow dirigía en Wisconsin un centro de investigación de primates y las pruebas para confirmar el amor materno se realizaron de igual modo o de forma muy parecida a como las describo. Las justificaba con el deseo de proteger a los niños del tipo de educación que antes se propugnaba y que desaconsejaba tratar con excesiva ternura a los bebés para no mimarlos demasiado. Los niños tenían que berrear antes de darles de comer para enseñarles a tener paciencia y, por supuesto, los varones no debían llorar. Pero nadie empujó a los padres a dejar que sus hijos muriesen de frío o a que durmieran sobre un armazón de alambre. Como Daphne señala en la novela, ni siquiera se hubieran necesitado bebés para realizar los experimentos con madres sustitutas, pues cualquier mamífero joven o adulto habría preferido un lecho cálido y blando al consuelo de un alambre, incluso si en él se le servía la comida.

Los otros experimentos de Harlow, en los que aislaba durante años a los macacos para luego describir sus trastornos de comportamiento, no tuvieron ningún valor práctico y, cuando a finales de los años sesenta inventó los pozos de la desesperación, ya alcanzaron el colmo del horror. Se trataba de unas trampas en forma de embudo en las cuales los monitos quedaban atrapados en el punto más oscuro de la cámara. Al cabo de un tiempo, caían en una desesperación y apatía totales, y Harlow se alegraba de haber conseguido demostrar de ese modo lo que sentía una persona depresiva. Incluso sus trabajadores admitían que el sufrimiento del animal les rompía el corazón y lo primero que hicieron tras la jubilación del profesor fue tirar a la basura las cámaras de aislamiento. Pese a todo, Harlow fue visto como un filántropo e investigador del amor y disfrutó del reconocimiento mundial por sus experimentos.

Se desconoce si alguno de sus estudiantes o colaboradores intentó sabotear sus ensayos, como hace Daphne. No obstante, aunque ya surgieron protestas en su contra, todavía hoy sigue sin evaluarse su trabajo. Es probable que el abuso del alcohol de Harlow fuera en parte responsable de algunos de sus excesos científicos, pero no se menciona este tema. Durante toda su vida fue colmado de elogios y premios y nunca expresó su pesar por sus víctimas.

Frans de Waal es un primatólogo moderno cuyos libros me han ayudado a conocer mejor a nuestros primos peludos y al que debo numerosas sugerencias. Concede mucha importancia a que en sus libros se hable de los primates como de hombres y mujeres, y no como machos y hembras, lo que él considera una falta de respeto. Yo he seguido su ejemplo en mis libros.

Louis y Mary Leakey también fueron personajes históricos. En el periodo descrito, es cierto que excavaban en la garganta de Olduvai y que Leakey admitía con agrado a muchachas todavía estudiantes para que hicieran con ellos sus prácticas. Pero en realidad no estaba tan desinteresado como se lo describe en otras cualidades de las chicas que no fueran las científicas. Le gustaba ligar, por eso su mujer terminó separándose de él. Mary Leakey fue una paleontóloga apasionada y favorecida por la suerte que, entre otras cosas, causó furor con el hallazgo del cráneo en 1959. Pero no hubo ningún caniche implicado en el descubrimiento de Zinji.

Louis Leakey contribuyó enormemente a la investigación de primates al animar a Jane Goodall, Dian Fossey y Biruté Galdikas a observar durante años a chimpancés, gorilas y orangutanes en su medio natural. También se había planificado un proyecto para el estudio de los bonobos en el Congo y se seleccionó para ello a una joven, Toni Jackman. Sin embargo, la muerte de Leakey en 1972 puso punto final a los esfuerzos para conseguir financiación y permisos.

Mary Leakey sobrevivió a su marido más de veinte años y siguió investigando, incluso a edad muy avanzada. Sus hijos Jonathan y Richard también fueron paleontólogos (los Leakey tuvieron tres hijos). Jonathan también trabajó en el comercio de animales, especializándose en los camaleones.

Josua Ngongo es un personaje ficticio, pero la historia de Patrick Lumumba ocurrió tal como se plasma en la novela. No obstante, he abreviado y simplificado algunos aspectos para no perderme en detalles con la narración de los sucesos acontecidos en el Congo. En los primeros años de su independencia, el país se hundió en las guerras civiles, una de las causas por las que el comportamiento de los bonobos no se pudo investigar tan bien como el de otros homínidos. Es de esperar que la situación del país por fin se calme lo suficiente para que los animales estén protegidos. Los que tal vez sean los más simpáticos de todos los primates están en peligro de extinción.

También se ve amenazado el espacio vital de los pigmeos, cuya cultura se toca por encima en esta historia. A mis lectoras y lectores les parecerá extraño que una mujer de una tribu ficticia haya tenido experiencias en el extranjero. Sin embargo, a principios de los años veinte, los zoos humanos, introducidos por Carl Hagenbeck, entre otros, gozaron de gran popularidad. Hoy nos parece humillante que se exhiba a seres humanos, y más en zoos y ferias. Pero cuando se piensa que los viajes a lugares lejanos y el conocimiento de otras culturas era imposible para la gente corriente de esos tiempos se puede entender —considerándolo desde la época— el punto de vista de Hagenbeck. Él calificaba sus exhibiciones de tribus como pedagógicas y ventajosas para el entendimiento entre los pueblos. En su libro *Animales y hombres* se lee que los participantes lo hicieron voluntariamente y fueron bien remunerados. Por supuesto, los viajes de ida y vuelta estaban pagados. La mayoría de ellos regresaron a sus hogares sanos y salvos, y algunos vivieron hasta la vejez de su fama de trotamundos.

De todos modos, también se produjeron catástrofes personales: hubo personas que enfermaron y murieron a causa de dolencias infecciosas con las que no habían estado en contacto en sus países de origen y contra las cuales, por supuesto, no habían sido vacunados. La viruela, por ejemplo, se reavivó entre ellos cuando ya hacía tiempo que la población alemana se había protegido contra ella. Algunos afectados tampoco llevaron bien el choque cultural y enfermaron psicológicamente, como un congoleño al que secuestraron para exhibirlo en la Exposición Universal de Estados Unidos y que alcanzó cierta fama. Intentó adaptarse al Nuevo Mundo, fracasó y al final se suicidó. No obstante, a partir de 1890, la participación forzada en estos espectáculos era algo casi excepcional. Las autoridades coloniales establecieron reglas para reclutar a los individuos exhibidos, que así ascendieron a la categoría de actores y se vieron protegidos con contratos.

Abordo este tema con tanto detalle porque con frecuencia se ha tratado en algunas novelas de forma sensacionalista, estigmatizando a los actores como víctimas y a los expositores como traficantes de esclavos. Es cierto que se produjeron dramas en la historia, sin duda larga, de los zoos humanos, pero también se alcanzaron logros. Entre los implicados había aventureros y negreros; junto al sensacionalismo existía el deseo de dar a conocer a personas de culturas diferentes. Al final, cada destino individual debe contemplarse sin perder de vista el fondo de la época en que acontece.

Volvamos a los primates, capaces, en efecto, de aprender la lengua de signos. Los esfuerzos por enseñárselo comienzan más tarde que en mi novela. Allen y Beatrix Gardner empezaron su famoso Proyecto Washoe en 1966. La chimpancé Washoe llegó a saber trescientas cincuenta palabras y signos, mostraba empatía con las personas que estaban tristes y se reconocía a sí misma en un espejo. Además, sus lecturas preferidas eran los catálogos de zapatos. ¿Qué quería decirnos con ello el Creador o la Creadora?

A partir de 1971, la gorila Koko aprendió mil signos y llegó a comprender dos mil palabras en inglés. No obstante, el trabajo que se realizó con ella está muy cuestionado científicamente.

El último primate «hablador» conocido mundialmente es Kanzi, un bonobo que se comunica a través de un lexigrama. Hasta el momento comprende tres mil palabras en inglés y tiene un vocabulario activo de unas quinientas.

Con un mando a distancia en su poder, elige los programas de televisión que le interesan (desconocemos su serie favorita) y prepara sus menús en el microondas.

En los últimos decenios, sin embargo, ya no se enseña ningún tipo de lenguaje a los primates. Solo puedo sospechar por qué nadie se molesta en hacerlo. Aun así, leí un artículo en internet cuyo autor afirma decepcionado que, aunque los simios son capaces de comunicarse, no tienen en realidad nada revolucionario que decir. Las expectativas que no solo alimenta mi ficticia periodista de provincias de poder conocer sus opiniones sobre la vida y la muerte, la guerra y la paz, no se han cumplido. Por regla general, sus intereses giran en torno a la comida y al entretenimiento, igual que los de la gran mayoría de sus primos humanos. Probablemente habría que darles una enseñanza que cubriera todo el territorio para llegar a descubrir en algún momento a una filósofa o a un profeta, o simplemente crear un par de *fake news*, como la supuesta toma de posición de la ya ahora fallecida gorila Koko acerca del cambio climático. Se dice que expresó con unas conmovedoras palabras su preocupación por la Tierra, pero esto, naturalmente, no está probado. Aunque Koko podía hacerse entender en la lengua de signos, no era ninguna activista ecologista.

Para permanecer un poco más en el mundo del esoterismo y de las afirmaciones sin demostrar: no es una simple casualidad que Grit sucumba a la ilusión de que su padre podría reencarnarse en un hijo suyo justo en los años cincuenta del siglo XX. En esos años apareció el famoso libro de Morey Bernstein *La búsqueda de Bridey Murphy*. Bernstein, un hipnotizador aficionado, cuenta en el libro el extraño caso de una mujer joven que recuerda en estado de hipnosis su vida anterior en Irlanda, a finales del siglo XVIII y principios del XIX. Proporciona información sobre diversos detalles que pudieron verificarse en parte. No obstante, no se demostró que existiera en realidad la persona Bridey Murphy. Todo ello causó un gran revuelo en torno a la posibilidad de reencarnarse; aparecieron un sinfín de artículos periodísticos, canciones e incluso largometrajes sobre este tema. Grit puede haber oído hablar y leído al respecto en algunas revistas femeninas.

Los beatniks con los que al final encuentra un seudoconsuelo fueron en realidad una especie de precursores de los hippies que, a finales de los años cincuenta, vivían en las cuevas de Mátala, en Creta. Se los veía con buenos ojos porque dejaban dinero en un país entonces paupérrimo. La población no hacía caso de su disoluto estilo de vida y sus singularidades, como hacer collares con huesos humanos. La ocupación de las cuevas pasó directamente en los años sesenta a manos de los hippies, y con ellos el lugar adquirió renombre mundial. Incluso músicos famosos como Bob Dylan y Joni Mitchell vivieron durante un tiempo allí. Hoy las cuevas de Mátala son una atracción turística que se puede ver, pero ya no se puede habitar en ellas.

El cultivo del cánnabis tiene una larga tradición en Creta. El clima y el suelo son favorables al buen desarrollo de la planta y, cuando a mediados del siglo pasado la demanda aumentó, muchos campesinos y comunidades de aldeanos se dedicaron a la producción de estupefacientes, que, aunque ilegal, era rentable. No obstante, el pueblo de Imbros no participó en esto. Con el acceso a la garganta de Imbros —otra atracción turística— había demasiado trasiego para cultivar a escondidas cáñamo. Habría preferido escoger una comunidad ficticia para la escena de la redada, pero, como en el segundo ejemplar de la saga de *La veterinaria* sitúo las vivencias de Grit en Imbros, no me quedó otro remedio que atribuir el comercio de estupefacientes a sus nobles habitantes. En realidad, el comercio y cultivo de la droga se realiza en el llamado Triángulo del Diablo, entre los pueblos de Zoniana, Livadia y Anogia. Es en Zoniana donde se desarrolló la batalla entre los traficantes de droga y la policía que sirve de inspiración para mi relato. No solo he cambiado el incidente de lugar, sino que lo he avanzado varios años. Los aldeanos hicieron frente en 2007 a una fuerte unidad especial de cuatrocientos hombres que se aproximaron con tanques y helicópteros.

La mafia griega sigue hasta hoy activa. Según se dice, en ella se iniciaron algunos multimillonarios griegos. En este sentido, es factible que la familia ficticia Michelakis envíe tras Evangelina a sus esbirros. Su padre, que carece de modelo real, se comporta decididamente de forma demasiado liberal para ser un patriarca griego. Seguro que se trata de una demostración de amor paterno incluso si no hay pruebas de laboratorio al respecto.

Los Jardines Reales de Atenas —hoy en día, Jardín Nacional de Atenas— fueron renovados en el periodo en cuestión. No pude averiguar datos exactos sobre qué trabajos se realizaron, a quién se le encargó y en qué manos se hallaba la administración del parque. Con respecto al tema del zoológico en especial, no tuve acceso a ninguna información. De ahí que la historia de David sea ficticia en su totalidad. Tanto en Basilea como en el zoo del Bronx en Nueva York podría haber trabajado con los mentores mencionados. El doctor en arqueología William A. Ritchie también daba clases en el periodo en cuestión en Nueva York, así que Daphne puede haber sido su alumna y él haber mediado para que trabajase con Leakey. El profesor Whitney, que la apoya en su trabajo con Zukie, es un personaje ficticio.

¡Muchas gracias!

Una vez más me lo he pasado muy bien volviendo con mis protagonistas a Nueva Zelanda y explorando otros países y perspectivas de vida. Todo eso, y no me cansaré de insistir en ello, no sería posible sin la ayuda de Ioan y Anna Puscas, que me liberan de mis tareas diarias mientras escribo y se ocupan de mis caballos, burros, mulas y el resto del zoo.

Mi editora, Melanie Blank-Schröder, ha vuelto a inspirar este libro y lo ha enriquecido con buenas ideas. Margit von Cossart se quejó como correctora de texto de los muchos errores temporales que cometí, aunque, a pesar de ello, pudo sumergirse fascinada en la trama. Soy capaz de escribir buenas historias, pero por desgracia no se me da muy bien calcular.

De que ya no tenga que seguir haciendo cálculos es responsable mi maravilloso agente Bastian Schlück, así como todos los demás empleados y empleadas de la agencia.

Las lectoras de pruebas han vuelto a mostrar un gran interés. Al escribir esta historia me he aprovechado también de que mi amiga Alexandra Schedel-Stupperich, docente en la Universidad Internacional, haya pasado el invierno conmigo y que en la habitación contigua haya impartido seminarios de psicología a través del ordenador. ¡Es increíble lo estupendamente que funcionan las clases online de las universidades a estas alturas! En cualquier caso, mientras desayunábamos o nos tomábamos una copa de vino tinto por la noche, tuvimos la oportunidad de discutir sobre los experimentos de Harlow y su evaluación científica, lo que me ha ayudado mucho, pero no ha cambiado mi opinión. No hay investigación que justifique la tortura de animales.

Mi enorme agradecimiento también a todas las demás personas que han intervenido en la elaboración de este libro —producción, diseño gráfico, marketing y distribución— y no en último lugar a las libreras y libreros a quienes gustan mis libros y los recomiendan a sus clientes.

Por supuesto, doy las gracias en este apartado a mis fieles lectores y lectoras de todo el mundo. Estoy impaciente por poder volver a saludaros en persona en alguna feria del libro o en la presentación de esta novela. ¡Os he echado de menos!

SARAH LARK